SCHWABEN-STOFF

Andreas Straub, 1984 in Tübingen geboren, ist freiberuflicher Journalist und Autor. Er veröffentlichte mehrere erfolgreiche Sachbücher, darunter den Spiegel-Bestseller »Aldi – einfach billig«. Straub war Stipendiat der Bayerischen Akademie des Schreibens und des Literaturhauses München. »Schwaben-Stoff« ist sein erster Kriminalroman.

ANDREAS STRAUB

SCHWABEN-STOFF

Kriminalroman

emons:

Bibliografische Information der Deutschen Nationalbibliothek
Die Deutsche Nationalbibliothek verzeichnet diese Publikation in der Deutschen Nationalbibliografie; detaillierte bibliografische Daten sind im Internet über http://dnb.d-nb.de abrufbar.

FSC
www.fsc.org
MIX
Papier aus verantwortungsvollen Quellen
FSC® C083411

Umschlagmotiv: iStockphoto.com/JTSorrell
Umschlaggestaltung: Franziska Emons-Hausen, nach einem Konzept von Leonardo Magrelli und Nina Schäfer
Umsetzung: Tobias Doetsch
Gestaltung Innenteil: César Satz & Grafik GmbH, Köln
Lektorat: Lothar Strüh
Druck und Bindung: CPI – Clausen & Bosse, Leck
Printed in Germany 2018
ISBN 978-3-7408-0311-7
Originalausgabe

Dieser Roman wurde vermittelt durch die literarische Agentur Liepman, Zürich.

In Erinnerung an L.

Donnerstag, 23.55 Uhr

Du bist wie sie.

Die Bässe wummerten, die Spots rotierten, und Lichtstrahlen durchkreuzten den Club. Die Tanzfläche im Untergeschoss des Blauen Turms war voll, die Luft verbraucht, und ich bewegte den Kopf im Takt. Bryan Adams ließ in der »Spätvorlesung« – »It was the …« – Drinks in die Luft schnellen, und alle: »… summer of sixty-nine.«

Du bist jung und gut drauf. Du willst feiern.

An der Bar aus hellem Sichtbeton bestellte ich eine Cherry-Cola. Die Hocker waren belegt, die feiernde Menge drängte mich zur Seite. Drei Barkeeper gossen Hochprozentiges in die Gläser. An der Seite knutschte ein Paar eng umschlungen auf einem weißen Sofa. Auf den schwarzen Sesseln gegenüber fläzten sich Jungs und tranken Bier. Hinter ihnen an der Wand zog eine junge Frau einen Mann näher an sich. Er schob seine Hand unter ihr Top. Sie küssten wild, als hätten sie sich eben erst gefunden. Ich rückte meine Basecap zurecht und dachte an Frederike.

Gegenüber blitzten ein silbernes Mischpult und das goldene Top der DJane auf. Ihre mit einem Tigerkopf bestickte Wollmütze war tief ins schmale braun gebrannte Gesicht gezogen, dazu trug sie ein viel zu großes, flatterndes Basketballtrikot der Walter Tigers. Von einem Sockel aus, hinter einer Glasscheibe, spielte sie linke Klassiker in House-Versionen. Sie nannte sich »Fat Cat« und sprühte Kunstnebel in die Menge. Junge Frauen warfen sich Halbsätze auf Englisch zu und hüpften begeistert an mir vorbei. »Back in the …«, Musik aus, und sie grölten: »… summer of sixty-nine.«

Die Spätvorlesung war eine Institution im studentischen Tübinger Nachtleben. Party pur, jeden Donnerstag.

Als wäre Erol Tosun nicht vor zwei Wochen an einer Überdosis Mint gestorben, genau hier. Zusammengebrochen mit einem Herzstillstand, mitten auf der Tanzfläche. Die pathologische Untersuchung hatte ergeben, dass er zuvor drei Tage am Stück wach gewesen war – mit Mint ging das. Die feinen grünlichen Kristalle waren billig, brandgefährlich und breiteten sich rasend schnell aus.

Mein Name hier war Tom Wenzel, ich arbeitete undercover in Tübingen. Ich sollte herausfinden, wer den Schwaben-Stoff herstellte, wer mit ihm handelte, und alles vorbereiten, um die Organisation zu zerschlagen.

»Hey, du.« Der Barkeeper tippte mir auf die Schulter und reichte mir eine Cola, auf der eine Kirsche schwamm. Wenn »Fck the Police« auf deinem T-Shirt steht, wirst du automatisch geduzt. Und ich erkannte: Der Wille zur Cherry-Cola war da. Ich nippte am Glas und wippte zum nächsten Song, obwohl ich ihn nicht kannte. Mein Dreitagebart ließ mich etwas älter aussehen, die ausgewaschenen Jeans und die Sneakers jünger. In anderen Tübinger Clubs war ich schon mit »Sie« angesprochen worden. Da hatte ich mich alt gefühlt.

Du bist wie sie, sagte ich mir wieder. Du willst Party, du willst Mint.

Eine höchstens Sechzehnjährige mit langen blonden Haaren kreischte unvermittelt neben mir. Sie hätte meine Tochter sein können.

Hätte sie nicht. Du hast keine Tochter.

Manchmal war es schwierig, mich selbst zu überlisten. Mich jung zu fühlen und nicht wie sechsunddreißig. Denen, die mich interessierten, möglichst ähnlich zu sein.

Zwei junge Männer schubsten sich aus Spaß, wieder und wieder, und hörten nicht mehr damit auf. Mit ausladenden Armbewegungen spielten sie Schattenboxen, bis sie sich nicht mehr sahen. DJane Fat Cat blies Nebel in die Menge, wechselte zu härteren Beats, und der Scheinkampf endete.

Der Club heizte sich auf.

An der gegenüberliegenden Bar sammelten sich die Feiernden in einem Kreis und johlten. Mit meinem Drink in der Hand umrundete ich die Tanzfläche und drängte mich durch. Auf dem Tresen stand eine dicke weiße Kerze auf einem barocken Metallständer. Eine junge Frau leckte die Kerze ekstatisch ab. Sie kniete mit geschlossenen Augen auf einem Barhocker. Ihre Zunge glitt über das kalte Wachs, und sie massierte die Kerze mit beiden Händen. Die Umstehenden feuerten sie an und filmten. Mindestens dreißig Smartphones waren auf die Frau und ihre Kerze gerichtet. Sie schien es zu bemerken und doch nicht. Die Kerze und sie waren eins. Sie war eindeutig *drauf*.

Die junge Frau konnte sich jetzt stundenlang mit der Kerze vergnügen, mit oder ohne Zuschauer, und sich vollkommen erfüllt fühlen. Sie massierte und leckte, und ich rief ihr ins Ohr: »Ich bin eine Kerze.« Sie sah mich neugierig an. Vorsichtig löste ich ihre Hände, und sie ließ es geschehen. »Ich bin Tom«, sagte ich.

Sie sprang mich an wie eine Katze. »Nadja«, rief sie und begann, mein T-Shirt bis zum Bauch abzulecken, höher kam sie einfach nicht. Nadja war höchstens einen Meter fünfzig groß, ich eins dreiundneunzig. Für einen berufsunauffälligen verdeckten Schnüffler fast etwas zu hochgewachsen.

»Wo?«, fragte ich, rieb mir die Nase und beugte mich ein wenig nach unten. Nadja reagierte nicht. »Wo?«, wiederholte ich und hob die Augenbrauen.

Sie kam ganz nah an mein Ohr. »Hast du dir schon einmal vorgestellt, ein Mensch zu sein?«

»Nein«, antwortete ich und atmete tief aus. »Ich bin eine Kerze.«

Nadja sagte etwas von einer dicken Kerze und umschlang die leichte Wölbung unter meinem T-Shirt, die mein Bauch war. Jetzt wurde sie frech. Sie schrie gegen die Boxen an, und ich erfuhr von Kerzen, dem Leben als Kerze und dem Leben an sich.

Den Dealer entdeckte ich auch ohne Nadjas Hilfe. Er mochte es dunkel: schwarze Sneakers, schwarze Jeans und schwarzes Poloshirt. Ich schätzte den jungen Mann auf fünfundzwanzig. Die Wangenknochen traten aus dem bleichen, eingefallenen

Gesicht hervor. Dunkle Ringe hatten sich um die Augen gebildet. Nur das schüttere blonde Haar lag sorgsam zur Seite gekämmt. Eine Frau um die vierzig rückte nah an ihn heran. Sie müsste solchen Partys doch auch längst entwachsen sein, dachte ich. Die beiden tauschten etwas aus, und sie verschwand zur Toilette.

Ein gelegentliches »Ja« und »Ja, genau« verbunden mit Kopfnicken genügte Laber-Nadja nicht mehr. Sie zog mich zu sich hinunter und leckte mein Ohr ab. »Heiß, heiß, heiß.« Nadja redete ohne Unterbrechung von brennenden Dochten, von Wachs und von Romantik. Ein Laberflash, eine häufige Wirkung von Methamphetaminen.

Nebenbei fotografierte ich den Dealer mit meinem Smartphone. Es fiel ohnehin fast mehr auf, keines in der Hand zu halten. Früher, dachte ich, wäre das aufwendiger gewesen. Genau betrachtet, dachte ich dann, kannte ich das richtige Früher nicht. Manchmal fühlten sich meine acht Jahre beim BKA schon so lange an.

Der Dealer war nicht dünn, sondern regelrecht abgemagert, ein Knochen. Er gestikulierte wild, lachte hysterisch und gab sich kaum Mühe, sein Treiben zu verstecken. Der Knochen war selbst drauf. Jemand, der sein Geschäft so unvorsichtig in einem Club betrieb, zählte zur untersten Stufe. Ein User, der sich mit ein paar Deals den eigenen Konsum finanzierte. Je mehr er verkaufte, desto mehr drehte er auf. Erst als sich zwei Mädchen an ihn schmiegten, änderte sich etwas. Nach einem kurzen Gespräch sprangen sie zurück und schrien ihn an. Der Knochen zuckte mit den Schultern und lachte. Wütend zogen die Mädchen ab.

Nadja hüpfte an mir hoch und riss mir die Mütze vom Kopf. Meine kurzen braunen Haare darunter kräuselten sich schon wieder. Wenn sie länger wurden, bekam ich Locken. Wir kämpften um die Basecap, und ich gewann sie zurück. Nadja brüllte mit rauer werdender Stimme gegen die Musik an. Sie redete von Tieren im Zoo und der Deutschen Bahn, während ein kräftig gebauter Junge, vielleicht sogar noch ein Schüler, den Knochen ansprach. Er stieß ihn mit der Hand gegen die Schulter, der Knochen schubste zurück: Der Stoff war aus. Der Dealer hielt seine Hand über den Mund und sprach aufgeregt hinein. Nadja zog meinen Kopf zu sich herunter. Ich hielt die Kappe fest, und sie küsste mich auf den Mund. »Ich liebe Kerzen.«

»Ich weiß«, antwortete ich und richtete mich wieder auf. Nadja sah mich an, nicht böse oder verwundert, nur leer. Ihre Pupillen weiteten sich, sie war voll konzentriert. Ich drehte mich zur Bar und bestellte ein Wasser für sie. Aus dem Augenwinkel sah ich, wie sich der Knochen durch die Menge schob. Er brauchte Nachschub, und den würde er sich jetzt besorgen.

Freitag, 1.21 Uhr

Die Warteschlange vor dem Club reichte mittlerweile bis zum Bürgersteig. Zwei schwarz gekleidete, muskelbepackte Türsteher regelten den Einlass. Ich war die Treppen nach oben auf die Straße gerannt und sog die frische Luft ein. Meine Augen gewöhnten sich an die Dunkelheit. Im schwachen Licht der Brückenbeleuchtung erkannte ich zwei Frauen, die mir in gebatikten T-Shirts und bunten weiten Stoffhosen entgegenschlenderten. Sie gingen trotz des kühlen Winds und höchstens zehn Grad Temperatur barfuß. Darüber wunderte sich in Tübingen niemand. Gegenüber dem Club befand sich ein neu gebautes, ebenso tristes wie modernes Mittelklassehotel. Die unzähligen kleinen, rechteckigen Fenster des Betonklotzes waren der Straße zugewandt und hätten genauso gut zu einem Gefängnis gehören können. Ich ging ein paar Schritte auf dem Bürgersteig hinunter in Richtung Neckar. Links zur Innenstadt hin huschte im Schaufensterlicht eines Sportgeschäfts eine hagere dunkle Gestalt vorbei. Größe und Erscheinung passten. Ich überquerte die Straße und trabte bis zur Kreuzung. Er war es! Der Knochen steuerte den Busbahnhof an. An einer dunklen

Haltestelle vor einem Gebüsch stoppte er. Der Knochen ging auf und ab und sah sich in alle Richtungen um. Ich duckte mich hinter einen am Straßenrand geparkten bunt bemalten und mit Aufklebern bepflasterten VW-Bus. »Peace & Love«, stand auf der Sonne, die direkt neben meinem Kopf klebte. Leichter Nieselregen setzte ein, oder spürte ich ihn erst jetzt? Kniend band ich meine Schuhe und spickte um den VW-Bus.

Ein Polizeiauto umrundete den Busbahnhof. Die uniformierten Kollegen hielten direkt auf den Knochen zu. Er drehte sich zur Seite. Dass er nicht wegrannte, war alles. Der Streifenwagen verlangsamte seine Fahrt. Wenn sie ihn filzen, dachte ich, geht mir der andere durch die Lappen. Ich stellte mir zwei altgediente Beamte vor und den müden Blick, den sie im Wagen wechselten. Und auf die Tübinger Kollegen war Verlass: Sie stiegen bei diesem Wetter lieber nicht aus dem sitzbeheizten Streifenwagen, sondern fuhren weiter.

Der Knochen ging weiter auf und ab. Er hatte die Bushaltestelle zielstrebig angesteuert. Nicht zum ersten Mal, dachte ich. Die Mint-Organisation hatte sich professionalisiert. Anfangs waren die Tübinger Polizei und unsere Spezialisten aus der Abteilung für neue Szenedrogen von einem Studentenprojekt ausgegangen. Mittlerweile wurde der Schwaben-Stoff mit dem erfrischenden Minzgeschmack in Freiburg, Karlsruhe, Ulm und in der Landeshauptstadt Stuttgart durch die Nase gezogen. In den Kliniken im Ländle häuften sich die Opfer. Das Zentrum vermuteten wir nach wie vor in Tübingen.

Durch seine gute Fettlöslichkeit überwindet Mint die Blut-Hirn-Schranke unmittelbar – der Kick setzt durch die hohe Reinheit sofort ein. Unzählige Botenstoffe werden ausgeschüttet, wie wenn man einem Löwen in freier Wildbahn gegenübersteht: Der Kreislauf gerät in Wallung, das Herz pocht, und alle Sinne sind geschärft. Die Nebenwirkungen: Angststörungen, Nierenschwäche und Kreislaufzusammenbrüche.

Ein Jogger trabte aus der Unterführung des unmittelbar angrenzenden Hauptbahnhofs, die direkt auf dem Busbahnhof endet. Tief eingemummt in eine blaue Regenjacke hielt er wie zufällig beim Knochen an. Über den VW-Bus hinweg schoss ich ein Foto. Der andere sah ungewöhnlich muskulös aus und zog den Knochen in das Gebüsch neben der Bushaltestelle.

Sie diskutierten, schienen sich nicht einig zu sein. Mit einem letzten Blick auf einen »Make love, not war«-Aufkleber stand ich auf und schlenderte in ihre Richtung.

Vom Hauptbahnhof rannte eine kleine, schmächtige, glatzköpfige Gestalt auf die Dealer zu. Ich duckte mich hinter ein neues E-Klasse-Modell, das vor dem VW-Bus stand. War das Akin Tosun? Was zur Hölle hatte der hier zu suchen?

Innerhalb von Minuten war er vor zwei Wochen bei seinem toten Bruder im Club gewesen. Ein Freund hatte ihn angerufen. So stand es im Polizeibericht. Gleich nach meiner Ankunft vor zwei Wochen in Tübingen hatte ich Akin ins Visier genommen. Als hungriger Kunde war ich nahezu jeden Abend in den Dönerladen der Familie gegangen.

Jetzt fuchtelte er mit einer Art Stock und schrie: »Stehen bleiben! Hände hoch! Keine Bewegung!«

Dachte Akin, er hält eine Kalaschnikow in der Hand? Der Schock hielt bei seinen Gegnern nicht allzu lange vor. Der Knochen zog ein Messer.

»Polizei«, rief ich und sprang auf. Alle drei sahen zu mir herüber. Sie konnten mich in der schwach beleuchteten Straße nicht erkennen. Der Knochen ging auf Akin los und stach mit seinem Messer zu. Akin drosch derweil mit seinem Schlagstock ins Leere und stürzte. Der Knochen wollte wieder zustechen, da schlug ihn der andere Dealer auf den Arm. Das Messer fiel zu Boden. Der Muskulöse drehte sich um und flüchtete, ohne sich umzusehen. Ich war noch einige Meter entfernt. Der Knochen blieb kampfbereit stehen. Akin stürzte sich wieder auf ihn. Endlich erreichte ich sie und verpasste dem Knochen einen heftigen Schlag auf die Schulter. Er prallte gegen die seitliche Glasscheibe der Bushaltestelle, die klirrend zerbarst, und lag dann mitten im Scherbenhaufen. Ich hielt ihn fest und drehte ihm beide Arme auf den Rücken.

Er jaulte: »Hör auf! Du brichst mir den Arm.«

»Beide«, korrigierte ich und löste den Druck ein wenig. Der zweite Dealer war schon weit entfernt, er sprintete in einer unglaublichen Geschwindigkeit Richtung Innenstadt.

»Wir haben ihn«, sagte Akin in breitem Schwäbisch und richtete sich schwerfällig auf. »Die Polizei ist unterwegs.« Er packte Handschellen aus und warf sie mir zu.

»Wo hast du die denn her?«, fragte ich erstaunt.

»Baumarkt«, antwortete er.

»Mach du«, sagte ich und hielt den Knochen weiter im Griff. So ungeschickt, wie Akin seinem Gefangenen die Dinger anzulegen versuchte, konnte er das noch nicht oft geübt haben. Auch nicht in anderen Zusammenhängen. Schließlich gelang es ihm, und er packte ein zweites Paar Handschellen aus.

»Willst du mich jetzt auch noch verhaften?«

»Die sind für den anderen«, antwortete Akin und fasste sich ans Bein. »Er wohnt oben im Belmondia-Verbindungshaus.«

»Vergiss es.«

Akins Hose war aufgerissen. Er tastete nach der Wunde und erschrak, als er seine blutverschmierte Hand sah. Das Adrenalin hatte ihn die Verletzung nicht gleich spüren lassen. Nun schien er fast zu sterben. »Ich blute!«

Ich zog mein Handy heraus. »Ich ruf die Bullen an.«

»Die kommen gleich. Ich habe schon angerufen.«

»Das gute Stück ist hinüber«, sagte ich, beugte mich über Akins Bein und riss die Hose noch ein Stück weiter auf.

»Au, au«, rief Akin mit schmerzverzerrtem Gesicht, während ich die Wunde abtastete, und fuhr sich mit der Hand über den kahlen Kopf. Er gönnte sich mit seinen einunddreißig Jahren und dem Halbmarathon, den er zweimal wöchentlich lief, keine einzige Rundung gegen die Kanten des Lebens. Akin wartete auf meine Diagnose.

Der Schnitt war lang gezogen, aber nicht tief. »Das muss genäht werden. Du musst sofort ins Krankenhaus«, erklärte ich mit besorgter Miene.

»Heilig's Blechle!« Er stieß einen Seufzer aus. »Nicht auch das noch.«

»Späßle«, probierte ich mein Schwäbisch aus.

Er maulte gleich humorlos zurück. »Ja, mach dich nur lustig! Ich bin schwer verletzt!«

»Da reicht ein Verband. Drück mit der Hose etwas auf den Kratzer«, sagte ich und hielt Ausschau. Die Tübinger Polizei, eben noch in der Nähe, ließ auf sich warten.

Akin schleppte sich zum Knochen und fragte mit gesenkter Stimme: »Wo kommt das Mint her?«

»Keine Ahnung.«

Akin hob seinen Schlagstock auf und drosch auf den Boden. »Sag es!« Er verfehlte den Kopf des Dealers nur knapp.

»Ich weiß es nicht«, presste der hervor. Er wand sich bäuchlings auf dem Boden und riss an seinen zusammengeketteten Händen auf dem Rücken.

»Du verdammtes Schwein, ich prügle es aus dir heraus!«, schrie Akin. Sein Stock sauste erneut zu Boden.

»Akin, lass es«, sagte ich und schob ihn zurück. »Das bringt jetzt nichts.«

»Bei der Polizei sagt das Schwein doch sowieso nichts.«

»Das wird sich zeigen. Du kannst hier nicht den Hobbysheriff spielen.«

Akin ließ sich auf den Boden fallen. »Aber ich muss doch etwas unternehmen, wenigstens jetzt«, sagte er. Seine Wut, die er nach außen trug, richtete sich in Wahrheit gegen ihn selbst.

»Du kannst nichts für Erols Tod«, erklärte ich, wohl wissend, wie wenig davon zu Akin durchdringen würde.

»Ich hätte schon viel früher etwas tun müssen«, sagte Akin und hielt sich die Hände vor das Gesicht.

»Komm schon, einer weniger.«

Akin starrte auf den Boden, während ich den Knochen durchsuchte. Ein paar Zigaretten, Kaugummis, eine Menge Bargeld, Hausschlüssel, sogar Papiere. Er hörte auf den Namen Benjamin. Nur Stoff war Fehlanzeige.

»Kein Mint«, murmelte ich.

»Doch«, antwortete Akin. »Ich habe ihm die Packung aus der Hand geschlagen.«

Akin zeigte mit dem Finger auf die ungefähre Stelle im Gebüsch. Ich suchte den Boden ab und fand tatsächlich eine Klarsichtfolie voller kleiner grünlicher Kristalle. Im Licht der Straßenlaternen wog ich sie in meiner Hand. Schätzungsweise fünf Gramm, das reichte für fünfzig Trips.

Ich beugte mich noch einmal zum Knochen hinunter. »Wer war der andere?«

»Keine Ahnung.«

Offenbar musste ich deutlicher werden. Ich verdrehte ihm den Arm und hörte aus der Ferne die Sirene. Die Polizei musste jeden Moment eintreffen.

»Wie heißt er?«

»Weiß nicht«, jaulte der Knochen.

»Wie?«, rief ich und drückte ihm mein Knie ins Kreuz.

»Alexander, Alexander«, winselte der Knochen. »Aufhören.«

»Weiter.«

»Keine Ahnung.«

»Den Stoff behalte ich«, erklärte ich und löste den Druck.

»Bist du verrückt?«, rief Akin. »Das muss zur Polizei. Gib sofort her!«

Ich warf die Packung, Akin fing sie mit einem Satz auf. »Au, mein Fuß«, jammerte er und hielt sich das Bein. Da sah ich den Streifenwagen und rief im Gehen: »Bin weg. Kein Bock auf die Bullen.«

Freitag, 2.13 Uhr

Nach meinem kurzen Sprint durch den Park am Anlagensee joggte ich am bereits geschlossenen Dönerladen von Familie Tosun nahe der Eberhardsbrücke vorbei. Nach einigen Stechschritten über das Kopfsteinpflaster der Innenstadt, vorbei an der Stiftskirche und über den Marktplatz, bog ich vor dem Rathaus in eine Gasse voller windschiefer Fachwerkhäuser und kam fast direkt auf einen Imbiss zu. Zugegebenermaßen nicht zufällig, ich hatte mir gemerkt, dass ich für einen nächtlichen Snack die Marktgasse hinuntermusste.

Der Imbiss nannte sich schlicht »X« und war bei Nachtschwärmern beliebt. Selbst um diese Zeit musste ich auf meine Currywurst, die ich mir, wie ich fand, redlich verdient hatte, warten. Innen gab es auf zwei Stockwerke verteilt kleine Tische, ich nahm einen der Stehtische draußen unter dem schmalen Vordach. Die Soße war scharf, schmeckte aber hervorragend.

Als ich ein paar neue Nachrichten auf meinem Smartphone las, sah ich, dass meine Schwester Marie online war. Um diese Zeit? Normalerweise ging sie früh schlafen, da sie schon morgens um sieben zu arbeiten begann. Marie war der wichtigste Mensch in meinem Leben – meine Schwester und gleichzeitig meine beste Freundin. Sie lebte in München, arbeitete als Anlageberaterin bei einer Privatbank und war drei Jahre jünger als ich. Egal, wie eingespannt wir sein mochten, telefonierten wir jeden Sonntagnachmittag, um die Erlebnisse und die Gedanken und den Müll der Woche loszuwerden. Und das seit jeher. Vergangene Woche hatten wir uns beschränken müssen, weil Marie zu Beginn einer ganzen Reihe von Geschäftsterminen mit Kunden in Peking zum Abendessen verabredet gewesen war.

Als ich noch überlegte, ob ich sie mitten in der Nacht anrufen konnte, leuchtete ihre Nummer auf meinem Display auf. Das sah ihr ähnlich.

»Noch wach?«, fragte ich kauend.

»Schon wieder, die Zeitumstellung«, rief Marie putzmunter. »Ich hab schon gesehen, dass du online bist.«

»Boxenstopp am Imbiss«, erklärte ich.

»Warum überrascht mich das nicht?«

»Warst du wieder im Love-Chat?«

»Frag lieber nicht«, sagte Marie und stöhnte ausgiebig. »Aber wir sind am Sonntag nicht fertig geworden.«

Ich überlegte kurz. »Ach, das«, sagte ich, gleichzeitig zog sich mir der Magen zusammen.

»Also? Nun rück schon raus damit!«

»Das habe ich vielleicht im ersten Moment überschätzt«, begann ich und atmete tief durch. Die anderen nächtlichen Fast-Food-Liebhaber waren in Hörweite, aber in ihre eigenen Gespräche vertieft. »Eine Frau hat sich bei meinem Arbeitgeber gemeldet.«

»Ja, und?« Marie klang verwirrt.

»Es ist absurd.«

»Jetzt sag es endlich.« Marie wurde hörbar ungeduldig.

»Sie sagt, also, sie behauptet, ein Kind von mir zu haben«, flüsterte ich ins Telefon.

Am anderen Ende Stille. Dann kicherte Marie.

»Was gibt es da zu lachen?«, fragte ich laut und deutlich und spießte schwungvoll ein Stück Currywurst auf.

»Dann bin ich auf einmal Tante, das ist ja toll!«

»Hör bloß auf!«

»Wer ist die Frau? Wie ist es passiert? Wann? Wo? Ich will alles wissen.«

»Sie hat sich beim Haus gemeldet, wollte keinen Namen sagen und nichts. Der Boss hat mit ihr gesprochen. Das Kind soll ein Mädchen sein. Mehr weiß ich selbst nicht«, sagte ich und schnaufte durch.

»Und jetzt? Wie geht es weiter?«

»Der Boss ist cool geblieben. ›Einen Tom Wenzel gibt es bei uns nicht‹, hat er gesagt.«

»Eure bewährten drei L«, kommentierte Marie. »Leugnen, leugnen, leugnen.«

»Was weiß denn ich?« Ich nahm die letzten beiden Bissen der Currywurst auf einmal. Seit Tagen beschäftigte mich der Gedanke, plötzlich Vater zu sein. Gestern war ich nachts aufgewacht, weil ich von einem Spielplatz geträumt hatte. Das Schlimmste: Es war ein schöner Traum gewesen. »Es ist doch seltsam. Warum will sie ihren Namen nicht sagen? Und warum kommt sie jetzt damit an?«

»Dass da etwas passiert ist, kannst du ausschließen, oder? Ich meine, du würdest doch nicht ohne jegliche …«

»Natürlich«, antwortete ich. »Ja, sicher.«

»Du klingst gar nicht so sicher, Herr Star-Ermittler.«

»Ich meine, nur mal angenommen, gesetzt den unwahrscheinlichen Fall ...«, seufzte ich. »Was soll ich tun?«

»Triff sie doch einfach«, schlug Marie vor. Sie lachte wieder. »Deine Tochter würdest du bestimmt erkennen.«

»Hmm«, brummte ich, warf den Stocher in die restliche Currysoße und wischte mir den Mund ab.

Was, wenn ich wirklich eine Tochter hatte? Ich mochte Kinder, aber bisher waren die ja nicht in meinem Verantwortungsbereich. Ohnehin hatte ich keine Möglichkeit, mit der Frau Kontakt aufzunehmen. Also wechselte ich das Thema: »In einer Woche hast du Geburtstag.«

»Kommst du?« In Maries Ton schwang bereits ein leiser Vorwurf mit, als ahne sie die Antwort.

»Ich fürchte, das geht nicht. Ich kann Tübingen nicht verlassen, schon gar nicht für einen Tag oder sogar ein Wochenende.«

»Kein Problem«, antwortete Marie. Sie saß im Rollstuhl.

»Komm doch ein paar Tage zu mir«, hörte ich mich vorschlagen. »Wir feiern deinen Geburtstag in Tübingen, dann kannst du dich am Neckar entspannen.«

»Was soll ich in der schwäbischen Provinz?«

»Deinen Bruder besuchen! Es ist schön hier.«

»Das geht doch nicht, du bist im Einsatz«, überlegte Marie laut. »Außerdem werde ich dreiunddreißig und nicht dreizehn.«

»Na gut. Wenn es klappt und es sich mein Apothekerpräsident nicht noch einmal anders überlegt, sehen wir uns wie ausgemacht am Montag. Schlaf noch ein wenig.«

»Du auch, Großer.«

Auf dem Rückweg zu meiner Bleibe würde ich die Kalorien des Nachtsnacks wieder loswerden. Ermittlungen hin oder her, ich musste wieder mehr Sport treiben und mich gesünder ernähren. Kaum trat ich unter dem Vordach heraus, nieselte es ekelhaft. Am Ende der Altstadt sprang ich in ein freies Taxi.

Freitag, 2.39 Uhr

Zu dieser fast verkehrsfreien Zeit dauerte die Fahrt bis zur westlichen Stadtgrenze, wo ich für den Einsatz wohnte, kaum fünf Minuten. Es war deutlich schwieriger gewesen als erwartet und nur dem Tipp einer unserer Sekretärinnen, die aus Tübingen stammte, zu verdanken, dass ich überhaupt etwas halbwegs Geeignetes gefunden hatte. Denn Tübingen fehlten ständig Wohnungen. Recht abgeschieden hatte ich mich in eine alte Wassermühle eingemietet. Komfortabel hätte ich die Unterkunft am Wasser nicht gerade genannt, dafür war sie für die von Studenten übervölkerte und mittlerweile fast neunzigtausend Einwohner zählende Unistadt recht günstig. Und ich mochte alte Häuser.

Starke Regenfälle ließen den vorbeifließenden kleinen Bach namens Ammer anschwellen. Das Mühlrad drehte sich unter dem Druck des Wassers schneller als gewöhnlich. Der Großteil des produzierten Stroms wurde direkt im Gebäude genutzt, überschüssige Energie ins Netz eingespeist. Keine einzige Mühle im Umkreis mahlte mehr Getreide – zu teuer, zu umständlich, zu viele Auflagen von Behörden.

Kalter Wind trieb mich in das alte atmende Gemäuer, in dem ich das obere Stockwerk bewohnte. Darunter lagerten noch immer Mehlsäcke, Metallwannen und historische Werkzeuge. Die schmale honigbraune Holztreppe knarzte unter meinen Schritten. Sogar nüchtern barg die schmale Stiege einige Stolpergefahr. In der Wohnung warf ich meine Jacke und die Basecap auf die Garderobe und streifte die Sneakers ab.

Frederikes hochhackige Schuhe standen noch neben meinen schwarzen, die ich in wenigen Stunden wieder zu meinem Anzug anziehen musste. Sie hatte gewartet. Ich spürte ein Kribbeln, nahm mir eine Cherry-Cola aus dem Kühlschrank und ließ mich auf das Sofa fallen. Mit einem Klack öffnete ich die Dose. Wie ich dieses Zischen liebte! Die Kirschen prickelten auf meiner Zunge. Ich schloss die Augen. Das sanfte Rauschen der Mühle beruhigte. Der auffrischende Wind zog durch die undichten Ecken des alten Bauwerks herein. Mein Blick fiel auf den Gummibaum, den Frederike mir geschenkt hatte. Grün sei Leben, meinte sie. Nun hatte sie wohl entschieden, dass er am Fenster stehen sollte. Ich hätte ihn lieber in der Küche platziert, wo gleich an mehreren Stellen Wasser von der Decke tropfte. Darunter standen drei Eimer, die ich regelmäßig leeren musste. Unter jede Stelle eine Pflanze, dann müsste ich nicht einmal gießen. So könne nur ein Mann denken, hatte Frederike beschieden.

Hinter mir knarrte der Dielenboden. Ich drehte mich leicht zur Seite. Am liebsten wäre ich sofort aufgesprungen. Frederike hatte sich in ihre reizenden hellblauen Dessous gehüllt – oder enthüllt – und sah in diesem Hauch von Nichts bezaubernd aus. Ich wartete, bis ich ihre ungewöhnlich großen Hände auf meinen Schultern spürte, und atmete ihr Parfüm ein. Ihre langen blonden Haare fielen mir ins Gesicht, als sie mich küsste. Sie legte ihre Arme um mich und begann, meinen Brustkorb zu massieren. Sie hielt sich mit Yoga und Sport in Form, und das war gut so. Unsere Zungen umspielten sich. Ich zuckte zusammen, als sie mich ein wenig zu stark auf die Lippe biss.

Wie beim ersten Mal, vergangene Woche nachts im Auto. Aus meiner Begeisterung für einen restaurierten und bunt bemalten Stuhl in ihrer Apotheke hatte sich ein Abendessen entwickelt. Wenn sie aus alten Stühlen kleine Kunstwerke zauberte, könne sie abschalten, hatte sie erzählt. Sie war talentiert, fand ich. Aber als sie sagte: »Alle Menschen sind gleich«, musste ich heftig widersprechen. Sie war achtunddreißig und eine erfolgreiche Apothekerin und Geschäftsfrau. Gerade sie, aus privilegierten Verhältnissen, müsste wissen, wie wenig das stimmte, dachte ich und sagte es auch. »Du leistest dir luxuriöse Illusionen.« Als sie erwiderte, dass jeder alles erreichen könne, gerieten wir darüber in heftigen Streit und tranken zu viel Rotwein. Dann wollte sie die Wassermühle sehen. Ich mochte Frederike für die unverstellte Art, die ihre Ansichten so ernst und ehrlich klingen ließ.

Ihre Hände krallten sich in meinen Rücken. Ich zog sie zu mir. Wir schafften es noch ins Bett.

Freitag, 6.57 Uhr

»Boss.«

»Morgen, Wenzel. Schicker neuer Name. Sind Sie allein?«

»Natürlich. Wer sollte bei mir sein?«

»Ich frage nur.«

»Sie sind dreiunddreißig Minuten vor meinem Wecker.«

»Wie geht es Ihnen?«

»Sehr gut, Boss.«

»Freut mich zu hören.«

»Sie zeigen Interesse an meinem Wohlbefinden.«

»Ja, ich wusste es schon immer: Irgendwann würde dieser Motivationsscheiß auch zu uns kommen. Ich lese, die Tübinger Polizei hat einen Dealer festgenommen.«

»Es hätten zwei werden können. Akin Tosun hat den einen verfolgt und wollte beide der Polizei ausliefern.«

»Das hat ja hervorragend funktioniert. Gibt es etwas Neues zur Herstellung des Schwaben-Stoffs, Wenzel?«

»Nein.«

»Ihr Konrad Kieser geht im verdammten Berlin ein und aus. Wir können uns keine Fehler leisten.«

»Was ist mit diesem Alexander, Boss?«

»Ich setze die Kollegen dran. Das Foto ist etwas dunkel, aber wir sollten ihn identifizieren können.«

»Er hat Akin vor weiteren Verletzungen bewahrt und sich schlau verhalten. Er ist geflüchtet und hat sich nicht im Geringsten um den Stoff gekümmert. Ich habe ein gutes Gefühl.«

»Ich vertraue Ihnen in dieser Hinsicht, Wenzel.«

»In dieser Hinsicht.«

»Sie können jetzt noch dreißig Minuten schlafen. Sie sehen, ich nehme Ihre Wünsche ernst und zeige Empathie.«

»Dieses Seminar muss ein Vermögen gekostet haben. Sagen Sie, Boss, nur nebenbei, diese Frau von neulich, hat sie sich zufällig noch einmal gemeldet?«

»Bei uns nicht. Wieso fragen Sie?«

»Nur so, aus professionellem Interesse.«

»Soso, Wenzel. Wir konnten den Anruf nicht zurückverfolgen.«

»Aha.«

»Immerhin muss die Frau gewusst haben, dass Sie für uns tätig sind. Haben Sie etwa wirklich noch geschlafen?«

»Bis jemand aus Wiesbaden anrief.«

Freitag, 8.52 Uhr

Im Pausenraum der Bernstein-2-Apotheke im Tübinger Osten brühte ich frischen Kaffee und versuchte, keine Sauerei zu machen. Denn ihre kleine weiße Küchenzeile hielten die Apotheker ebenso sauber wie den Tisch in der Mitte, um den IKEA-Klappstühle gruppiert waren. Die Metallspinde an der weiß gestrichenen Wand waren unverschlossen. Im Ländle herrschte noch Vertrauen. Die Kaffeemaschine ratterte, und ich erfreute mich am Duft der Arabicabohnen. Morgens von seinem Boss aufgeweckt zu werden und allein im Bett zu liegen war schon miserabel genug. Frederike blieb nie bis zum nächsten Morgen. Sie hatte sich noch in der Nacht davongeschlichen. Seit einer halben Stunde wartete ich auf den baden-württembergischen Apothekerpräsidenten Konrad Kieser und kämpfte gegen die Müdigkeit. Ich trug einen schwarzen Polyesteranzug, ein weißes Hemd und schwarze Lederimitatschuhe mit breiter Gummisohle. Auf eine Krawatte bestanden die Kiesers bei ihrem Fahrer nicht.

Als das BKA die Großhandelslieferungen verdächtiger Substanzen, die für die Mint-Produktion benötigt werden, überprüft hatte, war immer wieder der Name Kieser aufgefallen. Mit juristischen Tricks, die viele Steuerberater und Rechtsanwälte beschäftigt haben mussten, kontrollierten Konrad Kieser und sein Familienclan mehr als fünfzig Apotheken in Tübingen und Umgebung. Jeweils vier gehörten formal einem Familienmitglied und wurden von diesem nach außen hin unabhängig geführt. Konrad Kieser selbst leitete die vier Rubin-Apotheken, Frederike Smaragd 1–4, ihre Mutter Herta Kieser die Bernstein-Häuser und andere Verwandte die nach Saphiren, Opalen, Jade und Perlmutt benannten Apotheken. Besonders in den Bernstein-Apotheken von Herta Kieser war es zu auffälligen Ephedrin-Lieferungen gekommen. Jede für sich genommen hätte ein Zufall sein können – in der Summe aber unmöglich.

Seit ich gleich zu meinen Anfangszeiten einen großen Mädchenhändlerring zerschlagen hatte, genoss ich im BKA einen gewissen Sonderstatus. Von den unendlich vielen Konferenzen und Besprechungen war ich freigestellt. Ich konnte selbst lenken, in welche Fälle ich undercover einstieg.

Pünktlich um neun Uhr öffnete die Apotheke ihre automatische Eingangstür. Ich trank Kaffee. Die Apothekenleiterin und zwei Mitarbeiterinnen mussten in die Offizin, wie Apotheker ihren Verkaufsraum nennen. Die ersten Kunden wollten bedient werden.

Die Gelegenheit nutzend schlich ich mich aus dem Pausenraum ins Lager. Auf mehrere große, bis zur Decke reichende Apothekerschränke verteilt reihte sich Schublade an Schublade, winzig klein beschriftet. Die Kiesers ordneten ihre Substanzen und Medikamente alphabetisch. Ich fragte mich dennoch, wie sie bei diesen sonderbaren Namen und Formeln den Überblick behalten konnten. Sie haben im Gegensatz zu mir Pharmazie studiert, fiel mir ein. Amateure unter den Methamphetamin-Köchen gewannen ihre Grundsubstanzen aus Erkältungsmitteln, Abflussreinigern, Batteriesäure oder Farbverdünnern. Was sich der User durch die Nase ins Gehirn schoss, mochte man sich besser nicht vorstellen. Mint dagegen war sauber.

Mein Blick wanderte zu E wie Ephedrin. Zusammen mit Lithium-Aluminium-Hydrid und Ammoniak konnte es in einem Reduktionsvorgang leicht zu Mint verarbeitet werden. Allerdings fand ich kein mit Ephedrin beschriftetes Fach. Wahllos zog ich Schubladen auf und sah hinein: wenig Ware. Die Kieser-Apotheken wurden viermal täglich von Großhändlern beliefert. Deshalb benötigten sie kaum noch Vorräte.

Ich vernahm schlurfende Schritte hinter mir, entsprechend beschleunigte sich mein Pulsschlag. Schnell lugte ich um die Ecke: niemand in Sicht. Dafür viele Kunden in der Offizin. Ein Hoch auf die Erkältungszeit! Ich bewegte die Computermaus an der Stirnseite des Lagers, und der Bildschirmschoner verschwand. Eine Mitarbeiterin war noch im Warenwirtschaftsprogramm angemeldet. Ich tippte »Ephedrin« in die Suchmaske. Das Programm zeigte mir den Bestand an: einundzwanzig Ephedrin-Kolben, mehr als fünfzig Gramm und damit weit über jedem normalen Bedarf. Ich klickte mich durch die Lieferungen. Über das letzte halbe Jahr verteilt war immer wieder bei unterschiedlichen Großhändlern bestellt worden, vor allem von Herta Kieser.

Wo konnte das Pulver sein? Einen Raum weiter befand sich das Labor. Die massive weiße Tür mit rundem Sichtfenster auf Augenhöhe ließ sich öffnen. Auf dem Labortisch standen ein Salbenrührgerät, eine Fein- und eine Grobwaage und mehrere Mörser. Ich sah mir die Schränke oberhalb, unterhalb und auf der anderen Seite des Tisches an. Wie zur Hölle hatten die Kiesers das sortiert? Nach irgendwelchen pharmazeutischen Kriterien vermutlich, alphabetisch jedenfalls nicht. Endlich: Auf einer Schublade stand Ephedrin. Nur zwei Kolben! Ich nahm einen, drehte ihn in der Hand. Gerade einmal zwei Komma fünf Gramm befanden sich darin, und der andere war schon halb leer. Ich wollte gerade den Kolben zurücklegen, als ich zusammenfuhr. In der Tür stand Guntram Kieser. Wie lange hatte er mich schon beobachtet?

»Was machen Sie denn hier?«, empörte er sich. Guntram war für das Tagesgeschäft aller Kieser-Apotheken zuständig und überprüfte jeden Morgen unangekündigt eine andere Filiale. Mit dem Knie schob ich das Fach zu und drehte mich zur Seite.

»Tut mir leid«, sagte ich. Ich hoffte, er hatte nicht gesehen, an welcher Schublade ich hantiert hatte. »Ich war neugierig, wie so ein Labor aussieht.«

Wenn es keine plausible Ausrede gibt, macht ein Agent oder Undercover-Bulle das Gleiche wie jeder vernünftige Mensch: seinen Fehler sofort zugeben, sich entschuldigen und ihn möglichst schnell abhaken.

»Sie haben hier nichts verloren«, sagte Guntram Kieser mit kerzengeradem Rücken. Er konnte als gut aussehend bezeichnet werden: groß gewachsen, muskulös und ein herbes Männermodel-Gesicht wie in einer Werbung für E-Zigaretten. Er trug die Haare kurz geschnitten wie ich und einen dreiteiligen grauen Anzug mit dunkelblauer Krawatte. Nur die Schnürschuhe aus beigem Wildleder und der schwarze Gürtel passten nicht zusammen.

»Ich warte auf Herrn Kieser«, erklärte ich. »Konrad Kieser. Ich soll ihn zu einer Besprechung fahren.«

»Im Labor?«, fragte Guntram Kieser streng.

»Entschuldigen Sie«, gab ich mich kleinmütig.

»Ich warte auf ihn. Wir sind verabredet.«

Deshalb war Guntram Kieser also hier. Er sah sich die Listen in seiner Hand an. Er galt als pingelig und anstrengend, und entsprechend unbeliebt waren die sogenannten Frühkontrollen bei den Mitarbeitern. Ich bewunderte seine Disziplin. Sich für Details zu interessieren, genau nach den Regeln vorzugehen, durchzuhalten.

»Meine Frau hat neulich von Ihnen gesprochen«, begann Guntram Kieser, ohne aufzusehen. »Sie scheint sich gut mit Ihnen zu verstehen.«

»Ah ja?«, gab ich mich erstaunt. »Wie heißt sie noch mal?«

»Frederike. Sie geht in letzter Zeit viel aus.«

»Ist doch schön, ein wenig Abwechslung vom grauen Alltag«, sagte ich und schob mich an ihm vorbei.

»Sie kann machen, was sie will«, erklärte Guntram kühl.

Ich fixierte sein graues Jackett. Er zog Schubladen auf und nahm Ordner aus dem Regal, ich ging an ihm vorbei.

»Ach, damit das klar ist, Herr Wenzel«, sagte der Apotheker und drehte sich um. Er sah mir direkt in die Augen. Jetzt kommt es, dachte ich. Er weiß Bescheid. »Über diesen Vorfall erstelle ich eine Aktennotiz.«

»Bitte nicht, ich bin doch ganz neu und noch in der Probezeit.« Ich ließ mir die Erleichterung nicht anmerken.

»Regeln sind Regeln.«

Mit gesenktem Haupt setzte ich mich wieder in den Pausenraum und nippte an meiner Tasse – kalter Kaffee. Besser im Labor erwischt als mit Frederike! Wenn Guntram, dieser pedantische Aktennotizenanfertiger, etwas mit Mint zu tun hätte, müsste er energischer reagieren, überlegte ich. Die fehlende Ephedrin-Menge in dieser Apotheke war enorm. Warum hatte Herta Kieser überhaupt so viel bestellt? Welcher Apotheker ging ein solches Risiko ein? Einer wie er, der um jeden Preis nach oben will? Guntram hatte seinen Familiennamen Wollschläger abgelegt und den in Apothekerkreisen wohlklingenden Nachnamen Kieser angenommen. Die Gedanken waberten durch meinen Kopf, ohne Halt zu finden.

Stimmen drangen aus dem Labor herüber. Ich stellte mich an die Tür und lauschte.

Guntram sprach mit der Apothekenleiterin, die hereingekommen sein musste. Sie sagte, ein Kunde wolle ihn persönlich sprechen. Schon letzte Woche habe er seine Viagra-Pillen in Rot statt in Blau verlangt. Warum sie ihm nicht selbst erklären könne, wie unsinnig das sei, entgegnete Guntram. Er bemängelte fehlende Einträge in Kontrolllisten und die hohen Personalkosten.

»Sie sehen doch selbst, was hier los ist«, klagte die Apothekenleiterin. »Wir sind sowieso schon knapp besetzt.«

Guntram hielt ihr den Umsatz einer anderen Kieser-Apotheke entgegen, die mit weniger Personal arbeite. Eine Tür ging auf. Gerade noch rechtzeitig nahm ich die gelangweilte Haltung ein, die sich für einen unterbezahlten Chauffeur ziemte. Eine der PTAs trat mit offenen weißen Sandalen in den Pausenraum und nahm sich einen Kaffee. Sie müsse erst einmal eine rauchen.

Die Kunden, der Stress. Dummerweise musste sie dazu am Labor vorbei.

»Sie gehen rauchen?«, fragte Guntram Kieser gereizt.

»Sie hat Pause«, nahm die Apothekenleiterin sie in Schutz.

»Da kann man gut ein Formular nebenbei ausfüllen«, sagte Guntram Kieser und setzte zu einem längeren Vortrag über Motivation an, der nur in Bruchstücken zu mir drang, weil mein Smartphone vibrierte.

»Herr Wenzel, holen Sie mich bitte am Stuttgarter Flughafen ab«, sagte Konrad Kieser. Er klang gut gelaunt.

»Jawohl, Herr Kieser«, antwortete ich. Jede Rückfrage wäre überflüssig gewesen. Der Mann war eben nicht hier, sondern am Flughafen.

»Fahren Sie sofort los. Und sagen Sie dem Personal nichts.«

Mit einem »Yes, Sir« legte ich auf und fragte mich, was ich dem Personal hätte sagen sollen. Und ob er auch seinen Schwager zum Personal rechnete. Falls er sich überhaupt an die geplante Besprechung mit ihm erinnerte. Noch bevor ich den Pausenraum verließ, wusste ich, dass dem so war, denn ich hörte Guntram aufgebracht telefonieren. Konrad Kieser hatte zuerst mich angerufen. Ich fühlte mich ein wenig geschmeichelt.

»Konrad, wir hatten einen Termin. Ich habe diese Eskapaden langsam satt«, ereiferte sich Guntram lautstark. »Es ist mir egal, was du sonst zu tun hast.« So unbeherrscht kannte ich ihn nicht. Und schon gar nicht gegenüber seinem Schwager. Ich ließ mir Zeit, die Jacke anzuziehen.

Guntram regte sich auf. »Die Zeiten haben sich geändert.« Es entstand eine kurze Pause, bevor Guntram Kieser wiederholte: »Nein, Konrad. Ich mache es nicht mehr.« Er schwieg eine Weile und schien zuzuhören. Dann platzte ihm hörbar der Kragen. »Bin ich hier eigentlich der Einzige, der sich noch um die Apotheken kümmert? Es reicht! Tschüss!«

Freitag, 9.35 Uhr

Ich verließ Tübingen mit Tempo zweihundert gen Stuttgart. Bei Kirchentellinsfurt führte die Bundesstraße 27 an einem großen Baggersee vorbei. Im Sommer, hatte ich mir sagen lassen, war er bei Tübinger Studenten beliebt. Über die Region hinaus hatte er sich als Treffpunkt der Schwulen- und Swinger-Szene etabliert. Tagsüber ging es im Sommer an einem der Ufer, nachts das ganze Jahr über auf dem angrenzenden Parkplatz hoch her. Und immer häufiger, darüber tauschte sich die Szene offen in Internetforen aus, war das aufputschende und schmerzlindernde Mint dabei. Es war ebenso beliebt wie die B 27 bei vielen in Stuttgart angestellten Daimler- und Bosch-Mitarbeitern. Auf der Höhe von Filderstadt fuhr ich in einen Stau. Da nützte mir selbst ein Luxusgefährt aus Bayern nichts.

Den bisherigen Fahrer der Kiesers gleich nach meiner Ankunft in Tübingen aus dem Verkehr zu ziehen war leichtes Spiel gewesen. Wir hatten ihn bei einem Kneipenbesuch in der Altstadt beobachtet und anschließend für eine Polizeikontrolle gesorgt: eins Komma sieben Promille, Führerschein adios. Er hätte mir den Schlüssel für den neuen 7er-BMW in Dunkelblau – voll ausgestattet, versteht sich – mit beigen Ledersitzen, holzvertäfelten Armaturen, einer Bose-Soundanlage, auf extrabreiten Chromfelgen gleitend und mit getönten Scheiben gleich weitergeben können. Denn ich, der arbeitslose Langzeitdauerstudent Tom Wenzel, händeringend auf Jobsuche, flexibel einsetzbar und willig, für ein schmales Gehalt zu arbeiten, kam für den führerschein- und fahrerlosen Konrad Kieser wie vom Himmel geschickt.

Der Apothekerpräsident fuhr niemals selbst. Einen Chauffeur zu haben war wie eine teure Uhr: ein Statussymbol. Vor Jahren hatte Konrad Kieser außerdem ähnlich besoffen wie mein Fahrervorgänger seine damalige S-Klasse am helllichten Tag gegen das Schaufenster eines konkurrierenden Apothekers gelenkt und seinen Führerschein abgeben müssen. Kurz vor dem Flughafen erhielt ich eine SMS: »Steige jetzt aus dem Flieger. War im Gesundheitsministerium unabkömmlich.«

Unabkömmlich, der Herr Apothekerpräsident.

Ich parkte den Wagen direkt vor der Ankunftshalle. Aus dem Handschuhfach nahm ich das Schild »Eilige Medikamente«. Gedruckt auf dem roten vertrauenswürdigen Apothekensymbol, ersparte es mir lange Parkplatzsuchen. Wartend, wie ich überhaupt tagsüber viel Zeit mit Warten verbrachte, schloss ich die Augen, bis Konrad Kieser energisch gegen die Seitenscheibe des BMWs klopfte. Der untersetzte einundfünfzigjährige Mann trug das Jackett unter dem Arm und rauchte hastig eine Zigarette. Die fürs Halten zuständigen Fingerkuppen waren bereits gelblich verfärbt. Das weiße Hemd spannte gefährlich über dem Bauch, der über der Stoffhose hing. Wie immer hatte er sein schwarz nachgefärbtes Haar nach hinten gekämmt. Heute etwas viel Gel, dachte ich, gähnte und entriegelte das Auto. Kieser schleppte seinen Aktenkoffer hektisch um den Wagen. Er stieg hinten rechts ein, sog, schon halb im Auto sitzend, ein letztes Mal gierig an seinem Glimmstängel und schnippte ihn auf den Gehweg. Im Wagen herrschte absolutes Rauchverbot. Von seiner Mutter Herta Kieser verhängt, also hielt er es ein.

»Diese Leute im Gesundheitsministerium, ich sage es Ihnen!«, schnaufte der Apothekerpräsident und warf seinen Koffer auf die linke Seite. »Bei mir gäbe es so was nicht.«

Ich nickte verständnisvoll. Im Wagen breitete sich eine Mischung aus Zigarettengeruch und Irisch Moos aus, wie vom Aschenbecher vor einer Douglas-Filiale.

»Die Leute sollen gesünder werden«, äffte Kieser offenkundig jemanden nach. »Wenn ich das schon höre! Gesunde Leute widern mich an.«

»Stress gehabt?«, fragte ich nach und streckte mich.

»Hören Sie mir auf!«, rief der Apothekerpräsident und warf sich theatralisch in den Sitz zurück. »Nicht mal in der ABDA fahren wir eine einheitliche Linie.«

»In der ABDA ...«, wiederholte ich stirnrunzelnd.

»Unser Spitzenverband in Berlin, die Bundesvereinigung Deutscher Apothekerverbände«, erklärte Kieser. »Da sind alle Landesorganisationen vertreten.«

Er vertrat als baden-württembergischer Verbandspräsident die Interessen von Apothekenbesitzern – und seine eigenen. Die Bezeichnung »Pharmalobby« mochte er nicht.

Auf meinem Smartphone fand ich siebzehn WhatsApp-Nachrichten von Herta Kieser. Für mich war sie Oma Herta, und genau so hatte ich sie in meinem Telefon abgespeichert und ins Herz geschlossen. Mindestens einmal täglich änderte sie ihr Selfie-Profilbild. Heute grinste sie neben einer mindestens ebenso alten Freundin mit einem Cuba Libre in der Hand. Die Damen saßen im El Chico, einem Mexikaner in der Tübinger Stadtmitte, direkt am Neckar. Oma Hertas erste Nachrichten klangen noch harmlos, aber ihr Ton verschärfte sich, da ich nicht reagiert hatte. Die letzten waren mit vielen bösen roten Smileys versehen.

»Wohin fahren wir?«, fragte ich, den Oberkörper nach hinten gedreht.

»Bernstein 2«, antwortete Kieser. »Da wartet mein geschätzter Schwager.« Er nahm einen Schluck aus seinem silbernen Flachmann und steckte ihn wieder ins Seitenfach seines Aktenkoffers. Es roch mehr nach Schwarzwälder Kirschwasser als nach Cuba Libre.

Kiesers Finger zitterten. Er mühte sich, ein Bonbon auszupacken, das er sich umso routinierter in den Mund schob. Ich stellte mir meinen angetrunkenen Vorgänger mit einem angetrunkenen Chef im Fond vor. Der schwadronierte von einer misslungenen Schulung für die Verbandsmitglieder, anstehenden Verhandlungen mit Krankenkassen, dummen Politikern, seinem Stress und dem Chaos und überhaupt. Mein Handy vibrierte.

»Wenzel, wo stecken Sie?«, schrieb Oma Herta und fügte fünf Wut-Smileys hinzu. »Ich warte!!!«

»Ihr Sohn hat mich zum Flughafen bestellt, dringend«, tippte ich, während ich mich durch den dichten Verkehr am Flughafen manövrierte.

»Die Chefin bin ich!!!«, schrieb Oma Herta zurück. »Sie sind gefeuert!!!«

An der roten Ampel vor der Auffahrt zur Schnellstraße wollte ich ihr noch einmal antworten.

»Wenzel, was machen Sie da?«, erboste sich Konrad Kieser. Er beugte sich nach vorne, während er mit einem kleinen Taschenspiegel hantierte. Er trug Kaviar-Serum auf. Das sollte für glatte Haut sorgen. Ich sah Oma Hertas Bild verschwinden. Sie hatte mich blockiert. Meine Nachricht »Melde mich, sobald ich kann« konnte schon nicht mehr zugestellt werden.

»Nehmen Sie den Akku raus, verdammte Axt!«, schimpfte Kieser und öffnete sein eigenes Handy.

»Ja, tut mir leid«, sagte ich und leistete seiner Anweisung Folge. Oma Herta würde nun ohnehin eine Weile schmollen.

»Das kann doch abgehört werden!«

Auf die Gefahren der modernen Technik hatte ich Kieser selbst hingewiesen. Sogar wenn er nicht telefoniere, hatte ich ihm erklärt, könne das Handy von Gegnern wie eine Art Mikrofon genutzt werden. Das habe ich in einem Seminar an der Uni einmal zufällig erfahren. Ein wenig erzählte ich ihm dies, um ihn auf die Schippe zu nehmen, aber auch, um sein Vertrauen zu gewinnen. Gerade für einen Mann in seiner Position hatte ich ihm als simple und wirksame Lösung empfohlen, bei vertraulichen Gesprächen den Akku aus seinem Mobiltelefon zu nehmen.

Mit den dreihundertfünfzig PS der Limousine konnte ich die letzte Ampel des Flughafens noch bei Dunkelorange passieren. Ich beschleunigte kräftig, einfach aus Spaß. Und wir hatten es eilig. In der Linkskurve zur Bundesstraße 27 hielt Kieser seinen Koffer wieder in den Händen und klammerte sich an den Seitengriff.

»Mir wird schlecht«, protestierte er. »Ich habe gestern wieder die ganze Nacht durchgearbeitet.«

Ich ging vom Gas, hob entschuldigend die Hand und konnte mir lebhaft vorstellen, wie der Herr Apothekerpräsident eine Nacht in Berlin durcharbeitete, selbst wenn er ohne Sekretärin reiste.

»Herr Wenzel, passen Sie auf.« Wieder beugte mein Passagier sich so weit nach vorne, wie es sein Bauch und der Anschnallgurt zuließen. Jetzt konnte ich die Melange aus Kirschwasser und nimm2 Orange gut riechen. »Sagen Sie, Herr Wenzel, in welcher Stimmung befand sich der geschätzte Herr Schwager?«

»Er war ziemlich ungeduldig. Ich habe aus Neugier einen Blick in das Labor geworfen. Da war er außer sich.«

»Was hatten Sie da zu suchen?«

»Nichts, ich habe nur noch nie ein Labor gesehen«, sagte ich und gab den reuigen, aber harmlosen Sünder.

»Herrje, Guntram soll sich nicht so anstellen.«

»Er wird eine Aktennotiz anfertigen.«

»Soll er«, sagte Konrad Kieser mit einer wegwerfenden Handbewegung. »Bislang waren Sie sehr zuverlässig.«

Durfte ich das als Kompliment auffassen?

Das Tagesgeschäft, fuhr Kieser fort, sei nun einmal Guntrams Zuständigkeit. Ich solle mich nicht sorgen. Nun gelte es, etwas viel Wichtigeres zu prüfen. Er habe von unglaublichen Umtrieben in seiner Stadt gehört.

Freitag, 11.25 Uhr

»Stopp«, brüllte Kieser und zeigte mit dem Finger nach vorne. »Halten Sie an.«

»Zwanzig Prozent Rabatt auf Aspirin«, warb ein Schild am Straßenrand. Die Limousine glitt auf die Rosen-Apotheke zu.

Kieser setzte zu einer Schimpftirade über den Inhaber an, den Holzapfel, während ich direkt davor parkte. Was der sich schon wieder erlaube. Wer er zu sein glaube. Ob er ihn für dumm verkaufen wolle. Aber nicht mit ihm. Kieser hatte Mühe, noch Luft zu kriegen. Ich fühlte mich verantwortlich zu sagen: »Denken Sie an Ihren Blutdruck.«

»Holen Sie ihn raus«, befahl Kieser.

Von außen wirkte die Rosen-Apotheke modern, die Einrichtung stammte aus einer Apotheke alter Schule. Etwas dunkel, unzählige Ziehschränke, Regale bis zur Decke und ein schwerer

Holztresen, um die anstehenden Kunden auf Distanz zu halten. Ich stellte mich seitlich des Tresens neben einen älteren, gepflegten Herrn mit grau meliertem Haar im weißen Apothekerkittel. Das Namensschild wies ihn als Dr. Walther Holzapfel aus. Er sah angestrengt durch eine randlose Brille in den Computer und erinnerte mich an meinen Nachbarn Gruper in Wiesbaden.

Gruper hatte früher beim Bundeskriminalamt in der Buchhaltung gearbeitet. Wenn wir mit anderen Kollegen vom BKA auf dem Bolzplatz kickten, bevorzugte Gruper das Mittelfeld. Er schwitzte nie, und seine Sportkleidung wurde nur schmutzig, wenn er stolperte. Holzapfel drehte sich um, ging an einen der Ziehschränke und holte ein Medikament heraus. Er bemerkte mich und fragte im Vorbeigehen: »Welche Firma?«

»Kieser«, gab ich zurück. Holzapfel runzelte die Stirn und nannte der Kundin den komplizierten Namen des Medikaments. Er musste mich in meinem Anzug für einen Pharmavertreter halten. Die Kundin verlangte ein bekannteres Medikament. Holzapfel erklärte ihr, nur dieses bezahle die Krankenkasse. Er setzte zu einer wortreichen Erklärung an, wie es einzunehmen sei und welche Risiken und Nebenwirkungen auftreten könnten.

»Herr Dr. Holzapfel, darf ich Sie kurz nach draußen bitten? Herr Kieser möchte Sie sprechen. Er wartet im Auto.«

»Was …«, setzte Holzapfel hilflos an.

»Vom Apothekerverband.«

Geradezu ein Wunder, dass Holzapfel die Kundin noch verabschiedete. Ohne Diskussion steckte er ihr eine »Apotheken Umschau« und eine Packung Taschentücher in die Tüte. Er prüfte sein Aussehen noch kurz im spiegelnden Schaufenster, und ich ließ ihm den Vortritt.

»Worum geht es?«, fragte Holzapfel.

Ich deutete mit dem Kopf in Richtung des Werbeschilds. »Schlecht.«

Mehr konnte ich nicht für ihn tun. Ich geleitete den Apotheker um den Wagen und öffnete die Tür hinten links. Auf dem Fahrerplatz ließ ich mich etwas in den Sitz einsinken – ich hatte die Herren über den Rückspiegel noch gut im Blick – und wartete gespannt wie auf den Beginn einer Serie, die man schon irgendwie kennt und bei der doch jede Folge neu ist.

Kieser hatte in meinem Beisein noch nie mit Holzapfel gesprochen. Nur über ihn.

»Herr Kollege, wie laufen die Geschäfte?«, fragte Kieser überfreundlich. Er entschied sich also für diese Variante.

»Kann nicht klagen. Und selbst?«

»Ich sehe, Herr Dr. Holzapfel, Sie machen fleißig Werbung?«

»Ja«, vernahm ich leise hinter mir.

»Zwanzig Prozent auf Aspirin.«

»Ähm, ja … das hat eine PTA, die in Balingen wohnt, in einer anderen Apotheke gesehen und meinte …«

»Das gefällt mir nicht«, unterbrach Kieser. Er beugte sich nach links zu seinem Kollegen, hob seinen Zeigefinger und erklärte mit gesenkter Stimme: »So was will ich hier nicht mehr sehen.«

»Bei allem Respekt …«

»Genau, bei allem Respekt entfernen Sie das Schild und stellen sicher, dass sich so etwas nicht wiederholt.«

»Es ist immer noch meine Apotheke«, bäumte sich Holzapfel halbherzig auf.

Kieser funkelte ihn böse an. »Es ist meine Stadt.«

»Das geht zu weit.«

»Sehen Sie, Holzäpfelchen, Sie sind selbstständiger Unternehmer. Sie sind frei in Ihren Entscheidungen. Sie können Werbung machen, wie Sie wollen. Ich kann Ihnen nur einen gut gemeinten Ratschlag geben, den Sie befolgen oder auch nicht.«

Holzapfel schluckte und rückte nervös an seiner Brille.

»Nur mal angenommen, jemand würde sich etwas genauer bei Ihnen umsehen: Sind Sie ganz sicher, dass alles passt? Dass nicht mal das eine oder andere Medikament ohne Rezept abgegeben wurde?«, fuhr Kieser fort.

Er spielte auf staatliche Apothekenkontrolleure an. Die sogenannten Pharmazieräte waren vergleichbar mit dem Wirtschaftskontrolldienst für Gaststätten und ähnlich gefürchtet.

»Als Verbandspräsident habe ich regelmäßig mit solchen Leuten zu tun. Sie können, Gott verfluche sie, sehr pingelig sein.«

Holzapfel strich sich den weißen Kittel glatt und seufzte.

»Nicht dass Sie mich jetzt falsch verstehen, Herr Kollege«, fuhr Kieser ruhig fort. »Ich will mich bestimmt nicht in Ihren Betrieb einmischen. Aber ein Bußgeld oder sogar eine vorübergehende Schließung kann wehtun.«

»Schon gut«, murrte Holzapfel. »So wichtig ist diese Werbung nun auch nicht. Das Schild kommt gleich morgen weg.«

»Das lässt sich doch auch sofort erledigen!« Nun wieder ganz der väterliche Ton.

Der Rosen-Apotheker nickte nur eingeschüchtert.

»Schön«, antwortete Kieser zufrieden, straffte den Rücken und fuhr sich mit der Hand über das nach hinten gegelte Haar. »Das war's. Ich wünsche weiterhin gute Geschäfte.«

»Ebenso«, antwortete Holzapfel, zog den Kopf ein und stieg aus.

Ich richtete mich auf, ließ den Wagen an und gab Gas. Als wir abrauschten, sah uns der Rosen-Apotheker betroffen nach.

»Kaum ist der Kater aus dem Haus, tanzt die Maus auf dem Tisch. Dumme, dumme Maus.«

»Aber der Kater musste nur die Krallen aufblitzen lassen«, ergänzte ich.

»Ach, Herr Wenzel«, gluckste Kieser und hielt sich den Bauch. »Da sehen Sie mal, womit ich mich tagein, tagaus rumschlagen muss. Leute wie ich werden in der großen Politik gebraucht!«

»Keine Frage.«

»Der Holzapfel muss schon lange weg mitten in der Stadt. Da gehört eine Kieser-Apotheke hin.«

»Ja, genau«, bestätigte ich.

Jeder Undercover-Job war anders, hatte seine eigenen Herausforderungen und seine besonderen Umstände. Es gehörte allerdings oft zu meinem Job, mit Alphatieren wie Konrad Kieser umzugehen. Sie subtil zu provozieren, sie zu reizen und dann gewinnen zu lassen. Ihr Ego zu streicheln. Ihnen das Gefühl zu geben, alles unter Kontrolle zu haben. Ihr Vertrauen zu gewinnen, um ihr wahres Gesicht zu erkennen.

Kieser öffnete seine Aktentasche und entnahm ihr eine silberne Schatulle. Neben zu hohem Blutdruck litt er unter Diabetes, erhöhtem Cholesterinspiegel und Herzrhythmusstörungen. Kieser kippte unzählige Tabletten in die linke Handfläche und pickte sich mit der rechten Hand wie ein Vogel fünf oder sechs heraus. Er warf sie sich alle auf einmal in den Rachen und spülte mit einem kräftigen Schluck aus dem Flachmann nach.

Er ist der Apotheker.

Morgens schluckte Kieser zudem einen starken Stimmungsaufheller – die Pille für die rosarote Brille. Zwischendurch nahm er Vitamin B12 für die Konzentration und abends Schlaftabletten. Nach eigenem Bekunden schluckte er ständig über zehn Medikamente gleichzeitig. Keines davon könne abgesetzt werden. Sein selbst konzipierter Mix sei einzigartig. Nur die großen blauen Viagra-Tabletten in seiner linken Hand ließ er unberührt und kippte sie mit dem Rest wieder zurück.

Wenn das deine Mutter wüsste, dachte ich. Oma Herta! Von Kieser unbemerkt setzte ich den Akku in mein Mobiltelefon. Oma Herta hatte mich bei WhatsApp wieder freigeschaltet und tobte jetzt richtig. Ihre Wut steigerte sich, bevor sie in Verzweiflung umschlug:

»Wo sind Sie???« – »Wollen Sie mich zur Weißglut treiben???« – »Keine Antwort, okay, Wenzel.« – »Sie sind gefeuert!!!« – »Immer noch keine Antwort???« – »Bewegen Sie sich gefälligst sofort hierher.« – »Wenzel, was ist los, wo stecken Sie?« – »Ich muss zur Physiotherapie!!!« – »Sie arbeiten nicht mehr lange für uns, wenn das so weitergeht!!!« – »Heute fahren Sie mich noch. Dann ist Schluss!!!« – »Wo in Gottes Namen treiben Sie sich herum?« – »Wir müssen dringend los!!!«

An Oma Hertas Temperament hatte ich mich gewöhnt. Auch an ihre Ausrufezeichenschwemme. Trotzdem musste ich allmählich reagieren.

»Herr Kieser, ich bin spät dran, ich muss Ihre Mutter noch

fahren. Sie ist schon etwas ungeduldig«, wagte ich einen zaghaften Vorstoß.

»In der Zentrale warten einige Korrespondenzen auf mich, dann fahren Sie mich zu meinem Schwager, danach meine Mutter.«

»Sie muss zur Physiotherapie.«

»Verdammte Axt, setzen Sie mich schnell in der Zentrale ab, dann soll Guntram dahin kommen. Ihre Gesundheit hat Vorrang.«

Freitag, 13.45 Uhr

Umgeben von sattem Grün lebte Oma Herta auf dem Tübinger Österberg mit herrlicher Aussicht über die gesamte Stadt. Eine mannshohe Hecke und große Bäume wehrten neugierige Blicke auf den englisch gepflegten Rasen und die Blumenbeete ab. Oma Hertas barocke weiße Villa fiel selbst in der Nachbarschaft ähnlich nobler Gebäude und frei stehender Designerhäuser auf. Seit einigen handfesten Streitereien mit seiner Ehefrau und der inoffiziellen Trennung wohnte Konrad Kieser wieder bei seiner Mutter. An Platz mangelte es auf den über sechshundert Quadratmetern Wohnfläche nicht. Die alte Dame wartete, nachdem ich mich per WhatsApp angekündigt hatte, bereits an der Zufahrt und sprang mit einer Geschwindigkeit in den Wagen, die ihr eigentlich nicht mehr zuzutrauen war.

»Wenzel, geben Sie Gas«, befahl sie mit rauer Stimme aus dem Fond. Um ihren Hals baumelte eine Kette aus grünen Perlen. Die zierliche Frau trug eine elegante Stoffhose und einen Kaschmir-Rollkragenpullover unter dem Blazer. Auf ihrem schmalen, ebenmäßigen Gesicht glänzte dezentes Make-up. Sah so eine Mint-Köchin aus?

Oma Herta zupfte sich ihr grau gelocktes mittellanges Haar zurecht.

»Physiotherapie?«, fragte ich, während ich den Wagen aus der Einfahrt manövrierte. »Wie geht es Ihnen heute?«

»Fahren wir los?«, fragte sie mit leicht erhöhter Stimme. Im Rückspiegel blitzte ihr extrem weißes, fluoreszierendes Gebiss auf.

Ich bog auf die Straße und konnte gerade noch rechtzeitig bremsen. Ein Radfahrer schoss nur wenige Zentimeter am BMW vorbei. Oma Herta schimpfte los: »Diese Rüpel-Radler! Vorfahrt ist denen egal. Diese Fahrradfahrer glauben, ihnen gehört Tübingen.«

Derweil steuerte ich die übliche Filiale der Kreissparkasse Tübingen an – eine der wenigen, in denen es noch einen Schalter mit richtigem Personal und nicht nur Automaten gab. Wir blieben bei den eingespielten Abläufen. Im Gegensatz zu den Radfahrern, von denen es in Tübingen wimmelte, gehörte Oma Herta tatsächlich die halbe Stadt. Sie besaß nicht nur die meisten Immobilien, in denen der Familienclan seine Apotheken betrieb, sondern auch etliche Häuser und Wohnungen.

Oma Herta stieg selbst aus und kam zwei Minuten später wieder zurück. Unterwegs blieb sie kurz stehen, offenbar hatte ihr Smartphone geklingelt. Sie hörte kurz zu, blickte irritiert drein, schüttelte den Kopf und steckte das Handy wieder weg. Dann öffnete sie die Wagentür.

Ich wusste um den täglichen Umschlag, den sie abholte. Mit welcher Summe er präpariert war, hatte ich nie mitbekommen. Auf der Rückfahrt würden wir erneut bei dieser Bankfiliale anhalten, etwa in drei Stunden, kurz vor Geschäftsschluss. Ich würde an Oma Hertas Stimmung wieder erahnen können, ob der Umschlag mehr oder weniger Bares enthielt als zuvor.

Jetzt sagte sie: »SI-Centrum«, und ich nickte. Von wegen Physiotherapie!

Also rauschte ich zum zweiten Mal an diesem Tag über die B 27 gen Stuttgart. Diesmal in Begleitung von Elvis Presley, abgespielt von ihrer Lieblings-CD. Im Radio werde zu viel geschwätzt, sagte Oma Herta.

Sie packte »Gefährliche Verlockung« aus ihrer Handtasche

und las weiter. Sie musste reichlich geschmökert haben, war sie doch schon im letzten Drittel angelangt. Erst am Dienstag hatte sie »Grenzenlose Lust – Erotische Kurzgeschichten ab sechzehn« beendet.

Die Straßen waren kurz vor vierzehn Uhr frei, und nach gut zwanzig Minuten Fahrt erreichten wir die Ausfahrt Möhringen. Am SI-Centrum setzte ich Oma Herta ab.

»Ach, Wenzel«, sagte sie im Aussteigen. »Haben wir uns einen Scherz erlaubt?«

Ich sah sie fragend an. »Womit?«

Auf dem Bürgersteig imitierte Oma Herta eine dunkle Stimme: »Ihr werdet büßen, ihr werdet alle büßen.«

»Also, Frau Kieser, ich bitte Sie«, antwortete ich überrascht.

»Ich kann meine Zeit als Vierundsiebzigjährige nicht mehr mit Irren verschwenden.«

Oma Herta warf die Tür schwungvoll zu und deutete eine Kusshand an, bevor sie ins Erlebnisparadies verschwand.

Mich beschlich ein ungutes Gefühl, auch wenn sie dem eben von ihr parodierten Anruf keine Bedeutung beizumessen schien. Ich fuhr auf den dreihundert Meter entfernten Parkplatz des Daimler-Konzerns, dessen Bürokomplex sich in einer riesigen, parkähnlichen Anlage gegenüber befand. Im »sauteuren« Parkhaus des SI-Centrums durfte ich nicht warten. Zwei Euro pro Stunde – »für nix« – gingen Oma Herta entschieden zu weit. Zumal sie mit Daimler noch eine Rechnung offen hatte.

Auf Anraten der Sparkasse hatte Oma Herta vor vielen Jahren kräftig in Daimler-Aktien investiert und damit herbe Verluste eingefahren. Seither fuhr der Kieser-Clan keinen einzigen Mercedes mehr. Nach Oma Hertas Aktienverkauf waren die Kurse wieder gestiegen. Wenn sie nun täglich die Aktienkurse beobachtete, verspürte sie einen Groll gegen »diesen Laden«. Seit in einer Apotheke, die offiziell mit Oma Hertas Approbation geführt wurde, ein Mitarbeiterausweis liegen geblieben war, konnte sie wieder etwas ruhiger schlafen. Denn einen Teil ihrer Verluste holte sie nun über eingesparte Parkgebühren wieder herein.

Mit dem Daimler-Ausweis ausgestattet fuhr ich unbehelligt auf den Firmenparkplatz und wartete im 7er-BMW. Ich bezweifelte, dass die Aktienverluste in Herta Kiesers Leben auf diese Art noch auszugleichen waren. Aber die Grande Dame hatte nun einmal das Sagen.

Freitag, 16.40 Uhr

Im zurückgestellten Fahrersitz zu schlafen ist Gewohnheitssache. Der Klingelton meines Diensthandys weckte mich. Oma Herta hatte sich noch nicht gemeldet. Normalerweise schrieb sie eine Nachricht, wenn sie an der Drehtür stand und eine letzte lange Damenzigarette rauchte. Dann musste ich mich sputen.

Ich legte meinen Daumen auf das Display des Diensthandys und nannte das Passwort – Fingerabdruck und Stimme erkannt. Nach wenigen Sekunden einer hochverschlüsselten Datenübertragung erschien die Rote Mappe »Alexander Heimbach«.

Früher waren solche Informationen tatsächlich noch in einer roten Mappe weitergegeben worden, ausschließlich von Hand zu Hand. Dazu musste ein Mitarbeiter der operativen Abteilung zum Agenten reisen und ihm das Dossier übergeben. Heute ging es schneller. Der Name »Rote Mappe« war geblieben. Was sich ebenso wenig geändert hatte: Sie musste sofort gelesen werden. Je nach Umfang blieb mir ab dem Zugriff eine bestimmte Zeit, in diesem Fall fünfzehn Minuten, um mir das Wichtigste einzuprägen. Danach wurde die Rote Mappe per Fernzugriff automatisch gelöscht.

Die Kollegen hatten ihrem Bericht ein Dutzend Bilder vorangestellt. Alexander war neunundzwanzig Jahre alt, und er sah ernst aus, wenn er die Uniform einer Burschenschaft trug. Die Ärmel platzten fast unter seinen Muskeln. Er genoss es, sich auf Partybildern mit je einem Mädchen links und rechts im Arm fotografieren zu lassen. Mehrere Aufnahmen zeigten ihn im Fitnessstudio in Muskelshirt und kurzer Hose posierend. Auf allen Bildern trug er das halblange braune Haar mit ebenso viel Gel wie Kieser nach hinten gekämmt. Aktiv, kräftig, erfolgreich, so sah er sich gerne.

Die Kollegen hatten für ihre ersten Informationen wie der Rest der Welt einfach Google und Facebook benutzt. Was dort nicht stand: Alexander war vorbestraft wegen Handels mit Steroiden, illegalen Waffenbesitzes und einiger Körperverletzungsdelikte. Sieben Ermittlungsverfahren gegen ihn waren eingestellt worden, weil Beweise fehlten, weil die Anzeigen zurückgezogen wurden oder weil er sich selbst geschickt verteidigt hatte. Ein Zusammenhang mit Mint war bislang nicht aktenkundig. Wie seine Polizeikarriere überhaupt erst vor etwa zwei Jahren begonnen hatte.

Das fiel zusammen mit Alexanders unfreiwilligem Studienende in Betriebswirtschaft. Unterlagen der Uni Tübingen zufolge hatte er bei einer Hausarbeit abgeschrieben und die Masterarbeit nie fertiggestellt. Seit ungefähr drei Jahren suggerierte er auf Facebook, vom Daytrading zu leben. Er postete Aktiencharts, kommentierte Marktbewegungen und jubelte über Gewinne.

Sein Bankkonto war heillos überzogen und verzeichnete schon seit Längerem keine Gutschriften oder Belastungen durch Wertpapiergeschäfte mehr. Kleinere Einnahmen aus Gelegenheitsjobs, dafür Abbuchungen nobler Restaurants und von Luxusgeschäften. Mehrere Gerichtsvollzieher saßen Alexander im Nacken, und manchmal konnte sogar die einzige Konstante nicht von seinem Konto abgebucht werden: der hohe Mitgliedsbeitrag für sein Luxus-Fitnessstudio.

Ich blätterte zu den Bodybuilderfotos zurück. Alexander hatte sie sämtlich in den Abendstunden gepostet. Wie jemand, der tagsüber arbeitet und abends trainiert. Das war der Ansatzpunkt für einen inszenierten Erstkontakt. Ich wollte ihn kennenlernen.

Nach knapp einer weiteren Stunde wurde ich unruhig. Meine WhatsApp-Nachricht erreichte Oma Herta nicht. Auch auf SMS reagierte sie nicht. Als ich anrief, antwortete die Mailbox. Wenn sich die Kiesers mit den Falschen eingelassen hatten, konnte die Drohung ernst sein. Ich fuhr hinüber zu den SchwabenQuellen und parkte den BMW in der Tiefgarage. Ein gläserner Lift beförderte mich nach oben. Um in das Casino zu gelangen, zeigte ich meinen auf Tom Wenzel ausgestellten Ausweis vor. Eine Dame am Eingang prüfte das Dokument und lächelte. Die Kollegen in Wiesbaden hatten solide Arbeit geleistet. Mühelos gelangte ich in den in hellbläuliches Licht getauchten Raum.

Links befand sich eine kleine, mit schwarzem Holz vertäfelte Bar. Edle Flaschen mit Hochprozentigem standen auf den gläsernen Regalen dahinter. Nur von einem Barkeeper war nichts zu sehen.

Im Casino blinkte und klimperte es. Die Luft war trocken, Pianomusik rieselte aus Lautsprechern. Fast alle Spielautomaten waren besetzt. Ich ging über dunkelblauen Teppich und hielt Ausschau. Wo konnte mein grauhaariger Lockenkopf stecken?

Über eine gläserne Treppe stieg ich eine Etage höher, wo sich noch mehr blinkende Geräte und die dazugehörigen Spieler aneinanderreihten. Am Ende der Spielhalle befand sich das Roulette-Automatenspiel. Ich schmunzelte und atmete auf. Oma Herta war damit beschäftigt, ihre Einsätze zu platzieren.

»Mir kann keiner erzählen, dass das hier mit rechten Dingen zugeht«, schimpfte sie, während sie mit ihren schmalen Fingern den Touchscreen bediente.

»Das ist doch sowieso alles manipuliert«, bestätigte der Spieler neben ihr. Auch er setzte einiges ein.

»Die bringen immer die Zahl, wo am wenigsten drauf ist«, zeterte Oma Herta. »Und angrünen nicht vergessen.«

Sie konzentrierte sich auf den Bildschirm. Ich fragte mich, was sie mit »angrünen« meinte oder ob ich mich verhört hatte.

Oma Herta schimpfte auf das Roulettespiel und auf das Casino und setzte. »Was ich hier schon verloren habe, geht auf keine Kuhhaut«, meckerte sie weiter. »Und angrünen.«

Ich sah noch eine Weile amüsiert zu, bevor ich ihr auf die Schulter tippte. Der Schreck war Oma Herta ins Gesicht geschrieben. Sie vergewisserte sich, dass ihre Handtasche die Anzeige des Kontostandes abdeckte.

»Wenzel, was machen Sie hier?«

»Ich habe mir Sorgen gemacht«, erklärte ich. »Es ist gleich Viertel vor sechs.«

Oma Herta hörte schon gar nicht mehr hin. Sie wiederholte ihr Spiel und drückte etliche Male auf »Zero Spiel« und auf die Null. »Und angrünen.«

»Frau Kieser, sollten wir nicht gehen?«, fragte ich, zumal ich für den Abend noch Wichtigeres geplant hatte. Inzwischen ahnte ich, wovon sie sprach: Die Zahlen des Roulettespiels von eins bis sechsunddreißig waren abwechselnd rot oder schwarz – nur die Null war grün gefärbt.

»Jetzt nicht, Wenzel«, sagte Oma Herta und drückte »Wiederholungsspiel«. Die Kugel rollte. »Das hier ist alles manipuliert. Die sitzen dahinten und lachen sich kaputt. Fangen Sie bloß nie damit an.«

»Habe ich nicht ...«

»Die Zweiunddreißig! Jawohl«, freute sich Oma Kieser und ballte ihre kleinen Finger zu einer Faust. Sie setzte sich wieder. »Gleich wird er mich wieder bügeln.«

»Sie sind ziemlich *drin* in diesem Spiel.«

»Ich muss mich konzentrieren«, antwortete Oma Herta. »Sparen Sie sich solche Anspielungen.«

»Das war keine Anspielung«, beteuerte ich.

»Und ob! Aber ich bin nicht süchtig.« Oma Herta drückte erneut auf »Wiederholungsspiel«.

»Habe ich auch nicht behauptet.«

»Aber gedacht!«

»Das stimmt.«

Bevor sich Oma Herta aufregen konnte, rollte die Kugel. »Hoppi, hoppi. Einschlag, Einschlag«, beschwor sie das Roulettespiel. Die rote Eins fiel.

»Das reicht, das reicht«, freute sie sich. »Da komme ich raus. Jetzt erhöhen wir.«

»Haben Sie die Zeit heute vergessen?«

»Es gibt hier keine Uhr, Wenzel. Schauen Sie sich doch mal um.«

»Sie haben eine Armbanduhr«, antwortete ich und deutete auf ihre silberne Rolex Daytona mit Brillantbesatz.

»Spielverderber. Schlimmer als mein verstorbener Mann«, sagte Oma Herta und wiederholte ihren Einsatz. »Gott hab ihn selig.« Sie setzte auf fast alle Felder. Die meisten Jetons lagen auf der Null und den umliegenden Zahlen. »Ich finanziere nur gerne diesen Laden hier wie die anderen Deppen um uns herum. Aber heute nicht. Weil wir jetzt wieder schön angrünen und die Null kommt.«

Während sich die Kugel im Kessel bewegte, schimpfte Oma Herta weiter. Sie konnte keine Einsätze mehr platzieren, tippte aber weiter wie ein Specht auf den Touchscreen. »Noch etwas angrünen. Nicht die gute alte Grüne vergessen!« Sie setzte Tausende von Euro und sprach mit der Kugel: »Hoppi, hoppi, in die Grüne. Jetzt, jetzt, das sieht gut aus.«

Die schwarze Fünfunddreißig fiel. Nullspiel sei immer gut, sagte Oma Herta.

»Noch jemand Getränke?«, fragte eine ganz in Schwarz gekleidete Kellnerin, die mit einem Tablett umherging.

»Noch einen«, sagte Oma Herta und deutete auf das leere Cocktailglas vor sich. Es sah gefährlich nach einer Bloody Mary aus. Ich schnupperte am Glas. Es war eine Bloody Mary. Nachdem sie die nächste mit dem ersten Schluck halb geleert hatte, gefolgt von einem gedehnten »Ahhh«, setzte Oma Herta noch mehr. Alexander heute Abend im Fitnessstudio zu treffen konnte ich vergessen.

»Setzen Sie gerade nicht etwas viel?«, unternahm ich den Versuch, sie zu bremsen.

Oma Herta sah mich entrüstet an. »Wenzel, merken Sie sich eins: Eine Herta Kieser hat in ihrem Leben noch nie klein gespielt.«

Ich nickte und sah auf die Anzeige: die Null. Oma Herta ballte beide Fäuste und kniff mich in den Hintern. »Sie sind mein Glücksbringer.«

»Wir sollten trotzdem langsam gehen, sonst fällt es auf.«

»Bestellen Sie sich ein Getränk, das geht heute auf mich. Ein kleines. Jetzt wird wieder schön angegrünt.«

Noch ein halbherziges »Das geht doch nicht« murrend ergab ich mich dem Willen meiner Chefin. Eine Cherry-Cola konnte ich gut brauchen.

Oma Herta spielte und spielte. Sie schimpfte auf das manipulierte Roulettespiel, die üblen Angestellten und überhaupt den ganzen Sauladen. Alle Versuche, sie vor sich selbst zu schützen, scheiterten.

»Wenn ich will, kann ich jederzeit gehen«, behauptete Oma Herta.

Die rote Drei fiel.

»Das ist fast so gut wie die Null«, jubelte Oma Herta. »Fast so gut wie meine kleine Grüne. Ein letztes ... Ach!«

Sie drückte tatsächlich die Auszahlungstaste.

Nach langem Warten erschienen zwei Casino-Angestellte im schwarzen Anzug und zählten Oma Herta fein säuberlich fünfundfünfzigtausenddreihundertfünf Euro vor. Sie zählte nach, nickte zufrieden und gab den Angestellten fünf Euro Trinkgeld. Nicht ohne den Hinweis, das bleibe eine Ausnahme.

Kein schlechter Verdienst, meinte Oma Herta, ich hätte ihr Glück gebracht. Ihre Stimmung trübte sich deutlich ein, als sie erfuhr, dass ich nicht mehr auf dem Daimler-Parkplatz stand und vier Euro für eine Stunde und zwölf Minuten im Parkhaus Schwabengarage fällig wurden.

»Die zahlen Sie, Wenzel«, schnauzte sie mich an und fügte versöhnlich hinzu: »Mein Glücksbär.«

Auf der Rückfahrt zählte sie noch zweimal ihren Gewinn nach, ich musste die CD wechseln und »Eye of the Tiger« von Survivor in Dauerschleife laufen lassen. Oma Herta wippte im Takt. Wofür hatten wir die Bose-Soundanlage im Wagen?

»Heute nicht mehr zur Sparkasse«, kommandierte Oma Herta mit einem Blick auf die Uhr. »Die hat sowieso zu. Morgen greifen wir richtig an.«

Dieses *wir* löste ein gewisses Unbehagen bei *mir* aus.

»Wie Sie meinen«, seufzte ich. Hatte Oma Herta einen Entschluss gefasst, konnte sie nicht mehr davon abgebracht werden.

Vor der Tübinger Villa hielt ich ihr die Wagentür auf. Sie schloss ihr graues Jackett und stolzierte etwas wackelig den von Blumen gesäumten Weg entlang. Nach wenigen Metern sah sie sich um, die Handtasche fest umklammert. »Ach so: Das wird unser kleines Geheimnis bleiben, wenn Sie Ihren Job behalten wollen.«

»Sie haben mich schon zweimal gefeuert heute«, merkte ich an.

»Mein Gedächtnis ist schlecht, wenn Ihres schlecht ist«, sagte Oma Herta und zeigte ihr strahlend weißes Gebiss. »Seien Sie morgen pünktlich, Wenzel.«

»Jawohl, Madame«, lachte ich und warf, eine Verbeugung andeutend, die hintere Wagentür zu.

Freitag, 21.10 Uhr

Frederike saß zusammengekauert auf einem der beiden Rattanstühle auf dem Balkon, wenn man den kleinen Betonvorsprung der Mühle mit seinem dunklen Holzgeländer so nennen konnte. Sie hatte die Beine zur Brust gezogen und weinte. »Frederike«, murmelte ich und streichelte ihr über den Rücken. Sie zitterte. »Was ist los?«

Sie hielt sich die Hände vor das Gesicht.

Noch vor einer Stunde war sie gut gelaunt gewesen. Sie hatte gekocht oder, genauer gesagt, eine bunte Salatvariation zubereitet. Die Worte »lecker und gesund« klangen noch in meinem Ohr. Mein Magen knurrte. Frederike war gleich nach Feierabend zu mir in die Wassermühle gekommen und hatte den Schrank im Schlafzimmer im Handumdrehen aufgebaut. Ich fragte mich, wie. Du kannst nicht ewig aus dem Koffer leben, tönte es in meinem anderen Ohr. Mit einem Kleinwagen bist du wendiger als mit einem Umzugslaster. Das hatte ich ihr natürlich nicht gesagt. Für den Schrank fehlten außerdem vernünftige Pläne und mindestens zwei Schrauben. Die unteren Vorbohrungen für Scharniere waren nicht richtig angebracht. Mit den Erklärbildern konnte man beim besten Willen nicht arbeiten. Wie es Frederike trotzdem geschafft hatte, war mir ein Rätsel.

»Komm, lass uns reingehen, es ist kalt«, sagte ich.

Frederike fixierte ihre Knie.

»Was ist?«

Ihre Lippen formten ein lautloses »Nichts«.

Ich legte meinen Arm um ihre Schultern, zwängte den anderen unter ihre Beine und hob sie hoch. Sie ließ sich, klein und schmächtig, wie sie war, ins Schlafzimmer tragen. Ich spürte dennoch jeden Muskel und versuchte mir die Mühe nicht anmerken zu lassen. Ich legte *meine* Apothekerin vorsichtig auf das Bett. Immerhin hielt sie die Hände nach oben, damit ich ihr den Pullover ausziehen konnte, und half ein wenig mit, sie aus der engen Jeans zu befreien. Frederike hatte mehrere blaue Flecken an der Schulter.

»Hat er dich geschlagen?«, fragte ich.

»Nein, nein«, wehrte Frederike ab. »Habe mich ungeschickt gestoßen.«

Ich glaubte ihr kein Wort. Wenn mein Vater seine Wut an meiner Mutter ausgelassen hatte, hatte sie ähnlich ausgesehen, wenn auch viel schlimmer. Mit einem Nicken zum Schrank hin sagte ich: »Nicht schlecht.« An eine Schwäbin gerichtet beinahe ein überschwängliches Kompliment.

»Ich habe ein paar Sachen in das obere Fach geräumt.« Frederike klang zaghaft.

Ich verstand nicht, was sie meinte, und musste etwas zu lange gezögert haben.

»Ein paar Sachen von mir. Ich kann sie auch wieder ausräumen.«

»Schon gut«, beschwichtigte ich. »Du willst nicht reden.«

Frederike schüttelte den Kopf. Ich deckte sie zu, legte mich neben sie und gab ihr einen Kuss. »Schlafen?«

Sie biss mich sanft ins Ohr. Ihre Hand streichelte über meinen Bauch und wanderte tiefer.

»Ich will nicht schlafen«, flüsterte sie, und ich wollte das nun auch nicht mehr.

Freitag, 21.43 Uhr

»Was war denn vorhin?«, wagte ich noch einen Versuch. Wir waren beide etwas unkonzentriert gewesen. Bei Frauen, wie soll ich sagen, ist das weniger offensichtlich. »Du willst nicht darüber reden«, wiederholte ich und meinte das Gegenteil, als ich hinzufügte: »Schon okay.«

Frederike seufzte. »Manchmal habe ich das Gefühl, niemand liebt mich.« Sie drehte sich zu mir und stützte sich mit beiden Ellbogen ab. Ihre langen blonden Haare fielen nach vorne.

»Das stimmt doch nicht«, sagte ich und streichelte ihr über den Arm. »Übrigens, Guntram hat mich vorhin ganz aufgeregt angerufen. Ich soll ihn um dreiundzwanzig Uhr abholen, sagt er.«

»Du bist Konrads Fahrer. Du musst das nicht machen.«

»Er hat wohl einen wichtigen Termin um diese Uhrzeit«, warf ich in den Raum und wartete auf weitere Informationen.

»Ich habe heute feine grünliche Kristalle in seiner Anzughose gefunden«, sagte Frederike.

Ich horchte auf und stellte mich dumm. »Was meinst du damit?«

»Das sind Aufputscher, quasi Drogen. Seit einiger Zeit gibt es das Zeug. Ich habe schon länger vermutet, dass er etwas nimmt. Teilweise arbeitet Guntram nächtelang durch, ohne Pause.«

»Wie heißt das Zeug?«

»Mint.«

»Nie gehört«, log ich, ohne mit der Wimper zu zucken. Gehört schließlich zur Ausbildung.

»Lass lieber die Finger von dem Zeug. Ich glaube, Guntram ist inzwischen süchtig. Er ist richtig aggressiv, das war er sonst nie.«

»Er hat dich also geschlagen«, stellte ich fest.

»Das ist noch nie vorgekommen, nicht ein einziges Mal in zehn Jahren Ehe.« Über Frederikes Wange kullerte eine Träne. »Ich weiß nicht, was ich noch machen soll.«

»Habt ihr euch gestritten?«

Frederike nickte. »Es ging um nichts. Ich hatte einen Blick auf Unterlagen geworfen, die auf dem Couchtisch lagen, und er ist völlig ausgerastet.«

»Hmm.«

»Eine Kieser wird Apothekerin, und eine Kieser heiratet einen Approbierten. Das war schon immer so.«

»Wenn sie ihn mag«, ergänzte ich.

»Der Pharmazie-Student Guntram Wollschläger kam aus einfachem Elternhaus und wollte nach oben. Sein Ehrgeiz hat der Familie gefallen.« Frederike seufzte und fügte hinzu: »Nur Mutter konnte Guntram nicht besonders leiden.«

»Warum nicht?«

»Sie hasst es, wenn sich jemand anbiedert. Mein Gott, wie er anfangs geschleimt hat!«

»Guntram musste sehen, wo er bleibt?«, fragte ich.

»Er hat als Student immer die Jobs angenommen, die kein anderer wollte und die deshalb am meisten Geld einbrachten.«

»Medikamente schwarz verkauft?«

Frederike lachte auf. »Er kriegt schon Panik, wenn er seinen Parkzettel überzieht. Er hat nie etwas Illegales gemacht.«

»Drogen nehmen ist ja wohl nicht legal.«

»Ich weiß nicht, was mit ihm los ist.«

»Vielleicht hat er ja heute einen Termin, bei dem es um mehr geht«, spekulierte ich.

»Tom, wovon redest du? Er ist kaum noch ansprechbar und arbeitet die ganze Zeit. Nimm nur Weihnachten, zum Beispiel. Wenn alle wieder mit ihren Kindern kommen. Dieser unterschwellige Druck, wann es bei uns endlich so weit ist. Ob es überhaupt noch geht. Ich bin schon achtunddreißig. Du kennst das nicht in so einer Familie.«

»Das stimmt«, räumte ich ein.

»Die Familie hält zusammen. Wir können uns aufeinander verlassen. Jeder wird Apotheker und hat von Geburt an seine Position.«

»Ein klarer Ort, ein klarer Beruf, bei euch ist alles so fest«, sagte ich, fast ein wenig neidisch. »Danach sehnen sich doch viele.«

»Es ist erdrückend. Egal, wir werden sehen. Was hast du morgen nach der Arbeit vor?«, fragte Frederike, und ich war froh über den Themenwechsel.

»Ich gehe ins Fitnessstudio.«

Frederike kicherte und kniff mich in die Hüfte. »Tatsächlich?«

»Was gibt es da zu lachen?«

»Nichts, nichts«, sagte sie und kriegte sich nicht mehr ein. Was bitte schön war daran so enorm lustig?

Mein Herz wollte ihr vertrauen. Mein Kopf bremste. Mit sechsunddreißig ist man keine sechzehn mehr.

»Ständig werde ich mit meiner Mutter verglichen«, sagte Frederike, mehr in das Kopfkissen. Sie drehte sich zur Seite. »Mit Anfang zwanzig hat sie ihre beiden Söhne bekommen, mit fünfundzwanzig ihre erste eigene Apotheke übernommen, die Expansion geleitet, jetzt kümmert sie sich nur noch um das Geld und die Enkel. Sie hat immer alles unter einen Hut gebracht.«

»Ich mag sie«, sagte ich und schwang mich aus dem Bett, um wieder in meinen Polyesteranzug zu schlüpfen.

»Ich glaube, sie dich auch.«

»Ja?«

»Sie sagt, du bist immerhin nicht so ein unzuverlässiger Säufer wie dein Vorgänger.«

»Wie charmant. Dann sollte ich meinen Ruf festigen und deinen Mann pünktlich abholen.«

»Ich komme mit«, verkündete Frederike und stand auf.

Ich sah sie entsetzt an.

Sie lachte. »Ich meine, nach Hause. Mir fehlt ein wenig Schlaf.«

Freitag, 22.12 Uhr

»Bei Tosun«, prangte etwas einfallslos, dafür umso deutlicher über dem Dönerladen Ecke Karlstraße in der Tübinger Stadtmitte. Die großen, bordellrot leuchtenden Lettern überstrahlten das vergleichsweise dezent beleuchtete Schild »Schwäbisches Tagblatt« der schräg gegenüberliegenden Lokalzeitung an der Uhlandstraße. Unmittelbar in der Verlängerung der Eberhardsbrücke hatte Familie Tosun den Dönerladen Nummer eins in Tübingen etabliert. Dank der einmalig schmackhaften Soße. Und dank deren geschickter Vermarktung. Um die Rezeptur (»Die isch geheim.«) rankten sich Mythen. Jeden Vormittag produzierten Akin und sein Vater sie aufs Neue, immer frisch. Das Rezept wurde laut eigener Darstellung seit mehreren Generationen ausschließlich innerhalb der Familie weitergegeben. Es gebe weltweit nur drei Personen, die diese Soße genauso produzieren könnten: die beiden Männer in Tübingen und ein Onkel in der Türkei.

Am Freitagabend herrschte nur noch wenig Betrieb im Dönerladen. Ich atmete den Duft von gebratenem Fleisch ein und erinnerte mich an ein Diätbuch, in dem ich kürzlich geblättert hatte: Proteine seien für den Muskelaufbau wichtig, hieß es darin. Es war auch die Rede von Fettverbrennung und weniger Kohlenhydraten gewesen. Ich beschloss, die Proteine in den Vordergrund zu stellen. Zwei Studenten aßen gerade ihre letzten beiden Stücke Pizza auf. Ein Punker verließ den Laden mit Kebab und Ayran in der Hand. Ein blonder Aushilfsmitarbeiter putzte den Verkaufstresen.

Akin übernahm oft die Spätschichten. Heute saß er schräg nach hinten versetzt in der Küche, auf die Pappe vor sich konzentriert. Akin trug keine Socken und weiße Mokassins, für die der Verkäufer hätte bestraft werden müssen. Er fuhr sich angestrengt mit der Hand über die Glatze und sah aus wie ein Künstler vor seiner Leinwand. Mit einem roten Filzschreiber in der Hand strich Akin die Worte »Spritfresser« und »Klimakiller« durch. Auch das Fahrzeug, es sollte ein Auto sein, durchkreuzte er mit roten Balken. Neben seinem neuesten Statement erkannte ich noch das Plakat der letzten Woche. Es sah auf den ersten Blick recht ähnlich aus, nur waren dort die Worte »Gier« und »Banker« durchgestrichen. Über einem einstürzenden Hochhaus stand: »Stoppt die Zocker«. Akin suchte wahrscheinlich gerade den schwarzen Edding, um zu schreiben, wen es nun zu stoppen galt, als er mich bemerkte.

»Tom«, rief er und sprang auf.

»Akin, was macht die Verletzung?«

»Heilig's Blechle, mit meinem Fuß ist nicht zu spaßen«, sagte er in breitem Schwäbisch und tippte auf sein Bein. Akin schüttelte meine Hand und klopfte mir auf die Schulter, als wären wir alte Freunde. War das seine Geschäftsstrategie? Auf mich wirkte es echt, da war nichts Gespieltes, nichts Gekünsteltes in seiner Art.

»Was redest du denn immer von deinem Fuß?«, fragte ich. »Der kleine Kratzer ist doch am Bein.«

»Der Chef ist Schwabe«, mischte sich die deutsche Aushilfe ein. »Der Fuß fängt bei der Hüfte an, und alles ist ganz, ganz schlimm.«

Akin ballte scherzend die Faust. »Schaff du lieber was!« Er humpelte an mir vorbei hinter den Tresen. »Wir haben es den Schweinen gezeigt.«

»Was hat es gebracht?«, entgegnete ich.

Akin begann, sein großes Dönermesser zu wetzen. »Einer weniger! Ein beschissener Drogenhändler weniger in Tübingen, der dieses Zeug verkauft. Es hätten zwei sein können, wenn der andere nicht so gerannt wäre.«

»Der schnelle Muskelmann«, kommentierte ich. Vielleicht hatte Akin gar nicht realisiert, wer ihn gerettet hatte.

»Was hattest du am Bahnhof zu suchen?«, fragte Akin.

»Ich kam aus dem Blauen Turm, war auf dem Weg nach Hause. Und du, hast du Polizei gespielt?«

»Die machen ja nichts! Sie schauen zu, wie sich der Stoff ausbreitet.«

»Mint ist cool«, sagte ich. »Du kannst schneller lernen, du machst länger Party, du hast besseren Sex, du hast mehr Erfolg.«

»So ein Schwachsinn!«, fuhr mich Akin an. Er fuchtelte bedrohlich mit dem Dönermesser. Schweißperlen standen auf seiner Stirn. »Du wirst süchtig und verreckst. Wenn du das Zeug nimmst, brauchst du immer mehr davon.«

»Ich weiß doch«, beschwichtigte ich und behielt das Dönermesser im Auge.

»Die Zähne fallen dir aus, deine Haut wird schlechter, und das Zeug fickt dein Gehirn. Weißt du, was ich mit meinem Bruder erlebt habe? Weißt du, was Angststörungen und Panikattacken sind? Geh mal in die Klinik, geh in jede Tübinger Klinik, egal, welche, und schau, was das Zeug macht. Die Leute sind fertig.«

Laute Hip-Hop-Musik unterbrach ihn. Familie Tosuns deutsche Aushilfe hatte auf MTV umgeschaltet und den Fernseher im oberen Eck des Dönerladens laut gestellt.

»Du Seggel«, fuhr ihn Akin an und griff die Fernbedienung, ohne das Messer beiseitezulegen. »Ich will hier keine Affenmusik«, schimpfte er, während er sich durch die TV-Programme zappte und wieder seinen Haussender RTF, das Regionalfernsehen Reutlingen/Tübingen, einstellte.

»Mit ein bisschen Musik geht die Arbeit doch viel leichter«, versuchte sein Mitarbeiter noch einen Einwand.

»Wenn du bloß mal was *schaffa* würdest! Bei uns läuft nur RTF und SWR, merk dir das.«

Akin drängte seinen Mitarbeiter zur Seite und zeigte mit dem Finger auf das Redaktionsgebäude des Schwäbischen Tagblatts. »Hol mir lieber mal eine Zeitung.« Der junge Mann nickte und marschierte aus dem Laden.

»Wie immer?«, fragte Akin, wieder an mich gewandt.

»Ja, ruhig etwas mehr Fleisch als beim letzten Mal.«

Akin schimpfte noch eine Weile über seinen deutschen Mitarbeiter, dem er alles hundertmal sagen müsse und der so unzuverlässig sei, während er das Fleisch vom Spieß schnitt.

»So langt's aber?«, fragte er und hielt das Fladenbrot auf.

»Akin, du Geizkragen!« Ich konnte das Fleisch kaum sehen.

Mein schwäbischer Dönermann schnitt zwei Stücke mehr ab. »So?«

Ich sah ihn skeptisch an.

»Als Unternehmer bist du immer der Arsch«, sagte Akin und schnitt mit seinem großen Messer doch noch etwas mehr vom Spieß. »Wenn ich jedem so viel Fleisch geben würde wie dir, könnten wir hier schon lange zumachen.« Er gab Tomaten, Blaukraut, Salat, Mais und seine Wundersoße in den Döner.

»Mit Zwiebel oder ohne?«

»Ohne.«

Akin lächelte. »Ist sie hübsch?«

Er reichte mir den Döner über den Tresen. Gierig biss ich in das heiße Fladenbrot. Die Dönersoße schmeckte scharf und ein wenig süßlich, asiatisch. Akin wusste, wie es ging! Gesund und lecker, dachte ich, fast wie Frederikes Salatvariation.

Der deutsche Mitarbeiter kehrte mit der Zeitung, selbstverständlich der morgigen Ausgabe, zurück. »Morgen ist die Zeitung ja schon alt, und jeder hat sie«, erklärte Akin. Über dunkle Kanäle gelangte jeden Abend ein Andruck-Exemplar des Folgetages zum Dönerladen. Akin blätterte sofort zum Tübingen-Teil und suchte den entscheidenden Artikel. »Drogendealer geschnappt … große Menge beschlagnahmt … dank Mithilfe zweier Bürger … das sind wir«, verkündete Akin stolz. Er gab mir die Zeitung und wischte die Auslage ab.

»Vielleicht sollte man eher versuchen, mitzumischen«, schlug ich betont unverdächtig vor.

Akin unterbrach seine Arbeit.

Ich fügte hinzu: »Bei Mint. Ich verdiene als Fahrer von diesen Apothekern auch keine Millionen.«

Akin ähnelte einer entsicherten Handgranate, die jeden Moment explodieren konnte.

»War ja nur eine Idee«, sagte ich schnell und biss wieder in das saftige Fleisch und genoss die vorzügliche Soße. »Die Polizei wird das schon machen.«

»Die Polizei, die Polizei. Das kannst du doch vergessen!«, platzte es aus Akin heraus. »Was haben die denn bei meinem Bruder herausgefunden? Gar nichts! Nichts, nichts, nichts. Nicht einmal kleine Dealer können sie schnappen. Aber du weißt ja: Eines Tages finde ich heraus, wer den Dreck herstellt, und dann gnade ihm Allah!«

»Ich muss noch einen Fahrauftrag erledigen«, sagte ich, nahm den letzten Bissen und wischte mir die Soße vom Bart. Er kratzte, und lieber hätte ich ihn heute als morgen abrasiert. Die weiße Wanduhr im Dönerladen zeigte bereits kurz vor elf.

Akin legte seine weiße Schürze ab und humpelte um den Tresen. »Danke noch mal für gestern.«

An ein erstmaliges Danke konnte ich mich nicht erinnern und registrierte es mit Wohlgefallen. Akin zeigte auf den Kühlschrank. »Für dich.«

Ich verstand erst nicht, was er meinte. Dann sah ich die geliebten pinken Dosen!

»Du hast Cherry-Cola eingelistet?«, fragte ich begeistert.

Akin nickte.

Ich nahm eine aus dem Kühlschrank. »Ist die jetzt gratis?«

»Ha noi!«

Unvermittelt dröhnte schon wieder Hip-Hop durch den Dönerladen, ein Sänger und leicht bekleidete Tänzerinnen flimmerten über den Bildschirm im Eck.

»Du Grasdackel«, schimpfte Akin und rannte zur Fernbedienung. Er humpelte gar nicht mehr.

Freitag, 22.58 Uhr

Die doppelspurige Straße den Schnarrenberg hinauf zog sich und zog sich. Weit oben bog ich nach der Bushaltestelle Uni-

Kliniken Berg in die Elfriede-Aulhorn-Straße ein. Um diese Uhrzeit waren die Ampeln bereits ausgeschaltet, die Schranke für Autos blieb geöffnet. Moderne Bauten aus Glas und Beton dominierten das Bild. Das Institut für Mikrobiologie und Virologie fügte sich perfekt ein.

Nachts eine gespenstisch verlassene Gegend, dachte ich. Ich stellte den Wagen auf einen der Parkplätze und sah auf die Uhr: dreiundzwanzig Uhr, auf die Minute. Was um alles in der Welt gab es hier oben für Guntram Kieser zu tun? Und wo war er? Ich stieg aus und sah mich um. Ein riesiger, seltsam geformter Steinbrocken fiel mir ins Auge. Er sah aus wie ... Dahinter bewegte sich ... nein, der Schlafmangel, dachte ich, ich leide schon an Wahnvorstellungen. Ich ging die breiten Treppenstufen nach oben. Drei große metallische Würfel auf dem Weg ragten mir bis zur Schulter. Sie balancierten jeweils auf einer Ecke, als wären sie gerade vom Himmel gefallen. Das musste Kunst sein.

Ich atmete tief ein und aus. Es roch nach Benzin.

Je näher ich kam, desto klarer sah ich: Das da sah wirklich aus wie eine Vagina, überdimensioniert in Stein gemeißelt. »Fuck!«, sagte ich laut. Ich ging näher heran und beugte mich nach vorne. Da steckte einer drin! Die Kunstvulva schien den Oberkörper des Mannes geschluckt zu haben. Beine, bekleidet mit einer grauen Stoffhose, und beigefarbene Herrenschnürer ragten aus dem Schlund.

Es waren Guntram Kiesers Füße.

»Hallo?«, sagte ich und noch einmal vernehmlicher: »Hallo? Was machen Sie da?«

Ich rüttelte an den Beinen.

»Herr Kieser?«, rief ich in den Schlund und roch, dass der Benzingeruch von dort kam. Der Körper bewegte sich nicht. Ich zog an den Füßen. Durch die Kieselsteine, die überall um das Kunstwerk verteilt lagen, fand ich schwer Halt. Ich hob den Apotheker an und rüttelte. Er steckte fest. Und meine Hände schimmerten rot im schwachen Licht der gegenüberliegenden Straßenlaternen. Blut.

Versteinert stand ich vor der Steinscheide. Lebte Guntram

noch? Ich packte ihn an seinem Gürtel, hob sein Bein an und zog noch einmal. Er bewegte sich etwas. Ein letztes Mal sammelte ich meine Kräfte und riss. Mit einem heftigen Ruck an den Beinen befreite ich den eingeklemmten Körper. Er rutschte auf die Kieselsteine, ich stolperte rückwärts. Jemand hatte mit einem Messer auf ihn eingestochen. Und den Toten anschließend mit Benzin übergossen.

Hektisch sah ich mich um. Vom Institut und von den Straßenlampen kam nur wenig Licht an. Bei den Büschen war es dunkel, und ich trug keine Waffe bei mir. Wenn der Täter noch da war? Er musste mindestens ein Messer bei sich tragen.

»Fuck!«, wiederholte ich fassungslos und wählte die Nummer der Polizei. Meine Finger zitterten. Eine derart zugerichtete Leiche hatte ich seit dem Hamburger Fall vor vier Jahren nicht gesehen. Damals hatten Rocker zwei Mitglieder einer rivalisierenden Bande geköpft und die Schädel am Gartenzaun eines Staatsanwalts aufgespießt. Symbolische Morde waren gleichzeitig Warnungen. Guntram Kieser musste in einen tiefen Sumpf geraten sein.

Es war seltsam still hier oben. Kein Mensch in der Nähe, keine Autos zu hören, keine raschelnden Bäume, kein Leben. Nur leere Glaspaläste um uns und der beißende Benzingeruch. Die Kieselsteine um Guntram Kiesers leblosen Körper färbten sich rot. Weshalb hatte er mich angefordert? Hatte er etwas geahnt? Nach einem Profi sah der Mord für mich nicht aus. Wozu die Inszenierung und das Risiko an diesem öffentlichen Ort? Das war das Werk eines Wahnsinnigen. Das war purer Hass.

Freitag, 23.19 Uhr

»Na wunderbar, Wenzel.«

»Gleich beginnt hier das volle Programm mit Mordkommission, Spurensicherung und allem Drum und Dran.«

»Wir checken den Tübinger Polizeiapparat durch und überlegen, wen wir einweihen können. Machen Sie eine schnelle Aussage und fahren Sie nach Hause.«

»Okay, Boss. Gut.«

»Ist noch etwas?«

»Nein, nichts.«

»Sicher, Wenzel? Meine Intuition sagt mir etwas anderes.«

»Also gut. Es gibt da etwas, das Sie wissen sollten.«

»Ich höre.«

»Meine Ermittlungen im Zusammenhang mit Guntram Kiesers Ehefrau waren etwas tiefergehend.«

»Sie haben sie gevögelt.«

»Wir haben auch eine Menge von ihr erfahren!«

»Beenden Sie das so schnell wie möglich.«

»Und Oma Herta wurde telefonisch bedroht. Wir sollten ihr Handy überwachen.«

»Wir haben auch noch andere Ermittlungen von Wiesbaden aus zu unterstützen.«

»Aha.«

»Sparen Sie sich diesen Unterton, Tom Wenzel.«

»Erinnern Sie sich noch an Ihre Schulung?«

»Ich soll weniger autoritär auftreten, hieß es.«

»Kooperation ist modern, Boss.«

»Gut, ich schlage etwas vor: Wir einigen uns auf das, was ich sage.«

»Klingt etwas einseitig.«

»Stimmt, aber ich bin auch einseitig der Boss.«

Samstag, 7.05 Uhr

Eine durchwachte Nacht lag hinter mir. Mit einem Kopf aus Gummi hatte ich vergeblich versucht, Frederike zu erreichen. Ob sie sich nun gegenseitig geliebt hatten oder nicht … Wer hatte Guntram derart gehasst? Warum hatte der Täter ihn regelrecht auslöschen wollen? Und weshalb dieser Ort?

Die Heizung in der Mühle musste wieder ausgefallen sein. Ich warf mir eine Decke über und checkte auf dem Sofa meine Mails. Der Boss hatte Hauptkommissarin Navina Janetzky, einundvierzig Jahre alt, gebürtige Dresdnerin, ausgesucht. Hervorragender Abschluss der Polizeischule, tadellose Beurteilungen, erst seit drei Jahren in Tübingen. Sie galt als intelligent, kompetent und zuverlässig. Und war vor allem ohne Verbindungen zum Kieser-Clan. Janetzky sollte über meinen Einsatz informiert werden. Auf dem angefügten Bild waren ihre roten Haare kurz geschnitten. Sie standen stoppelig zu Berge wie bei einem Igel. Die Hauptkommissarin war schlank und trug ein hochgeschlossenes Businesskostüm. Sie sah aus wie eine, die alles sehr genau nimmt.

Frederike schrieb in einer ersten, sehr langen SMS, ihr Mann sei tot. Das wisse ich ja bereits. Es müsse schrecklich für mich gewesen sein, ihn so aufzufinden. Sie werde sich nicht mehr vorschreiben lassen, mit wem sie zusammen sei. Sie habe das Recht, glücklich zu sein. Man könne nun mit dem Versteckspiel aufhören und an eine ernsthafte Beziehung denken. Wenn ich bereit sei, mich ihr zu öffnen. Von Trauer stand da nichts.

Ich atmete tief durch und las die zweite, viel kürzere SMS, drei Stunden später abgesendet. Sie komme gerade von ihrer Mutter. Sie habe jetzt viel zu organisieren und benötige Abstand. Die andere Nachricht sei vielleicht ein wenig missverständlich gewesen. Wir sollten Ruhe einkehren lassen und dann weitersehen. Die Sache erst einmal auf Eis legen.

Selbst die Auftauchancen für ihr Tofusteak, das noch in meinem Gefrierfach lag, standen wohl besser. Dennoch spürte ich das Bedürfnis, mit ihr zu sprechen. Sie zu trösten. Und zu bestätigen, dass Abstand eine gute Idee war. *Genau, vernünftig. Dieses Wort sollte man öfter verwenden, wenn man auf die vierzig zuschreitet.* Frederikes Klamotten in meinem Schrank wären ein guter Vorwand. Hätte etwas Ernsthaftes aus uns werden können? Wohl kaum. Den Chauffeur Tom Wenzel, mit dem Frederike hin und wieder schlief, gab es nicht. Ich war ein Betrüger. Es wäre wie immer. Man kannte sich zu lange. Der richtige Zeitpunkt, um mit der Wahrheit herauszurücken, war vergangen. Man hätte alles schon viel früher zugeben müssen. Von dieser Logik versuchte ich mich selbst zu überzeugen, während ich im Wohnzimmer auf und ab ging. Frederikes Ehe mit Guntram Kieser war eine einzige Lüge gewesen. Konnte meine Ex-Geliebte am Ende mit seinem Tod zu tun haben?

Meine Joggingschuhe im Flur fielen mir ins Auge. Die frische Luft draußen würde mir guttun. Für eine schnelle Runde reichte die Zeit, bevor ich auf dem Revier sein musste. Dann fiel mir ein, dass ich Alexander später im Fitnessstudio zufällig begegnen wollte und ich mich davor nicht zu sehr verausgaben sollte.

Ich sah vom Frühsport ab und dachte stattdessen weiter im Sitzen nach. Die Apotheker würden jetzt durcheinandergewirbelt. Und solcherlei Aufregung hatte schon manchen Ermittlungen genützt.

Samstag, 8.00 Uhr

Einzig eine verspiegelte Fläche durchbrach die grauen Betonwände des kleinen Verhörraumes. Hauptkommissarin Navina Janetzky lehnte an der Wand und sah mich erwartungsvoll an. Ihr Kollege betrat mit einigen Papieren in der Hand den Raum. Er nuschelte etwas wie »Bartel«, so hieß er wohl. Der Kommissar, er mochte sechzig Jahre alt sein, setzte sich mir gegenüber an den zerkratzten Holztisch und grinste. Sein kleiner, fußballähnlicher Bauch hielt ihn in angenehmer Distanz.

»Gemütlich wie zu Hause«, sagte ich. Wie ich auf dem harten Holzstuhl saß und meinen Fahreranzug im Spiegel betrachtete, gefiel mir dessen leichter Glanz, der ihn richtig billig wirken ließ.

»Wie schön, Herr Wenzel, dass Sie sich wohlfühlen«, sagte Janetzky. Sie trug Turnschuhe, weite Jeans und einen dicken Strickpullover. »Wir zeichnen dieses Gespräch auf.«

»Bin ich verdächtig?«

Bartel startete das Diktiergerät auf dem Tisch. Akribisch nahm er meine erfundenen Daten auf, bevor er loslegte: »Was hatten Sie beim Institut für Mikrobiologie und Virologie gestern Abend zu suchen?«

»Ich sollte Guntram Kieser fahren.«

»Sie sind ein Geist, Herr Wenzel«, sagte Janetzky. Sie gab sich so gar keine Mühe, freundlich zu sein. »Sie sind hier weder gemeldet, noch haben wir irgendetwas in unserem System über Sie.«

»Anständige Bürger, es gibt sie noch.« Ich sah ihr direkt in die Augen und versuchte, eine Reaktion abzulesen. War sie noch nicht eingeweiht?

Bartel führte die Befragung fort. Er sah immer wieder in Janetzkys Richtung wie ein Schüler zu seinem Lehrer. Er gelangte bald zu der Einschätzung, dass es sich bei mir um jemanden handelte, der Personen von A nach B fuhr und nicht viel mitbekam. Ein gescheiterter Langzeitstudent, der seinen Lebensunterhalt als Chauffeur bestritt. Janetzky mischte sich erst am Ende ein: »Ist Ihnen der Benzingeruch nicht aufgefallen?«

»Doch …«, begann ich. Es klopfte an der Tür. Ohne abzuwarten lugte eine junge Frau in den Verhörraum: »Es ist wichtig.«

Janetzky nickte Bartel zu. Er stand auf und verschwand. Kaum hatte er den Raum verlassen, setzte sich die Hauptkommissarin auf seinen Stuhl und schaltete das Diktiergerät aus. Der Duft ihres Parfüms wehte zu mir. »Rosen«, riet ich.

»Flieder«, flüsterte sie. »Nebenan ist niemand.«

Janetzky drehte sich leicht zur Seite und musterte mich mit ihren wachen Augen. Erst jetzt bemerkte ich das unscheinbare durchsichtige Hörgerät in ihrem linken Ohr.

»Können beim BKA alle so gut lügen?«, fragte Janetzky.

»Übungssache«, erklärte ich. Sollte ich mich geschmeichelt fühlen? »Versuchen Sie herauszubekommen, was er bei diesem Institut zu suchen hatte. Und ob es Kameras gibt. Gesehen habe ich keine.«

»Danke, Herr Wenzel«, sagte Janetzky und setzte ein strahlendes Lächeln auf. »Halten Sie sich bitte aus dem Mordfall heraus und kümmern Sie sich um Ihre eigenen Ermittlungen.« Damit stand sie auf und schob den Stuhl wieder akkurat unter den Tisch. Auf die Rückenlehne gestützt fügte sie hinzu: »Ich brauche keinen BKA-Klugscheißer, der mir meine Arbeit erklärt.«

Samstag, 10.03 Uhr

»Wir sind gleich fertig«, sagte Konrad Kieser und bedeutete mir, auf einem der beiden Lederstühle am Rand Platz zu nehmen. Bei den Apothekern saß es sich bequemer als bei der Tübinger Polizei. Selbst die Sekretärin arbeitete und hatte mich zur Krisenbesprechung der Familie hineingelassen. Getagt wurde in den Büroräumen über Kiesers Hauptapotheke, der inoffiziellen Zentrale. Der Clan-Chef thronte auf einem Ledersessel in seinem bestimmt fünfzig Quadratmeter großen und nach zwei Seiten hin vollverglasten Eckbüro. Auf dem Parkettboden lagen schwere Teppiche, an den Wänden hingen opulente Ölgemälde. Kieser schien ein Faible für abstrakte Bilder und Künstler zu haben, die Kandinsky nacheiferten. Er hatte die Füße auf den mächtigen dunkelbraunen Schreibtisch gelegt. Hinter ihm floss der Neckar. Gegenüber saßen sein Cousin Siegfried Kieser und zwei jüngere Männer im Anzug. Der Blonde war ein Neffe, glaubte ich. Frederike blickte, an die Glasfront gelehnt, auf den Neckar hinab. Sie drehte sich zu mir und lächelte. Ich nickte vorsichtig zurück. Ihre Cousine Elsbeth Kieser stand mit verschränkten Armen an Kiesers Schreibtisch und sah mich streng an. Sie sah jeden streng an.

»Der Holzapfel muss da weg«, erklärte Kieser. Die beiden Männer ihm gegenüber nickten.

»Warte doch noch ein paar Jahre, dann geht er sowieso in Rente«, sagte Frederike.

»Auf keinen Fall«, rief Kieser und schwang die Füße vom

Schreibtisch. »Er treibt da sein Unwesen mitten in unserem Gebiet.« Kieser erhob sich mühevoll aus seinem Chefsessel und schritt zur riesigen Landkarte an der Wand gegenüber seinem Schreibtisch. Ich beschäftigte mich mit meinem Smartphone und sah nur gelegentlich desinteressiert auf. Über Guntram Kiesers Tod schienen die Apotheker bereits gesprochen zu haben. Die Karte zeigte Tübingen und Umgebung. Zu mindestens zwei Dritteln war sie mit grünen symbolischen Häuschen besetzt. Sie markierten die Kieser'schen Apotheken. Jeweils drei oder vier, die formal zusammengehörten, umspannte ein Gummi. Rote Sticker zeigten die unabhängigen Apotheken an. Im Süden der Karte verlief eine dicke Linie. Darunter lag das Gebiet von Familie Bunk in Hechingen und Umgebung.

»Er muss da weg«, wiederholte Kieser und tippte wütend auf einen roten Pin. »Er macht, was er will, in seiner Rosen-Apotheke.«

»Der Holzapfel wird mindestens zwei Millionen wollen«, sagte einer der sitzenden Männer. Wenn ich mich nicht täuschte, ein Schwager von Kieser, dessen Name mir partout nicht einfallen wollte.

»Die haben wir zurzeit nicht im Budget«, erklärte Elsbeth Kieser. Sie war für die Finanzen des Clans zuständig. »Die neue Center-Apotheke im Norden kostet vierhunderttausend mehr als geplant. Wir müssen den Pinguin im Westen noch auszahlen. Ein paar Großhändler beschweren sich schon über unsere Zahlungsmoral.«

»Dann muss der Holzapfel eben runter mit dem Preis«, sagte Kieser wie ein trotziges Kind und zog die Ärmel seines hellblauen Hemds nach oben. In die goldenen Manschettenknöpfe waren seine Initialen »KK« eingraviert.

Stille.

»Hier, das Pflegeheim«, sagte Kieser und zeigte mit dem Finger auf ein großes Gebäude neben der Rosen-Apotheke. »Allein dieser Liefervertrag ist eine Million wert. Erst recht, wenn das Heim erweitert wird.«

»Wir haben neulich im Gemeinderat wieder darüber gesprochen«, sagte Siegfried Kieser. »Das soll demnächst anstehen.«

»Das heißt es seit mindestens zehn Jahren«, entgegnete Frederike.

»Dann die Ärzte obendrüber. Zwei Ärzte direkt über der Apotheke! Das ist Cash, Cash, Cash!«

»Der Holzapfel verkauft nie im Leben freiwillig, und schon gar nicht an uns. Er sitzt fest im Sattel.« Frederike blieb lässig mit der Schulter an die Glaswand gelehnt und schwang ein Bein über das andere.

»Dann muss er eben zum Wackeln gebracht werden«, erklärte Kieser. »Frederike, ich will, dass wir unser Marketingbudget in den umliegenden Häusern verdoppeln. Kostenlose Blitzlieferung, Rabattaktionen, Werbeanzeigen, Prämien, das volle Programm.«

Frederike atmete tief aus. Sie schien gleichzeitig den Kopf zu schütteln und zu nicken.

»Mach ihm so richtig die Hölle heiß. Wir brauchen Action, Action, Action, und das sofort.«

»Im Gegensatz zu dir muss unsereiner auch noch ab und zu den Apothekerkittel anziehen«, sagte Frederike und sah erwartungsvoll in die Runde.

Die Verwandtschaft besah sich das Muster des schweren Teppichs.

»Guntram fehlt jetzt auch noch«, sprang ihr immerhin Elsbeth bei. *Er fehlt? Er wurde brutal umgebracht.* Dem Clan fehlte Guntram als Arbeitskraft.

»Wir wissen alle nicht, was da passiert ist. Wir machen weiter wie gehabt.« Kieser ließ sich nicht beirren. »Wir gehen jetzt ran an den Holzapfel. Wir müssen alle eben ein paar Überstunden machen. Ich lasse mir nicht mitten in Tübingen auf der Nase herumtanzen.«

Die anderen, selbst Frederike, nickten.

»Wir holen uns den Holzapfel«, rief Kieser und ballte die Faust. »Das ist unsere Stadt.«

Kieser zog den Rosen-Apotheken-Pin aus der Karte, stürmte

zum Fenster und riss es auf. Er warf den Sticker in den Neckar und brüllte: »Holzapfel, du gehörst mir!« Er breitete die Arme aus. »Wir kriegen dich mit deiner miesen Rosen-Apotheke, Holzapfeeeeel.«

Als Kieser das Fenster so heftig zuschlug, dass die Scheibe vibrierte, berührte Frederike ihn am Arm. »Denk an dein Herz. Hast du die Tabletten schon genommen heute?« Sie klang aufrichtig besorgt um ihren Bruder.

»Ja, Mama«, gab Kieser zurück. »Auf in die Schlacht!«

Die anderen stellten sich an die Karte.

»Wir sind …«, rief Kieser.

»… die Kiesers!«, brüllten die anderen zurück.

»Wir sind …«

»… die Kiesers.«

Die Wiederholung des Apotheker-Schlachtrufes klang schon etwas verhaltener. Elsbeth zuckte mit den Schultern. »Wir schaffen das schon irgendwie.«

»Genau«, bestätigten die Männer.

Die Familie war auf Linie. Kieser warf sich wieder in seinen Ledersessel und strich sich zufrieden lächelnd das Hemd glatt. Dann stützte er die Ellbogen auf den Schreibtisch. »Siegfried, du musst kurzfristig alles aus den Apotheken rausholen.«

»Guntram hat schon ziemlich gespart«, entgegnete Siegfried zaghaft.

»Wir brauchen jeden Cent, und du machst jetzt das Tagesgeschäft.«

»Ich will nur sagen …«

»Basta«, brüllte Kieser und ließ die Faust auf seinen Schreibtisch donnern. Seine Stimmung konnte von einer Sekunde zur nächsten umschlagen.

»Unsere Besetzung ist dünn«, sagte Frederike gleichwohl. »Da hat Siegfried schon recht.«

»Denkt ihr, das weiß ich nicht? Ein paar PTAs kann man immer entlassen«, fuhr Kieser ungerührt fort. »Ich will, dass die Reifen quietschen. Der Holzapfel ist Chefsache. Alles läuft über meinen Schreibtisch.«

»Können wir kurz reden?«, fragte Frederike. Kieser nickte und erhob sich unter unendlichen Mühen. Er ging mit Frederike auf den Balkon. Sie schlossen die Tür von außen.

»Ob das so eine gute Idee ist?«, begann Siegfried leise.

»Das ist Wahnsinn«, flüsterte Elsbeth. »Wir sind jetzt schon am Limit.«

»Er will immer mehr«, ergänzte der junge Blonde, der bis jetzt geschwiegen hatte. »Wir haben die Logistik von Rubin 2 und 3 nicht im Griff, und mindestens sieben Umbauten auf das neue Layout stehen dieses Jahr noch an.«

»Das will er nicht hören«, fügte Elsbeth hinzu.

Wer die Wahrheit geigt, dem schlägt man die Fiedel auf den Kopf, dachte ich. Das galt also auch in Apothekerkreisen.

»Wenn er es endlich nach Berlin schafft, müssen wir uns erst einmal sortieren«, sagte Siegfried und zeigte stöhnend auf die Landkarte. »Die Tippse draußen kann gleich ein neues Holzapfel-Schild machen.«

»Wenn ihr das nicht wieder zu viel ist.«

»Bei dem Gehalt wird das wohl drin sein«, sagte Elsbeth.

Der Blonde lachte. »Dafür muss sie aber auch einiges machen.«

Feine Familie, dachte ich. Die Runde kicherte und tuschelte, bis Kieser und Frederike wieder hereinkamen.

»Na, gute Stimmung?«, freute sich der Apothekerchef.

»Natürlich, Konrad.«

»Wir fegen den Holzapfel weg.«

»Ganz klar.«

»Der gehört uns.«

Samstag, 10.48 Uhr

Konrad Kiesers Hauptsorge, während wir auf der A 81 nach Süden in Richtung Singen fuhren und er telefonierte, galt zunächst dem kurzfristigen Ersatz für seinen Schwager in der

Apotheke. Hatte der doch selbst noch ab und an den weißen Kittel übergestreift. Oma Herta saß neben mir. Dunkle Ringe unter ihren Augen verrieten, dass sie kaum geschlafen hatte. Sie nestelte an ihrer Handtasche und prüfte die Frisur abwechselnd in der Seitenscheibe und im Spiegel der Frontblende.

Seit ich die Kiesers chauffierte, waren Kieser und seine Mutter noch nie zusammen gereist. Wir hatten Oma Herta nach dem Krisentreffen in ihrer Villa abgeholt. Kieser erklärte ihr, dass Siegfried, der sich hauptsächlich um den Einkauf kümmerte, ebenso wie Finanz-Frau Elsbeth einige von Guntrams Aufgaben übernehmen würde. Frederike habe vorgeschlagen, viele von Guntrams Kontrollbesuchen zu streichen und den Apotheken vor Ort mehr Verantwortung zu geben.

»Es wird auch mal so gehen, unsere Läden laufen«, erklärte Kieser, als sein Handy klingelte. In Rubin 3 hatte sich wohl die Presse gemeldet. Kein Wort, bloß kein Wort, befahl Kieser. Bei ihm stünden Wahlen an. Auch gegenüber der Polizei solle bloß ja nichts gesagt werden.

»Wie kommt es, dass Sie heute dabei sind?«, fragte ich Oma Herta währenddessen leise.

»Ich will jetzt nicht allein sein.«

»Da kannst du noch so sportlich sein, dich gesund ernähren, auf alles verzichten, und dann legt dich einfach einer um«, mischte sich Kieser ein. Ich war mir nicht sicher, ob er sein Telefonat schon beendet hatte.

»Gibt es schon Genaueres zu seinem Tod?«, fragte ich.

»Nein, die Polizei will mit allen möglichen Leuten reden. Heute früh ist das Chaos ausgebrochen. Ich brauche während der Öffnungszeit einen Apotheker, da kann ich nichts riskieren«, erklärte Kieser. Er telefonierte weiter, ich sah Oma Herta stirnrunzelnd an.

»Während der Öffnungszeit muss in jeder Apotheke wenigstens eine approbierte Person, also ein studierter Apotheker, anwesend sein«, erklärte Oma Herta. »Gesetzliche Vorschrift.«

»Sie nehmen es genau.«

»Der Herr Apothekerpräsident muss Vorbild sein«, sagte Oma Herta lächelnd. Ein wenig Musik, meinte sie, die könne nie schaden, und schaltete Elvis Presley selbst ein.

Kieser wollte alle vier Jahre von den Apothekeninhabern im Schwabenländle als ihr Präsident wiedergewählt werden und bald nach Berlin. Da musste das Image stimmen. Als »ehrenamtlicher« Chef-Lobbyist der Apotheker in Baden-Württemberg erhielt er fünfzehntausend Euro Aufwandsentschädigung im Monat – eine kleine Kompensation für den unermüdlichen Einsatz zum Wohle der Apotheker. Ich glaubte, das Geld war für Kieser zweitrangig. Er liebte die Macht.

»Ja, Konrad Kieser hier«, rief Kieser in sein Handy. Ich drehte die Musik leiser. Kieser hielt die Hand über das Gerät. »Lauter, Herr Wenzel, wir können doch abgehört werden.« Als Elvis Presley bei ausreichendem Pegel rockte, sprach Kieser weiter. Was sein Gesprächspartner sagte, verstand ich auf dem Fahrersitz nicht. Dafür hörte ich Kieser umso deutlicher in sein Telefon brüllen:

»Endlich erreiche ich Sie.«

»Was heißt hier schon wieder?«

»Ich verstehe Sie auch schlecht. Sie haben mir doch empfohlen, bei vertraulichen Telefonaten das Radio einzuschalten.«

»Was? Leiser bringt es nichts.«

»Es geht um Tübingen, um den Holzapfel.«

»Nein, es liegt nichts gegen ihn vor.«

»Ich brauche belastendes Material. Wir müssen ihm die Saubermannmaske vom Gesicht reißen. Je dunkler seine weiße Weste wird, desto besser.«

»Nein, verdammte Axt, ich habe keine Ansatzpunkte. Sie sind der Schnüffler. Finden Sie die Leichen in seinem Keller.«

»Umgehend natürlich. Sie müssen gleich anfangen.«

Kieser rutschte aufgeregt auf seinem Sitz hin und her.

»Was heißt theoretisch?«

»Kaufhausüberwachung klingt mir nicht so, als könnte man sie für den Apothekerpräsidenten nicht aufschieben. Konditionen wie gehabt, verstehen Sie?«

»Na schön, sollen Sie haben. Aber ich brauche Er-geb-nis-se. Und zwar schnell! Ergebnisse, Ergebnisse, Ergebnisse.«

»Da muss ich in der Buchhaltung nachfragen. Falls wir die letzte Rechnung tatsächlich noch nicht ausgeglichen haben, werde ich das umgehend veranlassen. Das ist doch selbstverständlich. Es kann sich da nur um ein Versehen handeln.«

»Ja, Sie kriegen Ihr Geld, keine Sorge.«

»Ja, ich kümmere mich darum. Sie haben mein Wort als Ehrenmann.«

»Gut, beginnen Sie. Ich will sofort persönlich unterrichtet werden, wenn Sie etwas haben.«

Kieser legte auf und schnaufte durch. Oma Herta drehte die Musik leiser, ihr Sohn ließ sich ausgiebig über den Schnüffler – einen anderen Privatdetektiv habe man nun einmal nicht an der Hand – und dessen unverschämte Preisforderungen aus. Dann musste ich wieder aufdrehen, und Kieser rief seinen verlässlichen Freund, den Pharmazierat, an. In weniger als einer Minute hatten sich die Männer zu einem Gespräch »an üblicher Stelle« verabredet. Kiesers Stimmung hellte sich auf. »Bis morgen, Herr Dr. Schmidt.«

Seit Jahren, erklärte Kieser seiner Mutter, könne man auf den verbeamteten Apothekenkontrolleur zählen. Selbst im saubersten Laden finde dieser kleinkarierte Büroklammernzähler noch Beanstandungen. Wenn erst einmal das »Vorübergehend geschlossen«-Schild nach einer unangekündigten Revision hänge, solle sich der Holzapfel mit seiner Rosen-Apotheke besser ganz warm anziehen. »Erhebliche Qualitätsmängel«, sinnierte Kieser fröhlich. »Das wird im Pflegeheim nicht gut ankommen.«

Kiesers Handy klingelte wieder. »Verdammte Axt, was will der Neumaier jetzt?«

Soweit ich heraushören konnte, fragte er nach Dingen, um die sich Guntram Kieser bislang gekümmert hatte. Und weil der Apothekerpräsident weit über den Details des Tagesgeschäfts schwebte, reagierte er immer ungehaltener. Bis er längere Zeit schwieg und zuhörte.

»Eine von Guntrams Apotheken«, sagte Kieser schließlich

gelassen. Darüber könne man in Ruhe reden. Ohnehin sei der Name Neumaier für eine der vier Apotheken im Gespräch gewesen. Sobald sich die Wogen geglättet hätten, wolle er mit ihm sprechen.

Kiesers Stimmung verschlechterte sich deutlich, als Neumaier wieder längere Zeit redete. »Sind Sie wahnsinnig?«, brüllte Kieser anschließend in sein Handy. »Die Konditionen sind für alle gleich! Und niemand spricht mit ihm! Niemand!« Er rutschte auf seinem Sitz vor und zurück und fügte drohend hinzu: »Denken Sie daran, wer letztes Jahr zu Ihnen gestanden ist. Ganz unglaubwürdig war die Kleine nicht ...«

Neumaier sprach wieder längere Zeit. Vermutlich ruderte er zurück, denn Kieser beruhigte sich etwas. Doch nachdem er aufgelegt hatte, warf er sein Handy wütend auf den Sitz neben sich.

»Ärger?«, fragte Oma Herta nach hinten gewandt.

»Der Neumaier kriegt den Hals nicht voll.«

»Wer ist das?«

»Seit zwei oder drei Jahren leitet Neumaier für uns zwei Apotheken. Jetzt will er auch noch eine von Guntrams Apotheken haben.«

»Wo ist das Problem?«

»Er will eine höhere Gewinnbeteiligung. Er behauptet, Bunk hätte mit ihm Kontakt aufgenommen und versucht, ihn abzuwerben.«

»Das hat er noch nie versucht«, sagte Oma Herta erstaunt. »Es ist vereinbart, dass jeder Abwerbeversuch unterbleibt.«

»Das war der Deal damals«, bestätigte Kieser und hantierte mit seiner bevorzugten Gesichtscreme.

»Wir zahlen jedem angestellten Filialleiter dieselbe Gewinnbeteiligung, oder etwa nicht mehr?«, fragte Oma Herta nach.

»Natürlich, da gibt es keine Verhandlungen. Jeder verdient gleich viel oder, wie Neumaier meint, wenig«, seufzte Kieser und massierte sich Kaviar-Serum auf die dicken Backen.

»Wenn Neumaier mehr will, soll er gehen. Er wird nirgends mehr bekommen. Es war immer unsere Politik, gut zu zahlen.«

»Wir sind nicht mehr so weit über dem Markt wie früher, Mutter. Bunk riecht jede Schwäche. Das ist eine Kriegserklärung! Wir haben Druck von allen Seiten – das Internet, die Ketten, die Freien rüsten auf, und jetzt kommt dieser Bluthund aus seinem Hechinger Loch.«

»Dann müssen wir für alle erhöhen.«

»Das geht nicht, die Expansion kostet. Nur wer wächst, überlebt. In manchen Monaten haben wir Schwierigkeiten, die Angestellten pünktlich zu bezahlen.«

»Das hat es noch nie gegeben«, sagte Oma Herta.

»Die Investitionen werden sich auszahlen. Die Familie will ihren Anteil sehen, und die Mieten mancher Häuser …«, setzte Kieser zu einem Vortrag an. Offenbar hatte er seine Mutter schon seit Längerem nicht auf den neusten Stand gebracht. Oma Herta hörte zu und dachte nach. Kieser holte nebenbei seine Tabletten aus der Tasche und warf sich einige ein. Mit einem kräftigen Schluck aus dem Flachmann spülte er sie hinunter.

Oma Herta sah ihn tadelnd an. »Mitten am Tag! – Was, Konrad, wenn Neumaier geblufft hat?«

»Du meinst …«, überlegte Kieser und schlug auf das Lederpolster.

»Konrad, mäßige dich. Deine Nerven liegen ja völlig blank. Haben wir uns schon einmal von einem Angestellten erpressen lassen?«

»Nein, natürlich nicht Kieser. Ohne unsere Hilfe und eine kleine Zuwendung an den Professor hätte Neumaier das Studium nie gepackt. Und als er letztes Jahr der PTA ein wenig zu nahe gekommen ist, haben wir die gefeuert und nicht ihn.«

»Wie bitte?« Oma Hertas Stimme überschlug sich.

»Mutter, das Tagesgeschäft.«

»Wie nah ist er ihr gekommen?«, fragte Oma Herta verärgert nach.

»Sie sprach von Belästigung.«

»Sexueller Belästigung?«

»Ja.«

»In einer Kieser-Apotheke?«, fragte Oma Herta. Sie klang böse. »Das haben wir nie toleriert.«

»Was weiß ich, ich kenne auch nicht jeden Fall bei siebenhundert Angestellten. Guntram hat das geregelt«, gab Kieser gelassen zurück.

»Was ist mit ihr?«

»Nichts Dramatisches. Wir haben wie immer zum Apothekenleiter gehalten und sie gefeuert. Sie arbeitet jetzt für Bunk.«

»Das kommt davon, wenn wir mit zu vielen Strohleuten arbeiten. Unser Erfolg war immer die Familie.«

»Wir haben in den letzten fünfzehn Jahren, seit ich am Ruder bin, mehr als dreißig Apotheken dazugewonnen, und alle haben davon profitiert. Bei dieser Schlagzahl geht es nicht mehr nur mit eigenen Leuten. Die Zeiten haben sich geändert, Mutter.«

»Dein Vater hat immer gesagt, fünfundzwanzig sind das Limit.«

»Wir haben sechzig, und es geht.«

»Was ist mit Anne? Sie kann Guntrams Filialen übernehmen«, fiel Oma Herta ein. »Einer wie dieser Neumaier hat bei uns nichts zu suchen.«

»Sie ist erst in einem Jahr mit dem Studium fertig, hat in letzter Zeit etwas getrödelt. Wir geben Neumaier die Filiale für ein Jahr, dann werfen wir ihn raus, und Anne soll drei oder vier Apotheken übernehmen. Dann kann Neumaier nach Hechingen gehen. Mindestens eine Mitarbeiterin kennt er dann ja schon«, prustete Kieser los und klopfte sich auf die Schenkel.

»Bunk hat noch jeden unserer Leute eingestellt«, erklärte Oma Herta an mich gewandt. »Umgekehrt ist das noch nie passiert. Wir stellen generell niemanden ein, der schon für ihn gearbeitet hat. – Das ist doch noch so?«

»Nur über meine Leiche«, sagte Kieser mit geschwellter Brust. »Seine Leute passen nicht zu uns. Sie sind nicht geschult, außerdem unhöflich und dumm.«

Samstag, 12.24 Uhr

Oma Herta wollte auf halber Strecke anhalten und sich, wie sie sagte, »die alten Beine vertreten«. Wir hielten auf einem weitläufigen Parkplatz an der Autobahn mit Tankstelle und Fast-Food-Restaurant.

Erst jetzt erfuhr ich beiläufig unser genaues Ziel: das Steigenberger Hotel in Konstanz. Innerlich schmunzelte ich. Erst vor zwei oder drei Jahren hatte ich dort gegen einen Betrügerring aus Autohändlern und TÜV-Prüfern ermittelt. Der Einsatz war erfolgreich verlaufen. Später gab es Ärger mit Gruper aus der Buchhaltung wegen der vierstelligen Bar-Rechnung eines einzigen Abends.

»Heuer«, sagte Kieser laut, während wir auf Oma Herta warteten. Er lehnte am Wagen und rauchte eine Zigarette, ich ging derweil auf und ab. »Vor einem halben Jahr kam ein Drohbrief. Ohne Absender, ohne Briefmarke. Vom Ende der Geduld war da die Rede und dass wir alle sterben werden.«

»Hmm«, brummte ich. Heuer war ein selbst ernannter Privatermittler, der seit Jahren gegen die Kiesers kämpfte. Seine Apotheke war vom Clan vor Jahren feindlich übernommen worden. Seither betrieb er die Website »ruinierte-apotheker.de«. Das BKA hatte ihn ausführlich durchleuchtet.

»Der Spinner hat geschrieben, dass er uns jetzt richtig an den Kragen will.«

»Haben Sie nicht selbst neulich gesagt, der Heuer schimpft und droht, aber er führt nichts davon aus?«, fragte ich. »Weil er will, dass Sie in Angst leben.« Genau genommen hatte ich das zu ihm gesagt, aber er hatte diese Analyse des wirren Privatermittlers bestätigt, wenn auch nur mit einem Nicken.

»So ist es«, antwortete Kieser. »Deshalb droht er ständig mit dem großen Schlag.«

»Er hat außerdem keinen Grund«, versuchte ich Kieser zu reizen.

»Guntram war ein guter Apotheker. Mit Kampfpreisen und top Service hat *er* Heuer damals ausgeschaltet. Wenn dann auch noch ein Pharmazierat kommt und in seinem Schlamperladen Beanstandungen hat ...«

»Verstehe«, lächelte ich. Kiesers verlässlicher Freund.

»Der Heuer, dieser Giftzwerg, wer sonst«, sagte Kieser wie in Trance. »Guntram war der kleine Schlag. Er will *mir* an den Kragen. Das ist es.«

Oma Herta kehrte zurück. Sie wollte auf einmal Radio hören. Wir fuhren weiter. Kieser schien nachzudenken. Weil SWR3 rauschte, schaltete ich auf Seefunk um. Kurz vor der Ausfahrt gen Konstanz forderte mich Kieser auf: »Erzählen Sie mir alles, was Sie über Guntram wissen.«

»Ich habe ihn gerade einmal zwei Wochen gekannt. Er war *Ihr* Schwager«, antwortete ich verblüfft. Ob Kieser von Frederike und mir schon wusste?

»Sie haben ihn hin und wieder gefahren. Haben Sie nie etwas mitbekommen? Ich meine, in den letzten Tagen.«

»Er war immer sehr diszipliniert.«

»Also bitte, tun Sie nicht so!«

Ich erinnerte mich an die Gesprächsfetzen, die ich am Vortag im Büro mitbekommen hatte, als sich Guntram Kieser einer Anweisung widersetzt hatte, und daran, wie ich ihn ständig hatte arbeiten sehen, auch spätabends. »Guntram wirkte ehrgeizig.«

»Zu ehrgeizig«, bestätigte Kieser.

So unberechenbar er sein mochte, so berechenbar allergisch reagierte er, wenn es um seine Position ging.

»Herr Wenzel, Sie wissen, ich bin kein Engel.« Kieser stockte. »Mutter, du hörst weg.«

»Glaubt nur nicht, mich könnte irgendetwas schockieren«, sagte Oma Herta und fügte hinzu: »Bei Männern.« Wie sie dieses »Männern« an mich gewandt betonte, war ich mir fast sicher, dass sie von Frederike und mir wusste.

Oma Herta hielt sich demonstrativ die Ohren zu.

»Also, Herr Wenzel, jetzt mal unter uns: Hatte Guntram, wie soll ich sagen, Weibergeschichten?«, fragte Kieser.

»Ich glaube nicht.«

»Sonstige …«, Kieser legte eine Pause ein, »… Eskapaden?«

»Eskapaden?«, wiederholte ich und dachte an Frederikes Mint-Fund in seiner Anzughose.

»Na, Eskapaden halt, gewisse Ausschweifungen, Sie wissen schon.«

»Nie etwas mitbekommen.«

»Verdammte Axt, dieser Furzklemmer«, schimpfte Kieser.

Oma Herta nahm die Hände von den Ohren. »War's das?«

Kieser rutschte in seinem Sitz hin und her. »Das gibt Unruhe. Hauptsache, von unseren Leuten spricht niemand mit der Presse oder mit der Polizei.«

»Ich bin schon befragt worden.«

»Was?«, entfuhr es Kieser.

»Na ja, ich habe die Leiche Ihres Schwagers gefunden.«

»Warum erfahre ich das erst jetzt? Wie kann das sein? Was haben Sie denen gesagt?«, fragte Kieser aufgeregt.

»Nichts.«

»Wie, nichts?«

»Nur dass ich ihn hätte abholen sollen und ihn stattdessen tot aufgefunden habe. Sonst nichts.«

»Gut gemacht, Herr Wenzel!« Kieser wirkte erleichtert.

»Ich weiß ja auch nichts«, erklärte ich.

Kieser nickte zufrieden und gab mir, als wir das Ortsschild Konstanz erreichten, die Straße durch: »Auf der Insel 1.« Obwohl ich das Steigenberger blind gefunden hätte, tippte ich die Adresse ins Navi ein. Als unbedarfter Fahrer konnte ich schließlich keine Luxushotels kennen. Von der Hauptstraße, die den See entlangführte, bog ich ab, überquerte die Bahngleise und stoppte direkt vor dem Hotel auf einer kleinen Halbinsel. Früher war das Gemäuer ein Kloster gewesen. Heute lebte das Hotel von dem altertümlichen Charme.

Der Apothekerpräsident stieg aus und hielt seiner Mutter die Tür auf. Im Rückspiegel sah ich, wie er sich eine Zigarette anzündete. Ich fuhr auf den schräg nach hinten versetzten Hotelparkplatz und wählte eine schlecht einsehbare Ecke. Dort ging ich schnurstracks zum Kofferraum und öffnete ihn. Darin lag nur Kiesers großer Aktenkoffer, er war ungewöhnlich leicht. Der Deckel sprang wie von allein auf. Kieser war wieder zu faul gewesen, die Zahlen am Schloss zu verdrehen. Tagungsunterlagen, zwei Playboy-Ausgaben und eine Best-of-Elvis-Presley-CD.

Samstag, 13.00 Uhr

Konrad Kieser stand vor der gläsernen Eingangshalle und telefonierte. Er ging auf dem Pflaster auf und ab und schien sich für die gelb und lila leuchtenden Blumenbeete zu interessieren. Jedenfalls starrte er sie unentwegt an. Ich schleppte den silbernen Rimowa-Aktenkoffer. Oma Herta war offensichtlich bereits im Hotel. Auf den Flatscreens kündigte das Steigenberger mehrere Konferenzen an. Eine Besprechung von Bankern, eine Tagung von Automobilzulieferern und mehrere religiös klingende Veranstaltungen. »Multi Channel Marketing in Pharmazie und Medizin« im Blauen Salon klang nach Kieser. In den letzten beiden Wochen hatte ich ihn bereits zu fünf oder sechs solcher Treffen mit wichtigen und großen Überschriften in noblen Hotels gefahren. Mal nahmen andere Lobbyisten, mal Apotheker, mal Ärzte, mal Pharmavertreter, mal Hersteller, mal Großhändler, mal irgendjemand teil. Mich kosteten solche Ausflüge viel Zeit, die ich im Auto wartend verbrachte. Den Ermittlungen hatten sie bislang nicht gedient.

Der Apothekerpräsident schwärmte gerade wortreich von Schlafzimmern mit Meerblick, drei Bädern, einem Pool und dem tollen Strand, der so schnell zu Fuß erreichbar sei. Es sei an der Algarve viel wärmer als in Stuttgart, ein echtes Paradies für Golfspieler und der Flug ins portugiesische Faro kurz. Man trinke natürlich bei Gelegenheit wieder ein Glas Rotwein. Er sei sich sicher, die Polizei werde sich Heuer vorknöpfen und den Tod von Guntram Kieser schnell und geräuschlos klären.

»Fühlen Sie sich in unser bescheidenes Ferienhaus eingeladen. Ihre Frau und die Kinder sind selbstverständlich auch willkommen, Herr Innenminister«, schloss Kieser und sicherte noch einmal seine große Verbundenheit zu. Er beendete das Gespräch und schnippte seine Zigarette in die gepflegte Grünanlage vor dem Hotel. »Wie gut ist es doch, Freunde zu haben.«

»Kleine Geschenke erhalten sie«, stimmte ich zu.

»Völlig richtig.« Kieser öffnete seine Zigarettenschachtel, streichelte mit dem gelblichen Zeigefinger über die Kippen und schloss die Packung wieder. Dann legte er mir einen Arm auf die Schulter – Kieser konnte sie nur mit Mühe erreichen – und schob mich zum Eingang. »Wir dürfen uns nur nicht erwischen lassen.«

»*Sie*, Herr Kieser.«

»Bei mir stehen Wahlen ins Haus«, sagte Kieser wie ein trotziges Kind. »Gerede kann ich nicht brauchen.«

Gerede? Es musste um Geld gehen. Oder schwerwiegendes Gerede, das sein Ansehen beschädigen konnte. Oder um beides. Oder war ihm noch etwas anderes wichtig?

»Die Zeitungen«, warf ich ein.

»Herr Wenzel, nach zwei Wochen denken Sie manchmal fast schon wie ein Kieser«, lobte Kieser. »Die haben wir im Griff. Wir sind mit den Apotheken gute Anzeigenkunden. Ich schätze, die werden wollen, dass es so bleibt.«

Kiesers Handy meldete sich mit Sprachnachrichten. Er fluchte und zündete sich doch noch eine Zigarette an. Schon halb in der Lobby stehend, die Nichtraucher-Portiers hüstelten leicht, hörte er einige Mailboxnachrichten von Mitarbeitern ab, die sich mit Problemen in den Apotheken meldeten. Fragen, die zuvor Guntram Kieser beantwortet hatte.

»Jetzt, wo er fehlt, fällt erst auf, was er alles gemacht hat.« Kieser hob eine Hand gen Himmel. »Soll sich Siegfried darum kümmern. Gehen wir!«

Kieser löschte die Nachrichten und watschelte zielstrebig über den roten Teppich, so zügig es mit seinen Plattfüßen eben ging. Durch Gewölbegänge des ehemaligen Klosters mit offenen Rundbögen zum Innenhof hin, vorbei an bunten

Malereien religiöser Szenen, über schweren Teppich direkt in den Blauen Salon. Ein großes dunkles Ölgemälde dominierte die Seitenwand, von der Decke hing ein schwerer glitzernder Kronleuchter. Die Rückenlehnen der barocken Stühle waren blau gepolstert, deshalb Blauer Salon. Der Raum bot ungefähr fünfzig Konferenzteilnehmern Platz und wirkte seltsam leer. Nur etwa dreißig Leute in dunklen Anzügen saßen mit größeren Lücken um den Tisch verteilt. Umso mehr fiel ein fülliger Mann auf, der stehend die Bild-Zeitung las.

»Verdammte Axt, Bunk ist auch da«, kommentierte Kieser auf dem Weg zur Stirnseite. Sein Hechinger Konkurrent trug eine Art Trachtenjanker über dem Flanellhemd und eine braune Cordhose. Den Kopf bedeckte ein grüner Jägerhut.

»Ist Oktoberfest?«, fragte ich.

»Der läuft immer so rum«, sagte Kieser und rückte das Namensschild »Konrad Kieser, Landes-Apothekerpräsident« zurecht. Er gab sich Mühe, Bunk zu ignorieren, und fügte verächtlich hinzu: »Der Kasper heißt sogar Kaspar mit Vornamen und arbeitet noch selbst in seinen Apotheken.«

»So was.« Ich schüttelte den Kopf und stellte Kiesers Koffer neben dessen Platz ab. Der Duft von Essen drang in meine Nase. An der Seite war ein riesiges Büfett aufgebaut. Ein Hotelangestellter hob die Deckel der silbernen Behälter an. Die ersten Konferenzteilnehmer bedienten sich an den Leckereien. Mir fiel ein, dass ich heute praktisch noch gar nichts gegessen hatte. Doch im Moment waren bereits zu viele andere Augenpaare auf die zahlreichen Köstlichkeiten gerichtet, um unauffällig etwas abzuzweigen. Die Pharmaindustrie, das stimmte schon, konnte den Hals nie vollkriegen.

»Wo ist Ihre Mutter eigentlich?«

»Sie wartet im Seerestaurant. Sie ist angespannt heute. Gehen Sie mit ihr ein wenig am Bodensee spazieren.«

»Ich werde es ihr vorschlagen«, sagte ich, ahnend, was die Seniorchefin plante.

»Sprechen Sie nicht über das anstehende Jubiläum.«

»Das Jubiläum?« Ich blickte fragend drein.

»Nächste Woche hat doch ihre erste Apotheke Fünfzigjähriges. Das gibt eine große Sause.«

»Wusste ich bis jetzt nicht«, antwortete ich und fragte gespielt ahnungslos: »Wo ist das Seerestaurant? In der Stadt?«

Während mir Kieser erklärte, dass es zum Hotel gehörte, und den Weg dorthin beschrieb, schweifte mein Blick wieder zum Büfett. Bunk belud sich als einer der Ersten den Teller.

Samstag, 13.22 Uhr

Oma Herta hielt sich am Geländer der weitläufigen Terrasse direkt am Bodensee fest. »Ich habe ein ungutes Gefühl«, sagte sie, während sie auf den dichten Nebel und die dunklen Wolken über der Schweizer Seite blickte.

»Weshalb?«

»Intuition.«

»Ich habe auch ein ungutes Gefühl.«

»Ja?«, fragte sie erstaunt und drehte sich zu mir.

»Hunger.«

»Na gut, Sie sind ein kräftiger Mann, Sie müssen essen. Aber wir haben nicht ewig Zeit.«

»Physiotherapie?«, riet ich.

»Konstanz ist bekannt für das schöne Casino. Das Hotel übrigens für seine Käsespätzle.«

»Klingt nach einem vernünftigen Plan.«

Wir gingen über die Seeterrasse durch den Zeppelin Salon. Gegen Mittag war er noch leer. Genau an dieser Bar hatte ich bereits gesessen, auf einem der ovalen Hocker. Die Autohändler und TÜV-Prüfer hatten sich sicher gefühlt im Salon mit seinen niedrigen Decken, eingehüllt in Pianomusik – das schwarze Klavier stand noch immer in der Ecke – und den Nebel des Alkohols. Es war ein seltsames Gefühl, an diesen Ort zurückzukehren und in einer anderen Rolle zu stecken.

Schilder an den Wänden wiesen zum Bischofszimmer und

zur Dominikanerstube. Ein Barkeeper kam uns entgegen. Über dem weißen Hemd und der schwarzen Krawatte trug er eine elegante Schürze. Er grüßte, und ich grüßte freundlich zurück.

»Mal wieder hier«, sagte der Barmann erfreut. Oma Herta blieb mindestens genauso erstaunt stehen wie ich. »Ich kenne Sie.«

»Das kann nicht sein«, antwortete ich schnell und runzelte die Stirn. Gut möglich, dass ich etwas bei ihm getrunken hatte.

»Von der Versicherung, helfen Sie mir …«, überlegte er laut. Der Barkeeper stemmte die Hände in die Hüften.

»Tut mir leid, ich bin Fahrer«, wiegelte ich ab. Wie er mich so ansah aus seinen wachen blauen Augen unter der flachen Stirn und mit seiner hellen Stimme und diesem Bodensee-Dialekt sprach, begann ich mich zu erinnern.

»Ich könnte schwören … mit Schnauzbart … Hatten Sie früher eine Brille?«, fragte er weiter und kratzte sich am Kinn.

»Nein, nie eine gebraucht«, lachte ich. Wohl aber im Steigenberger eine getragen. Es wurde brenzlig. »Da müssen Sie mich verwechseln.«

Das Gedächtnis dieses Mannes war beeindruckend. Denn ich war nur einen einzigen Abend dort gewesen. Ich hatte damals als erfolgreicher Geschäftsmann einen dunklen Anzug getragen, wie jetzt als Fahrer. Wie er auf den Schnauzbart kam, wusste ich nicht. So ein Ding war mir schon immer zu weit gegangen als Maskerade. Ich zuckte mit den Achseln und wollte lachend weitergehen, nur Oma Herta blieb einfach stehen. Dem Barmann fiel etwas Entscheidendes ein: Ich sei mit zwei hübschen Begleiterinnen da gewesen, einer Chinesin und einer Russin. Die ganzen Leute hätten mich bewundert, bis sich die Frauen zwei anderen Typen an den Hals geworfen hätten.

»Er erinnert sich sehr genau«, sagte Oma Herta und sah mich misstrauisch an.

»Einen Bruder, der …«, rätselte der Barkeeper weiter. Er ließ nicht locker. »Etwas dünner vielleicht.«

»Tut mir leid, nur eine Schwester«, gab ich hörbar genervt

zurück und entfernte mich. Kimi und Anastasia, nur wegen denen erinnerte der Typ sich an mich.

»Zufälle gibt es«, sagte der Barmann und schüttelte den Kopf. Endlich folgte mir Oma Herta. Wir umrundeten den Innenhof. Sie wirkte nachdenklich. Die Story im TÜV-Fall war immer eine ähnliche gewesen: Ein technisch Unbedarfter verkaufte seinen Zweitwagen. Das Auto sah gut aus, optisch war es einwandfrei. Nur eine größere Probefahrt kam gerade nicht in Frage, weil es abgemeldet war. Aber der TÜV war ganz frisch gemacht. Dem kann man vertrauen, und wenn der TÜV seine Plakette gibt, dann ist ja alles in bester Ordnung. So dachten viele Käufer. Kaum fuhren sie vom Hof, traten die Mängel zutage. Dem TÜV waren Fehler kaum nachzuweisen. Gebrauchtes Auto von privat gekauft, Pech gehabt.

Meine Assistentinnen Kimi und Anastasia brachten die ersten Dominosteine im Konstanzer Steigenberger zu Fall, besser gesagt, sie legten sie flach. Bei unseren als Miezen ausgebildeten Mitarbeiterinnen, die natürlich nur so taten als ob und artig mitschnitten, prahlten die Betrüger mit dem Geld, das sie verdienten: zwei-, dreitausend pro Fahrzeug, locker. Mit diesen Aussagen arbeiteten wir uns in den späteren Verhören nach oben zu den Niederlassungsleitern und von dort zum Gebietsleiter.

»Vorsicht, Stufe«, warnte ich am Eingang der Dominikanerstube und zeigte auf den Boden.

»Ich bin alt, nicht blind.«

»Selbstverständlich«, sagte ich und ließ Oma Herta den Vortritt.

Vom kalten, zugigen Gewölbe herkommend fühlte sich die Zirbelholzstube gleich doppelt so warm an. Bänke, Stühle und Tische waren aus dunkelbraunem Massivholz, die helleren Holzwände mit Schnitzereien aufwendig verziert. Es lief leise klassische Musik.

»Der Hotelangestellte war sich sehr sicher, Sie zu kennen«, sagte Oma Herta, während sie sich um den Tisch schob. Sie wählte die Sitzbank vor dem mit bunten Blumen bemalten Kachelofen. Von dort aus hatte sie die ganze Gaststube im Blick.

»Ja, das stimmt«, bestätigte ich und setzte mich ihr gegenüber. »Ich habe einmal gehört, jeder Mensch hat einen Doppelgänger.«

»Davon habe ich noch nie gehört«, gab Oma Herta zurück. Ihr fluoreszierendes Gebiss blitzte auf. »Aber es hätte doch gut sein können, dass Sie während Ihrer recht ausgiebigen Studienzeit einmal nebenbei für eine Versicherung gearbeitet haben.«

»Tja, habe ich aber nicht«, gab ich zurück und zuckte mit den Schultern. »Eine Verwechslung.«

Der Studentenjob war die Antwort, die mir in der Zeppelin-Bar für eine Sekunde auf der Zunge gelegen hatte. Allerdings war es mir schlauer erschienen, es bei der Verwirrung zu belassen und alles abzustreiten. Ich hätte mich sonst von einer Lüge zur nächsten hangeln müssen, und wer wusste schon, an welche Details sich dieser Barkeeper noch erinnerte. Leugnen rettete erfahrungsgemäß effektiver aus Situationen, in denen ein schneller Abgang möglich war.

Kim, die vermeintliche Chinesin, von der er gesprochen hatte, war eine Thailänderin, die Russin nannte sich Anastasia und war wirklich eine Russin. Beide legten großen Wert darauf, keine Prostituierte zu sein. Gleichwohl wussten sie ihre Reize wirkungsvoll einzusetzen und Quellen sprudeln zu lassen.

Eine Kellnerin brachte uns endlich die Karte, und Oma Herta erschrak noch mehr als ich über die Preise.

»Wie viele Käsespätzle bekommt man hier für zwanzig Euro?«, fragte Oma Herta. Die Kellnerin formte mit ihren Händen eine Portion nach, die mich hoffnungsvoll stimmte.

»Dann nehme ich eine halbe Portion«, entschied Oma Herta.

»Gerne.«

Die Angestellte nickte freundlich. Das Personal in noblen Restaurants und Hotels war wunderbar geschult, sich über keinen noch so sonderbaren Kundenwunsch verwundert zu zeigen. Sie schrieb »1 und 0,5 Käsespätzle« auf ihren Block. Und notierte dazu zwei Gläser Riesling. Bis heute Abend wäre der Alkohol abgebaut, dachte ich, nach diesem Stress.

»Sie sparen«, sagte ich an Oma Herta gewandt.

»Das wird ein Riesen-Leichenschmaus nächste Woche, und ich kann die Rechnung zahlen!«, zeterte Oma Herta und fuhr sich durch das graue gelockte Haar. »Überhaupt, die ganzen Reden, was war er doch für ein vorzüglicher Mensch, unser Guntram. Beim Schmaus gibt es nur Gulasch, das sage ich Ihnen.«

»Oder Käsespätzle.«

»Gulasch«, beharrte Oma Herta.

Ich schmunzelte. »Sie mochten Ihren Schwiegersohn nicht besonders, hab ich recht?«

»Mein Mann fand ihn passabel«, sagte Oma Herta und blätterte in der Speisekarte. »Was kostet eigentlich der Riesling? Eine Kieser studiert Pharmazie, und sie heiratet einen studierten Pharmazeuten. So ist es eben.«

»Aus geschäftlicher Sicht verständlich.«

»Guntram war ein echter Apotheker«, räsonierte Oma Herta. »Korrekt, aber auf Dauer langweilig. Immer nur das Geschäft im Kopf. Oder täusche ich mich?«

»Ich habe nie etwas anderes mitbekommen«, antwortete ich. Oma Herta hätte auch bei der Polizei etwas werden können, wie sie mich musterte und versuchte, an meiner Reaktion irgendwas abzulesen. »Jetzt können Sie es ja sagen, mein Sohn hört nicht mehr zu.«

»Ich weiß es wirklich nicht«, versicherte ich. »Er hat sich mir gegenüber bedeckt gehalten.«

»Er hat sich jedem gegenüber bedeckt gehalten. Ja, so war er. Er war so ... kalt. Ja, kalt war er.«

»Quasi schon immer ein bisschen tot.«

»Das ist großartig«, freute sich Oma Herta. »Das kommt in die Grabrede. Der Pfarrer soll es mit belegter Stimme sagen, dann klingt es so ernst. Gegen eine kleine Spende für seinen Kirchturm macht der doch auch alles.«

Oma Herta berichtete über Sanierungsarbeiten am Kirchengemäuer, die fortlaufend teurer würden als geplant. Der Riesling kam und schmeckte fruchtig und spritzig. Die Kellnerin stellte erstaunlich schnell Käsespätzle vor mich und hatte nicht zu viel versprochen. Oma Herta wurde tatsächlich die halbe Portion serviert. Nachdem wir jeder das zweite Glas Riesling bestellt hatten, stocherte die alte Dame zaghaft in den Spätzle, ich schob mir eine Gabelladung nach der anderen in den Mund. Der Käse war würzig und nicht zu fettig. Die angedünsteten Zwiebeln sorgten für ein gutes Aroma. Ich konnte zusehen, wie sich mein Bauch unter dem Hemd wölbte, und versuchte nach vollendeter Mahlzeit, mit beiden Händen den Käsespätzleklumpen zurückzuschieben. Dazu atmete ich tief ein und aus.

Oma Herta schmunzelte, während sie ihre halbe Portion, von der sie die Hälfte übrig ließ, zur Seite schob. Sie meinte, ich hätte besser vorher überlegen und nicht so schlingen sollen. »Sie können ja auch die Zahnpasta nicht wieder in die Tube drücken.« Was sollte ich sagen, sie hatte recht. Und sie hatte eine Lösung: Schnaps. Für jeden ein Glas Williams-Birne. Für jeden ein ganzes, verstand sich.

»Wir müssen langsam los, ewig reden die da oben auch nicht mehr«, entschied Oma Herta und forderte die Rechnung an. »Getrennt.«

Sie öffnete ihre Handtasche einen Spaltbreit. Ich sah bündelweise Hunderter und Fünfziger darin liegen. Umständlich pfriemelte sie einen Fünfzig-Euro-Schein heraus.

»Da stehen zwanzig Euro für mein Essen«, monierte Oma Herta ihre von der Kellnerin servierte Rechnung. »Ich habe nur eine halbe Portion gegessen, also zahle ich nur eine halbe.«

Nun schaffte es die alte Dame doch noch, die junge Bedienung aus der Fassung zu bringen. Das habe sie noch nie gehört, entgegnete sie, das gehe vom System her gar nicht. Was interessiere sie das System, antwortete Oma Herta wütend. Es sei ja wohl möglich, nur die Hälfte zu berechnen, zumal sie bewusst nur die Hälfte von diesen überteuerten Nudeln bestellt habe. Da zahle sie doch jetzt nicht den vollen Preis.

Ein Schrei von außen beendete jäh die Debatte. »Feuer!«

Durch die bemalten Milchglasscheiben der Dominikanerstube konnten wir nicht hinaussehen.

»Feuer, Feuer.« Nun war es eine andere Stimme. »Die Autos brennen.«

Mehrere Angestellte eilten an uns vorbei, die Gäste folgten. Auch Oma Herta und ich standen auf. Ich spürte einen leichten Schwindel, sie stand wie eine Eins. Wir waren die Letzten, die hinausrannten. Oma Herta übersah die Stufe am Ausgang der Dominikanerstube, ich konnte sie gerade noch auffangen, wobei ich selbst fast gestürzt wäre. Schon im Flur roch es nach verschmortem Gummi, und hinter dem Hotel breitete sich eine dunkle Rauchwolke aus.

Samstag, 13.55 Uhr

Der Kieser-BMW stand in Flammen. Alle vier Reifen brannten. Als irgendetwas eine kleine Explosion auslöste, drohte das Feuer auf die nebenstehenden Limousinen überzugreifen. Hinter dem gegenüberliegenden Bahnsteig sammelten sich Schaulustige. Ein Hotelmitarbeiter sprühte mit dem Feuerlöscher los, ein zweiter wusste nicht, wie man die Sicherung löst.

Oma Herta umklammerte ihre Handtasche und flüsterte: »Zum Glück war sie nicht im Wagen.«

»Zum Glück waren *wir* nicht im Wagen«, antwortete ich. Aus einiger Entfernung vernahm ich die ersten Sirenen. Immer mehr Hotelgäste eilten heraus, um sich das Spektakel anzusehen. Hinter dem Bahnsteig bildete sich eine ganze Menschentraube, die dem Feuerwehrauto den Weg blockierte. Fast jeder filmte mit seinem Smartphone. Einer der Portiers schleppte schließlich einen weiteren Feuerlöscher an, und mit vereinten Kräften gelang es den Angestellten schließlich, den Brand einzudämmen.

Irgendwann trafen auch Kieser und die ganze Pharmazeuten-Bagage aus dem Blauen Salon ein. Der Apothekerpräsident war fassungslos. »Der Heuer«, murmelte Kieser neben Oma Herta und mir. »Aber … das kann nicht sein.«

Bunk schlenderte auf uns zu und sah schon von Weitem nach Streit aus. »Frau Kieser, lange nicht gesehen!« Er lupfte den Jägerhut und deutete eine kleine Verbeugung in Oma Hertas Richtung an. »Heiße Kiste, Familie Kieser«, sagte er und lachte lautstark über seinen Witz.

Kieser schob mich beiseite und packte ihn an seinem Trachtenjanker: »Bunk, du …«

Lichter blitzten auf. Ein Fotograf rannte auf den Wagen zu und knipste in alle Richtungen. Sofort hob Kieser beide Hände vor sein Gesicht und duckte sich weg. »Wir verschwinden so schnell wie möglich«, befahl er und rannte ins Hotel zurück.

Samstag, 14.05 Uhr

Konrad Kieser wusch dem Hotelmanager in der Lobby ordentlich den Kopf. Das Steigenberger könne seine Sicherheit nicht gewährleisten. Er hätte sterben können. Und keine Kameras, die den Parkplatz vollständig überwachten! Wo gebe es denn so etwas? Das Hotel habe versagt, in jeder Hinsicht. Nicht einmal das Büfett habe geschmeckt. Kieser verlangte einen Wagen. Sofort.

Der Hotelchef, ein groß gewachsener Mann im Maßanzug um die vierzig mit jungenhaften Gesichtszügen, mühte sich um Schadensbegrenzung. Er knetete unentwegt seine Hände und zupfte nervös an seiner roten Krawatte. Nachdem er erklärt hatte, er könne sich das nicht erklären, bot er an, uns seinen Dienstwagen zu überlassen. Nur konnte niemand mehr fahren. Ich war noch nicht nüchtern, Oma Herta schon gar nicht. Außerdem hatte sie nie einen Führerschein besessen. Und Konrad Kieser würde seinen wohl nie wiedersehen. Gegen seine Idee, trotzdem zu fahren, legte Oma Herta ihr Veto ein. Schließlich bot der Hotelchef an, einer seiner Barkeeper, der am frühen Nachmittag ohnehin nicht allzu viel zu tun hätte, könne uns chauffieren. Ich rechnete mit dem Schlimmsten, und so kam es.

»Wie auf der Flucht«, sagte Oma Herta neben mir auf der Rückbank des silbernen Jaguars. Ich saß hinter dem Fahrer, sie hinter Kieser, der auf dem Beifahrersitz nach einer Tablette suchte.

»Mutter, glaubst du, ich will damit in der Zeitung stehen? Oder wie ein Opfer neben dem ausgebrannten Auto stehen und dumm dreinschauen? Die Kollegen zerreißen sich sowieso schon das Maul«, rechtfertigte sich Kieser, leerte seinen Flachmann in einem Zug und starrte aus dem Fenster.

»Unser Fahrer ist vorhin von unserem neuen Fahrer im Hotel als Versicherungsmitarbeiter erkannt worden«, fing Oma Herta wieder mit dem an, was ich schon geglaubt hatte, überstanden zu haben.

Kieser drehte sich um. »Wie viel habt ihr getrunken?«

»Der Barmann war sich sicher«, erklärte Oma Herta.

»Eine Verwechslung«, sagte ich schnell und zuckte möglichst unbekümmert mit den Achseln. Dafür schlug ich dem Barkeeper vor mir auf die rechte Schulter, vielleicht etwas stärker als rein freundschaftlich. »Seltsam, nicht?«

»Ich dachte wirklich …«, sagte der fahrende Barkeeper.

»Wenn man mit so vielen Leuten zu tun hat«, unterbrach ich.

»Hört mir bloß mit Versicherungen auf«, sagte Kieser und hob die Hand.

»Der Versicherungsfall in Rubin 4«, überlegte Oma Herta laut. »Hat Frau Keller nicht irgendetwas geschrien im Gericht? ›Ihr sollt in der Hölle verbrennen, alle zusammen‹ oder etwas in der Art?«

»Sie hat alles Mögliche von sich gegeben«, wiegelte Kieser ab.

»Und wenn nun die Kellers etwas mit dem Anschlag zu tun haben?« Oma Herta ließ einfach nicht locker.

»Unsinn«, sagte Kieser. »Die Kellers wollen nur Geld.«

»Die Kellers?«, wiederholte ich fragend.

»In einer von Konrads Apotheken wurden vor Jahren zwei Medikamente verwechselt«, erklärte mir die alte Dame. »Seither sitzt einer unserer früheren Kunden im Rollstuhl.«

»Die Apothekerhaftpflicht hat schon mehr als großzügig bezahlt«, ergänzte Kieser verärgert. »Die volle Deckungssumme. Wenn ich nicht mit dem Vorstand verdrahtet wäre, würden diese Leute heute noch auf ihr Geld warten.«

»Das wäre wahrscheinlich besser so«, sagte Oma Herta. »Durch das schnelle Geld sind sie immer gieriger geworden.«

»Die Sache musste aus der Welt, verdammte Axt.«

»Ist sie aber nicht, und Bundes-Apothekerpräsident bist du auch nicht geworden.«

»Weil sich so etwas herumspricht«, keifte Kieser zurück. Er drehte seinen Hals so weit es ging nach hinten. »Du kannst es in der Presse kleinhalten. Aber unter Kollegen spricht es sich herum.«

»Warum zahlen Sie nicht einfach?«, stellte ich mich dumm.

»Weil die Kellers eine absurde Summe fordern. Sie wissen, wer ich bin«, sagte Kieser.

»Haben Sie selbst den Fehler gemacht?«

»Natürlich nicht.«

»Der Herr Landes-Apothekerpräsident war auf Dienstreise«, sagte Oma Herta und fügte lächelnd hinzu: »In Begleitung seiner Sekretärin.«

»Das hat alles nichts damit zu tun. Und schon gar nicht mit dem Wahnsinn jetzt.«

»Hat Ihr Bruder die Medikamente verwechselt?«, fragte ich nach.

»Nein, ich bitte Sie, dem wäre so etwas niemals passiert. Eine Angestellte hat es versaut. Aber als Inhaber hafte ich.«

»Was ist jetzt mit ihr?«

»Verhören Sie ihn ruhig«, mischte sich Oma Herta ein. Ihr fluoreszierendes Gebiss blitzte auf.

»Das ist kein Geheimnis«, antwortete Kieser gelassen. »Sie hat selbst gekündigt und arbeitet jetzt in Hechingen.«

»Der Landes-Apothekerpräsident war eine Zeit lang der Meinung, das wäre die Intrige eines politischen Konkurrenten gewesen«, sagte Oma Herta.

»War es!«

»Ich bitte dich, Konrad! Wir haben Unsummen für zwei

Privatdetektive ausgegeben, und sie haben nichts, absolut nichts herausgefunden.« Oma Herta war die Einzige, die Konrad Kieser widersprechen durfte. Und im Moment recht streitlustig gestimmt.

»Auf meiner Ebene lässt man sich nichts nachweisen.«

»Die Kellers können nie genug bekommen«, sagte Oma Herta an mich gewandt. »Solche Leute, die sogar noch das Eis mit Schokolade übergießen wollen.«

»Schöner Vergleich«, sagte ich.

»Den verstehen Sie, nicht wahr, Wenzel?«

»Hört auf dahinten!«, schimpfte Kieser. »Für heute reicht es, das hat alles genug Nerven gekostet. Vorhin hat auch noch meine Frau angerufen.«

»Deine Ex-Frau.«

»Es gibt jedenfalls noch eine Kleinigkeit, Mutter.«

»Ich höre.«

Oma Herta umfasste die Nackenstütze ihres Sohnes und zog sich daran nach vorne.

»Meine Frau ist krank geworden und ...«

»Deine Ex-Frau. Und sie ist nicht krank.«

»Ja, ja, jedenfalls will oder kann sie nicht arbeiten. Ich habe absolut keinen Approbierten mehr zur Verfügung«, sagte Kieser kleinlaut und zog den Hals ein.

»Ich soll arbeiten?«

»Nur für ein paar Stunden.«

»Das ist nicht dein Ernst!«

»Du musst ja nur da sein.«

Mutter und Sohn stritten sich die gesamte Fahrt. Letztlich überwog das Geschäftsinteresse, und Oma Herta gab überraschend nach. Der Barkeeper wirkte erleichtert, als wir Tübingen erreichten. Jetzt konnte einmal jemand nachfühlen, was ich mitmachte. Dabei wusste er noch nicht, dass er mit dem Zug zurück nach Konstanz fahren würde. Denn kurz vor dem Ziel forderte Kieser den Autoschlüssel ein. In ein oder zwei Tagen, sagte der Apothekerpräsident, werde er das Fahrzeug zurückbringen lassen. Bis dahin gebe er den Schlüssel mir.

Ich sei inzwischen nüchtern genug, entschied Kieser, um ihn zur Zentrale und Oma Herta in die Apotheke zu fahren. Anschließend steuerte ich die Wassermühle an, um meine Turnschuhe und den Trainingsanzug zu holen.

Samstag, 15.55 Uhr

Mit leicht wiegendem Schritt holte ich meine Sporttasche aus dem Kofferraum des Jaguars und stimmte mich innerlich auf Alexander ein. Sein Fitnessstudio befand sich im Gewerbegebiet Unterer Wert des Tübinger Stadtteils Lustnau und verfügte über Parkplätze direkt vor der Tür. Ich rief mir die Rote Mappe und meinen Plan vor Augen.

Das spontane Probetraining bekam ich sofort. Immerhin interessierte ich mich für die Premium-Mitgliedschaft des Fitnessstudios, alles inklusive. Ein Trainer zeigte mir die Männerumkleidekabine mit mahagonivertäfelten Spinden, die angrenzenden edlen Duschen und den gemischten Saunabereich, den die Frauen von der anderen Seite her betreten konnten. Ich war beeindruckt und mühte mich um einen gelangweilten Gesichtsausdruck. Er sollte sich ruhig ein wenig ins Zeug legen für das Premium-Produkt, das sein Geld wirklich wert war, wie er gleich anfangs betonte. Wie modern das alles sei, beste Qualität, neueste Standards. »Nur gehobene Klientel«, flüsterte der Trainer und machte eine ausladende Handbewegung.

Alexander hatte mich in der Nacht nur aus der Ferne wahrgenommen. Ein kleines Risiko blieb. Ich wollte eine zufällige öffentliche Begegnung inszenieren. Aufwärmübungen ersparte ich mir und ging gleich zu den großen Geräten, wo die Muskelmänner trainierten und wo ich Alexander vermutete.

Die Fragen des Trainers, ob ich bereits Erfahrungen hätte, was ich beruflich mache und was meine Ziele seien und was sonst noch alles, ließ ich ins Leere laufen. Stattdessen bat ich ihn, mir doch erst einmal das Studio zu zeigen, und ließ den

Jaguar-Schlüssel um meinen Finger baumeln. Also erklärte er alles. Ich hörte nur mit einem Ohr zu. Bei den Freihanteln entdeckte ich Alexander. Er trug eine kurze schwarze Hose und ein weißes Feinrippunterhemd, unter dem seine Muskelberge zu sehen waren. Alexander hob mächtige Gewichte vor dem Spiegel und bewunderte sich selbst. Ich ließ mich vom Trainer in seine Richtung führen – eigentlich führte ich ihn. Und natürlich bemerkte Alexander den Neuen, der von wortreichen Ausführungen begleitet hin und wieder ein Gerät testete. Interessiert, nicht zu neugierig sah er zu uns herüber. Und er schien mich nicht zu erkennen.

Erstes Ziel erreicht.

Ich verkündete meine Entscheidung, mich eine Weile allein umzusehen, worauf der Trainer freundlich nickte und versprach, in der Nähe zu sein, falls ich ihn brauchte. Der Wunsch des potenziellen Premium-Kunden findet nun einmal Gehör.

Zuerst trainierte ich meine Bauchmuskulatur und stellte fest, dass es nötig war. Mein letzter Besuch eines Fitnessstudios lag bereits einige Zeit zurück. Überall diese gut aussehenden Menschen – ich musste mehr Sport machen! Unauffällig näherte ich mich Alexander und beobachtete ihn. Seine Bewegungen, die Gestik, die Mimik, alles. Ich wollte mich auf ihn einstellen, mich in ihn einfühlen.

Für Bizeps und Trizeps wagte ich mich an die Freihanteln, wo sich Alexander aufbaute und ein Selfie vor dem Spiegel schoss. Ich nahm die Gewichte direkt neben ihm weg. Sie sahen viel leichter aus, als sie waren. Mach dich nicht lächerlich, sagte ich mir und drückte die Hanteln nach oben. Ich streckte die Arme absichtlich ganz durch. Was opferte man nicht alles.

Und tatsächlich sprang Alexander an. »Das geht auf die Gelenke!«

Er gab mir leichtere Hanteln und demonstrierte mit seinen monströsen Gewichten, wie es richtig ging. »Neu hier?«

»Ja, gerade aus München hergezogen«, antwortete ich und streckte ihm die Hand entgegen. »Dominic.«

Nur den Vornamen zu sagen lud zum Duzen ein, und ich

wollte für eine vertrautere Atmosphäre sorgen. Aber: Um Alexanders Interesse zu gewinnen, musste eine andere Legende als die des gescheiterten Studenten und Chauffeurs her.

»Alexander«, antwortete er und schlug ein. »Alexander Heimbach.«

»Dominic Bader«, sagte ich, nun doch gezwungen, auch einen Nachnamen zu nennen. Anschließend ließ ich mir aus erster Hand über das Fitnessstudio und seine Angebote berichten. Wir trainierten den Bizeps, und als meine Arme schmerzten, biss ich die Zähne zusammen. Alexander wollte die Übung wiederholen, da rief Gruper an.

Gruper rief nie an.

Mein Nachbar aus Wiesbaden sah nach meiner Wohnung, wenn ich unterwegs war. Nicht dass es da viel zu sehen gäbe. In all den Jahren hatte er sich vielleicht zwei- oder dreimal gemeldet. Ich hob entschuldigend die Hand und entfernte mich aus Alexanders Hörweite. Gruper wohnte neben mir im vierten Stock. Ich war gleich nach meinem Beginn beim BKA eingezogen, Gruper nur ein paar Wochen später nach seiner Scheidung. Unsere Sechzig-Quadratmeter-Wohnungen waren genau gleich geschnitten, wie jede Einheit des Mehrfamilienhauses in Wiesbaden-Biebrich. Im Suff konnten Gruper und ich von unseren Balkonen aus Sektkorken bis zur direkt gegenüberliegenden Kellerei Henkell schießen. Im Gegensatz zu mir war Gruper ein echter Wiesbadener. Bei jeder Gelegenheit betonte er seinen Stolz auf die hessische Landeshauptstadt.

Neben Freihanteln, die eine Frau heftig ausatmend in die Höhe stemmte, nahm ich den Anruf an.

»Wo sind Sie?«, fragte Gruper gut gelaunt.

»Im Fitnessstudio«, antwortete ich und hielt die Hand über das Mikrofon. Das Gestöhne wurde immer lauter. »Was gibt es?«

»Eine Frau und ein Kind waren da.«

»Ja, Gruper, ich höre.«

»Sie haben nach Ihnen gefragt«, sagte mein Nachbar zögernd.

»Haben Sie bei Ihnen geklingelt?«

»Nicht direkt. Ich bin zufällig herausgekommen und ...«

»Natürlich. Also, Gruper?«

»Es hat noch nie jemand nach Ihnen gefragt.«

»Danke.«

»Ich dachte nur, weil es hieß ... ich dachte halt, es könnte wichtig sein. Es ist was Persönliches, hat die Frau gesagt.«

»Gruper, ich habe nicht ewig Zeit«, sagte ich genervt. Und ahnte Übles. Immerhin endete das Gestöhne im Hintergrund.

»Die Frau war sehr hübsch und blond.«

»Was hat sie gesagt?«

»Eigentlich nichts«, stockte Gruper. »Sie war irgendwie ... ja, ängstlich.«

»Ängstlich«, wiederholte ich.

»Das Kind war sehr fröhlich.«

»Wie sah die Kleine aus?«, fragte ich und ging einige Schritte. Alexander begutachtete am anderen Ende der Halle seinen Körper im Spiegel und drückte Gewichte nach oben.

»Wie Sie«, kam es aus Gruper geschossen wie aus der Pistole.

»Wie die Mutter, meinen Sie?« Dabei ahnte ich, dass er nicht das kleingeschriebene »sie« meinte.

»Nein, wie *Sie*«, wiederholte Gruper auch prompt. »Braune Locken, hohe Stirn, Stupsnase. Das Mädchen ist vielleicht sechs oder sieben.«

»Haben Sie ein Foto gemacht?«

»Heimlich etwa?«

»Verdammt, Sie waren vierzig Jahre beim BKA.«

»Die Kleine hatte einen Döner in der Hand und hat eine Cherry-Cola getrunken.«

Ich blieb abrupt stehen. Mir fiel nichts mehr ein.

»War ein Scherz«, kicherte Gruper in die Stille hinein. In den acht Jahren, die ich ihn kannte, hatte er noch nie einen Witz gemacht.

»Ja«, sagte ich, nach Worten ringend.

»Mein Gott, das ist doch intern sowieso schon auf allen Fluren. Aber ich kann Ihnen Tipps geben, gerne sogar. Ich habe drei Töchter und zwei Söhne.«

Gruper meinte, Kinder seien etwas Wunderbares. Ich bat ihn, sich sofort zu melden, ausschließlich bei mir, falls die beiden noch einmal auftauchen sollten, und beendete das Gespräch. Einerseits musste ich ihm dankbar sein. Wenn der Flurfunk schon bis zu Gruper drang, der seit drei Jahren im Ruhestand war, konnte ich mir das Gerede beim BKA lebhaft vorstellen. Natürlich, die Frau war telefonisch nicht direkt beim Boss herausgekommen. Sie hatte ihr Anliegen erst einigermaßen detailliert bei mindestens zwei oder drei anderen Leuten vortragen müssen. Seit ich beim BKA angefangen hatte, waren meine Bezüge gestiegen und inzwischen für einen Staatsbediensteten recht auskömmlich. Ich hätte mir eine größere und schönere Wohnung leisten können. Irgendwie hatte sich das nie ergeben, und ohnehin war ich kaum zu Hause.

Langsam wird es Zeit für einen Umzug, dachte ich, als ich zu Alexander zurückkam.

»Busy, busy?«

»Das Übliche«, sagte ich. Wir trainierten weiter, und en passant erzählte ich die Legende vom erfolgreichen Investmentbanker Dominic Bader. Ich kannte mich halbwegs in der Materie aus und beherrschte das Vokabular. Wenn jemand zu viele Details erfragte, ließen sie sich mit Gerede von Vertraulichkeit leicht umschiffen. Falls Alexander später nach »Dominic Bader, München« im Internet suchte, würde er ein Bild von mir im Anzug finden, verschiedene Stationen im Ausland und meinen aktuellen Arbeitgeber: die Beck-&-Grünfels-Bank in München. In meinem Xing-Profil standen sogar eine Telefonnummer und eine entsprechende E-Mail-Adresse. Gerade plante ich einen Wechsel ins Schwabenland, so die Geschichte, und wegen meiner branchenüblichen Sperrfrist von einem halben Jahr war ich derzeit freigestellt.

Alexander erzählte von seinen Daytrading-Geschäften, war aber ein schlechter Lügner. Gut für mich. Das erleichterte die spätere Arbeit ungemein. Mit Fitness und Gesundheit kannte er sich hingegen gut aus. Er achtete auf seinen Körper. Umso weniger passten die Mint-Geschäfte dazu. Er spürte, dass ich mich aufrichtig für seine Erklärungen interessierte, auch wenn ich mich etwas schwer konzentrieren konnte.

Ich wusste nicht, ob ich wütend sein oder mich freuen sollte. Plötzlich Vater. Wenn Gruper richtig geschätzt hatte, müsste die Frau zu meinen Anfangszeiten beim BKA einmal in meiner Wohnung gewesen sein. So viele Möglichkeiten gab es da auch wieder nicht. Ich versuchte mich wieder auf Alexander zu fokussieren. Sollte ich bereits meine angebliche Vergangenheit in der Studentenverbindung andeuten? Das Gespräch lief ohnehin ungezwungen und gut, ich würde es in der Hinterhand behalten.

Dafür fragte ich Alexander, ob er mich privat trainieren könne. Für zweihundert Euro pro Stunde überlegte er nicht lange. Er sollte mit mir ein gutes Geschäft machen. Nach einigem Hin und Her fand mein neuer, schwer beschäftigter Personal Trainer eine Lücke gleich morgen Vormittag. Ich hatte auf einen kurzfristigen Termin gedrängt, denn im Belmondia-Verbindungshaus stieg laut Homepage jeden Sonntag eine offene Party. Zu der wollte ich eingeladen werden. In einem anderen Umfeld wollte ich das nächste Treffen inszenieren und hatte schon eine Idee, wie es für Alexander garantiert unvergesslich werden würde.

»Ich gebe dir noch meine Nummer«, sagte ich. Alexander speicherte sie ein und gab mir seine. Was er mit dem Nachnamen geschafft hatte, konnte ich auch.

»Moment, noch meine zweite, falls die andere nicht erreichbar ist.«

Ich diktierte ihm eine weitere Nummer und sah ihn erwartungsvoll an. Er zögerte, bevor er mir eine zweite Handynummer nannte. Jeder Kriminelle hatte mindestens zwei.

Ob Alexander Heimbach als Kooperationspartner für das BKA in Frage kam, musste sich erst zeigen. Wenn er mitspielte, würde ich ihn zum richtigen Zeitpunkt aus der Schusslinie holen. Wenn er sich für seine kriminellen Freunde entschied, würde ich ihn in den Knast bringen.

Samstag, 17.05 Uhr

Akin persönlich brachte mir den Döner mit einer Cherry-Cola an den Tisch und platzte fast. Mittlerweile hatte ich mich in seinen schwäbischen Dialekt eingehört, und ich ahnte, was kommen würde. Er setzte sich zu mir – die ruhige Zeit vor dem Abendgeschäft machte es möglich – und raunte: »Dein Chef tot, das ist ein Ding. Heilig's Blechle!«

»Er war nicht mein Chef«, antwortete ich und nahm den ersten herzhaften Bissen. Den hatte ich mir nach dem schmerzhaften Training redlich verdient. Wenngleich die Käsespätzle, wie ich rasch bemerkte, noch nicht allzu lange zurücklagen.

»Der Internetspinner ist ja wirklich nicht ganz dicht«, setzte Akin erneut an. »Legt den Apotheker um und stopft dann die Leiche …«, er beugte sich verschwörerisch nach vorne und tippte sich an den kahlen Kopf, »… in die Muschi.«

Eine solche Sensation ließ sich in der kleinen Unistadt nicht lange geheim halten. Zumal jedes Stadtgespräch eher früher als später zu »Bei Tosun« vordrang – der zentralen Lage und Akins Geschwätzigkeit sei Dank.

»Du meinst Heuer?«, fragte ich kauend.

»Ha ja, der hat den Apotheker umgebracht.«

»Woher weißt du das?«

»Akin weiß alles«, gab sich der Schwaben-Türke selbstbewusst. Er genoss sein Wissen. »Mit zwanzig Mann sind sie rein in die Wohnung, Maschinengewehre, SEK, alles Drum und Dran. Es hat eine Schießerei gegeben, heißt es.«

»Der Heuer soll geschossen haben?«, fragte ich erstaunt nach. Ich hatte nicht erwartet, dass er eine Waffe besaß, geschweige denn eine bedienen konnte.

»Ha ja, mit Handschellen haben sie den abgeführt«, berichtete Akin weiter. »Im Tagblatt heißt es, der Spinner-Apotheker war schon vor dem Mord polizeibekannt.«

»Polizeibekannt«, wiederholte ich mit vollem Mund. Natürlich war Heuer der Polizei bestens bekannt. Er war mehrfach wegen Verleumdungen zu Geldstrafen verurteilt worden.

Eine Anzeige wegen eines angeblichen tätlichen Angriffs gegen Kieser war jedoch im Sande verlaufen. Keine ausreichenden Beweise, obwohl Kieser die Situation in seiner Polizeiaussage sehr plastisch geschildert hatte. Heuer war besessen und größenwahnsinnig. Aber ein Mord? Weshalb sollte der Wirtschaftsermittler Guntram Kieser umbringen, nach all den Jahren?

Als hätte Akin mir diese Frage aus dem Gesicht ablesen können, fuhr er fort: »Er hat's zugegeben.«

»Er hat gestanden?«

Den restlichen Döner legte ich zur Seite. Die Soße hing wieder in meinem Bart. Mit einer Serviette wischte ich sie ab und nahm einen Schluck von der Cola mit Kirschgeschmack.

»Die Zeitungsleute sagen, die Polizei sagt, mögliches Motiv unklar … wenn ich das schon höre! Was ist da unklar?«, rief Akin.

»Den Grund kennst du auch schon?«, fragte ich und biss doch noch einmal kräftig in den Döner. Langsam musste ich kämpfen. Ich erwischte viel »scharf« und atmete tief ein und aus. Außerdem nervte es mich langsam, dass sich Akin alles aus der Nase ziehen ließ.

»Man hört halt so einiges.«

»Was hört man denn so in Dönerverkäufer-Kreisen?«

»Mehr als in Fahrer-Kreisen«, gab Akin zurück.

»Sorry, Kollege.«

»Pleite hat der gemacht mit seiner Apotheke«, erklärte Akin. Offensichtlich wusste er doch schon einiges. »Das geht mich ja nix an, aber auch privat hat es da Probleme gegeben.«

»Welche?«

»Dem ist, sagt man, seine Frau weggelaufen. Die schafft oben, in der BG Klinik. Jahrelang hat sie die Spinnereien von ihrem Mann finanziert. Der Heuer hat ja nix mehr verdient, und mit seinen Klagen vor Gericht ist er gescheitert, heißt es. Tom, ich will da in nix reinkommen.«

»Verstehe«, antwortete ich nachdenklich.

Akin setzte an, noch etwas zu sagen, stoppte aber wieder.

Ich wurde das Gefühl nicht los, so wenig Fleisch Akin in den Döner gab, so viel gab er zu seinen Geschichten.

»Gibt es sonst noch etwas?«, fragte ich und hielt mir den Bauch.

»Schmeckt er nicht?«

»Doch, doch«, sagte ich. »Lecker wie immer. Ich hatte nur schon eine Portion Käsespätzle.«

»Großer Fehler. Die liegen dir wie ein Stein im Magen.«

»Du sagst es«, seufzte ich reumütig. »Also, was noch?«

»Nix«, gab Akin zurück. Akin war einer der ehrlichsten Menschen, die ich kannte. Hauptsächlich, weil er so schlecht log wie Alexander Heimbach.

Ich blieb ruhig sitzen und wartete.

»Gut, da ist noch etwas«, murrte Akin und sah aus dem Schaufenster.

Wusste ich's doch. »Sag, was du auf dem Herzen hast.«

»Wie du den Dealer ausgeschaltet hast, das sah professionell aus. Als hättest du so etwas schon öfters gemacht«, sagte Akin zögerlich.

Ich setzte meinen unschuldigsten aller Blicke auf und sah ihn an, als hätte ich keinen Schimmer. Es gab Einsätze, da stand meine Legende wie eine Eins. Heute geriet sie bereits zum zweiten Mal ins Wanken. Innerlich zog ich meinen Hut vor Akin.

»Du bist kurz nach dem Tod von Erol hier aufgetaucht und ein seltsamer Chauffeur.«

»Ich brauche das Geld«, erklärte ich. »Zu lange studiert, zu alt für etwas Neues. Was will man machen?«

Akin musterte mich skeptisch. Er kann nichts wissen, sagte ich mir. Daran versuchte ich gerade krampfhaft zu glauben, als mein Handy klingelte. Der Boss rief an.

»Du entschuldigst mich«, warf ich Akin beim kurzzeitigen Verlassen des Dönerladens zu. »Das Bundeskriminalamt.«

Samstag, 17.23 Uhr

»Heuer ist schon wieder frei.«

»Ich erfahre erst von einem Dönerverkäufer, dass er verhaftet wurde, Boss.«

»Janetzky sollte Sie informieren.«

»Bis jetzt hat sie sich noch nicht gemeldet.«

»Sie gilt als eigen, aber loyal. Heuer hat ein wasserdichtes Alibi.«

»Warum hat er den Mord dann erst zugegeben? Und weshalb die Schießerei?«

»Er hat erst gestanden, dann widerrufen. Von einer Schießerei weiß ich nichts. Die Verhaftung war ein Schnellschuss der Tübinger Polizei auf Druck von oben, wie es nach unseren Erkenntnissen aussieht.«

»Kieser hat mit dem Innenminister telefoniert.«

»Etwas in der Art hatte ich mir vorgestellt, Wenzel.«

»Kieser hat Ärger mit einem Versicherungsfall. Ein ehemaliger Kunde sitzt wegen Schlamperei der Apotheker im Rollstuhl. Den werde ich mir ansehen.«

»Dafür ist die Tübinger Polizei zuständig.«

»Ich rufe Janetzky an. Was ist mit Ephedrin-Lieferungen? Habe ich die Mail heute übersehen?«

»Wir haben die Auswertung noch gar nicht, Wenzel.«

»Die Bestellungen von Freitag fehlen noch komplett?«

»Ja, der Kriminaldauerdienst ist auf dringendere Fälle konzentriert. Die Großhändleranfragen und die Auswertung dauern.«

»Ich brauche die Infos schnell, wenn sich etwas tut, Boss. Wir sollten außerdem diesen Alexander Heimbach beschatten. Der Erstkontakt ist positiv verlaufen.«

»Keine Kapazitäten frei.«

»Was ist mit Marcel?«

»Seit gestern in Duisburg.«

»Und die Neue? Kathrin?«

»Wird hier gebraucht. Ach, und außerdem: Sind Sie schon

die Apothekerin, Frederika oder Frederike oder wie sie hieß, losgeworden?«

»Sie mich.«

Samstag, 17.28 Uhr

Den zweiten Anruf nahm Janetzky genervt an. Ich fragte sie freundlich, wie die Ermittlungen stünden und ob es schon Obduktionsergebnisse gebe.

Die kriminaltechnische Untersuchung habe eine hohe Konzentration von Methamphetaminen in Guntram Kiesers Blut ergeben, erklärte Janetzky. Er müsse regelmäßig Mint gesnifft haben. Seine Nasenschleimhäute seien stark beansprucht gewesen. Der Täter habe sechsundzwanzig Mal zugestochen. Auf meine Nachfrage sagte Janetzky, die Pathologie könne eine Frau als Täterin nahezu ausschließen. Die Tiefe und Wucht der Einstiche ließen auf einen kräftigen Mann schließen. Bei der Steinskulptur, sie sagte wirklich »Skulptur«, gebe es keine Kameras, und bislang hätten sich nur unbrauchbare Zeugen gemeldet.

Ob ich ihr einen Hinweis geben dürfe, fragte ich. Was sie daraus mache, sei ihre Sache.

Immer gerne, antwortete sie.

Ich berichtete ihr von unserem abgebrannten Wagen, von Neumaier und der entlassenen PTA und von den verwechselten Medikamenten. Das interessierte Janetzky dann doch. Sie werde sich darum kümmern, zusammen mit ihren »Kollegen«.

Samstag, 17.34 Uhr

Erdal Tosun diskutierte mit Akin an meinem vorherigen Sitzplatz im Dönerladen. Mit beiden Händen auf die Stuhllehne gestützt, stellte ich mich dazu.

»Die Probleme haben in der Schule angefangen«, sagte Erdal. »Das mit Mutter hat ihn mitgenommen.«

»Niemand hat Erol gezwungen, das Zeug zu nehmen«, antwortete Akin seinem Vater. Er klang barsch.

»Wir hätten mehr tun müssen.«

»Ja, nur was?«

»Es ist nicht eure Schuld«, mischte ich mich ein und entschied, etwas von mir preiszugeben. Ich musste aufpassen, dass ich nicht zu viel sagte, und begann dennoch, ihnen von meiner Schwester Marie zu erzählen. Es gab keinen Grund, sie zu belügen. Der Unfall lag weit mehr als zwanzig Jahre zurück. In Alpträumen hörte ich manchmal noch die quietschenden Reifen und sah den dunklen Wagen zurücksetzen, wenden und davonrasen. Meine Schwester Marie regungslos auf der Straße liegend.

Nach der Schule hatten wir das Fahrrad genommen. Ich trat in die Pedale, Marie zappelte auf dem Gepäckträger. Sie liebte es, wie eine kleine Prinzessin dort zu sitzen und mich zu scheuchen, wenn der Wind ihre langen braun gelockten Haare verwirbelte. Marie ging in die erste, ich in die vierte Klasse. An jenen heißen Julitagen sehnten wir, wie schon in den Wochen zuvor, die langen Sommerferien herbei. Maries Zunge war noch immer blau, so viele Heidelbeeren hatte sie tags zuvor im Wald gegessen. Sie umklammerte mich mit einem Arm, in der anderen Hand hielt sie ihren geflochtenen Lieblingskorb.

Marie freute sich über die Schwimmer im Stausee und zwickte mich in den Bauch. Ich schnaufte und wusste, wie kalt das Wasser war. Erst wenn es zwei Wochen am Stück heiß war, erwärmte es sich. Nach dem See stieg der Weg leicht an.

Vorausgesetzt, man war gut in den wichtigen Fächern, wurde einem nachgesehen, wenn man zum Sportunterricht gelegentlich den Turnbeutel vergaß. Da waren meine Schwester und ich uns sehr ähnlich. Am liebsten mochte Marie Mathematik. Sie löste schon Aufgaben aus meinem Buch. Marie hätte die zweite Klasse überspringen können. Vater wollte das nicht. Das sei Quatsch, sagte er. Dabei hatte Mutter mit der Frage gewartet, bis er am Samstag in der Garage an seinem Moped bastelte. Da konnte er manchmal ein anderer Mensch sein. Er hatte kurz aufgesehen und nachgedacht, mit seiner ölverschmierten Hand abgewinkt und den Schraubendreher wieder angesetzt. Quatsch sei das, für Mädchen sowieso.

Wir holperten über einen Feldweg in den Wald und planten die Ferien. Wir würden zu Hause bleiben wie jedes Jahr, und das machte uns nichts aus.

Im Wald bemerkte ich erst, wie sehr ich schwitzte. Langsam fuhr ich über die schmalen Wege und suchte die Heidelbeeren. Ich tat, als wüsste ich genau, wo die Sträucher waren, und sagte, es sei nicht mehr weit. Bis Marie auf eine kleine Bank am Wegrand zeigte und meinte, an ihr seien wir vorhin schon vorbeigekommen.

Ich hatte meiner Schwester versprochen, die Heidelbeeren wiederzufinden. Und ein Versprechen ist ein Versprechen. Nach vielen »Wann sind wir endlich da?«-Fragen entdeckte ich endlich die Stelle. Stolz drehte ich mich um, Marie strahlte und hüpfte auf und ab. Wir aßen zu viele Heidelbeeren und sammelten und sammelten, und bald war der Korb voll. Wir tobten im Wald und vergaßen die Zeit, bis Marie den Zeigefinger hob.

Wir zählten die Schläge der Kirchenglocke.

»Es ist schon sechs«, sagte Marie. »Sechs Mal hat es geläutet, ich habe genau mitgezählt.«

Wir mussten pünktlich zu Hause sein. Vater konnte sonst wütend werden. Wir rannten zum Fahrrad. Ich fuhr, so schnell es ging. Marie schluchzte, weil wir Beeren verloren. Ich nahm den Korb nach vorne und hängte ihn an den Lenker.

Seine erste Flasche Bier trank Vater in der Küche im Stehen. Dann zog er die Polizeiuniform aus. In der Jogginghose, tief eingesunken in den Ledersessel vor dem Fernseher, trank er die zweite Flasche. Die verdammte Arbeit, sagte er. Alles scheiße.

Früher, erzählte Mutter, sei er anders gewesen.

Wenn er abends mehr trank, ließ er seine Wut an ihr aus. Er verprügelte sie, und erst wenn sie weinte, hörte er auf. Wenn ich versuchte, ihr zu helfen, schlug er auch mich.

Es komme schon wieder alles in Ordnung, meinte Mutter.

Am See packten die Schwimmer ihre Sachen zusammen, der Korb wackelte am Lenker. Marie wird immer schwerer, dachte ich, außer Atem. Die Abkürzung! Das Fahrrad hüpfte hinter einer Kurve den Bordstein auf die Hauptstraße hinunter. Ich hoffte, dass Marie nicht bemerkte, wie viele Beeren wir bei dieser Aktion verloren. Auf der anderen Straßenseite fuhr ich mit Schwung über den Randstein. Der Korb fiel hinunter. Ich bremste, Marie sprang vom Fahrrad. Sie rannte auf die Straße. Ich blieb stehen. Sie sah nur ihren Korb und die Beeren, und ich tat nichts. Auf einmal war das Auto da.

Wenn der Fahrer nicht geflohen wäre und Marie rechtzeitig ins Krankenhaus gekommen wäre, säße sie nicht für den Rest ihres Lebens im Rollstuhl. »Sie wird nie wieder gehen können«, schloss ich.

»Das tut mir leid«, sagte Akin ernst.

»Möchten Sie auf einen Tee hinaufkommen?«, fragte sein Vater und legte seine Hand auf meine Schulter. »Es ist gerade sowieso nichts los im Laden.«

»Ich weiß nicht …«

»Komm mit«, entschied Akin und schob mich die Treppe hinter dem Tresen nach oben.

Es wird kaum kürzere Arbeitswege geben, dachte ich. Im ersten Stockwerk brachten sie mich durch einen schmalen Gang voller orientalischer Teppiche an den Wänden ins Wohnzimmer. Die Decken waren niedrig, das Licht gedimmt, an der Wand hingen Schwarz-Weiß-Bilder aus der Türkei. Sie zeigten das Landleben, Märkte und fröhliche Menschen in Gaststätten.

Erdal Tosun bestand darauf, den Tee zuzubereiten. Akin ließ sich auf das weiche Ledersofa fallen, ich nahm den mit Stickereien verzierten Sessel am Tischende. Der größere Sessel mir gegenüber, vermutete ich, blieb Akins Vater vorbehalten. Ein leichter Vanillegeruch lag in der Luft. Als ich mich umsah, entdeckte ich in einer Ecke den Verursacher: eine Shisha. Während Erdal Tosun in der Küche geräuschvoll hantierte, beugte sich Akin nach vorne. »Du hast mir das von deiner Schwester nie erzählt.«

»Ich habe dir vieles nicht erzählt.«

»Sprich meinen Vater nicht auf Mutter an«, flüsterte Akin.

»Okay.«

»Sie hat uns vor zwanzig Jahren für einen anderen Mann verlassen. Er ist mit der Schande für die Familie nie klargekommen.«

»Er hat euch allein großgezogen?«, fragte ich leise.

»Ja, er wollte es perfekt machen. Aber er war auch vollkommen überfordert.«

»Er wollte ein guter Vater sein.«

»Das wollte er«, bestätigte Akin. »Erol hätte Grenzen gebraucht. Und ich ehrlich gesagt manchmal auch.«

»Wer nicht?«, fragte ich zurück und zog mein Jackett aus. Ich legte es über die Armlehne des Sessels. Meine Anzughose spannte. Käsespätzle und Döner verpassten meinem Gürtel einen ordentlichen Stresstest. Ich musste lernen, Maß zu halten.

Akins Vater brachte eine silberne Kanne. Er goss drei türkische Teegläser zu einem guten Drittel voll. Den Rest füllte er mit heißem Wasser auf. Er legte mir einen kleinen silbernen Löffel auf meine Untertasse und zwei Stücke Zucker daneben. Erdal selbst und Akin bedienten sich von der türkischen Nachspeise, die er auf den Tisch stellte. Da konnte ich schlecht ablehnen. *Wollen Sie noch dies, fehlt noch jenes?* Türken waren gute Gastgeber.

»Gemütlich haben Sie es hier«, sagte ich.

»Hat Mutter noch eingerichtet«, sagte Akin. Erdal blickte ihn böse an.

Sprich ihn nicht auf Mutter an, dachte ich und lenkte schnell ab: »Ihr Sohn Erol hat auch hier gewohnt?«

»Ja, bis fast zum Schluss. Eigentlich wollte er ausziehen, als er die Ausbildung zum Mechaniker bei der Walter AG anfing«, erzählte Akins Vater. »Das hat ihm richtig Spaß gemacht, die Arbeit mit den Metallen.«

»Die Stelle hat er durch Kontakte unseres Onkels bekommen«, ergänzte Akin und rührte in seinem Tee.

»Es fing bald an, dass er zu spät zur Arbeit kam. Er hat ständig Party gemacht mit seinen Freunden«, sagte Erdal. »Das ist ja normal in dem Alter.«

»Im zweiten Lehrjahr fehlte er drei Tage am Stück unentschuldigt, das gab Ärger von der Berufsschule und vom Betrieb. Der Meister muss ihn ordentlich verseggelt haben«, sagte Akin.

»Verseggelt?«, fragte ich nach.

»Geschimpft, ihm die Leviten gelesen. Erol hat sofort gekündigt.«

»Eine Kurzschlussreaktion«, ergänzte Erdal.

»Das war völlig überzogen«, sagte Akin. Er stand auf und ging in die Küche. Wahrscheinlich stand Erol damals schon unter Drogen, überlegte ich.

»Hat er danach nichts mehr gefunden?«

»Erst nach eineinhalb Jahren«, sagte Erdal. »An der Uniklinik ist kurzfristig ein Mädchen von der Ausbildungsstelle als Krankenpflegerin abgesprungen, und sie haben dringend jemanden gesucht.«

»Da hat er auch keine drei Monate durchgehalten«, rief Akin aus der Küche.

»Erol hat einfach nicht mehr in die Berufswelt hineingefunden. Es gab Schwierigkeiten mit den Kollegen, gegenüber den Ärzten soll er respektlos gewesen sein. Und dann gab es eine sehr unangenehme Sache«, berichtete Erdal und sah auf die Tischdecke. »Eine Krankenschwester hat ihn des Diebstahls bezichtigt. Erol hat alles abgestritten.«

»Sie haben Ihrem Sohn geglaubt.«

»Natürlich.«

»Ich bitte dich«, sagte Akin. Er kehrte mit einem Teller einer Süßspeise zurück. Wie hieß dieser klebrige, vor Honig triefende und unglaublich leckere Blätterteig noch mal?

»Ich habe ihm vertraut«, beharrte Erdal.

»Sie haben der Frau den Schaden trotzdem ersetzt?«, fragte ich.

»Es war nicht viel, nur siebzig Euro.«

Akin sah seinen Vater erstaunt an. »Davon ...«

»Das war nicht der Rede wert. Ich wollte, dass Ruhe ist. Zwei Wochen ist er einfach nicht wieder hin.«

Die Männer schlürften Tee und aßen. Sie drängten mir das Dessert regelrecht auf, und es war vorzüglich. Baklava hieß es!

»Sie können Erdal zu mir sagen«, bot Akins Vater an und streckte mir die Hand entgegen. »Erdal wie die Schuhcreme.«

Er lachte, ich lachte mit über den Spruch, den er bestimmt schon tausendmal gebracht hatte.

Ich schlug ein. »Tom.« Fast wäre mir mein echter Name herausgerutscht, so wohl fühlte ich mich bei Tosuns. »Warum hat Erol eigentlich nicht im Dönerladen gearbeitet?«

»Hat er, zwischendurch, immer mal wieder«, berichtete Erdal.

»Er war extrem unzuverlässig«, ergänzte Akin. »Da ist diese deutsche Aushilfe noch besser.«

»Wenn er gearbeitet hat, ging es«, sagte Erdal und holte tief Luft. »Das Schlimmste war für mich, wenn er stundenlang in sein Mikrofon geschrien hat.«

»Das sollte eine Art Rap sein«, ergänzte Akin. »Millionär wollte er damit werden und nach New York.«

»Gab es körperliche Anzeichen?«, fragte ich. Selbstüberschätzung war eine häufige Wirkung von Methamphetaminen.

»Wenn du Pickel und unreine Haut und das meinst, nein, die hatte er nicht.«

»Nachdem er in der Nähe des Hauptbahnhofs zusammengebrochen ist, kam er in die Entzugsklinik.«

Erdal atmete tief ein und aus. Er vergrub das Gesicht in den Händen. Tränen liefen über seine Wangen. Ich legte ihm die Hand auf die Schulter. »Er hatte Panikattacken und Angstzustände. Manchmal hat er stundenlang geschrien und gezittert.«

»Die Drogenberatung hat nichts geholfen, und kurz nach der Klinik ist er im Blauen Turm wieder zusammengebrochen«, sagte Akin. Er sah auf die Tischdecke. Über Akins Gesicht rannen nun auch Tränen. »Was hätten wir tun sollen?«

Samstag, 18.50 Uhr

Auf ihre alten Tage noch einmal arbeiten zu müssen, das hätte Oma Herta sich bestimmt nicht träumen lassen. Kiesers Beschwichtigung, sie müsse nur *da* sein, nahm sie recht wörtlich. Sie hatte sich in Bernstein 4 auf das schwarze Ledersofa vor dem kleinen Besprechungstisch gelegt und las. Auf dem Schreibtisch stapelten sich Papiere, der Computer war ausgeschaltet. An den Wänden reihten sich, auf zwei große, offene Regale verteilt, Dutzende Aktenordner. Oma Herta setzte sich auf. Ich erkannte den Buchtitel nicht genau, nur die groß gedruckten Wörter »ungezähmt« und »Vergnügen«.

»Schon sieben, Wenzel?«, rief Oma Herta verwundert.

»Zehn vor.«

»Um Himmels willen, ich bin hier ja noch gar nicht fertig.« Oma Herta sprang auf und ging um den Schreibtisch herum. Sie legte das Buch und damit den ungezähmt-vergnüglichen Teil an der Seite ab und zog einen Stapel voller Listen und Rezepte zu sich heran.

»Die Physiotherapie kann nicht mehr ewig warten«, bestätigte ich und zwinkerte ihr zu.

»Um fünf vor sieben kommt hier kein Kunde mehr rein. Und Punkt sieben machen wir zu.«

Oma Herta arbeitete den Stapel in rasender Geschwindigkeit ab. Wo eine Markierung mit Leuchtstift angebracht war, huschte sie ein »Kieser« hin und warf das Papier ins Fach mit der Aufschrift »Kontrolliert«.

»Geht schnell bei Ihnen«, kommentierte ich.

»Das ist vorgeprüft«, sagte Oma Herta, ohne aufzusehen. Sie unterschrieb und blätterte weiter. »Wie soll es bei so vielen Apotheken sonst gehen?«

Oma Herta empfahl mir wegen der drängenden Zeit sehr deutlich, sie arbeiten zu lassen und einen Kaffee zu trinken.

Wie soll es sonst gehen, dachte ich. Und wie einfach war es, in einen dieser Stapel eine Ephedrin-Bestellung zu schieben? Wer die Bestellungen aufgab, war offenbar nicht wichtig. Die leitenden, zeichnungsberechtigten Familienmitglieder unterschrieben alles, was auf dem Stapel lag.

Im Pausenraum saß eine junge Frau über den Tisch gebeugt. Ihre blonden, zum Pagenkopf geschnittenen Haare hingen ihr über das Gesicht. Vielleicht fiel mir deshalb als Erstes ihr viel zu enges pinkes Top auf, unter dem sich die Speckröllchen abzeichneten. Darin sah sie aus wie eine Presswurst. Freudig blickte sie durch ihre dicke Brille zu mir auf, dann schaute sie enttäuscht, als hätte sie etwas Besseres erwartet. Sie erwiderte nicht einmal meinen Gruß, sondern las einfach mit gekrümmtem Rücken weiter.

Davon wirst du einen Buckel bekommen, dachte ich und nahm mir den letzten Kaffee aus der Kanne. Das abgestandene Gebräu füllte noch eine halbe Tasse. Ich gab eine Menge Milch und drei Stücke Zucker hinzu. Bei einer solch lauwarmen Brühe hatte ich Frederike kennengelernt. Nur, dass sie zu abendlicher Stunde danach noch einen neuen Kaffee aufgesetzt hatte – für uns beide. Der Rest, das war Geschichte, in jeder Hinsicht. Wie es ihr wohl ging? Später würde ich sie anrufen.

Die Zeiger der orange leuchtenden Wanduhr bewegten sich langsam. Ich lehnte an der Küchenzeile, nippte am Kaffee und sah durch die hellen Vorhänge aus dem Fenster. Eine mäßig befahrene Straße, dahinter ländliches Wohngebiet mit Ein- und Zweifamilienhäusern und zwei herausragenden grauen Geschossbauten, die wohl in den Sechzigern oder Siebzigern entstanden sein mussten. Diese Apotheke lebte von zwei Ärzten, die nebenan eine Gemeinschaftspraxis betrieben. Die Nase der jungen Frau am Tisch war groß, die Stirn niedrig, und ich wurde das Gefühl nicht los, sie schon einmal gesehen zu haben. Sie hielt einen Bleistift in der einen und einen Leuchtmarker in der anderen Hand. Die Beine wippten pausenlos auf und ab. Sie markierte eine Stelle in ihrem Buch. Dann nahm sie wieder ihr Smartphone zur Hand. Offenbar keine neuen Nachrichten. Das Buch mit seinen kleinen, detailreichen Grafiken sah von Weitem wie ein Fachbuch für Fortgeschrittene aus, das man im Studium liest.

Der Boss vertrat die Auffassung, man könne sich die Zeit an der Uni sparen, wenn man nicht gerade Rechtsanwalt, Wissenschaftler oder Arzt werden wollte. Oder eben Apotheker. Das galt wohl in kaum einem Metier so sehr wie in meinem. Natürlich hatte ich nach meinem Studium der Kriminalistik beim BKA eine Praxisausbildung erfahren: Verhöre, Verhandlungen, Recherche, Rechtliches, das ganze Programm. Mit Menschen umzugehen lernt man nicht aus Büchern. Dafür muss man sie selbst erfahren, und das tut meistens weh.

Eine PTA in Birkenstock-Sandalen kam aus der Offizin und warf ihren weißen Kittel in einen der Spinde. »Jetzt wollen wieder alle diese Creme aus der Fernsehwerbung gegen Nagelpilz.«

Es war zwei Minuten vor sieben. Eine weitere PTA kam in den Pausenraum. Sie zog ihren weißen Kittel aus und jubelte: »Feierabend! – Oh, wir haben Männerbesuch.«

Die PTAs sahen sich an und kicherten los. Die junge Frau am Tisch grummelte etwas vor sich hin. Wie er denn nun heiße und wo er herkomme, er solle ja angeblich so gut aussehen, sagte eine der Mitarbeiterinnen. Die andere fügte respektvoll hinzu, sie wollten freilich nicht beim Lernen für die Klausuren stören. Gemeint war nicht ich, sondern offenbar der neue Freund der Studentin. Doch die Angesprochene antwortete nur ausweichend. Während sich die etwas enttäuschten Angestellten für den Feierabend vorbereiteten und ich meine Kaffeetasse, wie es sich für einen anständigen Fahrer ziemte, in die Spülmaschine räumte, kam Oma Herta hinzu. »Wir müssen, Wenzel.«

Exakt um neunzehn Uhr schloss sie die Türen ab, und dreißig Sekunden später saßen wir im Jaguar nach Stuttgart. Oma Herta umklammerte vorfreudig ihre Handtasche.

»Wir kommen gut durch, Frau Kieser«, sagte ich unterwegs nach hinten gewandt. Einen Stau hätte sie heute nicht durchgestanden.

»Es kann ja nicht alles schiefgehen.«

»Diese junge Frau im Pausenraum … sie kam mir bekannt vor.«

»Sie hat ziemlich abgenommen«, sagte Oma Herta. »Halt,

so lange sind Sie ja noch gar nicht bei uns. Das ist Anne, meine Enkelin, Konrads Tochter.«

»Deshalb«, nickte ich.

»Sie macht gerade ihr Pflichtpraktikum.«

»Was studiert sie, wenn ich fragen darf?«

»Pharmazie natürlich.«

Samstag, 19.26 Uhr

An ihrem Stammplatz im Stuttgarter Casino hatte Oma Herta den Automaten bereits mit ihrem Geld gefüttert. Der Jaguar parkte sicher auf dem Daimler-Parkplatz. Hoffentlich. Ich sollte heute gleich mit hineingehen ins Casino, als Glücksbringer, wie die Seniorchefin sagte. Sie machte sich nicht mehr die Mühe, ihren Kontostand zu verbergen: fünfundfünfzigtausenddreihundert Euro. Die Käsespätzle und die Getränke, fiel mir ein, hatten wir zum ultimativen Schwaben-Preis genossen: ohne zu bezahlen. Und uns sogar den Fluchtwagen stellen lassen.

Oma Herta grünte gleich zu Beginn an, und das Glück war auf ihrer Seite. Der Kontostand stieg nach den ersten Zero-Spielen auf sechzigtausend Euro, wo er lange verharrte. Sie spielte hohes Risiko und gewann wieder und wieder. Ihr Kontostand erklomm die dreiundneunzigtausend Euro. »Ich will die Hunderttausend«, erklärte sie. Doch die nächsten Spiele veränderten ihren Kontostand kaum noch. Mal gewann sie fünfhundert Euro, mal verlor sie tausend. Für Oma Herta war »alles manipuliert« und »der gleiche Mist«. Sie wurde unruhiger und setzte unkontrollierter.

Mein Smartphone vibrierte. Wie immer, wenn Rainer Heuer einen neuen Eintrag auf seiner Website »ruinierte-apotheker.de« postete, erhielt ich eine automatische Benachrichtigung. »Jetzt wird meinem Apothekerpräsidenten eingeheizt«, schrieb Heuer unter ein Foto des brennenden Kieser-BMWs. »Sein Kragen wird enger.«

Woher hatte er das Bild? Es war offenkundig aus der Menschentraube heraus aufgenommen worden. Anscheinend wurde es doch Zeit, ihn mir anzusehen.

Die rote Achtzehn kostete Oma Herta derweil siebentausend Euro. Auch die nächsten Zahlen ließen ihr Guthaben schmelzen. Es schmerzte, dabei zuzusehen. Oma Hertas Laune verschlechterte sich parallel zu ihrem Kontostand. »Was ist los, Wenzel? Sie sollen mir Glück bringen.«

Als sie sich bis auf fünfundfünfzigtausend hinuntergezockt hatte, versuchte ich, sie zum Gehen zu bewegen.

»Ich komme nicht hierher, um meinen Einsatz wieder mitzunehmen«, moserte Oma Herta. »Da hätte ich auch in Tübingen sitzen bleiben können.«

Nach einem weiteren Verlustspiel ging sie aufs Ganze. Oma Herta setzte wie immer auf die Null-Serie, ließ diesmal aber jede Absicherung bei einigen hohen Zahlen weg. Prompt fiel die schwarze Dreiunddreißig. Oma Herta donnerte ihre schmächtige Faust auf die Verglasung des Spielautomaten. Ein Angestellter nahe dem Blackjack-Tisch kam zu uns und sagte: »Bitte.«

»Gerne«, keifte Oma Herta zurück.

Mit einem einzigen Spiel hatte sie fast fünfzigtausend Euro verloren. Ihr Kontostand betrug noch gute fünftausend Euro. Oma Hertas Finger zitterten und droschen auf den Touchscreen ein. Sie setzte wild auf alle möglichen Zahlen. »Jetzt ist alles egal.« Kurz bevor es hieß »Rien ne va plus«, löschte sie alle Einsätze wieder. »Alles oder nichts.« Sie platzierte die vollen fünftausend Euro auf der Null. Ich konnte nicht hinsehen. »Wenn er jetzt meine kleine Grüne bringt, habe ich hundertachtzig«, rechnete Oma Herta sich aus. Nur betrug die mathematische Wahrscheinlichkeit dafür weniger als drei Prozent. Sie fixierte ihre Handtasche und murmelte: »Hoppi, hoppi, nur einmal, in die Grüne.«

»Dreiunddreißig, schwarz, ungerade«, sagte die weibliche Stimme des Automaten. So sanft und so gleichmütig, als hätte sich nicht eben eine alte Frau um die letzten fünftausend Euro gebracht.

Oma Herta und ich sahen auf den Roulettekessel. Er drehte sich noch langsam. Die Kugel lag wirklich in der Dreiunddreißig, weit weg von der Null.

»Wiederholungsspiel«, tobte Oma Herta und schlug mit der flachen Hand gegen die Glasscheibe. Der Knall hallte durch die gesamte Spielhalle.

Der Casino-Mitarbeiter schritt ein. »Bitte lassen Sie das, sonst müssen Sie für den Schaden aufkommen.«

»Für den Schaden aufkommen«, äffte Oma Herta ihn nach. »Wer gleicht meinen Schaden aus? Das ist doch alles manipuliert hier!« Sie schlug erneut gegen die Scheibe.

»Bitte ...«, setzte der Angestellte wieder an.

»Wir sorgen erst einmal für einen Schaden bei Ihnen«, sagte Oma Herta, griff in ihre Handtasche und holte einen Revolver heraus. »Jetzt reicht es mir!«

Der Mann hob die Arme in die Luft. Die silbern glänzende Pistole zitterte vom Automaten auf ihn und zurück.

»Hach, Frau Kieser«, lachte ich und riss ihr die Waffe aus der Hand, bevor sie reagieren konnte. »Immer diese Späße.« Der Casino-Mitarbeiter senkte die Arme und lachte mit, wenngleich etwas verhalten. Ich hakte Oma Herta unter.

»Erst hätte sie den Automaten erschossen, dann Sie. Vielleicht auch umgekehrt«, sagte ich im Gehen.

»Auf Wiedersehen.«

»Bestimmt nicht!«, keifte Oma Herta und meinte wohl das Wiedersehen.

Wir nahmen die gläserne Drehtür des SI-Centrums ins Freie. Unter dem Vordach stieß Oma Herta einen heftigen Seufzer aus. Sie lehnte sich mit der Schulter an die Scheibe und hielt sich die Hände vor das Gesicht. Mit dem Rücken zum Casino überprüfte ich die Waffe. Sie war echt und geladen, aber nicht entsichert. Ob Oma Herta sie überhaupt abzufeuern vermochte, wagte ich zu bezweifeln. Es zu versuchen traute ich ihr zu.

»Woher haben Sie das Teil?«, fragte ich und steckte die Pistole in mein Jackett.

»Die habe ich schon lange angeschafft. Vor vielen Jahren, als ich selbst noch den Apothekennotdienst in der Nacht und an Sonntagen übernommen habe.«

»Ich hole den Wagen.«

»Nein!«, rief Oma Herta und klammerte sich an meinen Arm. »Lassen Sie mich hier nicht allein. Er hat wieder angerufen.«

»Wer?«, fragte ich und blieb stehen.

»Ich weiß es nicht.«

Oma Herta sah sich in alle Richtungen um. Sie hatte Angst. Sie kramte in ihrer Handtasche und zündete sich eine lange Damenzigarette an.

»Lassen Sie uns zusammen zum Wagen gehen«, sagte ich. Die Luft war frisch und kalt. Aus dem leichten Nieseln waren dichte Tropfen geworden. Oma Herta kümmerte das nicht. Sie sorgte sich heute nicht einmal um ihre Frisur.

»Ihr habt unser Leben zerstört, hat er gesagt«, erzählte sie und sog mit zitternden Fingern am Glimmstängel. Das beruhigte sie ein wenig. »Du wirst sterben, wie dein Sohn.«

»Sohn?«

»Ja, ich habe ihn angeschrien. Er soll aufhören mit dem Unsinn. Da hat er nur gelacht. Er wird erst aufhören, wenn es vorbei ist, hat er gesagt.«

»Kam Ihnen die Stimme irgendwie bekannt vor?«

»Nein, der Anrufer hat sie verstellt oder irgendetwas vor den Hörer gehalten. Er hat immer so schwer geatmet.«

»Warum spricht er von Ihrem Sohn? Guntram war Ihr Schwiegersohn.«

»Das ist ein Spinner«, sagte Oma Herta, die sich allmählich wieder fing. Wir gingen am Millennium Hotel neben dem Casino vorbei, auf dem Bürgersteig die Hauptstraße entlang und über eine Brücke. Darunter quälte sich der Feierabendverkehr aus Stuttgart entlang. Oma Herta sah hinab und klammerte sich an meinen Arm.

»Höhenangst?«, fragte ich.

»Ja.«

»Haben Sie einen Verdacht?«

»Nein.«
»Ihre ganze Familie wird bedroht, wie es aussieht.«
»Früher, mein Gott, was hatten wir Streit mit Bunk! Er ist und bleibt ein Idiot, das haben Sie ja selbst gesehen. Aber seit die Grenzen abgesteckt sind, ist eigentlich Ruhe.«
»Ruhe kann täuschen.«
»Sie klingen schon wie mein verstorbener Mann.«
Wir überquerten die Straße zum Daimler-Parkplatz. Wer immer sie bedrohte, konnte sich in der Familie nicht gut auskennen. Und doch musste jemand einen enormen Hass auf die Kiesers entwickelt haben. An Langzeitfeinde wie Heuer und Bunk glaubte ich weniger. Es musste vor Kurzem etwas vorgefallen sein.
»Woran ist er eigentlich gestorben?«
»Wer?«
»Ihr Mann.«
»Kopfschuss.«
Ich blieb stehen.
»Späßle, Wenzel, Späßle«, sagte sie und kniff mir in den Hintern. »Herzinfarkt.«
»Sie sollten dringend zur Polizei gehen und öffentliche Orte in nächster Zeit meiden.«
»Kommt nicht in Frage«, beschied Oma Herta und löste ihren Arm. »Geben Sie mir die Pistole zurück.«
»Funktioniert die überhaupt?«
»Habe ich noch nie ausprobiert.«
»Sie sind in Gefahr, Frau Kieser.«
Oma Herta ging allein weiter. Sie hatte sich bereits einige Schritte entfernt.
»Wir fahren jetzt Jaguar.« Ich deutete auf den Wagen und entsicherte die Pistole.
Oma Herta brummelte etwas von »britische Mistkarre« und »immerhin kein Mercedes«.
Ich reckte die Waffe in die Luft und drückte ab. Ein lauter Knall donnerte über den Parkplatz. Noch einmal: Peng!
»Sind Sie wahnsinnig geworden?«, rief Oma Herta entsetzt.

Sie hielt sich die Ohren zu. Auf dem Mercedes-Verwaltungsgebäude drehte sich ein überdimensionaler Stern. Ich richtete die Pistole darauf und war versucht zu schießen. Dann zielte ich darüber und feuerte noch einmal und noch einmal, bis das Magazin leer war. Oma Herta zitterte, als ich die hintere Tür des Jaguars öffnete und ihr die Waffe zurückgab. »Funktioniert.«

Samstag, 21.30 Uhr

Oma Herta hatte sich doch zur Polizei bringen lassen. Das rechne sie mir positiv an, hatte Hauptkommissarin Janetzky gesagt. Und um die Zeit zu nutzen, stattete ich Heuer einen unangemeldeten Besuch ab. Im dämmrigen Gang des Hochhauses im Tübinger Norden stand ein fleckiges ausrangiertes Sofa, und es roch nach Pommes. Aus den bestimmt dreißig Briefkästen quollen Werbeprospekte. Sie waren teils gar nicht, teils mit ausländisch klingenden Namen beschriftet. Auf einzelnen klebten fünf unterschiedliche. Heuer wohnte offenbar im zweiten Stock. Der Aufzug, dessen Lack abblätterte, sah mir wenig vertrauenerweckend aus. Also nahm ich die Treppe nach oben. Der mit PVC bedeckte Boden war verschmutzt, am Rand lagen achtlos weggeworfene Verpackungen und Tetrapaks. Im zweiten Stock mischten sich Kindergeschrei und lauter Hip-Hop, die aus unterschiedlichen Wohnungen zu hören waren. Als ich Heuers Klingelschild »RH« – seinen vollen Name wollte er dort wohl nicht stehen haben – entdeckte, legte ich mein Ohr an die Tür und vernahm dahinter eine fröhliche klassische Musik. Wenn mich nicht alles täuschte, war es die »Zauberflöte« von Mozart. Ich atmete süßlichen Haschischgeruch ein und drückte den Klingelknopf.

Und noch einmal. Und noch einmal.

»Ist ja gut«, rief eine männliche Stimme von innen.

Ich hörte, wie etwas zur Seite gerückt wurde. Das Guckloch verdunkelte sich. Sah ich vertrauenswürdig aus? Unterwegs hatte ich überlegt, mich etwas legerer zu kleiden, um Heuer, wie ich ihn mir vorstellte, näher zu sein. Da es ohnehin schon spät war, hatte ich mir den Abstecher zur Wassermühle gespart. In einem Anzug wirkst du immer seriös, dachte ich.

Ein Riegel wurde zur Seite geschoben, der Schlüssel zweimal gedreht. Durch die kaum geöffnete Tür bestätigte sich, dass der Marihuanageruch von dort kam.

»Ich würde gerne mit Rainer Heuer sprechen«, sagte ich und sah nach unten. Der Mann war kaum größer als eins fünfzig.

»Das bin ich. Wie kann ich Ihnen behilflich sein?«, fragte der Zwerg langsam und sehr entspannt. Er passte nicht in diesen Sozialbau. Von seinem Äußeren her hätte Heuer eher hinter einem Apothekentresen stehen können. Einem niedrigen Apothekentresen. Er trug schwarze Jeans und ein hellblaues, leicht ausgewaschenes Hemd. Seine mittellangen braunen Haare standen etwas ab, als sei er gerade aufgestanden. Rasiert hatte er sich schon ein paar Tage nicht mehr. Doch etwas mehr Verwahrlosung hatte ich dennoch erwartet. Und Misstrauen. Immerhin war er heute schon verhaftet worden.

»Ich muss mit Ihnen reden. Hab's gegen Mittag schon einmal versucht«, log ich.

»Da war ich auf Staatskosten zu Tisch.«

»Im Knast, ich weiß. Ich arbeite für die Kiesers als Chauffeur.«

Sofort schob Heuer die Tür zu. Ich drückte dagegen und fügte hinzu: »Noch.«

Für einen Bekifften schaltete Heuer schnell. »Haben Sie brisante Informationen?«

»Schwäbische Treppenhäuser sind hellhörig«, antwortete ich. »Darf ich hereinkommen?«

»Ist gerade etwas schlecht bei mir«, wehrte Heuer ab. Aber er war zu neugierig, um mich einfach wegzuschicken. »Nebenan gibt es ein Lokal.«

Durch einen schmalen Spalt sah ich über ihn hinweg, als er eine Jacke anzog. Hinter ihm stapelten sich Umzugskisten. Soweit ich mich an die Akte erinnern konnte, war Heuer schon seit vier Jahren unter dieser Adresse gemeldet.

An der Art, wie er seine Wohnung abschloss, sich immer wieder umdrehte und mich musterte, spürte ich sein Misstrauen. Seine Jacke war ein älteres, etwas abgetragenes Modell von Hugo Boss. Möglicherweise aus der Kinderabteilung, aber der Apotheker hatte schon bessere Zeiten erlebt. Wir gingen die Treppen hinunter. Im Flur stritt sich ein Paar lautstark.

»Bitte entschuldigen Sie«, sagte Heuer und sah verschämt auf das ausrangierte Sofa. »Irgendjemand hat es schon vor Wochen hier abgestellt, aber der Hausmeister kommt nicht in die Gänge.«

Heuer hielt mir die Tür auf. Einmal ums Eck, und schon standen wir vor einem bungalowähnlichen Gebäude, dem »Sparfuchs«. Das Schild war kaum beleuchtet, der Eingang düster und die Milchglasscheiben mit Efeu zugewachsen. Als Heuer die schwere Holztür aufzog, quollen uns dichte Rauchschwaden entgegen. Ich musste husten, Heuer packte eine silberne Schatulle voller selbst gedrehter Zigaretten aus. Durch schummeriges Licht sah ich die von Lichterketten umrahmte Theke, an der eine stämmige Wirtin Bier zapfte. Abgewetzte Holzstühle umringten die Tische. Die drei Männer an der Bar drehten sich um.

Heuer deutete auf mich. »Der gehört zu mir.« Er fläzte sich auf die vordere Eckbank an der Fensterseite, gleich neben dem Eingang, ich mich schräg gegenüber. Und sitzend wirkte er nicht mehr ganz so klein.

»Hier können wir in Ruhe reden.« Der gesamte »Sparfuchs« sah zu uns, neugierig abwartend. Fremde kamen hier nicht her, so viel war klar.

»Um den VfB war es schon besser bestellt«, sagte ich. »Wenn ich mir das letzte Trauerspiel angesehen habe.« Heuer runzelte die Stirn. Ich fuhr fort: »Und wenn die Gegner in der Abwehr den Beton anrühren, hat sich Stuttgart vorne schon immer schwergetan.«

»Hanna«, brüllte Heuer. Die anderen Gäste verloren bereits das Interesse. »Schalt mal die Glotze ein.«

Neben der dunklen holzverkleideten Theke flackerte ein

Bildschirm auf. Ein Fußballspiel, gut für die Lautstärke. Erst jetzt fiel mir die Säule neben Wirtin Hanna an der Theke auf. Sie erinnerte an ein römisches Bad. An ihr hing ein Schild: »Ich liebe diesen Beruf. Ich verehre meinen Chef. Und ich lüge, ohne rot zu werden.« Jetzt hatte der »Sparfuchs« meine Sympathie gewonnen.

»Dat Übliche?«, rief Hanna im besten Ruhrpott-Slang, schob sich bereits hinter dem Tresen hervor und stellte zwei volle Biergläser vor Heuer. Sie legte jeweils vor den Wirtschaftsermittler und vor mich ein Stück Papier, auf dem rechts oben ein Fuchs abgebildet war. Auf vier oder fünf unterstrichenen Zeilen waren die gängigsten Getränke gelistet: vier oder fünf verschiedene Biersorten. Die Wirtin machte zwei Striche auf Heuers Deckel bei der »Hausmarke« vom Fass. Ohne zu wissen, was sich hinter der Hausmarke verbarg, schloss ich mich an. Sicher Stuttgarter Hofbräu oder etwas in der Art. Von einem Tübinger Bierbrauer hatte ich noch nicht gehört.

»Ich bin ein großer Fan von Ihnen und habe Ihre Website genau gelesen«, begann ich.

Heuer zündete sich eine Selbstgedrehte an und konnte ein zufriedenes, wenn auch lauerndes Lächeln nicht unterdrücken.

»Ich bin derjenige, der Guntram Kiesers Leiche gefunden hat«, fuhr ich fort.

»Gratuliere! Einmal hat es den Richtigen erwischt.«

»Für Herta Kieser ist es doch schlimm. Den eigenen Sohn beerdigen zu müssen«, sagte ich mit belegter Stimme.

»Guntram Kieser ist nur angeheiratet«, erklärte Heuer. »Früher hieß er Wollschläger. Er wollte in Apothekerkreisen etwas gelten und hat den Namen seiner Frau angenommen.«

»Verstehe«, nickte ich. Den ersten Test hatte er bestanden. »Seit zwei Wochen bin ich Fahrer von diesen Lackaffen. Ständig werde ich unter Druck gesetzt.«

»Vor allem von meinem lieben Konrad Kieser, nehme ich an.«

»Exakt.«

»Dieser verlogene Hund. In jedem Interview in der Deutschen Apothekerzeitung spricht er sich für die Stärkung von kleinen, inhabergeführten Apotheken aus. Dabei betreibt sein Clan im Endeffekt eine Kette mit hundert Filialen.«

»Wow, so viele? Das wusste ich gar nicht«, zeigte ich mich beeindruckt und prostete Heuer zu. Die Hausmarke schmeckte scheußlich.

Er hatte mich bislang nicht einmal nach meinem Namen gefragt.

»Heute ist auch noch Konrad Kiesers Karre abgebrannt«, freute sich Heuer.

»Sie wissen von dem Brandanschlag?«

»Ich habe meine Quellen«, sagte Heuer genüsslich. Seine Zigaretten waren leer. Er packte Tabak und Zigarettenpapier aus und begann, sich auf dem »Sparfuchs«-Tisch Nachschub zu drehen.

»In Hechingen, nehme ich an.«

»Ein schlauer Fahrer«, lächelte Heuer vieldeutig. »Konrad Kieser wird sich noch wundern. Den haue ich aus dem Sessel!«

Heuer setzte zu einem minutenlangen Vortrag über den korrupten Verband, die kriminellen Kiesers und seine Rolle als Rächer der ruinierten Apotheker an. Ich sah auf die Uhr und bestellte die Hausmarke. Auf Heuers Bierdeckel erschien der dritte Strich.

»Für Kieser ist bald Schluss!«, erklärte Heuer und zündete sich eine weitere Zigarette an.

Ich nutzte die Sekunde, die er für den ersten, gierigen Zug benötigte, um auch mal wieder zu Wort zu kommen. »Wie sind Sie eigentlich so schnell aus dem Gefängnis gekommen?«

»Ich hatte keine Ahnung von dieser Sache. Ich bring doch keinen um! Außerdem habe ich ein Alibi«, erklärte Heuer stolz und setzte zu einer ausladenden Handbewegung an. Er habe den Abend bei seinen Freunden im »Sparfuchs« verbracht.

Aber weshalb hatte ihn dann niemand angesprochen, als wir hereingekommen waren, wenn die Polizei das überprüft hatte?

»Vielleicht kann ich Ihnen helfen«, lenkte ich das Gespräch

zurück auf mein eigenes Anliegen, womit ich in Wahrheit meinte: Vielleicht können Sie mir helfen.

Heuer sah mich skeptisch an. Du bist doch nur ein kleiner Fahrer, dachte er. Ich konnte es genau sehen. Wie kann der dem großen Heuer helfen?

»Ich habe einen Verdacht«, sagte ich und rückte ein Stück näher an ihn. »Mint.«

»Mint«, wiederholte er zu laut. An der Theke diskutierte man gerade lautstark eine Abseitssituation.

»Illegaler Handel mit Methamphetaminen«, gab ich ihm ein weiteres Stichwort.

»Ausgeschlossen«, entschied Heuer. »Das würde kein Apotheker tun. Und schon gar nicht die Kiesers.«

»Sicher?«

»Die Boulevardpresse nennt die Droge Schwaben-Stoff, das ist nichts als eine Modeerscheinung, wenn nicht sogar mal wieder eine Erfindung der Zeitungsleute. Das passt nicht zu den Kiesers. Ich bin ein intimer Kenner dieser Familie und ihrer Machenschaften. Das würden sie nicht riskieren.«

Das habe ich bemerkt, dachte ich und seufzte innerlich: Zeitverschwendung. Heuer wollte nicht einmal wissen, wie ich zu meinem Verdacht kam. Lieber erzählte er mir zwei Zigaretten und ein weiteres Glas Hausmarke lang von seiner Arbeit, was er für ein toller Hecht sei, wie viel Zeit er in seine Recherchen schon investiert habe. Je mehr Hausmarke Heuer in sich hineinkippte, desto mehr redete er und desto kürzer wurden die Unterbrechungen, in denen er mir einige Worte zugestand.

Als ich bei einem der vielen Biere, die Hanna ihm brachte, die Augen leicht verdrehte, zuckte sie mit den Schultern. »Unser Rainer ist schon ein verrücktes Huhn.« Die Wirtin berührte ihn am Oberarm, beugte sich hinab und flüsterte etwas wie: »Polizei … wegen gestern.«

Hanna hatte ihren Stammkunden also aus dem Knast geholt. Ein nachvollziehbares Eigeninteresse – Umsatz – erkannte ich durchaus.

»Wie wollen Sie ernsthaft Konrad Kieser ›aus dem Sessel‹ hauen?« Ich hatte mich soeben entschlossen, Heuer ein wenig zu provozieren. »Sie haben doch bis jetzt auch nichts erreicht.«

»Wie bitte?«, empörte er sich. Und ich bemerkte schnell meinen Fehler, denn nun berichtete er ausschweifend von seinen vorgeblichen Erfolgen. Er habe den Kiesers mit Gerichtsprozessen schon richtig zugesetzt und sogar den letzten Gesundheitsminister gestürzt. Nicht Veröffentlichungen der Bild und des Spiegels, sondern sein Material, das er den Redaktionen zur Verfügung gestellt hatte, habe den zu Fall gebracht.

Während seines neuerlichen Wortschwalls wurde mir klar: Ich musste ihn an seinem Geltungsdrang packen.

»Das kann jeder behaupten«, sagte ich und lehnte mich zurück. »Im Grunde haben Sie überhaupt nichts gegen die Kiesers in der Hand.«

»Sterbehilfe«, sagte Heuer erbost.

»Aha«, sagte ich lächelnd. »Sie meinen illegale Sterbehilfe?«

»Ja.«

»Haben Sie Beweise?«

»Es gibt Zeugen.«

»Und warum sollten die Kiesers das tun?«

»Geld«, antwortete Heuer knapp. »Bargeld natürlich und Immobilien.«

»Herta Kieser, die Mutter von Kieser, besitzt einige Häuser, soweit ich mitbekommen habe«, warf ich in den Raum.

»Wenn die Kiesers wieder einen unabhängigen Apotheker kaputtgemacht haben, kommt sie und kauft die Häuser. Meistens zu einem Spottpreis. Dann eröffnet der Clan eine Kieser-Apotheke dort, und die feine alte Dame kassiert eine überhöhte Miete.«

Das konnte sogar stimmen. Nur sollten die Kiesers deshalb Leute umbringen? Je mehr ich darüber nachdachte, desto aberwitziger kam mir dieser Vorwurf vor.

»Mord«, schrie Heuer unvermittelt. Er kippte sich das halb volle Bierglas auf einmal in den Rachen und ging zur Toilette. »Mord ist das!«

Hanna winkte müde lachend ab, die anderen Gäste schüttelten den Kopf. Als Heuer zurückkehrte und sich eine Zigarette anzündete, war die Sterbehilfe wieder vergessen.

»Ich dachte zuerst …«, stockte er. »Haben Sie mich schon einmal angerufen?«

»Ja«, log ich sofort. Jetzt musste ich mich konzentrieren. »Wissen Sie das nicht mehr?«

»Sie haben damals keinen Namen gesagt. Die Stimmen klingen manchmal am Telefon ganz anders als in Wirklichkeit.«

»Und, haben Sie etwas bewegen können?«, fragte ich und beugte mich erwartungsvoll nach vorne.

»Nein, wie ich Ihnen bereits erklärt habe, war Guntram Kieser nur ein Handlanger von seinem Schwager.«

»Das sagen Sie.«

»Wenn es um größere Projekte geht, zog schon immer Konrad Kieser die Fäden. Das habe ich Ihnen ebenfalls schon am Telefon gesagt.«

»Haben Sie der Polizei von mir erzählt?«

»Ich habe den Bullen gar nichts gesagt. Die sind sowieso korrupt und stecken mit den Kiesers unter einer Decke.«

Der Fuchs auf meinem Bierdeckel lachte. Er lachte schon die ganze Zeit. Ich atmete hörbar aus und prostete Heuer zu. »Sie sind ein kleiner Fuchs.«

Wer hatte ihn angerufen, den er nicht zuordnen konnte? Wer interessierte sich noch für die Kiesers? Ich unternahm mehrere erfolglose Anläufe, Heuer eine weitere Aussage zu entlocken, bis ich schließlich die Lust verlor. Heuer kümmerte das nicht. Erst als ich mehrmals demonstrativ gähnte, sagte er, morgen habe er eine Menge zu tun und allmählich müsse er nach Hause.

Er winkte Hanna herbei und schob seinen Bierdeckel zu mir. »Zusammen.« Hanna zückte ihre Geldbörse.

»Ich hätte Sie sowieso eingeladen«, sagte ich. Heuer konnte unverschämt sein.

Hanna zuckte mit den Schultern. Dafür, dachte ich, darf ich ein Foto machen. Heuer drehte sich eine letzte Zigarette. Für den Heimweg, wie er sagte. Ich holte mein Smartphone hervor, schaltete es auf stumm, tat dann, als läse ich eine Nachricht, und drückte auf den Auslöser.

Die »Sparfuchs«-Rechnung hielt sich in Grenzen. Die Quittung – Hanna legte wirklich eine auf den Tisch – ließ ich demonstrativ liegen. Schließlich war ich privat gekommen. Und weder beim BKA noch bei den Kiesers wäre dieses hausmarkelastige Geschäftsessen gut angekommen.

Sonntag, 9.55 Uhr

Alexander sollte mich als zuverlässig und verbindlich kennenlernen. Fünf Minuten vor zehn wartete ich am Eingang des Fitnessstudios, wie vereinbart. Der Muskelkater vom gestrigen Training fühlte sich schlimm an. Das letzte Bier mit Heuer, jetzt wusste ich es genau, hätte ich mir sparen sollen.

Alexander war genauso pünktlich. Ich gab ihm sofort sein Geld. Er trug wieder eine kurze Hose, diesmal aber ein eng anliegendes Shirt, das seinen kräftigen Oberkörper zur Schau stellte, als er mir ausführlich erklärte, wie der Körper funktionierte, wie ich Muskeln aufbauen, etwas abnehmen und meinen »Body definieren« konnte. Wir begannen mit Übungen für die Beine und arbeiteten uns systematisch nach oben. Ich gab den wissbegierigen Schüler und stellte Fragen. Da musste ich nicht einmal viel spielen, denn Alexander kannte sich aus und erklärte gut. Und er genoss es. Einigen Bekannten, die diese Show bemerkten und die er wahlweise mit Handschlag oder mit einem kräftigen Schulterklopfer begrüßte, erklärte er knapp: »Privattraining.«

Sollten sie nur heimlich schauen, der gute Alexander war beschäftigt! Sein schwitzender Klient aus München ohnehin. Die Bankerstory und meine Börsenberichte funktionierten. Alexander stieg darauf ein, und so wechselten wir von einer Aktie zur nächsten Übungsstation und zur nächsten Aktie. Ich nutzte eine ankommende Mail, um mich ein paar Schritte zu entfernen und mich zumindest kurz zu erholen. Werbung für günstige Hotels, überall auf der Welt, studierte ich sehr genau. Ich schüttelte, konzentriert auf mein Handy blickend, den Kopf und schlug mir mit der linken Handfläche auf die Stirn.

»Wie kann man jetzt in Bundesanleihen investieren?«, fragte ich an Alexander gerichtet und fügte hinzu: »Ein Verbindungsbruder.«

»Du bist in einer Verbindung?«, fragte mein Privattrainer erfreut und hob die Augenbrauen. »Ich bin in der Belmondia Tübingen.« Wir sprachen über Kameradschaft, Zusammenhalt und Vaterlandsliebe. Er hatte den Köder geschluckt. Ich wollte Alexander so schnell wie möglich in einem anderen Umfeld treffen, um das Gefühl zu erzeugen, sich länger und besser zu kennen.

Es lief gut, bis Gruper wieder anrief. Ich war versucht, ihn wegzudrücken. Reiß dich zusammen, sagte ich mir und ging ein Stück zur Seite. Immerhin rettete mich mein Wiesbadener Nachbar vor der dritten Wiederholung einer höllischen Bauchmuskelübung.

»Waren sie schon wieder da?«, kam ich gleich zur Sache.

»Ich denke nicht«, antwortete Gruper. Neben mir klirrten schwere Eisen aufeinander. Ich konnte ihn kaum verstehen.

»Sie denken?«

»Ich war in der Kirche.«

Gruper geht, seit ich ihn kenne, jeden Sonntagvormittag in die katholische Kirche.

»Wo sind Sie?«, fragte er mich.

»Wieder im Fitnessstudio.«

Er lachte nicht einmal mehr.

»Gruper, ich habe wenig Zeit, was wollen Sie?«

»Ja, also eigentlich nichts.«

»Sie rufen mich wegen *nichts* an?«

»Ihre Tochter«, stockte Gruper. »Also ihre mögliche Tochter, das beschäftigt mich.«

»Glauben Sie mir, mich auch.«

»Ja, nun denn.«

»Gruper, was ist los?«, versuchte ich es versöhnlicher. »Sagen Sie mir, was Sie auf dem Herzen haben.«

»Nichts, alles okay. Schönen Sonntag noch.«

»Ebenso«, gab ich zurück und legte auf.

Was wollte Gruper? Er verschwieg mir etwas. Waren die Frau und das Kind wieder da gewesen? Hatte er sich verplappert oder einen Fehler gemacht? Der seltsame Anruf verwirrte mich.

»Schwer beschäftigt, Kollege?«, rief Alexander. Er sprach mich bereits mit »Kollege« an. Ein Beleg, dass ich meinem Ziel, eine vertrauliche Basis zu schaffen, rasch näher kam. Ebenso rasch verging die Zeit. Wir überzogen eine Viertelstunde, und in der Umkleide schwelgte ich in erfundenen Erinnerungen an meine Verbindungszeit.

»Komm doch heute Abend bei uns im Haus vorbei, da steigt eine offene Party.«

»Danke, ich werde sehen, was sich machen lässt«, sagte ich und ließ es klingen, als würde sich da nichts machen lassen. Innerlich war ich dagegen sehr zuversichtlich.

Sonntag, 12.37 Uhr

»Versprochen«, sagte Akin, der in der Ecke des Dönerladens stand, ruhig. Er werde niemandem etwas sagen. Zuvor hatte ich mir kurzfristig Unterstützung für die Verbindungshausparty organisiert. Janetzky hatte ich nicht erreicht. Mailbox. Es ist meine Leiche, sagte sich Janetzky garantiert. Ein Mord, so oft kam das in Tübingen nicht vor. Die Hauptkommissarin konnte sich beweisen, um damit ihre Karriere voranzubringen. Also musste sie die Chance nutzen.

Akin kannte sich in Tübingen aus. Und er wollte mindestens ebenso sehr an die Hintermänner des Mint-Geschäfts wie ich. Wenn ich jemandem trauen konnte, dann ihm. Was sollte ich ihm sagen? Die ganze oder eine Art halbe Wahrheit? Eine kleine

Legende wie die des Privatdetektivs, den die Kiesers engagiert hatten, und die erklärte, warum ich ermittelte? Wenn schon, denn schon, dachte ich.

»Wenn du redest, schneide ich dir mit deinem Dönermesser die Eier ab. Du kannst alles, was ich dir sage, wieder vergessen, aber rede mit niemandem darüber.«

»Jetzt sag's endlich!«

»Ich bin vom Bundeskriminalamt und arbeite in Tübingen undercover«, sagte ich ruhig und sah ihm direkt in die Augen.

»Natürlich«, lachte Akin auf.

»Wirtschaftskriminalität, Organisierte Kriminalität, Drogenhandel.«

»Hast du was genommen? Du bist Fahrer.«

»Ich arbeite seit acht Jahren beim BKA und ermittle meistens undercover. Jetzt brauche ich deine Hilfe«, fuhr ich ernst fort.

»Dann zeig mir deine Marke«, sagte Akin und streckte mir seine aufgehaltene Hand entgegen.

»Mint ist ein Problem in Baden-Württemberg, aber noch nicht in ganz Deutschland«, antwortete ich, während ich in meine Jacke griff. In meiner Tasche steckte nur mein Telefon. In der anderen Seite trug ich einige Notizen.

»Naaa ...«, lächelte Akin. Er bewegte die Hand auf und ab.

Ich tastete in meiner Hose. Erst vor einem Jahr hatte ich einen Dienstausweis verloren, Riesenärger mit dem Boss inklusive. Akin sah mich spöttisch an.

In der Jacke!

»Der Sheriffstern ist etwas außer Mode. Hier ist meine Karte, falls die genügt«, sagte ich.

Akin nahm mir den Ausweis ab. Er hielt ihn gegen das Licht und studierte jede Zeile – was immer er prüfte.

»Sieht ziemlich echt aus«, murmelte Akin.

»Ist ziemlich echt«, sagte ich und nahm das Dokument zurück.

»Neulich hast du noch alles abgestritten.«

»Ich habe beschlossen, dir zu vertrauen. Wir haben den Verdacht, dass die Kiesers mit Mint zu tun haben.«

»Deshalb ist der Stoff so sauber«, überlegte Akin laut. Er kombinierte schnell. »Weil ihn Apotheker herstellen und sich die Taschen noch voller machen.«

»Es ist nichts bewiesen.«

»Verdammte Kapitalisten, die sowieso …«

Ich hob beschwörend die Hand.

»Die gierigen, rücksichtslosen Schweine haben meinen Bruder auf dem Gewissen!«, rief Akin. Er schlug mit der flachen Hand auf den Tisch.

Ich rüttelte ihn mit beiden Händen an den Schultern. »Reiß dich zusammen«, fuhr ich ihn an und drehte mich um.

Am Tresen standen einige Kunden, die neugierig herübersahen. Ich sagte leise und eindringlich: »Jeder Fehler kann meinen Einsatz und deine Eier gefährden. Deshalb: Du kannst jetzt alles wieder vergessen, wenn dir das lieber ist. Oder du kannst mir bei einer richtig miesen Nummer helfen.«

Sonntag, 13.08 Uhr

»Die Mieten sind hier fast so hoch wie in München«, erklärte Akin auf dem Beifahrersitz des Jaguars. Die Uni und die Nähe zu Stuttgart trieben die Quadratmeterpreise in dem modernen Neubaugebiet im Osten der Stadt in schwindelerregende Höhen. Akin trommelte mit den Fingern auf dem Pizzakarton auf seinem Schoß.

Trotz der Mittagszeit waren alle Parkbuchten am von jungen Bäumen und Sträuchern gesäumten Straßenrand mit Oberklassewagen belegt. Zwischen den Häusern hindurch konnte ich den Neckar sehen. Vier Stocherkähne fuhren wie an einer Perlenschnur aufgereiht hintereinander auf dem Wasser. Das höchstens fünf Jahre alte Wohnhaus mit der Hausnummer 84 aus Glas, Edelstahl und hellem Beton lang am Ende einer lang gezogenen Sackgasse. Dort wendete ich langsam. Wie schön es sich doch mit einer stattlichen Summe von der Versicherung leben ließ. Auf der Rückseite lagen, soweit ich erkennen konnte, dem Neckar zugewandte Balkone und Terrassen. Länger zu beschatten war unmöglich, ohne aufzufallen.

Akin klopfte nun mit beiden Händen auf den Pizzakarton. Dann zeigte er auf eine Hauseinfahrt. »Für zehn Minuten geht das.« Er meinte, er wolle nicht so weit laufen, und schälte sich aus dem Sitz wie ein träger Kater.

»Welche hast du eigentlich dabei?«, fragte ich und zeigte auf den Pizzakarton.

»Margherita natürlich.«

»Du hast es eilig«, erinnerte ich den Schwaben-Türken mit der billigsten Pizza unter dem Arm. Im Seitenspiegel sah ich, wie er der langen, geschwungenen Straße folgte. Mit kurzen, schnellen Trippelschritten, wie es sich für einen echten Fast-Food-Lieferanten gehörte.

In der Zwischenzeit rief ich Janetzky an. Sie berichtete, die von Kiesers gefeuerte Angestellte arbeite jetzt bei Bunk in einer Apotheke in Rangendingen. Sie wohne in drei schicken Zimmern neben der Brauereigaststätte Barfüßer im Reutlinger Zentrum und fahre ein schickes Cabrio. Sie sei Single. Die Tübinger Apotheker, habe sie der Hauptkommissarin gesagt, wollten den angeblichen Fall von sexueller Belästigung stillschweigend regeln und hätten eine ordentliche Abfindung gezahlt.

Schweigegeld nenne man das, sagte ich.

Janetzky bedankte sich für diese Erklärung und versprach, mich auf dem Laufenden zu halten. Akin kehrte zurück – ohne Pizzakarton. Er warf sich auf den Vordersitz. »Fahr los.«

»Außer Atem?«

»Die wohnen im dritten Stock«, schnaufte Akin, während ich mich wieder in den Straßenverkehr einreihte.

»Du solltest mehr Sport machen«, empfahl ich. »Kein Aufzug?«

»Doch.«

»Aber?«

»Sie haben eine Klingelanlage mit Kamerasystem.«

»Und, wo ist die Pizza?«

»Der Ermittler hat mitgedacht«, erklärte Akin stolz und hob den Zeigefinger. »Ich habe unten geklingelt und gesagt, ich hätte eine Lieferung für oben.«

»Sehr gut.«

»Dann bin ich die Treppen hoch in den dritten Stock und habe bei den Kellers an der Tür geklopft. Der Aufzug geht nur mit einer Bewohnerkarte.«

Als wir an einer roten Ampel stoppten, schoss links und rechts von mir jeweils ein Radfahrer vorbei. Verkehrsregeln galten nur für Autos. Ich sah Akin neugierig an.

»Du wirst es nicht glauben«, sagte der Neu-Agent. »Der Mann hat aufgemacht.«

»Und?«

»Er stand da.«

War Kiesers ehemaliger Kunde etwa doch nicht an den Rollstuhl gebunden?

»Bist du sicher, dass es Kurt Keller war?«, fragte ich stirnrunzelnd nach.

»Ich habe gesagt: ›Ein Kurt Keller hat bei uns eine Pizza Margherita bestellt.‹ Worauf er meinte: ›Nein, kann nicht sein.‹«

»Vielleicht war es ein Bekannter oder ein Pfleger.«

»›Sind Sie das etwa nicht?‹, habe ich nachgefragt. ›Doch, bin ich‹, hat er gesagt. Die Pizza hat er dann trotzdem genommen und sogar Trinkgeld gegeben«, sagte Akin und wedelte mit einem Zehn-Euro-Schein.

»Warum das denn?«

»Er meinte, vielleicht hat seine Frau die Pizza bestellt. Die war noch beim Shopping.«

»Gut gemacht«, lobte ich. Versicherungsbetrüger, die armen Kellers. Aber niemand sollte den Eindruck gewinnen, ich mischte mich zu sehr in Angelegenheiten der Tübinger Polizei, von daher musste Janetzky vorläufig nicht informiert werden. Zur rechten Zeit würde ich ihr das Bonbon hübsch eingewickelt überreichen. Oder auch meinem Apothekerpräsidenten.

Was sollten die Kellers mit dem Mord an Guntram und dem Anschlag zu tun haben? Sie verfolgten nur ein Interesse: Geld.

Und das floss, solange alles ruhig blieb und die Apotheker lebten. Vor diesem Hintergrund schienen selbst Konrad Kiesers Verschwörungstheorien nicht mehr allzu abwegig. Denn mit einem Fall Keller im Gepäck würde er es nie zum bundesweiten Apotheker-Chef bringen.

»Willkommen im Team«, sagte ich zu Akin und reichte ihm die Hand. Er schlug ein und rutschte in seinem Sitz nach vorne.

Sonntag, 16.49 Uhr

Frederike wohnte mitten im Französischen Viertel der Unistadt. Ich war nie dort gewesen, aber sie hatte mir oft davon erzählt. Wo zu Besatzungszeiten französische Soldaten kaserniert worden waren, drängten sich nun Gutverdiener und pensionierte Professoren, bevorzugt alternativ angehaucht. Vor den neuen mehrgeschossigen Häusern mit auffällig bunten Balkonen einen Parkplatz zu finden war nahezu unmöglich. Alles war dicht an dicht gebaut, um jeden Quadratmeter optimal zu nutzen, und so stellte ich mich neben den Kastenwagen eines Handwerkers ins Halteverbot. Kleine Cafés und Geschäfte, Bioläden, Arztpraxen und Kindergärten wurden in den vielen Erdgeschossen betrieben. Für die Bewohner des ebenso teuren wie angesagten Szeneviertels war alles fußläufig erreichbar. Oma Herta bezeichnete das Französische Viertel als »grüne Hölle«.

Seit unserer flüchtigen Begegnung in der Kieser-Zentrale hatte ich Frederike nicht mehr gesehen. Einen Kaffee, dachte ich, den konnte man doch unter erwachsenen Menschen zusammen trinken. Ein Gespräch, das würde ihr guttun. Sie musste mehr wissen, als sie mir bislang gesagt hatte. Und, na schön, ein wenig vermisste ich sie.

»Das ist ja eine Überraschung«, sagte Frederike an ihrer Wohnungstür und sah sich um. Hinter ihr schien sich ein Dschungel zu erstrecken. Unzählige grüne Zimmerpflanzen, wohin ich blickte. Hier hatte sie also ihr richtiges und irgendwie auch falsches Leben mit Guntram geführt. Frederikes Gesicht war stark geschminkt. Sie trug die langen blonden Haare offen, eine weiße Bluse, einen Knopf zu weit geöffnet, und eng anliegende Jeans. So sah also eine trauernde Witwe aus.

»Darf ich hereinkommen?«, fragte ich und umarmte sie.

»Äh, doch, natürlich«, antwortete Frederike zögernd und schob ebenso zögernd die Tür zu. An ihren Händen klebten Farbreste. Sie musste wieder Stühle bemalt haben.

Durch den schmalen Flur gingen wir in ein kleines Wohnzimmer. Sträucher und Palmen umrahmten dunkle Möbel im Afrika-Stil. Ich hatte das Gefühl, in einem Gewächshaus zu stehen – das war die grüne Hölle in der grünen Hölle. In der winzigen offenen Küche arbeitete ein Handwerker. Er trug jedenfalls eine blaue Latzhose, aus der Schraubenschlüssel und Messgeräte ragten. Mein Blick blieb an einem Acrylgemälde an der Wand hängen.

»Hat Guntrams Mutter gemalt«, erklärte Frederike.

»Eine Künstlerin«, lächelte ich. Sie hatte viel Liebe in einen großen Tigerkopf in der Wüste gesteckt.

»Der nächste Kunde wartet«, sagte der Handwerker. Er berührte Frederike im Vorbeigehen wie zufällig am Rücken. *Und wie es sich nicht gehört.* Zudem bewegte er sich, als sei er nicht zum ersten Mal hier. *Bewegen sich Handwerker immer so?*

»Mein Beileid zum Tod deines Mannes«, sagte ich und umarmte Frederike noch einmal, als die Tür ins Schloss gefallen war.

»Danke.«

»Du hast am Sonntag einen Handwerker hier?«, sagte ich. Erst jetzt fiel mir auf, dass er keinen Koffer bei sich getragen hatte.

»Ja«, antwortete Frederike. »Ein Notfall.«

»Ich habe versucht, dich zu erreichen.«

»Das Handy klingelt die ganze Zeit. Ich habe es ausgeschaltet«, sagte Frederike.

Ich wollte fragen, wie es ihr ging. Was sie der Polizei erzählt hatte. Von ihrem Mann. Von ihr, von mir, gewissermaßen von uns. Ob sie Hilfe benötige. Wem sie die Tat zutraue. Und mich zu Mint vortasten.

»Du brauchst jetzt Ruhe«, sagte ich. Frederike begann mein Hemd aufzuknöpfen. Ich wollte sie noch an ihre SMS erinnern und sagen, dass Abstand vorläufig besser sei. Ich wollte einen Schritt zurücktreten. Stattdessen zog ich sie an mich und küsste sie. Frederike streifte mir das Jackett mit ihren großen, farbverschmierten Händen über die Schultern. Ich knöpfte ihre Bluse auf. Ich wusste, es war ein Fehler. Aber ich war machtlos.

Sonntag, 17.51 Uhr

Frederike lag neben mir, halb schlafend. Gestern war ihr Ehemann ermordet worden. Heute ging sie mit mir ins Bett. Ins Ehebett. Wodurch war mein Vertrauen in Frederike eigentlich gerechtfertigt? Sie hätte tausend Möglichkeiten gehabt, ihren eigenen Weg zu gehen. Der brutale Mord an Guntram hat mit dem Schwaben-Stoff zu tun, sagte ich mir. Oder mit einer der vielen dubiosen Angelegenheiten, in die die Kieser-Sippe verwickelt ist.

Ich wand mich aus dem Laken und schlich aus dem Schlafzimmer. Leise öffnete ich die Tür nach nebenan: ein Ankleideraum. Daneben war das Bad. Ich warf einen raschen Blick ins Schlafzimmer, wo Frederike noch immer auf der Seite liegend döste.

Im schönsten Zimmer der höchstens hundert Quadratmeter großen Wohnung mit Balkon hatte sie ein Atelier eingerichtet. Zwei alte Hocker warteten darauf, restauriert zu werden. In der Mitte stand ein halb fertiger Stuhl, dessen Lehne nur noch bemalt werden musste.

Vorbei an Farben, Pinseln und Materialien ging ich auf den winzigen Balkon. Mit weit ausgestrecktem Arm konnte man den Nachbarn in die Küche greifen. Ein Zimmer weiter entdeckte ich ein Büro. Dieses Zehn-Quadratmeter-Kabuff war kein Vergleich zu Konrad Kiesers Arbeitszimmer. Dafür hatte es der Tübinger Polizei die Ermittlungen erleichtert. Und sie hatte saubere Arbeit geleistet. Alle Schubladen des kleinen Wandschranks waren aufgezogen und durchwühlt. Die Einrichtung lag kreuz und quer im Zimmer verteilt, eine Bücherkiste stand auf dem schmalen Schreibtisch. Meine Finger glitten über die Buchrücken und einige Papiere. Ich konnte hier unmöglich etwas finden, das ein Team in Stunden nicht entdeckt hatte.

»Sie haben alle Aktenordner mitgenommen«, sagte Frederike hinter mir. Erschrocken drehte ich mich um.

»Was für ein Chaos!«, antwortete ich. »Die Polizei geht wohl davon aus, dass der Mord etwas mit Guntrams Arbeit zu tun hat.«

»Ja, mit seiner Ehefrau jedenfalls nicht.«

»Haben Sie dich gefragt, wo du warst?«

»Ja.«

»Was hast du gesagt?«

»Zu Hause.«

»Den ganzen Abend?«

»Ja.«

Sie hatte also gelogen. Ich nickte.

»Hat die Polizei schon einen Verdacht?«, fragte ich und ging auf Frederike zu.

»Sie ermitteln in alle Richtungen, hieß es.«

»Besser nicht«, antwortete ich ihrem Blick und war doch wieder machtlos. Frederike zog mich zurück ins Schlafzimmer.

Sonntag, 18.33 Uhr

»Was hat dein Mann am Freitagabend eigentlich gemacht?«, fragte ich schwitzend. Ich keuchte und lag auf dem Rücken. Das zweite Mal mit ihr, was soll ich sagen, war genauso schön wie fordernd gewesen. Obendrein nach dem Training mit Alexander. Der Einsatz in Tübingen verlangte mir alles ab. Frederike sah an die Decke, sie wirkte glücklich und erschöpft.

»Du meinst, da oben am Institut?«

»Ja, was wollte er da?«

»Zur Muschi«, lachte Frederike. »Ich weiß es nicht.«

»Ein Termin?«

»Mein Gott«, seufzte sie und wälzte sich umständlich zur Seite. Sie stieg aus dem Bett und öffnete den Kleiderschrank. Hatte ich etwas Falsches gesagt? Oder zu viel gefragt? Ich setzte mich im Schneidersitz auf. Ein Anzug und sechs oder sieben Hemden hingen an Kleiderbügeln an einer Stange. Bei einem Mann in Guntrams Position hätte ich mit einer anderen Garderobe gerechnet.

»Ist das alles?«, fragte ich und deutete auf die Praktikantenausstattung.

»Kleidung war ihm nicht wichtig. Er hatte nur einen einzigen guten Anzug«, sagte Frederike und tippte auf den dunkelblauen Stoff.

»Er hat doch sicher gut verdient«, wandte ich ein. Überhaupt war diese ganze Wohnung pures Understatement.

»Ja, natürlich. Früher hat er sich auch ab und zu etwas gegönnt. In den letzten Jahren hat er einen richtigen Sparwahn entwickelt.«

»Schwabe«, kommentierte ich.

»Er hat versucht, jeden Cent auf die Seite zu legen.«

»Wofür hat er gespart?«

»Wofür?«, wiederholte Frederike.

»Ja, wollte er sich etwas Größeres anschaffen?«, fragte ich. Wenn man sparte, hatte das doch einen Grund. Oder war das bei Schwaben genetisch bedingt? »Eine eigene Apotheke vielleicht?«

»Ein Einzelapotheker kann nie mehr verdienen, als er bei uns mit seinem Gehalt als operativer Gesamtleiter und mit vier eigenen Filialen inklusive Umsatzprovision bekommen hat«, erklärte Frederike und klang auf einmal sehr geschäftlich.

Sie fischte aus der Innentasche des Anzugs ein kleines Büchlein. »Das ist sein Kalender«, sagte Frederike und korrigierte sich: »... war.«

Sauber, liebe Tübinger Kollegen. Sehr gut, liebe Frau Janetzky, dachte ich. Ich stand auf und blickte Frederike über die Schulter. Sie bekam eine kleine Gänsehaut am Arm. Sie blätterte vor und zurück, las hier und dort. Am liebsten hätte ich ihr den Kalender aus der Hand gerissen, so langsam arbeitete sie sich zum vergangenen Freitag vor.

»Hier«, sagte Frederike erstaunt und las vor: »Braun, Antiquitäten Ofterdingen.«

»Antiquitäten?«, fragte ich und studierte ihre Mimik. Die Überraschung war echt.

»Dafür hat er sich nie interessiert«, sinnierte Frederike. »Das war sein letzter Termin, um siebzehn Uhr dreißig. Danach gibt es keinen Eintrag mehr.«

»Wer ist Braun?«

»Keine Ahnung.«

»Hat die Polizei nicht nach einem Handy oder Kalender gefragt?«

»Doch.«

»Was hast du denen gesagt?«

»Dass ich keine Ahnung habe. Außerdem hatte er ja kein Handy.«

»Das gibt es doch gar nicht mehr.«

»Aus Prinzip abgelehnt«, nickte Frederike. Er sei ohnehin ständig am Computer und im Büro. Da wolle er in seiner wenigen Freizeit wenigstens abschalten können. So habe er ihr das erklärt.

»Du warst nicht sehr kooperativ«, sagte ich tadelnd.

»Diese Ossi-Kommissarin war mir unsympathisch. Hat mich halb verdächtigt. Werde ich jetzt von dir auch noch verhört?«

»Dein Mann ist tot. Wir haben eine Affäre«, erklärte ich und verbesserte mich schnell: »... hatten.«

»Was soll mir das sagen?«

»Wir sind beide verdächtig.«

»Herrlich, wir beide verdächtig«, kicherte Frederike. Sie umschlang mich mit beiden Armen und biss mich sanft ins Ohr. »Du bist mir von Anfang an verdächtig vorgekommen.«

Sonntag, 22.10 Uhr

Konrad Kieser hielt eine von seiner Sekretärin fingierte Kundenbeschwerde und einen präparierten Umschlag in den Händen. Er wirkte gut gelaunt auf der Rückbank und hatte sich spätabends noch einmal in Schale geworfen. In seiner beigen Golfhose, den Golfschuhen und mit dem roten Poloshirt und dem darübergeworfenen karierten Pullover hätte er sicher auch schlägerschwingend eine gute Figur gemacht. Mir wäre ein entspannter Abend mit Frederike recht gewesen, aber der Apothekerpräsident hatte sich kurzfristig an der Familienvilla abholen lassen, um sich mit dem Pharmazierat zu treffen. Unterwegs öffnete er kurz den Umschlag und zählte nach. Was ich im Rückspiegel erkennen konnte, schätzte ich auf einen Stapel von hundert Fünfzig-Euro-Scheinen.

Eine schwarze E-Klasse mit dem Tübinger Kennzeichen »AT« fuhr dicht hinter uns. Dabei hatte ich Akin ausdrücklich gebeten, etwas Abstand zu halten. In Stuttgart verlor er an einer Ampel den Kontakt. Ich sah ihn nicht mehr im Rückspiegel und setzte Kieser vor der Red Rose ab. Etwas Ähnliches hatte ich erwartet.

Nach einer halben Stunde verlor ich die Geduld und ging hinein. Ich hatte Akin zwar die Adresse geschickt, aber er hatte nicht bestätigt. Konrad Kieser saß mit einem grauhaarigen Mann auf einer roten Eckbank des Stripclubs. Das musste Pharmazierat Dr. Schmidt sein. Er war regelrecht fett und trug ein hellblaues Hemd mit hochgekrempelten Ärmeln und eine stark gelockerte schmale Krawatte. Von links und rechts schmiegten sich Stripperinnen an die Bäuche der feinen Herren. Die hatten ihre Köpfe zusammengesteckt und schienen aufgeregt zu diskutieren. Nur einen Tisch weiter saß Akin. Er hatte den Männern den Rücken zugewandt und war ebenfalls in weiblicher Gesellschaft. Da konnte ich mir den Gang zur Toilette sparen und direkt umkehren, bevor sie mich bemerkten. Im Wagen stellte ich den Ledersitz ein wenig zurück und schloss die Augen.

Sonntag, 23.18 Uhr

Der dunkle, verregnete Himmel über mir hellte sich auf. Er färbte sich türkis und strahlte. Kein Wölkchen trübte ihn mehr. Es war warm. Ein angenehmer Luftzug kühlte meine Haut. Das Meer rauschte. Ich war in der Karibik. Eine Welle spülte Wasser bis zu meinen Füßen, die im Sand steckten. Es war angenehm kühl, erfrischend. Ich sah den Wellen zu, beobachtete die Surfer und trank einen Cuba Libre … in weiter Ferne ein Donnern.

Ich rieb mir die schläfrigen Augen. Es war Konrad Kieser, der aufgebracht gegen die Seitenscheibe klopfte und nach einem unterhaltsamen Abend aussah. Er roch nach Alkohol, war barfuß und trug nur einen Leopardenfellbademantel.

»Fahren Sie los«, rief Kieser und warf sich auf die Rückbank. »Nach Tübingen.« Er legte sich quer und winkelte die zitternden Beine an. Wo hatte er sein Golf-Outfit gelassen?

Zwei grimmig dreinblickende Türsteher rannten auf die Straße und blickten sich suchend um. Ich startete den Motor und fuhr unbeeindruckt an ihnen vorbei. Kieser hechelte auf der Rückbank und umklammerte etwas unter seinem Bademantel. Nach einigen Metern fragte er, ob die Luft rein sei. Ich bat ihn, noch in Deckung zu bleiben, sicherheitshalber. Erst am Ortsschild Stuttgart gab ich Entwarnung. Der Apothekerpräsident verlangte, das Radio einzuschalten. Auf SWR1 sang Udo Jürgens »Griechischer Wein«, und Kieser stimmte ein. Dann musste ich an der nächsten Tankstelle halten. Kieser rannte höchstpersönlich aus dem Wagen und kehrte mit einer Flasche Rotwein und einem Klebeband zurück.

»Fragt mich der in der Tankstelle, warum ich einen Bademantel anhabe«, schnaufte er, als er sich wieder auf die Rückbank fallen ließ.

»Dumme Frage«, sagte ich kopfschüttelnd.

Kieser öffnete derweil den Wein. Immerhin verkaufte die Tankstelle ihn in Flaschen mit Schraubverschlüssen. Kieser trank sie mit einem Zug halb aus und rülpste. »Pardon.« Dann kippte er sich den Rest in den Rachen und öffnete das Fenster. Wir fuhren mit hundertsechzig Stundenkilometern über die Schnellstraße aus Stuttgart, als er die leere Flasche aus dem Fenster warf und sie klirrend zerbarst.

»Herr Wenzel, eine Frage«, lallte Kieser. Er streckte seinen Kopf weit aus dem Fenster und brüllte: »Warum trage ich diesen Bademantel?«

»Sie sind ein Leopard«, rief ich nach hinten.

»Grrrr.«

»Möchten Sie das Fenster zumachen?«

»Zur Rosen-Apotheke.«

Bis dahin, verlangte der hackedichte Apothekerpräsident, solle ich gefälligst das Radio laut stellen. Er sang bei jedem Lied mit. Gleich würde sich der Leopard die kleine, dumme Holzapfel-Maus vornehmen. Kieser sprang aus dem Wagen und rannte auf die Apotheke zu. Er zog ein Schild unter dem Bademantel hervor: »CLOSED«. Er brachte es leicht schräg an, aber das machte nichts. Der Apothekerpräsident schwankte bedrohlich, als er sein Handy zückte und ein Foto schoss. Mit dröhnendem Lachen rannte er wieder zum Wagen, warf sich auf den Rücksitz und rief: »Schnell, weg!«

Montag, 0.38 Uhr

Was die Verbindungshaus-Sause von einer gewöhnlichen Party unterschied, war der massive, halb mannshohe Holzklotz mitten im Hauptsaal der hoch gelegenen Villa nahe am Neckar. Er war, wenn man so will, vorübergehend außer Betrieb. Der gebohnerte Eichenboden glänzte im Licht mehrerer Kronleuchter. Durch die hohen weiß gestrichenen Fenster bot sich ein phantastischer Blick über das beleuchtete Tübingen.

Die jungen Männer, die sich im Saal drängten, hatten schwarz-rot-goldene Bänder um das schwarze Jackett quer über die Brust gehängt. Schirmmützen in den Belmondia-Farben Rot und Blau bedeckten ihre Köpfe. Einige drehten sich zu mir, dem Neuankömmling, um. Ich fiel trotz meiner Segelschuhe, der schwarzen Hose und dem nach oben gestellten Kragen des Marken-Poloshirts mehr auf, als ich wollte. Von der zweiten Treppenstufe aus, die am Ende des Saales zu den Zimmern hinaufführte, sprach ein älterer Herr in einer schwarzen Robe über Brüderlichkeit. Dieser Singsang – er musste Pfarrer sein.

Zu meiner Überraschung hatten sich bereits etliche junge Frauen unter die Männer gemischt. Ich sah auf meine gut gefälschte Rolex: Natürlich, das Konvent musste längst beendet sein. Vom offiziellen Teil waren Frauen nach wie vor ausgeschlossen. Wenn die Kneipe geöffnet wurde und die Party begann, durften sie gerne kommen. Ich zupfte an dem Pullover herum, den ich über meine Schultern geworfen hatte, und schob mich behutsam durch die Menge. In solchen Kreisen zieht man den Pullover nie an. Das hat zwar keinen tieferen Sinn, aber immerhin den Vorteil, dass niemand merkt, wenn er eng wird.

Alexander: Fehlanzeige.

Der Pfarrer stieg eine Treppenstufe höher, erhöhte die Stimmlage und sprach über Vaterlandsliebe. Vermutlich war er ein ehemaliges Verbindungsmitglied, von denen sich viele in einflussreichen Positionen in Politik, Wirtschaft, Gesellschaft und eben in der Kirche tummelten. Sie halfen den Aktivas, den in der Verbindung aktiven Studenten, mit Rat, Kontakten und vor allem Geld. Denn davon hatten sie einmal selbst profitiert. Ein funktionierendes, in sich geschlossenes Sozialsystem, dachte ich, der Elite vorbehalten. Akin würde hier oben durchdrehen.

Mindestens ebenso sehr wie für die patriotischen Ausführungen des Pfarrers interessierten sich etliche Burschen für die beiden aufreizend gekleideten Frauen am mittleren Fenster, in deren Richtung ich mich bewegte. Kimi bemerkte mich zuerst und berührte Anastasia leicht am Arm. Sie hatten sich beide für rote High Heels entschieden. Meine zauberhaften Mitarbeiterinnen lehnten gelangweilt an der Fensterbank und ließen die verstohlenen Blicke der feschen Burschen abblitzen. Sie hätten für meinen Geschmack etwas mehr Interesse an der Rede des Pfarrers zeigen können. Immerhin bewegte der sich zwischenzeitlich auf seinem angestammten Terrain – Gott –, und der Tonfall ließ auf ein baldiges Ende seiner Rede hoffen.

Optisch überzeugte besonders Anastasia in ihrem hautengen, leicht transparenten Kleid, das ihre großen, wohlgeformten Brüste betonte. Die langen blonden Haare fielen glatt auf ihren Rücken. Wenn sie den Kopf etwas senkte, wozu sie sich selten herabließ, konnte sie ein strahlendes Zahnpastalächeln aufsetzen. Kimi hatte sich für den Schulmädchen-Look mit einem kurzen schwarzen Röckchen entschieden. Sie war kleiner, sehr schlank, hatte weniger Rundungen, dafür war alles an ihr echt, sogar das sympathische Lächeln.

Alexander würde sich für Anastasia entscheiden, daran bestand für mich kein Zweifel. Nur wäre eine schöne Unbekannte, die allein auf einer solchen Männersause auftaucht, noch viel mehr aufgefallen. Anastasia nickte demonstrativ in eine bestimmte Richtung. Da war eine Bar, hinter der das Wappen der Belmondia mannsgroß prangte. Der Durchgang daneben musste in einen anderen Raum führen.

Am Kragen meines Polos nestelnd schob ich mich durch die Burschen und an einigen Frauen vorbei. Sie wirkten ähnlich gelangweilt wie Kimi und Anastasia, hatte die Rede des Pfarrers doch eine unerwartete Wendung hin zur schwäbischen Heimat mit ihren prachtvollen Streuobstwiesen genommen. Der Gang führte nach links zu einer großen, aufgeräumten Küche, in der zwei Mädchen miteinander flüsterten. Als sie mich sahen, gingen sie zurück in den Saal. Hatte ich sie vertrieben? An den

Herd gelehnt, die Tür im Blick, nutzte ich die Gelegenheit, um Akin anzurufen.

»Dein Chef, das ist schon so einer«, sagte mein neuer Kollege.

»Ja«, sagte ich ungeduldig.

»Die Mädels kannten die alten Geldsäcke schon.«

»Worüber haben sie geredet?«

»Ich habe nicht alles mitbekommen, es war ziemlich laut in dem Laden.«

»Hmm«, murrte ich. Die Stripperin auf deinem Schoß hat dich abgelenkt, dachte ich.

»Der Apotheker hat versucht, seinem Bekannten einen Umschlag aufzudrängen. Er war ganz aufgeregt.«

»Der andere wollte erst nicht?«

»Nein, er hat ihn immer wieder zurückgeschoben. ›In Tübingen geht nichts mehr‹, so etwas in der Art habe ich verstanden. Er hat eh schon Ärger wegen Heuer«, sagte Akin.

»Das hat Kieser wohl nicht akzeptiert.«

»Nein, er hat gebrüllt: ›Was soll das Problem sein? Der Holzapfel ist ein Niemand. Scheiß auf Heuer, diesen Irren!‹ Genau das hat er geschrien. Der Pharmazierat war sehr ernst. Dein Chef hat sich richtig betrunken und herumgepöbelt.«

»Zwei Stunden lang?«, fragte ich nach.

»Nein, nach einer halben Stunde ist der Dicke, also der dickere von den beiden Dicken, gegangen. Er hatte die Nase voll.«

»Wie bitte?«

»Ja, dein Apothekerpräsident ist geblieben und hat sich noch mehr Whiskey bestellt.«

»Eineinhalb Stunden lang?«

»Er ist noch mit einer nach hinten«, sagte Akin nach kurzem Zögern.

»Nach hinten?«

»Da gibt es einen privaten Bereich. Bin nur kurz vorbeigegangen. Die Tür war zu, wenn du verstehst. Ich habe mir die Shows angeschaut und gewartet. Er kam nach einer Stunde torkelnd und in einem Leopardenfellbademantel wieder rausgerannt.«

»Da hat er das Schild gestohlen.«

»Ja, zwei Mädels sind sofort hinter ihm her.« Akin räusperte sich. »Sag mal, Tom. Das mit der Stripperin, die bei mir war, als du kurz hereingekommen bist ...«

»Ja?«, fragte ich. Er hatte mich also doch bemerkt.

»Kann das unter uns bleiben?«

»Wem sollte ich es erzählen?«

»Ich meine nur.«

»Das fällt unter das Dienstgeheimnis«, schmunzelte ich. »Gut gemacht. Für heute ist Feierabend.«

Das galt nur für Akin, denn rechts neben der Küche war die Toilette. Der Geruch, der mir dort entgegenschlug, ließ mich reflexartig zurückweichen: schwerer Herrenduft, vermischt mit Uringestank, und etwas, das ich nicht gleich bestimmen konnte. An zwei der drei Urinale pinkelten Burschen in Jacketts und unterhielten sich über die weißen Trennelemente hinweg. Sie hatten ihre Biergläser auf einem kleinen Wandvorsprung vor sich abgestellt. Neben ihnen, hinter einem weiteren Sichtschutz, reckte Alexander den Kopf nach oben. Er nahm seine Schirmmütze ab und hob sie erfreut zum Gruße. »Bin papsten«, rief er und steckte sich den Finger in den Hals.

Ich ging an den Jungs vorbei und stellte mich hinter ihn ans Speibecken – in evangelischen Verbindungen hieß es »Papst«. Alexander hatte sein Bier rechts neben sich abgestellt. Er griff die beiden Metallhalter an der Wand, positionierte sich breitbeinig davor und kotzte in das weiße Porzellanbecken. Zwischendurch drehte er sich um – ihm war das nicht im Geringsten unangenehm. Dafür war der Papst schließlich da. Als er sich ausgekotzt hatte, nahm er den weißen Wasserstrahler aus der Halterung an der Wand und spülte das breite Becken aus. Ordnung musste sein.

Im Hauptsaal wurde ein Lied angestimmt. Es drang gedämpft herein und kam mir bekannt vor. Alexander setzte sich die Mütze wieder auf, griff sein Bierglas und streckte mir die

Hand entgegen. Ich zuckte leicht und schlug umso kräftiger ein. Dann spülte er sich am normalen Waschbecken den Mund aus und wusch sich die Hände. Man hätte sich eine andere Reihenfolge wünschen können, aber am Kotzbecken musste man nicht mehr über Knigge diskutieren.

Ein aufmerksamer Gastgeber war Alexander gleichwohl. »Du hast ja gar kein Bier.«

Das Lied im Saal wurde jetzt lauter gesungen, und um die Getränkeauswahl zu verdeutlichen, grölte Alexander: »Bier, Bier, Bier.« Die leer gepinkelten Burschen gesellten sich vor den Spiegel, nahmen eine aufrechte Haltung ein, ihrerseits die Biergläser in die Hand und brüllten mit: »Bier, Bier, Bier.« Alexander, davon angestachelt, nahm einen Schluck aus seinem Glas. Das bedeutete, er leerte es. Allein bei der Vorstellung, sich zu erbrechen und sofort weiterzusaufen, rebellierte mein Magen. Alexander lächelte zufrieden. Er legte den Arm um meine Schulter und sagte, er wolle uns erst einmal etwas zu trinken besorgen. Dann führte er mich durch den Gang an die Bar und stimmte in das Lied mit donnerndem Bass und geschwellter Brust ein: »Die Gedanken sind frei.«

Das Lied endete, das singende Partyknäuel löste sich auf, und Alexander bestellte vier Bier. Mit dem jeweils ersten stießen wir an. Er legte ein flottes Tempo vor. Kimi und Anastasia lösten sich derweil vom Fenster und schlängelten sich durch die Burschen. Anastasia sah aus, als sei sie bereits auf unzähligen solcher Partys gewesen. Kimi stand das Befremden ins Gesicht geschrieben. Umso euphorischer rief sie, als sie mich von Weitem erkannte: »Hey, Dominic, was machst du denn hier?«

Die Grazien steuerten direkt auf uns zu.

»Du kennst die beiden?«, flüsterte Alexander. »Voll die Granaten.«

»Aus dem P1 in München«, bestätigte ich mit ebenso überraschtem wie erfreutem Gesichtsausdruck.

»Sie sind schon eine Weile hier«, sagte Alexander leise. Die beiden waren fast bei uns und ihm also bereits aufgefallen. Er schob mir das zweite Bierglas zu. Um das Sauftempo etwas zu bremsen, begrüßte ich Kimi und Anastasia erst mit Bussis und machte Alexander mit den beiden vorgeblichen Studentinnen bekannt. Wir sprachen über München und Tübingen und den irren Zufall. Sie seien, sagte Anastasia mit russischem Akzent und Telefonsexstimme, bei einer Freundin zu Besuch. Die habe nicht mitkommen wollen, aber das Verbindungshaus und die Party empfohlen. Hübsche Männer seien dort. Das Gespräch bewegte sich zügig in die richtige Richtung. Alexander sabberte regelrecht.

Um den Holzklotz formierten sich einige Burschen. Es wurde lauter, zwei Gruppen brüllten sich gegenseitig an. Anastasia fragte, was da los sei. Nun musste ich ihr zugutehalten, dass sich von der Bar aus nicht viel erkennen ließ. Nur wusste ich, wie es enden würde.

Um es kurz zu machen: Alexander forderte mich zu einem Zweikampf heraus. Nachdem wir unsere Biere an der Bar geleert hatten, bestellte er drei neue – für jeden von uns. Ich sah mich schon papsten. Alexander stellte die Gläser ordentlich gereiht einander gegenüber auf den Holzklotz. Ein Bursche fungierte als Schiedsrichter. Er forderte uns auf, das erste Glas zu greifen und uns startklar zu machen. Alexander schob ein Bein nach vorne, er war angespannt wie ein Sprinter. Ich stellte mich betont locker vor den Holzklotz, Anastasia und Kimi lächelten.

Mit dem Startsignal des Schiedsrichters setzten wir die Gläser an. Ich trank und schluckte und sabberte und trank. Alexander kippte sich das Bier einfach in den Rachen. Es lief ab wie in einen Ausguss. Nach wenigen Sekunden, ich war noch nicht einmal bei der Hälfte angelangt, knallte er sein Bierglas auf den Holzklotz und sah sich triumphierend um: Sieger. Die Burschen nickten anerkennend, einer klopfte ihm auf die Schulter. Mich trafen mitleidige Blicke. Anastasia rückte etwas zur Seite, während Kimi Alexander mit ihren großen schwarzen Augen ansah: »Wow, das habe ich noch nie gesehen.«

Alexander lächelte und erklärte ihr stolz seine Technik. Er könne den Kehlkopf »zurückklappen«. Dadurch müsse er nicht schlucken, und das Bier schieße direkt in den Magen. Natürlich ließ ich mir nicht anmerken, wie beeindruckt ich war, und forderte, das Geplänkel zu beenden. Ich wollte eine Revanche. Vielleicht klappt das mit dem Kehlkopf bei mir auch, und Alexander hat sich in der ersten Runde zu sehr verausgabt, sprach ich mir Mut zu. Wir gingen in die zweite Runde. Es wurde Zeit, den Pullover über meinen Schultern abzulegen und alles zu geben.

Hinterher hieß es vom Schiedsrichter, ich habe das Glas unzulässigerweise vor dem offiziellen Startsignal angesetzt und beim Trinken zu viel verschüttet. Selbst mit diesen kleinen Vorteilen musste ich mich sogar noch deutlicher als in der ersten Runde geschlagen geben. Ich kämpfte mit dem ersten Drittel, da knallte Alexander sein Glas schon auf den Holzklotz und reckte rülpsend die Arme mit geballten Fäusten nach oben. Mein Bauch schmerzte, mir wurde bereits leicht schwindelig, und am liebsten hätte ich das Glas ausgekippt. Um mein Gesicht halbwegs zu wahren, trank ich immerhin bis zur Hälfte aus. Kimi rückte näher an Alexander und himmelte ihn an. »Das ist ja unglaublich.«

»Gegen Alex hat keiner eine Chance«, rief einer der Burschen und zuckte mit den Achseln. Er spricht aus Erfahrung, dachte ich.

»Das war so toll«, sagte Kimi zu Alexander. Sie übertrieb wieder maßlos.

Anastasia sagte näselnd: »Beeindruckend«, und Alexander stieg voll auf seine asiatische Bewunderin ein.

Er erklärte ihr die hohe Kunst des Kehlkopf-Zurückklappens en detail und fügte noch gönnerhaft hinzu: »Ich bin etwas außer Übung.«

»Deshalb habe ich ihn gewinnen lassen«, erklärte ich schnell. Kimi und Anastasia sahen aus, als glaubten sie mir nicht.

Du kannst die schlechteste Schauspielerin nehmen. Den Komplimenten einer hübschen Frau erliegt jeder Mann. Und vor seinen Kameraden derart bewundert zu werden war für Alexander der Gipfel. Dachte er bestimmt. Doch der, wusste ich, stand ihm noch bevor.

Ein Bursche berührte Alexander am Arm und rieb sich die Nase. Er ging widerwillig ein Stück mit ihm beiseite und bedeutete zwei anderen, sich vor sie zu stellen. Mäßig abgeschirmt holte Alexander ein kleines Päckchen aus seinem Jackett, der Bursche schob ihm einen Schein zu. Burschen standen auf Leistung. Und Mint bedeutete Leistung. Sie gingen mit dem Stoff ans Fensterbrett. Beste Aussicht auf das idyllische Tübingen. Alexander bot mir und meinen gut aussehenden Freundinnen ein Probier-Näschen an – gratis. Ich griff natürlich zu. Anastasia zierte sich. Kimi berührte Alexander im Schritt und flüsterte ihm etwas ins Ohr. Seine Augen weiteten sich. Ich verkündete, mal schnell zur Toilette zu müssen.

Sofort war da wieder der Gestank. Vor dem Papst standen zwei Burschen Schlange. Kotzen und weitersaufen, gab der Vordere die Devise aus. In der Kabine verstaute ich das Beweismaterial in meiner Hosentasche. Es lief besser als erhofft. Zu lange wollte ich mich nicht aufhalten, die Geräusche und der Geruch drehten mir beinahe den Magen um. Ich ging zurück.

»Schwarze Natascha« dröhnte aus den Lautsprechern im Hauptsaal. Anastasia lehnte am Treppengeländer und nestelte an ihrem engen Kleid. »Schwarze Natascha … nur du allein«, sang ich ihr leicht wankend ins Ohr. Kimi sei oben, sagte sie und schob mich etwas zurück. Ich sei besoffen. »Nur du allein«, rief ich noch einmal, zeigte mit dem Finger auf Anastasia und nahm beschwingt zwei Stufen der dunklen Holztreppe auf einmal. Auf Stufe acht, ungefähr in der Mitte, kam mir eine Idee, und ich machte kehrt. Anastasia sollte mitkommen. Sie nickte stumm und stöckelte dann mit mir die Treppen hinauf.

Von einem langen, mit Laminat ausgelegten Gang führten Türen links und rechts ab, jeweils fünf auf einer Seite. »Wie in einem Stundenhotel«, kommentierte Anastasia. Da kannte sie sich aus. Unten wechselten sie zu »Leider geil« von Deichkind. »Leider geil«, sang ich mit. Anastasia hob den Finger. »Hörst du das? Du bist besoffen.«

Sie stöckelte voran. Nun vernahm auch ich das Gestöhne. Am Ende des Ganges befanden sich Gemeinschaftsduschen und eine weitere große Toilette. Die lüsternen Geräusche kamen aus dem kleinen Raum daneben. Die Tür war angelehnt. Ich umfasste Anastasias Taille und zog die Tür mit Schwung auf. Alexander lehnte mit dem Rücken an der Wand zwischen Besen, Wischmopps und Eimern. Kimis schwarzes Haar reichte fast bis zum Boden. Sie kniete neben einem Staubsauger und vor Alexander. Ihre schmatzenden Geräusche und sein Stöhnen endeten abrupt.

»Weitermachen«, sagte ich. Alexander drehte Kimis Kopf zurück und presste ihn an sich. Er hatte die Hose gerade so weit heruntergelassen, wie es sein musste. Das Jackett darüber saß akkurat. Er spreizte tief ein- und ausatmend Zeige- und Mittelfinger seiner rechten Hand. Kimi machte weiter: Victory.

»Wir sehen uns unten«, sagte ich und warf die Tür zu. Die gute alte Besenkammer hatte schon in manchen Fällen hergehalten, wenn es schnell gehen musste. Das würde Alexander so schnell nicht vergessen. Eine solche Insiderstory zu etablieren schaffte Nähe.

Hand in Hand nahmen Anastasia und ich die Treppen hinunter zurück in den Hauptsaal. »Wie macht sie das immer?«, fragte sie leise.

Ich zuckte mit den Schultern. »Egal, du weißt, was zu tun ist?«

»Nein.«

»Du bist nett zu den Jungs am Fenster und verbreitest die Nummer.«

»Ich soll im Saal, vor allen ...?« Anastasia zog die Augenbrauen ungläubig nach oben.

»Erzähl herum, was du gesehen hast«, sagte ich und ergänzte mit russischem Akzent: »Tratschi, Tratschi.«

Sie boxte mich in die Rippen und hatte verstanden. Bald gab es unter den Burschen nur ein Gesprächsthema: Alexander in der Besenkammer. Der Alex, das war schon so einer.

Als Alexander mit Kimi die Treppe herunterkam, sah er sich in alle Richtungen um.

»Du Sau«, schrie einer der Jungs.

»Du Stier«, rief ein anderer.

»Boah«, stöhnte Alexander. Kimi beulte mit ihrer Zunge den Mund aus.

»Alexander, du bist ein Stier.«

»Und was für einer. Muhhhh.«

»Das war die Kuh.«

»Egal.«

»Geile Aktion«, sagte ich.

Ein junger Mann rief stolz: »Das ist mein Fuxmajor.«

»Lern du lieber die Geschichte«, gab Alexander mit gespielter Strenge zurück.

Kimi klammerte sich an ihn. Ihre fragenden großen Augen sahen ihn an, und er fügte hinzu: »Er hat nächste Woche seine Mensur.«

»Was ist das?«, fragte Kimi.

»Sie kennt nur Menstruation«, fügte ich hinzu.

Kimi wandte sich beleidigt ab.

»Dann wird er vom Fux zum Burschen, einem vollberechtigten, ehrenwerten Mitglied der Belmondia«, erklärte Alexander. Er sei sein Fuxmajor, eine Art Pate, und bereite ihn auf die Burschenprüfung vor.

Bevor die Erklärungen ausuferten, berührte ich Alexanders Rücken und rieb mir die Nase. »Kannst du mir mehr von dem Zeug besorgen?«

»Schwer zurzeit.«

»Warum?«

»Es heißt, der komplette Stoff wird momentan für einen einzigen Kunden gebraucht.«

»Es wird immer viel geredet«, wandte ich ein.

»Ich krieg nicht mal, was ich für die Jungs hier brauche.«

»Fünf Gramm, okay?«

»Ich seh, was ich machen kann.«

»Ich zahle gut.«

»Bis wann?«

»So schnell wie möglich. Tu mir den Gefallen, okay?«, sagte ich eindringlich. Darauf tranken wir mehrere Bier. Alexander kündigte an, wieder papsten zu gehen.

Mit Anastasia an der Hand verließ ich die Party. Auf der Straße, außer Sicht und Hörweite, bestellten wir uns zwei Taxis. Sie schmiegte sich an mich. »Hast du Lust?«

»Meine Beste«, sagte ich überrascht. »Was ist mit dir los?«

»Ich bin gebucht.«

»Für Alexander.«

»Was kann ich dafür? Er ist voll auf Kimi abgefahren.«

»Schon gut. Hauptsache, es hat geklappt.«

»Kriege ich mein Geld trotzdem?«, fragte Anastasia. Die Taxis kamen gleichzeitig an.

»Du darfst beim nächsten Mal wieder«, lachte ich.

»Nicht dass es im Haus heißt, sie steht nur da.«

»Ich lege ein gutes Wort für dich ein«, flüsterte ich und gab ihr einen Klaps auf den Hintern.

»Danke«, hauchte sie mit ihrem russischen Akzent, rückte ihr Dekolleté zurecht und zwinkerte mir zu.

Sie ist eine Professionelle, rief ich mir in Erinnerung, und du bist besoffen.

Montag, 10.43 Uhr

Kurz vor München weckte ich meinen Apothekerpräsidenten. Konrad Kieser hatte fast die gesamte Fahrt laut schnarchend geschlafen. Gerne hätte ich mit ihm getauscht. Die vorangegangene Party machte mir doch etwas zu schaffen. Wir waren bereits – Baustelle an Baustelle – drei Stunden gefahren, als Kieser mir das Einladungsschreiben des Bayerischen Apothekerverbands nach vorne reichte. »Spitzenvertreter der Pharmabranche« trafen sich im Hotel Bayerischer Hof zum »Symposium Wissenschaft und Industrie«.

Vor dem Hotel stoppten uns ein Dutzend Demonstranten. Sie skandierten: »Nieder mit der Pharmaindustrie!« und »Stoppt die Pharmalobby!«, und hielten Transparente in die Luft. Sie schrien: »Korrupte Schweine!«, und das immer lauter.

Als zwei vermummte Gestalten brüllend auf den Jaguar zurannten und Eier warfen, duckte ich mich reflexartig hinter das Lenkrad. Kieser zuckte zusammen und krallte sich an seinem Sitz fest.

Sofort rannten Sicherheitsleute herbei und zogen die Angreifer zurück. Von zwei weiteren Securitys abgeschirmt, stieg der Apothekerpräsident aus, zog den Bauch ein und setzte ein gekünsteltes Lächeln auf. Er suchte Fotografen, aber es waren keine da. Stattdessen zerplatzte ein Ei knapp vor Kieser auf dem Boden. Hinter uns rollte eine S-Klasse vor. Die verbliebenen Demonstranten fanden mit dieser Limousine ein neues Ziel. Ich schnappte den Koffer, gab einem der Portiers den Autoschlüssel und hoffte, dass er es sicher abstellen würde.

Selbst im Hotel wachten Securitys. Bei leiser klassischer Musik schlurften Bedienstete und Gäste durch die noble Lobby. Draußen war weit weg. Rechts von der Rezeption hatten sich kleine Luxusgeschäfte in den Bayerischen Hof eingemietet. Mittig führte eine breite Marmortreppe hinauf zu den Zimmern. Kieser marschierte daran und an den Aufzügen daneben vorbei und nahm die Treppen nach unten. Der Apothekerpräsident kannte sich aus. Er ging zur Toilette im Untergeschoss. Kieser zeigte auf eine Sitzbank davor. Es war ein müdes »Warten Sie da«, wie man zu einem Hund »Platz« sagt.

Und mein Herrchen ließ mich warten, bis ich aufstand und nachsehen ging. Kieser saß auf dem Boden vor dem Waschbecken und starrte die Marmorwand an. »Wenn uns jemand hier so sieht«, sagte ich und meinte ihn. Kieser blieb sitzen.

»Warum tue ich mir das alles an?«, jammerte Kieser. »Es ist alles zu viel.« Früher, da sei man als Verbandsvertreter noch jemand gewesen. Die Presse hätte um Interviews gebettelt. Heute werde man mit Eiern beworfen.

»So kenne ich Sie gar nicht.«

»Herr Wenzel, so kenne ich mich selbst nicht«, seufzte Kieser. Er sei mit den Nerven am Ende. Die Attacken gäben ihm den Rest. Ständig müsse er als Apothekerpräsident und Chef von sechzig Apotheken gut gelaunt und fit sein und tausend Anforderungen gerecht werden. Manchmal glaube er, sich übernommen zu haben. Nicht einmal auf langjährige Vertraute könne er sich mehr verlassen. Kieser musste von Pharmazierat Schmidt sprechen. Seine Ehefrau habe sich von ihm abgewandt, zu seiner Tochter Anne habe er den Zugang verloren. Wozu das alles? Mit dem Versicherungsfall Keller sei seine politische Karriere im Grunde gelaufen. Früher habe er davon geträumt, eine Tauchschule irgendwo am Strand zu betreiben.

»Einmal Kieser, immer Kieser«, sagte ich in dem Versuch, Kieser aufzumuntern.

Kieser zog sich am Waschbecken nach oben, schluckte ein paar Tabletten und spülte sie mit Wasser aus dem Hahn hinunter. War sein Flachmann leer? Der Apothekerpräsident fing sich. Er ölte sein Haar, und während er sich selbst angrinste, trug er noch mehr Kaviar-Serum auf als gewöhnlich. »Ich bin zurück.«

Wir nahmen den Lift in den zweiten Stock. Eine junge blonde Frau saß am Tisch vor dem Raum. Sie hakte den baden-württembergischen Apothekerpräsidenten in ihrer Liste ab und händigte ihm mit einem bezaubernden Lächeln eine Teilnehmerkarte aus. Kieser starrte auf ihren Ausschnitt.

Im barocken Saal waren die anderen Teilnehmer, die meisten trugen dunkle Anzüge, schon dabei, ihre kleineren Grüppchen aufzulösen und sich zu setzen. Einige Gesichter kamen mir von Samstag bekannt vor. Auf eine Leinwand war bereits die überschaubare Agenda des »Symposiums Wissenschaft und Industrie« projiziert. Gerade einmal bis zwölf Uhr sollte die Besprechung dauern und dann mit einem gemeinsamen Mittagessen enden. Ich fragte mich, wer zur Wissenschaft und wer zur Industrie gehörte. Da fiel mir ein, das war ein Symposium, da mischte sich alles.

»Verdammte Axt«, fluchte Kieser, nachdem er seinen Platz gefunden hatte. Bunk saß ihm genau gegenüber und beschäftigte sich intensiv mit der aktuellen Ausgabe der Bild. Seinen Kopf bedeckte der gewohnte grüne Jägerhut. Er hatte sich für einen beigen Trachtenjanker entschieden und fiel damit selbst in München noch auf. Kieser holte umständlich einen Fünfzig-Euro-Schein aus dem Geldbeutel und sagte gut hörbar: »Machen Sie sich ein paar schöne Stunden in München. Wir Apotheker sind soziale Menschen.« Sollten die anderen doch sehen, wie gut er seinen Fahrer behandelte.

Vor der Tür hatte die junge Frau ihre Unterlagen bereits fein säuberlich sortiert. Die Hostess sah auf ihre langen, lackierten Fingernägel. Ein Kellner fuhr mit einem Servierwagen vorbei. Ich griff ein Lachsbrötchen ab, nahm die Teilnehmerliste an mich und sah sie kauend durch. Sie umfasste ungefähr fünfzig Namen, und ganz oben stand: Bunk, Kaspar. Die Hostess sah mich unsicher an. Wer ist dieser Typ mit Dreitagebart im Anzug, der meine Listen prüft, fragte sie sich wohl.

»Herr Dr. Bonde fehlt noch«, sagte ich und sah die junge Frau streng an. »Er hat abgesagt. Sie können früher Feierabend machen. Wir Apotheker sind soziale Menschen.«

Montag, 12.10 Uhr

Wie sauber und schön die Stadt doch ist, dachte ich auf dem Weg zu Beck & Grünfels. Richtige Schmuddelecken gab es in München kaum. Eine Gruppe arabischer Touristen fragte mich an der Frauenkirche nach dem Weg zum Viktualienmarkt. Ich schickte sie in die ungefähre Richtung, ein paar Chinesen hinterher. Natürlich gab es in München auch die Münchner. Sie trugen Aktentaschen und Einkaufstüten aus Papier und Sonnenbrillen. Daran erkannte man sie selbst bei bewölktem Frühjahrshimmel wie heute.

Marie residierte im zweiten Stock des Bankgebäudes. Ich nahm die frisch gebohnerte Holztreppe und atmete den Duft des Geldes mit jeder Stufe. Das Vorzimmer meiner Schwester war nicht besetzt, aber die Tür offen. Ich hörte Marie telefonieren. Wie immer kam mir ihr Büro geradezu platzverschwenderisch vor. Mit dem Telefonhörer in der Hand saß sie hinter drei Monitoren verschanzt. Zahlen schwirrten durch den Raum, Fachwörter und Berechnungen. Marie hielt drei Finger in die Luft. Ich bestätigte mit einem nach oben gereckten Daumen.

Die Geste hatte sie von Mutter übernommen. Wenn sie am Empfang des Zahnarztes arbeitete und uns bedeutete, es dauere nur noch drei Minuten. Weil sie immer alles hundertprozentig korrekt hinterlassen wollte. Als junge Frau hatte unsere Mutter Zahnmedizin studieren wollen. Auf einer Faschingsfeier kurz vor ihrem Abitur hatte sie einen jungen Mann kennengelernt. Er war groß und schlank gewesen und hatte die Haare vorne kurz, hinten lang getragen, wie es modern gewesen war. Sie hatten beide getrunken. Mutter gefiel seine Uniform – täuschend echt. So kamen sie ins Gespräch. Sie verstanden und küssten sich und gingen zusammen ins Bett. Ein halbes Jahr später heirateten sie. Denn neun Monate nach der Faschingsfeier kam ich zur Welt.

Vater erzählte gerne, dass sie ihn angesprochen habe. Mutter sagte, es sei genau umgekehrt gewesen. Ihren Plan, zu studieren, musste sie zuerst verschieben. Als sie drei Jahre später Marie bekam, löste er sich in Luft auf. Sie begann halbtags als Bürohilfe bei einem Zahnarzt. Und obwohl sie mehr aus sich hätte machen können, war sie lange glücklich. Bis sich Vater veränderte.

Nach drei Minuten legte Marie tatsächlich auf. Ich ging um ihren Schreibtisch herum, der wie üblich leer war.

»Hey, es hat geklappt«, rief Marie. Ich beugte mich zu ihr hinunter und umarmte sie. Sie strich mir mit beiden Händen über die Wangen. »Du kratzt.«

»Neuer Look«, antwortete ich.

»Ich habe Urlaub.«

»Das sehe ich.«

»Ich wollte eigentlich gar nicht hier sein«, sagte Marie. »Zu Hause habe ich ja doch nichts zu tun. Und hier ist so viel los.«

»Der Chauffeur Tom Wenzel hat sich einen Bonus verdient

und kann dich heute zum Mittagessen einladen«, sagte ich und wedelte mit dem Fünfziger.

»Ich frage lieber nicht«, sagte Marie und verdrehte die Augen. »Ich habe später noch eine Teamsitzung und muss mich um eine neue Mitarbeiterin kümmern.«

»Sind wir wieder wichtig.«

»Natürlich«, sagte Marie, schnappte sich ihre lila Handtasche und schlug sie mir gegen die Beine.

»Du Mädchen«, sagte ich und zeigte auf die glitzernden Steinchen. »Ist die neu?«

»Los jetzt.«

Marie boxte noch einmal. Wir nahmen den Fahrstuhl ins Erdgeschoss und überquerten die Straße. Über die Theatinerstraße betraten wir die Einkaufspassage Fünf Höfe mit ihren schicken Ladengeschäften, Cafés und Restaurants. Zu meiner Jugendzeit war an deren Stelle noch die Hypovereinsbank gewesen. Marie ging mittags oft in den Laden der Fast-Casual-Kette Vapiano, und auch ich hatte Geschmack an der frisch hergestellten Pasta gefunden. Sie nahm grünen Tee, ich eine Cola. Wir bestellten wie immer zwei Pizzen, die wir uns teilten.

»Wie läuft das Geschäft?«, fragte ich.

»Wir haben letzte Woche einen neuen Großkunden aus Asien gewonnen, das ist eine Menge Arbeit. Aber was interessiert das jetzt? Erzähl mir von deiner Tochter«, sagte Marie aufgeregt.

»Ich weiß nicht mehr als du«, antwortete ich. »Außerdem ist es nicht sicher.«

»Hast du denn gar keine Ahnung, wer die Mutter sein könnte?«

»Doch, ich habe einen Verdacht.«

»Und?«

»Warten wir ab, es hat keinen Sinn, zu spekulieren.«

»Das wäre doch toll, ein Kind. Du könntest mit der Frau und eurer Tochter zusammenleben. Ich würde euch immer besuchen kommen«, phantasierte Marie. »Dann hätte es ein Ende mit deinen kurzen Nächten und den flüchtigen Bekanntschaften. Du hattest genug Abwechslung, langsam sollte Stabilität in dein Leben kommen.«

»Du klingst schlimmer als unser psychologischer Dienst.«

»Stimmt es denn nicht? Lass dich doch endlich nach Berlin in die schicke neue Zentrale versetzen und hör auf mit den Undercover-Jobs.«

»Damit ich im Innendienst versauere?«

»Du darfst langsam mal sesshaft werden, Großer.«

»Ich bin gerade in etwas in Tübingen verwickelt, sagen wir mal so.«

»Lass mich raten, eine Apothekerin?«

Marie kannte mich zu gut. Keine Frau hatte mich bisher genug umgehauen, als dass ich wegen ihr mein Leben in geordnete Bahnen lenken wollte. Manchmal hätte ich daran gerne etwas geändert, manchmal nicht.

»Hat sich eigentlich jemand gemeldet und sich nach Dominic Bader erkundigt?«, fragte ich.

»Nein«, antwortete Marie. Ihre Sekretärin war angehalten, mich als Mitarbeiter zu bestätigen und zu sagen, dass ich gerade außer Haus sei. Wenn eine Zielperson misstrauisch wurde, konnte auf diese Weise Abhilfe geschaffen werden. Kein Anruf zeugte jedoch von höherem Vertrauen.

»Was macht die Suche im Internet?«, fragte ich Marie.

»Nur Spinner mit irgendwelchen kranken Ideen. Wenn sie mich sehen, ist es meistens sowieso gleich aus«, sagte Marie traurig.

»Das glaube ich nicht.«

»Niemand interessiert sich wirklich für mich. Im Büro bin ich die erfolgreiche Anlageberaterin. Sobald ich die Bank verlasse, will niemand mehr etwas von mir wissen.«

»Du musst auch mal tanzen, wenn nicht deine Lieblingsmusik gespielt wird.«

»Die Weisheit des Tages.«

»Du triffst schon noch den Richtigen«, ermunterte ich sie. Dabei wusste ich, wie schwer es für sie war.

Maries Smartphone erinnerte sie an die nächste Besprechung. Sie drückte den Rücken durch. »Asien, die sind nicht mehr lange im Büro.«

Montag, 17.11 Uhr

Im Blue Spa sei es wunderbar gewesen, schwärmte Konrad Kieser auf der Rückfahrt. Nach einer halben Stunde auf der sinnlosen Tagung sei er in den fünften Stock gegangen und habe sich entspannt. Im Dampfbad des Hotels habe er sich von der vorangegangenen Nacht erholt und den Kopf wieder freibekommen. Er werde künftig ein paar Gänge zurückschalten und gleich damit anfangen.

Immerhin hielt der Vorsatz bis Tübingen. Kieser ließ sich an der Kieser'schen Villa absetzen und gab mir frei. Ich nutzte die Zeit, um ins fünfzehn Kilometer entfernte Ofterdingen zu fahren und mir den Antiquitätenladen anzusehen, in dem Guntram kurz vor seinem Tod gewesen war. Das Geschäft erinnerte mich eher an eine Scheune und lag direkt an der Bundesstraße 27. Unzählige Schränke, Tische und Stühle standen draußen. Ich parkte den Jaguar direkt davor.

Beim Aussteigen atmete ich die Verkehrsabgase ein – eine Tagesdosis Feinstaub für die Lunge. Auf der Bundesstraße reihten sich Autos und Lkws dicht an dicht in einer nicht abreißen wollenden Kolonne, die sich mit fünfzig Kilometern pro Stunde durch den Ort bremste. Das Schild »Antiquitäten Bilodeau« lehnte abgeschraubt an der Wand.

Ein großer, bulliger Mann um die sechzig trat aus dem Gebäude. Er verschränkte die Arme und stellte sich breitbeinig vor das Geschäft. Er trug eine graue Stoffhose und ein Hemd, darüber eine Weste. Seine dunklen, abgetragenen Lederschuhe wurden von einer überdimensionalen silbernen Schnalle zusammengehalten. »Auf der Durchreise?«, fragte er und musterte mich.

»Ja.«

»Schöner Wagen«, sagte der Mann und betrat, ohne meine Antwort abzuwarten, den Antiquitätenladen. Der Jaguar mit Konstanzer Kennzeichen überzeugte. »Kommen Sie herein.«

Die Fülle des Raumes erschlug mich. Schränke und Möbel überall, dazwischen mit Tassen, Tellern und Besteck beladene Tische, und wo die nicht reichten, stapelten sich Gegenstände auf dem Boden. Der versierte Sammler mochte in diesem Geschäft Perlen finden, wenn er nur lange genug suchte. Für mich war der Übergang von Antiquitäten zu Gerümpel sehr fließend. Selbst innen waren die unzähligen vorbeifahrenden Fahrzeuge vernehmbar, die Vibration der vorbeidonnernden Lkws kaum zu ignorieren.

»Zum ersten Mal hier?«

»Ja«, antwortete der einzige Kunde: ich. »Ganz schön voll. Sind Sie der Besitzer?«

»Ja, Robert Bilodeau.«

»Freut mich, Tom Wenzel«, sagte ich und gab ihm die Hand.

Bilodeau drückte zu – eine Spur zu kräftig. Während ich zwischen den Tischen hindurchging, hob ich ab und zu einen Gegenstand prüfend an. Die meisten Kunden schlenderten doch halb müde, halb interessiert durch diese Art von Geschäften. Vorbei an alten Küchengeräten, Töpfen, Tellern und Tassen, Krügen und Vasen, fünf oder sechs Schreibmaschinen und Badschränken. Ich nahm ein verrostetes Bügeleisen in die Hand.

»Wer kauft so etwas?«

»Sie können alles verkaufen«, sagte Bilodeau.

»Das stimmt, ein guter Verkäufer kann alles verkaufen«, antwortete ich und dachte, Bilodeau könnte das auf sich beziehen. Er stieg nicht darauf ein. »Kalt hier.«

»Wir haben die Heizung schon seit zwei Monaten nicht mehr in Betrieb … die tausend Euro im Monat für das Öl können wir nicht mehr erwirtschaften.«

»eBay?«, gab ich ihm ein Stichwort.

»Nicht nur. Die meisten unserer Kunden sind zufrieden. Antiquitäten muss man sehen, riechen und vor allem anfassen. Man muss sie spüren«, sagte Bilodeau ohne Regung, ohne Betonung und ohne Liebe. Wie etwas, das er schon oft gehört oder gesagt hatte und das ihm jeder abnahm, weil es Sinn ergab. Nicht wie etwas, an das er glaubte und für das er gar brannte.

»Warum dann?«, fragte ich und ging weiter.

Bilodeau strich sich wie in Trance das Hemd glatt und seufzte. »Jeder will, dass alles anders wird. Und doch wollen wir, dass alles gleich bleibt.« Er legte eine bedeutungsschwere Pause ein, die ich verstreichen ließ. »Es ist schwierig, das Richtige zu tun, aber wenn wir die Signale sehen, müssen wir handeln.«

»Sie sind ja ein Philosoph!«, entfuhr es mir. Ob er heimlich Paulo Coelho las? Nein, bei dem Kundenaufkommen hatte er die Zeit, sich solche Weisheiten selbst auszudenken. Ich gab vor, mich für eine Kommode zu interessieren, eines der wenigen Stücke in ansehnlichem Zustand. Das dunkelbraune massive Holz war blank poliert. Drei elegant geschwungene Fächer konnten an aufwendig verzierten Knöpfen in Silberoptik aufgezogen werden. Auf dem Preisschild stand »385 Euro«. Ich nahm es in die Hand und betrachtete die leicht verschnörkelte, klare Schrift – eine Frauenschrift. Ich wog das Schild in meiner Hand und fragte: »Können wir da noch etwas machen?«

»Nein«, gab Bilodeau barsch zurück.

Er stellte sich ans Fenster und sah durch die Schmutzschichten hinaus. Er faselte etwas von der Sonne da oben, die ich beim besten Willen nicht entdecken konnte. Draußen heulte ein Motor auf. Das klang nach acht Zylindern.

»Dahinten, weit über der Schwäbischen Alb, scheint immer die Sonne.«

Seine Hand berührte das Fenster, als greife er danach. Er murmelte vor sich hin, ich kratzte an meinem Bart. Wie wollte Guntram Kieser mit ihm Geschäfte machen? Höchstens, dachte ich, indem er ihm Medikamente lieferte, die einen weit wegbrachten. Mitten in diese fragenden Gedanken hinein klingelte mein Handy. Gruper rief schon wieder an. Ich drückte ihn weg. Bilodeau schien allmählich zurückzukehren vom Sonnendeck.

»Zweihundertfünfzig Euro, das ist mein Angebot«, sagte ich. Das kam mir immer noch vollkommen überzogen vor. Bilodeau sollte mit mir ein gutes Geschäft machen. Das würde die Laune verbessern, ihn eher zum Plaudern bringen und der hausinternen Spesenbuchhaltung ein wenig Arbeit bereiten. In die Wassermühle, da passte die Kommode gut hinein. Und Verhandlungen gehörten doch in einem Antiquitätenladen einfach zum guten Ton. Bilodeaus Taktik bestand darin, so zu tun, als wäre dem nicht so.

»Auf einen Schrank mehr oder weniger kommt es nicht an«, sagte er gleichgültig.

»Wenn du mutig genug bist, Lebewohl zu sagen, wird dich das Leben mit einem neuen Hallo begrüßen«, erklärte ich.

»Ja«, sagte Bilodeau, aber sein Blick verriet mir, dass er stutzte.

»Also, ich gebe Ihnen zweihundert für den Schrank.«

»Da lege ich ja drauf!«, empörte er sich. Er ließ also doch mit sich reden.

Draußen bremste ein Lkw scharf ab. Hupen dröhnten. Ich wartete auf den Knall. Der Aufprall blieb aus. »Viel Verkehr auf der Straße«, kommentierte ich.

»Fast zwanzigtausend Autos täglich. Seit es die Maut auf den Autobahnen gibt, fährt hier ein Lkw nach dem anderen durch.«

»Okay, mein letztes Angebot ist mein erstes: zweihundertfünfzig«, erklärte ich und legte das Geld auf den Tisch.

»Na gut«, murrte Bilodeau und schob die Scheine ein. Ich sah nirgends eine Art Kasse. Der Antiquitätenhändler machte keine Anstalten, sich zu bewegen. Wahrscheinlich hatte er gerade das Geschäft des Jahres abgeschlossen.

»Ich brauche keine Quittung«, sagte ich in die Stille.

»Gut«, nickte Bilodeau. »Privatverkauf.«

So läuft das also, dachte ich. Nur bezweifelte ich, dass es hier für die Kollegen von der Steuer etwas zu holen gab. Höchstens die zwei alten Schreibmaschinen, an denen ich vorbeiging, könnten sie beschlagnahmen. Der guten alten langsamen Zeiten wegen.

Um eine Kommode reicher sah ich mich weiter um. Das Zeug im hinteren Bereich des Ladens konnte beim besten Willen nicht mehr als wertvolle Raritäten verkauft werden. Die Preisschilder versuchten es gleichwohl. Mehrstellige Zahlen standen darauf, in krakeliger Männerschrift.

»Arbeiten Sie eigentlich allein hier?«, fragte ich möglichst beiläufig.

Bilodeau antwortete nicht. An der Decke klaffte ein großer Krater, notdürftig mit Folie abgedeckt. Hinter einem schmutzigen Fenster an der Rückseite erstreckte sich ein weitläufiger Garten. Unkraut und Büsche wucherten, ein Trampelpfad führte zu einem kleinen Haus. Das Grundstück war riesig.

»Dahinten, ihr Lager?«

»Nein«, gab Bilodeau barsch zurück. Der erfolgreiche Verkauf einer Kommode hätte seine Stimmung für meinen Geschmack etwas mehr heben können.

»Wohnt da jemand?«, fragte ich unbeeindruckt und ohne mich umzudrehen.

»Ja, ich«, antwortete Bilodeau.

Er stand direkt hinter mir. Etwas zu nah. Er roch nach Schweiß und billigem Herrenparfüm. Warum versuchte er nicht, mir noch mehr aufzuschwatzen, nachdem ich den Schrank gekauft hatte?

»Allein?«

»Sie sind sehr neugierig.«

Bilodeau wollte mich loswerden. Und mir war nicht danach, noch länger zu bleiben. Ich nahm einen kleinen Umweg durch ein Labyrinth aus alten Kleiderschränken und Stühlen. Bilodeau blieb dicht hinter mir.

»Ich brauche noch ein Geschenk für meine Schwester«, überlegte ich laut. »Sie hat diese Woche Geburtstag. Dreiunddreißig wird sie. Vielleicht komme ich am Freitagabend noch einmal in die Gegend, so gegen siebzehn oder achtzehn Uhr.«

»Freitags schließen wir um vierzehn Uhr«, antwortete Bilodeau.

»Letzte Woche aber nicht.«

»Doch, das war schon immer so.«

»Für Guntram Kieser und Braun haben Sie extra aufgemacht?«, warf ich in den Raum und lächelte.

»Verschwinden Sie«, fuhr mich Bilodeau an.

»Pardon, ich ...«, sagte ich. Die Kommode wurde schwer. »Er hat Sie empfohlen.«

»Verschwinden Sie!«

Montag, 21.30 Uhr

Auf die Minute pünktlich traf Alexander an der verabredeten großen Linde im Park am Anlagensee ein. Natürlich gab es zuerst nur ein Thema: die Besenkammer. Der Hammer sei das gewesen, sagte Alexander. Unglaublich. Das habe er noch nie erlebt. Und dass ich die beiden auch noch ausgerechnet erwischen musste! Von Kimis Einsatz würde ich noch eine Weile profitieren. Wir schlenderten um den See, während fünf Gramm Mint in meine und zweihundert Euro in seine Tasche wanderten.

»Warum machst du eigentlich keinen richtigen Job?«, fragte ich stirnrunzelnd.

»Mein Alter, entschuldige, mein Vater, wollte, dass ich Wirtschaftsprüfer oder Steuerberater werde. Wie er.«

»Langweilig?«

»Ich habe ein Praktikum bei Ernst & Young in Stuttgart gemacht, in dem großen Glaspalast parallel zur Königstraße«, erzählte Alexander. »Ich sage dir, es war beschissen.«

»Du wolltest lieber was mit Sport machen?«

»Ja, brotloses Zeug, wie mein Alter sagt. Weil meine Performance bei Ernst & Young zu wünschen übrig ließ, hat er mir das nächste Praktikum verschafft. Ich musste ein halbes Jahr zu KPMG, als ob da irgendetwas anders wäre.«

»Und?« Zwei Jogger kamen uns entgegen.

Als sie an uns vorbeigerannt waren, erklärte Alexander: »Alles Arschlöcher. Nur der Chef war okay. Er hat mir empfohlen, etwas anderes zu suchen. Und er hat mir ein schönes Arbeitszeugnis geschrieben. War einer meiner ersten Kunden. – Aber nun, bei den Big Four ...«, sagte Alexander.

»Den vier großen Wirtschaftsprüfungsgesellschaften«, fügte ich hinzu.

»Genau, als Banker kennst du die nur zu gut. Da arbeiten junge und aufstrebende Leute.«

Mir dämmerte einiges. »Karrieregeile Idioten«, riet ich Alexanders Gedanken.

Er nickte lächelnd. »Die müssen sich erst noch beweisen. Die Konkurrenz schläft nicht.«

»Da hilfst du gerne.«

»Mint schmeckt wie Kaugummi, und niemand merkt etwas.« Alexander kickte ein paar Kieselsteine mit dem Fuß weg.

»Hast du eigentlich schon einmal daran gedacht, hauptberuflich Privattrainer zu werden?«, fragte ich ihn und sah ihn direkt an.

»Mein Traum wäre Kopenhagen«, antwortete Alexander. »Ich liebe Dänemark.«

Alexander war weit größer im Geschäft als angenommen. Trotzdem stand er mit Sicherheit nicht an der Spitze der Organisation. Aber wenn er neben seinen Geschäften in Tübingen noch Leute aus allen vier großen Wirtschaftsprüfungsgesellschaften in Stuttgart belieferte, musste er ordentliche Mengen abnehmen. Wer Umsatz brachte, galt etwas. In der legalen, ebenso wie in der illegalen Wirtschaft.

»Jahresabschlüsse, Bilanzprüfungen, Sonderberichte, alles gut für mich. Je mehr Stress die haben und je mehr unbezahlte Nachtschichten sie einlegen müssen, desto besser«, dachte Alexander laut und lächelte wieder.

Ich dachte still: Du bist mein Mann. Alexander konnte mit seiner plausiblen Story noch aussteigen.

Dienstag, 8.55 Uhr

»Ich bin da.«

»Meine Sekretärin hat alle Termine verschoben«, sagte Konrad Kieser. Er trug einen Jogginganzug und sah aus wie tot, als er die Tür der Familienvilla öffnete. Tiefe dunkle Ringe zeichneten sich unter seinen Augen ab. Kieser äugte misstrauisch an mir vorbei. Die Erholung aus dem Blue Spa war schnell verflogen. »Ich werde das Haus in nächster Zeit nicht verlassen.«

»Und ich?«, fragte ich zurück.

»Nehmen Sie sich frei.«

»Ja, aber …«

»Es geht um unsere Sicherheit. Es geht um Leben und Tod. Ich melde mich, sobald Sie wieder gebraucht werden.«

»Es geht immer um Geld. Das habe ich von Ihnen gelernt.« So schnell konnte ich nicht abziehen.

»Gerade läuft hier etwas, das wir nicht kontrollieren können«, sagte Kieser.

»Ist etwas passiert?«, hakte ich nach. Offenbar verunsicherten ihn die Angriffe stärker als vermutet.

»Ich bin bedroht worden. Ein Irrer hat angerufen und gesagt, dass ich bald wie Guntram enden werde.«

»Was ist mit Ihrer Mutter?«

»Ach ja«, sagte Kieser. »Sie wollte noch etwas von Ihnen.« Er drehte sich um und ging ohne jeden weiteren Kommentar die Treppen hinauf.

»Kommen Sie herein, Wenzel«, vernahm ich Oma Hertas Stimme. »Und machen Sie die Tür zu.«

Bisher war ich noch nie in der Villa gewesen. Die beiden hatten das entweder vergessen, oder es war ihnen egal.

»Heute nicht zur Physiotherapie?«, fragte ich laut, während ich durch die große, lichtdurchflutete Halle mit modernen Kunstwerken an der Wand ging.

»Nein«, murrte Oma Herta zurück. Sie saß auf der Couch im stilvoll mit hellen Möbeln eingerichteten Wohnzimmer und schaltete den großen Flachbildfernseher aus. Durch die hohen

Fenster konnte man über die ganze Stadt sehen. »Haben Sie gefrühstückt?«

»Noch nicht.«

»Auf dem Tisch steht ein Erdbeerkuchen«, sagte Oma Herta und goss zwei Tassen Kaffee ein. Ihr Gesicht war weiß, die Haare nicht so sorgsam gekämmt wie sonst. »Setzen Sie sich. Nehmen Sie. Essen Sie.«

»Danke«, antwortete ich überrascht. Dieses Angebot ließ ich mir nicht zweimal unterbreiten.

»Hat eine frühere Kundin für mich gebacken«, erklärte Oma Herta, während sie sich mir gegenübersetzte. Auf dem Tisch lag eine ältere Ausgabe des Schwäbischen Tagblatts. Ein großer Bericht über den Schwaben-Stoff Mint war aufgeschlagen.

»Sie bringt Ihnen immer noch Kuchen?«, fragte ich.

»Ich kenne etliche Kundenfamilien seit Generationen. Ihre kleinen und größeren Wehwehchen, ihre Sorgen und Nöte. Sie glauben gar nicht, wie oft man als Apotheker um Rat gefragt wird.«

»Apothekerin alter Schule«, sagte ich, nickte dazu und nahm die erste Gabel. »Sie informieren sich über diese Drogen da. – Schmeckt lecker.«

»Wenigstens einer hat noch Appetit.«

Oma Herta zeterte über die anstehende Fünfzig-Jahr-Feier ihrer ersten eigenen Apotheke. Auf Mint ging sie nicht ein. Alle versuchten die Vorbereitungen vor ihr geheim zu halten. Aber natürlich bekomme sie trotzdem Wind davon. Ein fürchterliches Fest werde das. Gerade könne sie das Haus nicht verlassen, weil ein Wahnsinniger sein Unwesen treibe. Ihr Sohn sei vorsichtig geworden. Elsbeth habe sogar einen privaten Sicherheitsmann engagiert. Das habe es noch nie gegeben. Sie sprach wie mit einer alten Freundin, und ich fragte mich, weshalb sie mich hereingebeten hatte.

»Guntram muss an einem größeren Vorhaben gearbeitet haben«, begann Oma Herta stockend, nachdem sie eine Weile nachdenklich geschwiegen hatte. »Er hat mich nach Geld gefragt. Nach fünf Millionen.«

»Fünf Millionen«, wiederholte ich kauend. »Das ist manch einem sein ganzes Geld.«

»Wenzel, das ist kein Spaß! Wir sind in Gefahr«, regte sich Oma Herta auf. »Er wollte nicht genau sagen, wofür.«

»Was vermuten Sie?«

»Es war alles seltsam. Ich sollte Konrad auf keinen Fall davon erzählen.«

»Haben Sie trotzdem.«

»Ja«, gab Oma Herta zu.

Natürlich, dachte ich. Ich nahm den letzten Bissen Kuchen und trank Kaffee. Kieser war ihr Sohn und Chef des Clans. Wie konnte Guntram annehmen, sie würde ihm einfach fünf Millionen geben und ihrem Sohn nichts davon erzählen? Mint-Konsum führte zu gestörter Wahrnehmung, überlegte ich, und zu falschen Selbsteinschätzungen. Hatte er sich mit Kieser deshalb kurz vor seinem Tod gestritten? Und wofür um alles in der Welt brauchte Frederikes verstorbener Mann so viel Geld?

Wir wurden vom Klingeln meines Handys unterbrochen. Es war Marie. »Da muss ich kurz rangehen«, sagte ich und entfernte mich rasch vom Kaffeetisch.

»Ich bin in einer halben Stunde da«, rief Marie und ergänzte: »Am Tübinger Hauptbahnhof.«

»Okay«, sagte ich. »Ernsthaft?«

»Ich dachte, warum eigentlich nicht? Besuche ich doch meinen großen Bruder in der kleinen Unistadt.«

»Das nenne ich mal eine Überraschung.« So seltsam es klingen mag, ich dachte an den Geschirrstapel in der Küche.

»Freust du dich denn gar nicht?«

»Doch, natürlich«, versicherte ich. »Ich hole dich sogar mit einem silbernen Jaguar ab.«

»Angeber.«

Ich steckte das Handy wieder ein, und jetzt kam die Freude. Marie in Tübingen!

Oma Herta schob mir ein weiteres Stück des Kundengeschenks zu. Sie wollte noch etwas erzählen. Warum? Und weshalb mir?

»Wer weiß, was noch alles passiert«, sagte ich und nahm eine schöne Gabel voll Erdbeerkuchen.

»Vor Kurzem gab es Schwierigkeiten mit einem Ehepaar«, begann Oma Herta zu erzählen. »Größere Schwierigkeiten.«

»Es muss ja keine Bedeutung haben«, half ich ihr. »Außerdem ist Guntram sowieso schon tot.«

»Die Kunden waren Lehrer, zumindest er, glaube ich. Maier hießen sie. Jahrelange Stammkunden unserer Apotheke in Kusterdingen. Die Frau war an Krebs erkrankt und ist inzwischen gestorben.« Oma Herta sah auf die geblümte Tischdecke. »Die Frau wollte sich Schmerzen und ein langes Leiden ersparen. Ich glaube, Guntram war ihr behilflich.«

»Behilflich«, wiederholte ich mit vollem Mund.

»Er hat ihr starke Beruhigungs- und Schmerzmittel hoch dosiert ins Apfelmus gemischt.«

»Apfelmus?«, fragte ich nach, obwohl mir diese Methode geläufig war.

»Das Apfelmus überdeckt den Geschmack der Medikamente«, erklärte Oma Herta knapp und goss Kaffee nach.

Sterbehilfe also, dachte ich. War an Heuers Verdacht doch etwas dran?

»Mit dem Kuchen ist hoffentlich alles in Ordnung«, sagte ich kauend. »Waren Sie früher auch behilflich?«

»Zwei Mal«, gab Oma Herta zu. »Aber nur, weil die Kunden mich regelrecht angebettelt haben und nicht mehr leben wollten.«

»Das könnte mit dem Geld oder Guntrams Tod zu tun haben …«

»Es gab ziemliche Probleme mit dem Mann. Er hat behauptet, Guntram hätte seine Frau umgebracht«, erklärte Oma Herta.

»Rache.«

»Maier hat erst einen Riesenaufstand gemacht und sich dann plötzlich nicht mehr gemeldet. Wir dachten, es wär Ruhe.«

»Hat Guntram etwas für seine Sterbehilfe verlangt?«

»Vermutlich, aber in solchen Fällen sind nie mehr als fünf-

oder zehntausend Euro geflossen«, sagte Oma Herta. »Also eigentlich keine Summen.«

»Warum erzählen Sie mir das?«

»Das weiß ich selbst nicht so genau. Soll ich noch einmal zur Polizei?«

»Ach, die Polizei«, sagte ich mit einer wegwerfenden Handbewegung. »Frederike müsste doch eigentlich viel mehr wissen.«

»Sie kennen sie doch auch ganz gut.«

Ich verschluckte mich am Kaffee. Sie weiß es, dachte ich zum wiederholten Male. »Besser, Sie sprechen mit ihr oder schicken Ihren Sohn«, schlug ich vor.

»Hm.«

»Bei fünf Millionen, die er wollte, muss es Unterlagen geben, und ein Mann wie Guntram würde doch so etwas kaum auf dem Küchentisch aufbewahren.«

Dienstag, 10.50 Uhr

Die wenigen Parkbuchten am Tübinger Bahnhof waren belegt, sogar die beiden für Behinderte. Bei den Taxis entdeckte ich noch eine Lücke, in die ich den Jaguar kurzerhand stellte. War ja schließlich auch so eine Art Taxi. Vor dem Haupteingang und einer Unterführung waren zahllose alte Fahrräder abgestellt und angeschlossen. Unter dem Vordach hasteten Menschen kreuz und quer zu den Gleisen, zum gegenüberliegenden Busbahnhof und in die Bahnhofshalle. Ein junger Mann saß auf der Bahnhofstreppe, spielte Gitarre und sang, zwei andere tanzten barfuß dazu. Marie beobachtete sie amüsiert und winkte fröhlich hinter ihrem großen lilafarbenen Koffer.

Ich beugte mich nach unten, damit wir uns umarmen konnten. Marie gab mir einen kräftigen Schmatzer auf die Wange und fragte: »Sag ehrlich. Wie findest du meinen Besuch?«

»Überraschend«, lachte ich, hob ihren Koffer probehalber an und ächzte: »Wie lange willst du bleiben?«

»Ich habe die ganze Woche frei!«

»Die Limousine steht bereit«, sagte ich und deutete zum Taxistand. Ich wollte ihr über den Bordstein helfen.

Marie wehrte ab: »Geht schon.« Stur wie eh und je. Mittlerweile hatte sie mehr Kraft und Übung. Früher hatte ich sie meistens mit Jan, meinem besten Freund, über den hohen Bordstein und durch die hintere Tür in den Schulbus gehoben. Manchmal half mir ein anderer Freund oder irgendjemand, der nicht mit ansehen konnte, wie ich es allein versuchte. Marie wollte unbedingt den normalen Bus nehmen. Morgens mit ihren Freundinnen tratschen, über den anstehenden Tag, über die Fächer, über die Klassenarbeiten, über die Lehrer und natürlich über die Jungs.

Seit dem Unfall waren Maries Beine gelähmt. Sie konnte Kopf, Arme und Oberkörper bewegen. Sie hatte trotzdem ihren Weg gemacht. Abitur mit eins Komma null, Stipendium von der Studienstiftung des Deutschen Volkes, das Diplom der Uni München in Betriebswirtschaft mit Auszeichnung und in Rekordgeschwindigkeit.

Neben dem Kieser'schen Wagen gestikulierten zwei wütende Taxifahrer: Die Leute würden immer schlimmer, unmöglich sei das. Da kamen sie vom Bodensee hierher und meinten, sie könnten parken, wie sie wollen, mit ihren Protzkarren. Sie umrundeten den Jaguar und glotzten hinein.

Als sie uns sahen, brummte einer von ihnen noch: »Na ja«, der andere sagte: »Entschuldigung.« Dann wackelten sie in ihre Taxis, um sich hinter Zeitungen zu verschanzen.

Ich öffnete die Wagentür hinten rechts und hob Marie aus dem Rollstuhl auf den Chefplatz. Sie drückte sich mit beiden Händen vom weichen Leder ab und hüpfte vergnügt. »Noch kein Kindersitz im Wagen?«

»Möchtest du lieber ein Taxi nehmen?«

»Ich bitte Sie, Herr Wenzel! Das wäre eine Zumutung für mich. Beeilung jetzt«, kommandierte meine Schwester.

»Jawohl, Madame.« Mit einer tiefen Verbeugung warf ich die Wagentür zu. Ich faltete den Rollstuhl zusammen und legte ihn in den Kofferraum. Maries Reisekoffer passte gerade noch daneben. Wenig Platz in Limousinen für so viel Geld, dachte ich, stieg vorne ein und drehte mich nach hinten. »Wohin wünscht Gnädigste gefahren zu werden?«

»Ich habe Hunger!«

Das war meine Schwester.

»Lass uns zur Wassermühle, ich koche etwas für uns.«

»Du musst dir keine Mühe machen wegen mir«, sagte Marie. »Wirklich nicht.«

»Eine schwäbische Spezialität. Es ist ganz einfach, ich habe es schon ein paarmal ausprobiert«, versicherte ich und versprach, mich genau an das Rezept zu halten. Misstraute sie etwa meinen Kochkünsten?

Marie sah während der Fahrt abwechselnd zur Seite hinaus und beugte sich in die Mitte, um durch die Frontscheibe zu sehen. Sie zeigte mit dem Finger auf Gebäude und Straßen und war sichtlich begeistert. Es sei so schön, schwärmte sie, so idyllisch.

»Eine echte Wassermühle«, jubelte Marie, als sie mein vorübergehendes Zuhause sah. »So etwas gibt es noch? Das Rad dreht sich sogar.«

»Es produziert Strom«, erklärte ich. »Voll öko, wie alles in Tübingen.«

Bei Tageslicht sah das alte Gemäuer sehr heruntergekommen aus. Der Putz bröckelte, die Balken wirkten morsch, und einige Dachziegel waren lose. Irgendwo musste das Wasser ja hereinkommen, das sich in den Eimern sammelte. Über den geschotterten schmalen Weg fuhr ich möglichst nah heran, sodass Marie nicht in den Rollstuhl musste. Ich drehte zuerst den unteren Hauptschlüssel. Die Tür sprang sofort auf. Hatte ich vergessen, abzuschließen?

Marie wartete bereits abgeschnallt im Wagen und breitete die Arme aus. Ich hob sie aus dem Ledersitz, schob mit dem Arm die Autotür zu und trug sie die steile Treppe nach oben. Da ich sie nicht absetzen wollte, pfriemelte ich den Schlüssel wieder aus meiner Hosentasche. Am Schloss schien alles in Ordnung. Wenn sich ein Profi daran zu schaffen gemacht hätte … Der

Schlüssel drehte sich einmal, klack, zweimal, klack, und die Tür sprang auf.

»Alles in Ordnung?«, fragte Marie.

»Natürlich«, antwortete ich. »Willkommen in meinem Luxusapartment.«

Sie wollte sofort zum Fenster im Wohnzimmer und auf die Ammer sehen. »Das ist ja toll hier.«

Ich setzte Marie auf das Sofa und checkte die anderen Räume durch. Alles wirkte unverändert. Mit dem Rollstuhl, den ich heraufholte, konnte sie sich hier oben frei bewegen und begann sofort, die Wohnung zu erkunden.

Ich wollte gerade in die Küche gehen, als Gruper schon wieder anrief. Wollte er die letzten acht Jahre in drei Tagen überbieten? Oder endlich seine Flatrate ausnutzen? Marie rollte aus dem Bad ins Wohnzimmer. Vor ihr hatte ich keine Geheimnisse. Ich schaltete den Lautsprecher ein, und sie hörte mit, wie Gruper losstammelte: »Ich überlege schon den ganzen Tag daran herum, Sie anzurufen. Ich habe ein schlechtes Gewissen. Neulich habe ich Ihnen nicht alles gesagt.«

»Gott wird Ihnen vergeben. Also, raus damit«, sagte ich. Marie sah abwechselnd zu mir und auf das Smartphone in meiner Hand.

»Die Frau und das Mädchen waren wieder da«, begann Gruper.

»Haben Sie mit ihnen gesprochen?«

»Nein, ich habe sie nicht einmal direkt gesehen.«

Wovon redete Gruper denn da? Betrunken klang er nicht. Aber was sollte das denn heißen? Auch Marie zuckte mit den Schultern.

»Nicht direkt«, wiederholte ich. »Mehr so indirekt?«

»Genau.«

»Wann waren die beiden denn da?«

Gruper zögerte. »Am Sonntagmorgen.«

»Waren Sie da nicht in der Kirche?«

»Doch.« Ich atmete hörbar aus. »Also, ich weiß auch nicht, was ich mir dabei gedacht habe. Es gibt da etwas, wie soll ich sagen, das betrifft Sie eigentlich auch nicht groß und ist rein präventiv«, sagte Gruper. Er räusperte sich. »Am Treppenaufgang zu unseren Wohnungen gibt es eine kleine Maßnahme.«

»Eine kleine Maßnahme.« Ich versuchte ruhig zu bleiben, obwohl ich kurz vor der Explosion stand. Marie hob fragend die Augenbrauen. Eine kleine Maßnahme bedeutete eine Kamera. Gruper überwachte heimlich unser Treppenhaus!

»Nur zur Sicherheit«, fuhr Gruper kleinlaut fort.

»Sind Sie vollkommen wahnsinnig?«, schrie ich ihn an. »Seit wann?«

»Na ja, streng genommen könnte man sagen …«

»Seit wann?«

»Seit meinem Einzug.«

Seit acht Jahren! Ich erinnerte mich, wie ich ihn auf einer Leiter an der Lampe im Flur hatte hantieren sehen. Gruper hatte gesagt, bis sich der Hausmeister darum kümmere, das dauere zu lange. Als einmal ein Paket nicht auffindbar gewesen war, hatte Gruper erstaunlich genau sagen können, wann der Postbote da gewesen war. Jetzt dämmerte mir so einiges.

»Wir haben jedenfalls Bilder«, sagte Gruper in die Stille. Marie sah mich fassungslos an.

»Wie lange können Sie zurückschauen?«, fragte ich. Die Frau musste schon einmal da gewesen sein.

»Drei Wochen ungefähr. Aufgezeichnet wird nur bei Bewegung. Das ist ja bei uns nicht so viel.«

»Schauen Sie gleich, wenn wir aufgelegt haben, wann sie zum ersten Mal da waren.«

»Vor zehn Tagen«, antwortete Gruper freudig. Er hatte das also bereits geprüft.

»Erwarten Sie jetzt ein Lob, Gruper?«

Mein Nachbar grummelte vor sich hin. Vor einer Woche hatte sich die Frau beim Boss gemeldet. Ich war schon seit über zwei Wochen in Tübingen. Falls es überhaupt noch möglich war, musste ich den Schaden eingrenzen.

»Mit wem haben Sie gesprochen?«, fragte ich ruhig.

»Mit niemandem.«

»Gruper!«, schrie ich so laut ins Telefon, dass Marie zusammenfuhr.

»Vielleicht habe ich eine Andeutung gemacht, mehr so nebenbei ...«

»Gruper, jetzt passen Sie mal auf. Mich interessiert nur eines: Hat jemand die Bilder?«

»Nein.«

»Ich bringe Sie persönlich um, wenn ich das Gegenteil herausfinde. Da können Sie mich beim Wort nehmen.«

»Die Bilder habe nur ich«, sagte Gruper.

Ich glaubte ihm. Immerhin dürfte die Perspektive eindeutig auf eine Kamera rückschließen lassen. Und das hätte bei den Kollegen doch Fragen aufgeworfen.

»Sie halten sich jetzt genau an meine Anweisungen.«

»Ja.«

»Sie kaufen in einem Handyladen eine unregistrierte Prepaid-Karte und halten sie bereit. Wenn die Frau das nächste Mal kommt, rufen Sie mich sofort an.«

»Okay.«

»Jetzt schicken Sie mir ein gutes Bild von der Frau und von dem Mädchen. Danach löschen Sie es, genauso wie alles, ich wiederhole, *alles* andere. Und Sie bauen sofort die Kamera ab.«

»Mache ich, aber soll die Maßnahme wirklich sofort ...«

»Gruper!«

Dienstag, 12.08 Uhr

Die Aufnahmequalität von Grupers Kamera war bescheiden, aber ich erkannte sie sofort. Es war Lisa. An der Hand hielt sie ein Mädchen, vielleicht meine Tochter. Lisa hatte sich kaum verändert. Bilder kehrten in meinen Kopf zurück, viele Momente mit ihr wurden wieder lebendig. Und die Gefühle. Bleib ruhig, mahnte ich mich. Lisa war dezent geschminkt und bevorzugte noch immer helle Farben. Ihre blonden Haare waren etwas kürzer geschnitten als früher. Auf dem Kopf des fröhlichen Mädchens in einem Kleid lockten sich braune Haare. Ob sie mir ähnlich sah, wie Gruper behauptete, vermochte ich nicht zu sagen. Marie meinte, sie sei mir wie aus dem Gesicht geschnitten.

Lisa war die entscheidende Informantin in meinem größten Fall gewesen. Es war nie herausgekommen, wer das Beweismaterial geliefert hatte, um einen Mädchenhändlerring zu zerschlagen. Selbst intern war sie nicht bekannt. Ich hatte in diesem Fall absolut niemandem vertrauen können. Zu viele Prominente, Politiker, Richter, Staatsanwälte, Wirtschaftsbosse und andere einflussreiche Größen waren unter den Abnehmern gewesen. Selbst der Boss kannte damals nicht alle Details. Ich hatte alle erdenklichen Maßnahmen ergriffen, diese Frau zu schützen. Ich hatte ihr eingeschärft, mich nie wieder zu kontaktieren.

Es musste etwas passiert sein.

Dienstag, 13.21 Uhr

Erdal bediente allein im Dönerladen. Das Mittagsgeschäft lief ruhig. Während die deutsche Aushilfe Gurken und Tomaten schnitt, saß Akin schräg nach hinten versetzt in der Küche an seinem Laptop, offenbar vertieft in irgendetwas auf dem Bildschirm. Meine schwäbische Spezialität, mit Ei überbackene Maultaschen, war ein wenig salzig geraten und leicht verbrannt. Ich hatte mehr als eine Stunde lang mit Marie die Lage besprochen und mich weniger auf den Herd konzentriert.

Der Situation musste ich mich stellen, so viel war klar.

»Fleißig?«, rief ich.

Akin schreckte auf. Er sah abwechselnd zu mir und zu Marie und war überfordert.

»Darf ich bekannt machen? Meine Schwester Marie.«

Sie fuhr zu Akin, dem das sichtlich unangenehm war. Er sprang auf.

»Das ist Akin Tosun, Informatiker und Schwabe und mein Freund.«

Marie verlangsamte. Akin stellte sich etwas ungeschickt an und schüttelte ihre rechte Hand mit seiner linken: »Äh, hallo, willkommen in Tübingen.«

»Freut mich«, sagte Marie und rollte weiter, auf Akins Plakate zu. Sie lehnten an der Wand, griffbereit für den nächsten Demo-Einsatz.

»Bangster«, las sie laut vor. »Nieder mit den Bankern.«

»Akin ist ein echter Tübinger«, erklärte ich. »Immer am Demonstrieren, und links von ihm fließt nur der Neckar. Er schreibt außerdem gerade seine Doktorarbeit.«

»Schon etwas länger«, gab Akin zu.

»Sie könnten auch Künstler werden«, sagte Marie, fasziniert von dem Plakat mit den umstürzenden Hochhäusern.

»Es geht darum, die Gier-Banken und Zocker zu stoppen«, erklärte Akin mit verschränkten Armen. Er klang ein wenig beleidigt.

»Meine Schwester ist Vermögensverwalterin bei einer renommierten Privatbank, gewissermaßen professionelle Zockerin«, schob ich ein.

»Anlegerin«, korrigierte Marie.

»Sind doch alles skrupellose Zocker«, sagte Akin.

»Was wissen Sie überhaupt davon?«, empörte sich Marie. So pauschal angesprochen zu werden ärgerte sie. Zumal ihr Berufsstand schon einmal höher angesehen gewesen war. Ohne Eigen- oder Fremdfinanzierung funktioniere keine Firma, sagte Marie. Und ohne Firmen gebe es keinen Wohlstand und keine Arbeitsplätze. Und dann könnten die Leute auch keinen Döner essen.

Akin antwortete verärgert, ihm gehe es vor allem um die mangelnde Kontrolle. Die Banken müssten an die Leine genommen werden.

Einen Hund nehme man an die Leine, blaffte Marie zurück. Er möge sie mit seinen linken Sprüchen verschonen.

Die beiden würden eine Weile beschäftigt sein, also ging ich für ein kurzes Gespräch mit dem Boss nach draußen. Der Kollege sei seit heute Morgen an Alexander dran, sagte er. Ich hatte ihm doch noch ein wenig Unterstützung für meine Tübinger Ermittlungen abschwatzen können. Die Zielperson habe ausgeschlafen und sich mittags mit Freunden getroffen. »Bislang alles sauber. Wir warten auf die Gelegenheit.«

Marie und Akin stritten inzwischen heftig in der Küche. Marie keifte: »So ein Unsinn von einem Informatiker.«

Akin schleuderte ihr »Sie arrogante Ziege« entgegen.

»Kinder«, sagte ich. »Was ist denn los?«

Aufgebracht stürmte Akin aus der Küche. Marie rollte gleichzeitig ein Stück vor. Akin verhedderte sich an der Ablage und fiel auf Marie. Sie wehrte ihn mit beiden Händen ab und drohte zur Seite zu kippen. Akin fiel selbst auf den Boden und stützte den Rollstuhl gerade noch ab. Er rappelte sich gleich wieder auf und schüttelte seinen linken Arm aus.

»Sie bluten«, sagte Marie und zeigte mit dem Finger auf Akins Unterarm. Er hatte sich an der Kante leicht aufgeschürft. Auf Maries strenge Anweisung hin musste ich mir von Erdal den Verbandskasten geben lassen. Während sie die Wunde verarztete, erzählte Akin von unserem nächtlichen Einsatz gegen die Drogendealer und davon, wie das Messer in seinen »Fuß« gerammt worden war. Marie sah ihn irritiert an, weil er auf sein Bein zeigte.

Grinsend rief ich Janetzky an. Wir vereinbarten, uns Herrn Maier in Kusterdingen zusammen anzusehen. Wie Marie und Akin in der Zwischenzeit auf Mathematik zu sprechen gekommen waren, blieb schleierhaft. Da denkt man, in der Mathematik wäre die Welt noch in Ordnung, da gäbe es nur richtig und falsch. Aber Pustekuchen. Marie und Akin diskutieren über einen umstrittenen Algorithmus, und bevor sie sich wieder streiten konnten, erinnerte ich Marie an ihren Hunger.

Und siehe da: Die Wundersoße stimmte sie gnädig.

Dienstag, 13.47 Uhr

Akin begann seine Stadtführung direkt vor dem Dönerladen auf der Eberhardsbrücke. Der Himmel war grau und verhangen. Immerhin regnete es nicht. Von der Brücke aus erklärte er mit bandagiertem Arm, die Uni sei in Tübingen überall: In der Wilhelmstraße, auf der Morgenstelle, in den Kliniken und sogar im Schloss Hohentübingen würden Vorlesungen gehalten. Akin referierte über die Vergangenheit der Gôgen, so nannte man wohl die Tübinger Weinbauer. Während ich die Uhr im Blick hielt, sah Marie unseren Stadtführer neugierig an. Seit wann interessierte sie sich für Geschichte?

Mein Handy klingelte – Ad-hoc-Alarm. Es war so weit, ich würde mir Alexander schnappen.

»Sorry, ihr beiden«, unterbrach ich. »Der Dienst ruft.«

Marie sah mich böse an. »Du gehst schon wieder?«

»Tut mir leid, Schwesterherz. Akin zeigt dir seine Heimatstadt auch ohne mich. Er kennt sich aus wie kein Zweiter.«

»Gerne«, sagte Akin mit geschwellter Brust.

»Ist mir sogar lieber«, kommentierte Marie trotzig.

»Ihr werdet schon klarkommen«, sagte ich. Sie waren ja erwachsen. Meistens.

»Wenn nicht, werfe ich ihn in den Fluss«, drohte Marie.

»Dann mache ich noch ein letztes Foto«, erklärte ich und bedeutete den beiden, sich vor dem gegenüberliegenden Hölderlinturm und der malerischen Stadtfassade zu positionieren.

Akin kniete sich neben Marie. Bei den Bankern, meinte er, müsse man auch ein wenig differenzieren, und legte vor dem Postkartenmotiv zaghaft seinen Arm auf ihre Schulter.

Dienstag, 14.05 Uhr

Alexander kaufte in einem Supermarkt ein. Diese unverfängliche Alltagssituation war unsere Chance. Ich trank einen Cappuccino im Café gegenüber und sah auf die Uhr. Er ließ sich Zeit. Für den nahenden Moment hatte ich die gesamte Vorgeschichte inszeniert. Der bisherige Kontakt war weitgehend risikolos gewesen, heute konnte alles passieren.

Locker bleiben, sagte ich mir, es wird klappen. Und wenn nicht, findest du einen anderen Weg, an die Hintermänner zu gelangen und die Organisation zu zerschlagen.

Der Kollege observierte Alexander schon den ganzen Tag und berichtete, er rede gerade mit einer Frau. Ich hörte ihm über einen Knopf im Ohr zu und flüsterte in mein Mikrofon, er solle näher heran.

»Schokolade«, sagte der Observierer. »Das ganze Regal voll. Wünsche?«

»Bin auf Diät.«

»Schon wieder? – Die sprechen über Muskelaufbau«, sagte der Kollege. Im Hintergrund hörte ich Alexanders Stimme. Er trödelte gerne.

»Na großartig«, kommentierte ich. »Bring mir Walnuss mit.«

»Er geht zur Kasse«, vernahm ich endlich, und selbst die Kassiererin beglückte er mit der längeren Variante des üblichen Small Talks.

»Zahlt jetzt«, meldete der Kollege. Aus dem Augenwinkel sah ich Alexander mit einer Einkaufstüte zum Ausgang schlendern. Unbemerkt folgte ich ihm in einigem Abstand, ebenso wie der Kollege. Als Alexander seine Einkaufstüte im Kofferraum verstaut hatte und den Deckel zuwarf, legte ich meine Hand auf seine Schulter.

Er drehte sich erschrocken um. »Dominic, das ist ja ein Zufall!«

»Ist es nicht, ich habe auf dich gewartet«, sagte ich ruhig und bestimmt.

Alexander sah mich mit großen Augen an. Meine Haltung und mein Tonfall waren eindeutig. Er wusste: Das würde kein Plausch über die neuesten Diäten werden. Die gesamte linke Parkplatzhälfte war, weil näher am Eingang, mit Autos zugeparkt.

»Alexander Heimbach, wir müssen reden«, sprach ich ihn mit seinem bürgerlichen Namen an und deutete nach rechts.

»Woher …?«, stammelte er.

»Lass uns ein paar Schritte gehen.«

Alexander spielte wahrscheinlich unzählige Szenarien in seinem Kopf durch. Seine Überraschung war echt. Wie geplant hatte ich ihn kalt erwischt.

»Was ist los?«, fragte Alexander und sah mich verwirrt an. Ich zeigte keine Reaktion. Wir gingen an einem Würstchenstand und einem Grillwagen vorbei. Auf dem offenen Parkplatz blieben wir stehen. Wir waren ungestört. Zwanzig Meter entfernt parkte nur ein Taxi. Es schien alles in Ordnung zu sein, sonst wäre der Kollege darin telefonierend ausgestiegen – das war das verabredete Zeichen. Ruhig holte ich meinen Dienstausweis hervor und sparte mir die Umschweife:

»Ich bin BKA-Ermittler, und wir wollen, dass du für uns arbeitest.«

Alexander sah sich panisch in alle Richtungen um, sein Adamsapfel hüpfte auf und ab. Er wollte etwas erwidern, doch ich hob die Hand. »Das hast du schon richtig verstanden.«

»Aber, das …«, stammelte Alexander.

»Wir beobachten dich schon lange.«

»Verdammt, was ist das hier? Was willst du von mir?«, fragte er aufgebracht und fuchtelte dazu mit den Armen.

»Wir wollen dich kennenlernen«, antwortete ich betont ruhig.

»Was soll das? Ich kann für dich nichts tun!«

»Noch nicht«, sagte ich. »Aber was glaubst du, wie lange es dauert, bis wir euch hochnehmen?«

»Ich weiß nicht, wovon du redest.«

»Lass die Spielchen«, herrschte ich ihn an.

»Das ist doch Bullshit«, sagte Alexander. »Du bist mit Absicht in mein Fitnessstudio gekommen.«

»Richtig.«

»Du bist gar kein Banker.«

»Auch richtig«, antwortete ich und legte eine Kunstpause ein.

Alexander tippelte auf und ab. Es wurde Zeit, etwas zu wagen.

»Für das abgezweigte Drogengeld, das du verzockt hast, finden wir eine Lösung.«

Jegliche Farbe wich aus Alexanders Gesicht. Volltreffer! Er blickte hektisch um sich. Seine Halsschlagader pulsierte. Er drehte den Oberkörper zur Seite, als wollte er sofort wegrennen.

»Wir regeln das«, sagte ich und legte ihm eine Hand auf die Schulter. Ich ging nah an sein Gesicht und wiederholte, jedes Wort betonend: »Wir – regeln – das.«

Alexander starrte ins Leere. Das hatte gesessen. Dass jemand wie er etwas abzweigte und heimlich versuchte, es zu vermehren, passte. Auch, dass genau das schiefging. Ich hoffte, dass sich der »Schwund« in einem überschaubaren Rahmen bewegte. Wir hatten jetzt schon genug in der Hand, um ihn hinter Gitter zu bringen.

»Du lieferst uns Informationen. Wir brauchen Beweise, die Hintermänner, alles. Wir besorgen dir einen Job als Fitnesstrainer in Kopenhagen, notfalls eine neue Identität. Vor allem gehst du straffrei raus. Das ist der Deal«, erklärte ich.

»Ich bin der Falsche.« Alexander atmete tief ein und aus.

»Du bist der Richtige«, sagte ich.

Er hatte verstanden, was ich von ihm wollte. Seine Zerrissenheit war ihm anzusehen. Ich hatte ihn völlig unerwartet einer extremen Drucksituation ausgesetzt. Anscheinend wusste das BKA alles über ihn. Er sollte zum Verräter werden.

Ihn heute weiter zu bearbeiten hätte nichts gebracht. Garantiert schossen Tausende Fragen durch seinen Kopf. Er brauchte Zeit, und die musste ich ihm geben. Das lehrte die Erfahrung.

»Du bist der Richtige«, wiederholte ich. »Du weißt mehr, als du solltest. Und du kannst mehr, als du glaubst.«

Er regte sich nicht.

»Es gibt heute nur eine Bedingung: Rede mit niemandem. Ich melde mich morgen wieder bei dir. Egal, wie du dich entscheidest: Rede mit niemandem«, schärfte ich ihm noch einmal ein. »Mit absolut niemandem.«

Alexander nickte.

Trotz der Duisburger Ermittlungen hatte der Boss eingesehen, dass ihn zwei Kollegen beschatten mussten. Die Operative Abteilung sollte seine beiden Handys von Wiesbaden aus überwachen.

Dienstag, 15.42 Uhr

Janetzky wartete in der Kusterdinger Ortsmitte vor der in typischen Blau-Weiß-Tönen gehaltenen Volksbankfiliale. Der Vorort von Tübingen erinnerte mich an mein Heimatdorf: ruhig und ordentlich, jeder kannte jeden. Und die Welt war noch in Ordnung. Hier also sollte Guntram Kieser einer Frau geholfen haben zu sterben.

»Ich habe den vollen Namen des Lehrers herausgefunden. Lutz Maier, mit ai«, sagte Janetzky. Ich hatte ihr versprochen, mich im Hintergrund zu halten.

»Sehr schnell, Kollegin«, lobte ich. Ich nannte sie tatsächlich so.

Janetzky hielt mir ein Blatt Papier mit der Adresse unter die Nase.

»Eichertweg. Ist es weit dahin?«, fragte ich.

»Es gibt Navis heutzutage, Herr Wenzel.«

»Heutzutage. Wer sagt denn heutzutage noch ›heutzutage‹?«

»Setzen Sie sich einfach zu mir ins Auto«, befahl Janetzky und führte mich zu einem alten VW Passat Kombi. Nach einem offiziellen Wagen der Tübinger Polizei sah er mit den beiden Kindersitzen auf der Rückbank nicht aus.

Kindersitze.

Wir rasten durchs Dorf.

»Brennt es im Eichertweg?«, fragte ich und hielt mich am Seitengriff fest.

Janetzky erklärte, sie habe heute eigentlich frei. »Ich wollte nur verhindern, dass Sie auf dumme Gedanken kommen. Sonst wäre ich zu Hause geblieben.«

Fleißig, dachte ich und, als Janetzky ein wenig vom Gas ging: Sie lässt sich tatsächlich etwas sagen. Dann fiel mir auf, dass wir bereits in den Eichertweg einbogen.

Auf dem Gehweg kam uns ein Mädchen auf einem Tretroller entgegen. Es drehte den Kopf und sah uns nach. Fast hätte es den grauhaarigen Mann überfahren, der in einer grünen Latzhose eine Hecke stutzte. Er tätschelte ihre Wange. Die schöne Fassade: Man kennt sich.

Das hellblaue Einfamilienhaus der Maiers fügte sich gut ein. Wir parkten vor der angeschlossenen Garage und gingen über einen gepflasterten Weg zum Haus. Das Gras links und rechts davon müsste dringend wieder gemäht werden, dachte der Kleinbürger in mir.

Janetzky drückte auf den Klingelknopf. An der Tür fiel mir der Gartenzwerg auf, so groß und einsam, dass er nur spöttisch gemeint sein konnte. Sogar über Janetzkys Gesicht huschte ein Lächeln. Sie klingelte noch einmal. Ich hörte kein Klingelgeräusch. Konnte es so leise sein? Janetzky konzentrierte sich auf das Milchglas, als könnte sie hindurchsehen. Ich klopfte an die Tür, erst vorsichtig, dann stärker. Am Fenster bei den Nachbarn rechts von Maier bewegte sich etwas. Eine Frau sah neugierig herüber und schob den Vorhang sofort wieder zurück. Geradezu lächerlich im Vergleich zu Gruper.

»An welcher Schule arbeitet Maier?«

»An der Bästenhardtschule in Mössingen«, sagte Janetzky. »Früher war es eine Grund- und Hauptschule, jetzt ist es nur noch eine Grundschule.«

»Frau Janetzky«, entfuhr es mir anerkennend. »Lassen Sie uns dorthin fahren.«

»Es ist schon sechzehn Uhr, Mr. Super-BKA-Agent.«

»Also die Nachbarn«, seufzte ich.

Wir begannen mit dem Mann in der Latzhose, der geradezu auf uns wartete.

»Wir kaufen nichts«, schleuderte er uns entgegen und hielt die Heckenschere fest auf Brusthöhe. Janetzky streckte ihm den Polizeiausweis entgegen. Das Werkzeug sank, genauso wie die

Schultern des Mannes. Er habe halt gedacht … es hätte ja sein können.

Mit polizeilicher Autorität kannst du im Schwabenländle noch etwas bewegen.

»Wir wollten mit Lutz Maier sprechen«, sagte Janetzky. »Wann haben Sie ihn zuletzt gesehen?«

»Vielleicht vor einer Woche. Wissen Sie, manchmal sieht man sich öfter, manchmal weniger oft. Ich will da in nichts reinkommen«, antwortete der Heckenschneider. Diese Art von Nachbar sah andere immer öfter als weniger oft.

»Ist er verreist?«, fragte ich nach. Janetzky sah mich streng an. Ich sollte mich zurückhalten.

»Kann ich mir nicht vorstellen. Es sind ja keine Schulferien.«

»Welches Verhältnis hatten Sie zu den Maiers?«, übernahm die Tübinger Hauptkommissarin wieder.

»Wie es unter Nachbarn halt ist«, druckste der Heckenschneider herum. Eine schwarzhaarige Frau kam mit einem Besen in der Hand aus seinem Haus. Sie trug eine schwarz glänzende Jogginghose und ein kariertes Hemd.

»Die Gattin«, murmelte er. »War ja klar.«

»Wie ist es denn unter Nachbarn?«, setzte Janetzky nach.

»Gut. Doch, gut. Also, als *sie* noch gelebt hat, war es eigentlich sehr gut. Er ist schon immer ein Grübler gewesen.«

»Sie war doch genauso komisch«, mischte sich die Gattin bereits aus einigen Metern Entfernung ein, als habe sie jedes Wort mitgehört.

»Ein Grübler?«, fragte ich nach. Mit Gedanken ist es ähnlich wie mit Medikamenten: Wenn die Dosis zu hoch ist, können sie auch schaden.

»Ein Studierter halt«, sagte der Mann. »In keinem Verein und nix.«

»Kinder?«, fragte ich.

»Eine Tochter. Macht irgendetwas mit Mode oder Kunst«, sagte die Frau und lachte verächtlich. Sie stützte sich auf ihrem Besen ab und flüsterte: »Auf der Beerdigung hat sie nicht einmal gegrüßt.«

»Woran ist Frau Maier gestorben?«, fragte Janetzky.

»Krebs. Es ist schnell gegangen. Viel erfahren haben wir nie darüber«, klagte die Gattin. »Unter Nachbarn hätte sich das schon gehört, mal etwas zu sagen.«

»Kennen Sie Guntram Kieser, oder haben Sie von ihm gehört?«, fragte Janetzky.

Das Ehepaar sah sich ratlos an. Der Mann zuckte mit den Schultern, die Frau winkte gleich ab und erklärte, man habe ja so wenig erfahren, und bevor sie sich weiter darüber auslassen konnte, unterbrach Janetzky: »Wer könnte denn Genaueres wissen?«

»Wenn jemand etwas weiß, dann die Schröder, rechts neben den Maiers. Die haben sich immer gut verstanden. Lehrer unter sich halt«, erklärte der Heckenschneider. »Aber ich glaube, nach dem Tod seiner Frau hat er mit gar niemandem mehr viel geredet.«

»Die Schröder versteht sich mit jedem gut«, keifte die Gattin. »Warum wollen Sie das eigentlich alles wissen?«

»Reine Routine«, sagte die Tübinger Hauptkommissarin. »Ich muss telefonieren. Kollege, befragen Sie solange Frau Schröder.«

Ich zuckte mit den Schultern. Ich würde es euch gerne sagen, log mein Blick, aber ich darf nicht. Ihr seht ja, meine Chefin.

Dienstag, 16.19 Uhr

Kaum war der melodische Klingelton verklungen, öffnete eine stark geschminkte Frau Mitte vierzig. Sie trug ein buntes Sommerkleid und lächelte.

»Frau Schröder, nehme ich an?«

Sie nickte langsam und strich sich eine blonde Haarsträhne aus dem Gesicht. Wenn jemand ein näheres Verhältnis zu Herrn Maier aufgebaut hatte, dann Frau Schröder.

»Janetzky, Kriminalpolizei«, sagte ich. Stimmte ungefähr –

alles andere verwirrte doch nur. Ich stellte die Fragen, sie antwortete besser wahrheitsgemäß, das war die Botschaft.

Frau Schröder bat mich hinein.

»Die Nachbarn, Sie wissen doch«, erklärte sie und berührte mich leicht am Arm.

»Dauert nicht lange«, versicherte ich und blieb im Flur stehen, wo sich Schuhe, Einkaufstüten, Getränkekiste und zwei mit Wäsche gefüllte Körbe stapelten. Frau Schröder schien das Chaos nicht zu kümmern.

»Wann haben Sie Herrn Maier zuletzt gesehen oder gesprochen?«, fragte ich, an die übervolle Garderobe gelehnt.

»Hach, der Lutz«, begann sie. »Den habe ich bestimmt schon seit einer Woche nicht mehr gesehen.«

»Seine Frau ist vor Kurzem verstorben.«

Frau Schröder räusperte sich und atmete schwer. »Ja, die Gudrun! Hat immer von Gott gesprochen und sich nicht helfen lassen.«

»Sie muss sehr gelitten haben.«

»Sie konnte einfach nicht mehr«, seufzte Frau Schröder. »Möchten Sie auch einen Kaffee?«

»Danke«, gab ich zurück. Frau Schröder fragte noch zweimal nach, bevor sie einsah, dass ich es eilig hatte. Sie holte sich selbst eine große Tasse, und als sie daran nippte, wollte ich wissen: »Ihre Nachbarin wollte nicht mehr leben?«

»Ja, das hat sie oft gesagt. Wenn es nur vorbei wäre. Wenn Gott sie erlösen würde von ihrem Leiden.«

»Hat er?«

»Sie ist friedlich eingeschlafen, bei sich zu Hause. Das hat sie sich immer so gewünscht.«

»Könnte sie sich selbst umgebracht haben?«

»Ich bitte Sie! Sie ist sehr religiös«, antwortete Frau Schröder empört. *»War.«*

»Ich frage nur«, erklärte ich und half ihr: »Weil es recht schnell ging, so etwas soll ja vorkommen.«

»Ein paarmal muss sie etwas in der Art angedeutet haben. Ich habe das nur von Lutz gehört.«

»Wenn ein Mensch nur noch Schmerzen hat und leidet ...«

»Lutz hat sich furchtbar darüber aufgeregt. Das ist Gottes Entscheidung, wann er jemanden zu sich holt, hat er gesagt, nicht die eines Menschen.«

»Gab es deshalb auch mit der Tochter Streit?«

»Jana ist schon länger in Berlin. Macht da irgendetwas mit Musik und Büchern.«

»Die anderen Nachbarn sagen, etwas mit Mode und Kunst.«

»Sie hat uns nicht genau informiert«, sagte Frau Schröder lächelnd und nippte wieder an ihrer Tasse. »Heiß! – Sie meldet sich wohl selten, sagt Lutz.«

»Ihr Nachbar wurde uns als Grübler beschrieben«, warf ich in den Raum. Einen Kaffee hätte ich doch gut brauchen können.

»Ja, könnte man so sagen. Das mit Jana hat ihn noch schwermütiger gemacht. Sie hat sich regelrecht abgewandt von ihren Eltern. Zuletzt war sie im Sommer da. Gudrun hat wochenlang vorher davon gesprochen, alles vorbereitet. Sie hat sich um alles gekümmert. Essen eingekauft, groß gekocht und sogar Janas Zimmer auf Vordermann gebracht.«

»Happy Family.«

»Lasst mich in Ruhe, ich will das nicht, ich bin erwachsen, ich habe die Bevormundung satt. So hat Jana geschrien. Sie hat den Koffer nicht mal ausgepackt und ist sofort wieder abgereist.«

»Liebe kann erdrückend sein«, sagte ich. Mit Binsenweisheiten machst du unter Nachbarn alles richtig. Dass es hinter der bürgerlichen Fassade meistens weniger hübsch ist als davor, weiß man ja. Ich schnaufte durch. »Kennen Sie den Chef der Saphir-Apotheke im Ort?«

Frau Schröder zog die Augenbrauen nach oben. »Nein, warum fragen Sie?«

»Weil er tot ist.«

»Gudrun hat öfter von einem Apotheker gesprochen, zu dem sie einen guten Kontakt hatte. Ich glaube, er war sogar ein- oder zweimal da.«

»Sie haben ihn gesehen?«

»Zufällig, als ich in der Küche ...«

»Schon gut«, sagte ich und holte mein Smartphone heraus. Ich zeigte ihr ein Bild von Guntram Kieser. Sie habe ihn nur kurz gesehen. Der Mann komme ihr allerdings bekannt vor. Es könne schon sein. Nur, ehrlich gesagt, ganz sicher sei sie sich nicht.

Stirnrunzelnd schob ich das Telefon wieder in die Tasche. Bereits an der Türschwelle stehend kam mir eine Idee. Ich zeigte Frau Schröder ein weiteres Bild und sagte, der Mann sei auffallend klein und schmächtig.

»Das ist er!«, rief sie. Den habe sie vor Kurzem bei Maiers gesehen.

Erkannt hatte sie Rainer Heuer, heimlich im »Sparfuchs« fotografiert.

Dienstag, 17.07 Uhr

Janetzky entriegelte den Wagen und warf mir über das Dach eine Kusshand zu. Was sollte das bedeuten? Ich ließ mich auf den Beifahrersitz fallen.

»Ich habe den Schulleiter der Bästenhardtschule zu Hause erreicht«, erklärte Janetzky. »Er sagt, Maier ist schon seit zwei Wochen nicht mehr dort gewesen. Krankgeschrieben.«

»Es muss etwas passiert sein«, überlegte ich laut. »Heuer war bei der Familie.«

»Vielleicht ist er einfach allein verreist.«

Wir sahen uns in ihrem alten VW Passat an und überlegten. Aus dem Augenwinkel blickte ich zurück und wandte mich schnell wieder von den Kindersitzen ab.

»Was ist eigentlich mit dem Hechinger Apotheker?«, fragte Janetzky.

»Gute Idee«, kommentierte ich. »Allerdings hat er mich schon zweimal als Kieser-Fahrer in Luxushotels gesehen.«

»Dann mache ich das allein«, entschied Janetzky. »Ist mir sogar lieber.«

Mir war, als hätte ich das heute schon einmal gehört.

Dienstag, 17.33 Uhr

»Wie stehen Sie zur Familie Kieser?«

»Schlecht«, antwortete Bunk ruhig.

»Geht das etwas genauer?«, fragte Janetzky scharf nach.

Sie saß Bunk in dessen Hechinger Büro gegenüber. Sie sprach langsam und deutlich. Über ihr eingeschaltetes Handy hörte ich mit. Auf dem Weg nach Hechingen hatte ich Marie angerufen. Sie aß mit Akin im Café Ludwigs unweit des Dönerladens einen Apfelstrudel mit Vanillesoße. Er sei »echt okay«. Als ich ihr verriet, dass mir schon das Wasser im Mund zusammenlief, erklärte sie: »Ich meinte Akin.«

»Wir sind seit Jahrzehnten Konkurrenten«, sagte Bunk. »Die Tübinger meinen, mit ihrem modernen Zeug alles besser zu machen. Kundenkarte, bio, online, Blitzlieferung … was weiß ich! Aber bitte, sollen sie machen, hier in Hechingen werden sie nie einen Fuß auf den Boden bekommen.«

»Und wenn sie es versuchen würden?«

»Das würden sie nicht«, gab Bunk zurück. »Keiner, der noch halbwegs bei Verstand ist, würde das tun. Schauen Sie!«

»Eine schöne Karte, die da an Ihrer Wand hängt«, sagte Janetzky. Sie moderierte ein wenig mit. Es klang, als stünde sie auf. »Was ist das überhaupt? Hechingen und Umgebung. Verschiedene Stecker, so ungefähr dreißig in Grün, ein paar mehr rote, und oben ist eine Trennlinie.«

»Das ist unser Gebiet«, sagte Bunk laut. »Sie dürfen sich wieder setzen.«

»Kennen Sie Guntram Kieser?«

Janetzky blieb, wie es sich anhörte und wie ich sie kannte, stehen.

»Was soll diese Fragerei?«

»Nie mit ihm gesprochen?«, hakte Janetzky nach. Sie ließ sich nicht beirren.

»Nicht dass ich wüsste«, schnauzte Bunk zurück. Er klang unsicherer als zuvor.

»Man weiß doch, wen man kennt und wen nicht.«

»Ich treffe so viele Leute jeden Tag.«

»Guntram Kieser wurde ermordet.«

»Daher kenne ich den Namen! War ja in der Zeitung. Obwohl ich schon lange nicht mehr glaube, was da steht.«

»Einen Mord werden sie sich ja nicht ausdenken, die Schmierfinken«, sagte Janetzky. »Die sind mit ihrer anderen Propaganda beschäftigt.«

Bunk bemerkte wahrscheinlich nicht einmal, wie sie ihn auf die Schippe nahm. Beide schwiegen. Ich stellte mir vor, wie sie sich mit Blicken maßen, bevor die Hauptkommissarin sagte: »Wir dachten, Sie könnten uns weiterhelfen. Immerhin beschäftigen Sie einige ehemalige Mitarbeiter der Kiesers. Da hört man doch manches.«

»Bedaure.«

»Wo waren Sie am Freitagabend zwischen zwanzig und zweiundzwanzig Uhr?«

»Ich bitte Sie! Jetzt machen Sie sich langsam lächerlich. Was wollen Sie von mir?«, brauste der Hechinger Apotheker auf.

»Beantworten Sie einfach meine Frage.«

»Sakrament!«, schimpfte Bunk und rückte, dem lauten Scharren nach zu urteilen, seinen Stuhl zurück. »Ich bin ständig irgendwo. Muss ich nachschauen.«

Konnte es so schwer sein, sich ein paar Tage zurückzuerinnern?

»Bunk geht aus dem Zimmer, bieder von vorne bis hinten. Trägt so ein lächerliches Trachtending und einen Jägerhut. An der Wand hängen Hirschgeweihe und Kuckucksuhren«, flüsterte Janetzky. »Kommt mit einem silbernen Aktenkoffer zurück.«

»Führen Sie Selbstgespräche?«

»Sie sind Jäger?«

»In der Natur kann ich abschalten.«

»Das passt gut zu Ihnen.«

»Was soll das heißen?«

»Nichts, also, wo waren Sie zur fraglichen Zeit?«, hakte Janetzky nach.

»Einen Moment, wenn sich Frau Hauptkommissarin noch einen Moment geduldet«, antwortete Bunk genervt. Klack, klack – er öffnete den Koffer. Papiere raschelten.

»Hier!«, rief Bunk. »Freitagabend war ich bei einer Vorstandssitzung vom Musikverein. Von zwanzig bis dreiundzwanzig Uhr. Danach haben wir noch einen getrunken.«

»Das mussten Sie erst nachsehen?«

»Frau Hauptkommissarin, leider bin ich kein Beamter. So gut wie jeden Abend bin ich bei einer anderen Sitzung.«

Bunks Stimme klang fest. Er war wieder auf sicherem Terrain angelangt. Für die Sitzung würde es Zeugen geben.

»Wir werden das nachprüfen«, sagte Janetzky ruhig. Ich schmunzelte und stellte mir vor, wie sie einen skeptischen Gesichtsausdruck aufsetzte.

»Was unterstellen Sie mir eigentlich die ganze Zeit?«, fragte Bunk ungehalten.

»Gar nichts. Wir gehen Spuren nach.«

»Sie sollten ein wenig vorsichtig sein.«

»Ach ja?«, fragte Janetzky. »Wollen Sie mir drohen?«

»Ich bin nicht irgendein Apotheker«, sagte Bunk mit gekränktem Unterton. »Ich bin in Hechingen *der* Apotheker. Meine Familie ist seit Generationen hier. Außerdem muss ich mich richten, gleich beginnt der Gottesdienst.«

»*Richten* Sie sich mal«, äffte Janetzky ihn nach.

»So heißt das bei *uns*«, sagte Bunk. »Ich bin Vorsitzender des Kirchengemeinderats. So etwas kennen Sie natürlich nicht als …«

»Als …?«

»Na, drüben …«, lachte Bunk. Er sagte es nicht, er dachte es.

»Was glauben Sie eigentlich, wer Sie sind?«, zischte Janetzky.

Dieser Bunk! Rau wie die Alp und nicht zu unterschätzen. Wieder ein Scharren. Diesmal schob vermutlich Janetzky ihren Stuhl zurück. Im nächsten Moment wurde die Verbindung unterbrochen.

Dienstag, 18.05 Uhr

Janetzky setzte sich endlich wieder in den Passat und raufte sich die kurzen roten Haare. Ob ich alles mitgehört hätte, fragte sie. Sie ließ den Motor an und rangierte aus der Parklücke. Sie glaube ihm kein Wort.

Wenn ihre ostdeutsche Herkunft zur Sprache kam – sie war nun einmal nicht zu überhören –, reagierte Janetzky dünnhäutig.

»Vielleicht ist er kurz weggegangen«, überlegte sie laut und beschleunigte kräftig.

»Er verlässt seine Freunde, bringt Guntram Kieser brutal um und redet weiter über Blasmusik und die nächste Vereinsfeier?«, fragte ich kopfschüttelnd.

»Er verheimlicht etwas, das spüre ich. Er kannte Guntram Kieser, da gehe ich jede Wette ein. Außerdem ist es unsere Pflicht, sein Alibi zu checken.«

»Selbstredend.«

Aus Janetzkys Handtasche auf dem Boden trällerten Modern Talking: »You're my heart, you're my soul.«

Mich schüttelte es.

»Schicker Klingelton«, sagte ich, hob die Tasche auf und deutete auf den Verschluss. »Soll ich?«

»Unterstehen Sie sich.«

Janetzky entriss mir die Tasche. Einhändig lenkend, öffnete sie mit der freien Hand ihr Heiligtum und wühlte blind darin herum. Der Wagen driftete leicht nach links.

»Vorsicht«, rief ich und zeigte nach vorne.

Janetzky zog das Lenkrad nach rechts und grinste. »Alles im Griff.«

In einem Kreisverkehr nahm sie den Anruf entgegen und klemmte das Handy zwischen Ohr und Schulter. Wenige Worte genügten, um sich mit ihrem Gesprächspartner zu verständigen. Sie drehte eine weitere Runde im Kreisverkehr. Dann legte sie auf, warf das Telefon in die Tasche und selbige auf meinen Schoß.

»Zumachen dürfen Sie«, sagte Janetzky, nahm die Ausfahrt in Richtung Tübingen und gab Vollgas. »Es brennt.«

Dienstag, 18.25 Uhr

Während wir uns durch den Tübinger Stadtverkehr zu Heuers Wohnung kämpften und Janetzky fast drei Fahrradfahrer auf einmal umgenietet hätte, beichtete sie mir, dass sie Mitglied der freiwilligen Feuerwehr war. Anfangs habe sie sich oft allein gefühlt als Neue in Tübingen. Im Rahmen eines Landesaustauschs hätte die Dresdnerin für ein Jahr bleiben sollen. Da habe sie einer der Streifenkollegen mitgenommen zu einer Feuerwehrübung. Und sie habe sich wohlgefühlt in dem rauen, ehrlichen Haufen. Dort habe sie auch ihr privates Glück gefunden und sei deshalb in Tübingen geblieben.

»Haben Sie das Hörgerät auch der Feuerwehr zu verdanken?«, fragte ich.

Janetzky nickte und tippte sich ans linke Ohr. »Eine Explosion in einer Lackfabrik hat mein Trommelfell beschädigt. Auf der anderen Seite geht es ohne Krücke.«

Vor Heuers Sozialbau zählte ich fünf Feuerwehrautos und drei Rettungswagen. Die Löscharbeiten waren bereits abgeschlossen. An einem Flipchart koordinierte ein Feuerwehrmann den Einsatz und brachte es gleich auf den Punkt: »Von allein geht der Müllhaufen da oben nicht an.«

»Brandstiftung«, sagte Janetzky und fügte an mich gewandt hinzu: »Das ist der Tübinger Kommandant.«

Er hob grüßend die Hand: »Wir konnten das Feuer schnell eindämmen. Es ist nur die eine Wohnung betroffen.«

»Wer hat angerufen?«

»Eine Nachbarin. Der Bewohner war wohl nebenan in einer Kneipe«, sagte der Kommandant. »Er redet von einem Apotheker-Clan und wem er alles den Stuhl absägen wird.«

Heuer war also unbeschadet davongekommen. Der »Sparfuchs« hatte ihn schon zum zweiten Mal gerettet.

Wir nahmen das verrauchte Treppenhaus zu Heuers Wohnung. Er lebte im Grunde in nur einem Raum von höchstens zwanzig Quadratmetern. Vor allem im kleinen Flur hatte das Feuer gewütet. Die Umzugskisten waren ausgebrannt, die Wände ringsum verkohlt. Im Hauptzimmer hatten der Teppich und das Schlafsofa Feuer gefangen. Der kleine Schreibtisch am Fenster und die Küchenzeile gegenüber dem Sofa waren unbeschadet geblieben. »Die kriminaltechnische Untersuchung wird Ewigkeiten dauern«, überlegte Janetzky laut.

Eine Feuerwehrfrau kam auf uns zu. Sie trug ihren Helm bereits in der Hand, die blonden Haare waren noch platt gedrückt. Sie sagte zu Janetzky: »Vor zwei Jahren musste er aus seiner großen Wohnung wegen Mietschulden. Seitdem lagert er alles in den Kisten.«

»Sagt wer?«, fragte Janetzky.

»Die Nachbarin.« So fragend, wie ich die Feuerwehrfrau ansah, blickte sie in meine Richtung.

Janetzky beantwortete ihren Blick: »Ein Kollege aus Wiesbaden.«

»Die Nachbarin meint, Heuer wär eigentlich ganz nett«, fuhr die Feuerwehrfrau fort. »Er hat ihr schon oft geholfen, Einkäufe hinaufzutragen, sagt sie, und würde sich so gut mit Medikamenten auskennen.«

»Die Befragung darfst du gerne uns überlassen«, sagte Janetzky.

»Nur wenn es um seine Arbeit geht, die sie nicht so genau versteht, wär er extrem verbissen, meinte die Nachbarin noch. Da ist er ja nicht der Einzige.«

Sie lächelte und küsste Janetzky auf den Mund. Ich versuchte, keine Reaktion zu zeigen.

»Meine Frau«, erklärte die Hauptkommissarin verschämt. Auf dem Weg die Treppen hinunter erklärte sie, diese sei seit zwei Jahren bei der Berufsfeuerwehr und habe gerade Spätschicht. »Wenn ich am Wochenende selbst im Dienst bin, sehen wir uns fast gar nicht.«

Vor dem Haus hatten sich die meisten Schaulustigen verzogen.

»Ist das Heuer?«, fragte Janetzky und zeigte in Richtung eines Rettungswagens und mehrerer Sanitäter. Auf einer Art Regiestuhl saß Heuer davor, in sich zusammengesackt.

»Er sah schon besser aus«, stellte ich fest.

Wir gingen zu ihm. In eine glänzende Decke gewickelt starrte Heuer gegen die rot-weiße Wand des Krankenwagens. Er bibberte und rauchte eine selbst gedrehte Zigarette. Man hätte meinen können, er wäre aus der brennenden Wohnung geholt worden und nicht aus dem »Sparfuchs«. Der Mann brauchte die Hausmarke, kein Wasser, das ihm einer der Sanitäter geben wollte.

»Wer war das?«, fragte ich Heuer ohne Umschweife.

Der Wirtschaftsermittler zuckte mit den Schultern. Er stand unter Schock.

»Sind wir den falschen Leuten auf den Schlips getreten?«, meinte Janetzky mit süffisantem Unterton.

»Ich trete immer den richtigen Leuten auf den Schlips«, gab Heuer verärgert zurück und fragte an mich gewandt: »Was machen Sie eigentlich hier?«

»Die Polizei hat mich befragt«, sagte ich, ohne Heuers Frage weiter zu beachten. »Sie sind in Gefahr.«

»Ich lasse mich nicht einschüchtern und will wie jeder andere nur, was mir zusteht.«

»Was ist das?«, fragte ich. Heuer klang, als wüsste er, wer seine Bude angezündet hatte.

»Es gab schon früher Morddrohungen und Versuche, mich zu vernichten.«

»Was steht Ihnen zu? Wer schuldet Ihnen etwas?«, mischte sich Janetzky ein. »Gab es Drohungen?«

»Das regle ich selbst.«

»Das lassen Sie schön bleiben!«, fuhr ihn die Hauptkommissarin an. Ein Sanitäter trat aus dem Krankenwagen heraus. »Herr Heuer, wer war das? Wir können Ihnen helfen.«

»Ein Wirtschaftsermittler ist immer in Gefahr.«

»Wer?«, fragte Janetzky noch lauter. Ihre Geduld hing am seidenen Faden. »Verdammt, es geht nicht nur um Sie!«

Heuer sagte etwas vom Gesundheitsminister, einem Gerichtsprozess und einer großen Kampagne. Er werde in nächster Zeit verschiedenen Leuten den Stuhl absägen.

»Wir checken ihn durch, und danach bringen wir ihn vorläufig in ein Hotel«, beendete der Sanitäter die Befragung. »Er muss jetzt ins Krankenhaus.«

»Gar nichts muss ich«, protestierte Heuer und sprang auf. Die beabsichtigte bedrohliche Wirkung schlug eher ins Gegenteil um.

»Brauchen wir die Weste?«

Dienstag, 20.49 Uhr

Akin hatte das Schloss Weitenburg empfohlen. Ich wollte mit Marie gut essen und etwas Besonderes unternehmen. Die mittelalterliche Burg war gute zwanzig Kilometer von Tübingen entfernt und lag zwischen den Dörfern Sulzau und Börstingen, hoch über dem Neckartal. Wir erreichten sie über eine schmale Straße, die den Hang durch Wald hinaufführte. Davor befanden sich eine große Koppel und Pferdeställe.

Wir parkten direkt vor dem Eingang. Marie konnte ebenerdig mit dem Rollstuhl problemlos hineinfahren und bewunderte die mächtigen Ölgemälde und Jagdtrophäen im Eingang. Vom Restaurant aus – für die Terrasse war es eindeutig zu kühl – hatten Marie und ich einen phantastischen Blick über den Neckar, grüne Wiesen und die angrenzenden Wälder. Wir wählten ein Vier-Gänge-Menü.

Marie erzählte von ihrer erfolglosen Partnersuche im Internet. Ob es denn für sie unmöglich sei, wieder einen Mann zu finden, fragte sie. Nach einer langen Beziehung mit einem Rechtsanwalt, der ebenfalls im Rollstuhl saß, suchte sie nun schon seit zwei Jahren. Ich versuchte ihr Mut zu machen. Sie solle entspannt bleiben, die Dinge auf sich zukommen und das Unerwartete geschehen lassen. Was man eben so alles vorschlägt, wenn man gut reden hat.

Nach dem Salat und einer Paprikaschaumsuppe mit Chorizo erhielt ich eine automatische Benachrichtigung meines Smartphones. Heuer hatte einen neuen Artikel auf seiner Website »ruinierte-apotheker.de« veröffentlicht:

»Wir lassen uns nicht einschüchtern. Wir wissen, wer das getan hat. Zu unserer eigenen Absicherung wird hier alles festgehalten.«

Was konnte er wissen? Und was verstand der selbst ernannte Wirtschaftsermittler unter »festhalten«? Notizen wohl kaum. Unweigerlich musste ich an Gruper denken.

Die geschmorten Kalbsbäckchen mit Gemüse und Rosmarinkartoffeln kamen. Marie fragte, ob ich wegmüsse. Nein, antwortete ich, es sei nicht so dringend, denn ich hatte beschlossen, mich am nächsten Tag um Heuer zu kümmern. Meine Schwester war wichtiger, und die Crème brûlée als Nachtisch hätte ich nicht verpassen wollen.

Mittwoch, 8.48 Uhr

Die Brandschutzversicherung hatte Heuer ein Null-Sterne-Garni-Hotel am Tübinger Stadtrand spendiert. Am Empfang des grauen Betonklotzes, in dem er nun also nächtigte und der sich nicht allzu sehr von seiner bisherigen Wohnung unterschied, gab man dem »guten Freund«, der »dem Rainer«

in seiner misslichen Lage eine kleine Überraschung bereiten wollte, bereitwillig Auskunft. Außerdem fuhren vermutlich selten Besucher dieses Hotels im Jaguar vor. Marie war früh wach gewesen und hatte mir noch einen Kaffee gekocht. Sie wolle in der Innenstadt ein wenig einkaufen gehen, hatte sie angekündigt.

Im ersten Stock klopfte ich an Zimmer 107. »Zimmerservice.« Heuer rieb sich die Augen, als er geöffnet hatte und nun zu mir aufsah. Er trug einen rosafarbenen Schlafanzug, wahrscheinlich in Größe XS, und stank nach Schnaps. Ich bugsierte ihn in das Zimmer und warf die Tür hinter uns zu. Die Wände waren fleckig, es roch nach chlorhaltigem Reinigungsmittel. Ein schmales Sperrholzbett diente als Schlafstatt. Er hatte sein neues Zuhause bereits wohnlich eingerichtet: Überall lagen Unterlagen und Notizen verstreut.

»Hey, was soll das?«, lallte der Wirtschaftsermittler mit Stecknadelaugen.

»Was heißt ›festhalten‹?«

Heuer antwortete erst auf die Frage, als ich ihn gegen die Wand drückte und etwas nachdrücklicher auf seinen Blogeintrag zu sprechen kam: »Ich werde abgehört.«

»Sie zeichnen Gespräche auf.«

»Ich bin in Gefahr. Ich muss mich schützen. Das ist doch logisch.«

»Das ist illegal«, erklärte ich ihm.

»Ich bin gefährdet. Es gibt da draußen jede Menge Leute, die mich zum Schweigen bringen wollen. Ich bin denen da oben ein Dorn im Auge und muss mich absichern.«

»Sie zeichnen generell jedes Gespräch auf?«, fragte ich wütend. »Auch unser letztes in der Kneipe und dieses jetzt?«

Heuer zuckte mit den Schultern. Ich packte ihn am Hals und drückte zu.

»Ich rufe die Polizei«, japste Heuer. »Hilfe!«

»Ich bin die Polizei«, antwortete ich und tastete ihn ab. »Die Kieser-Polizei. Was hatten Sie bei Maiers in Kusterdingen zu suchen?«

»Ich habe Beweise! Ihr kommt nicht durch mit eurer Sterbehilfe!«

Aus seiner linken Hosentasche zog ich einen USB-Stick, aus der rechten ein Diktiergerät.

»Dürfen Sie das?«, fragte ich und schubste ihn zurück. Ich hielt ihm das Diktiergerät unter die Nase.

»Ja, ich bin …«

»Irre sind Sie«, schrie ich ihn an.

»Die Daten sind bei mir sicher. Geben Sie mir meine Ausrüstung wieder!« Er streckte mir die offene Hand entgegen.

»Sehr gutes Versteck, Rainer Heuer«, lobte ich und deutete auf seine Hosentasche. »Da kommt niemand drauf.«

Ich hielt den Stick in der einen, das Diktiergerät in der anderen Hand. Heuer schnappte nach dem Stick wie ein Hund nach der Wurst. Sein Aufzeichnungsgerät interessierte ihn weniger.

»So weit sind die Kiesers noch nie gegangen. Mir meine Daten stehlen! Ich habe weitere Sicherungen«, rief Heuer trotzig. Das glaubte ich ihm sogar.

»Wunderbar, die Sachen sind hiermit beschlagnahmt«, erklärte ich.

Auf dem Nachttisch stand ein Laptop. Ich klappte ihn zu und nahm ihn ebenfalls mit. Als Heuer wie ein wütendes Kind auf mich losging, schleuderte ich ihn beidhändig auf sein Bett. Am liebsten hätte ich ihm eine schallende Ohrfeige verpasst.

Er stammelte: »Halt … ja, aber … das geht doch nicht.« Der Giftzwerg warf mir noch einige Beleidigungen hinterher. Ich hörte hinter der schwungvoll geschlossenen Tür etwas wie »alle unter einer Decke« und »Fahrer-Schwein« und »Konsequenzen«. Zügigen Schrittes verließ ich das Hotel.

Wahrscheinlich würde er mich bald auf seiner Website zur Fahndung ausschreiben. Um das aus der Welt zu schaffen, blieb später noch genug Zeit. Ich fuhr mit dem Jaguar auf den nächstgelegenen Parkplatz. Das Diktiergerät war ausgeschaltet. Ich fand keine Dateien darauf und warf es in den öffentlichen Mülleimer. Im Wagen steckte ich den USB-Stick in Heuers Laptop. Er hatte Tausende Dateien in unterschiedlichen Ordnern abgespeichert. Manch ein Name kam mir bekannt vor. Konrad Kieser hatte gleich mehrere Verzeichnisse. Es gab je einen Ordner für Elsbeth, für den Gesundheitsminister und für Pharmazierat Dr. Schmidt und unzählige mit wirren Bezeichnungen. Mit etwas mehr Ordnungsliebe hätte Heuer es bei der Stasi weit bringen können. Die schiere Masse erschlug mich. Und eine Logik erkannte ich beim besten Willen nicht.

Das hieß: Ich brauchte Hilfe.

Mittwoch, 10.25 Uhr

Erdal bereitete den Dönerladen für den mittäglichen Ansturm vor. Der deutsche Aushilfsmitarbeiter kam mit mir zusammen an, fünf Minuten vor Schichtbeginn. Marie und Akin saßen in der Ecke und tranken Cappuccino. Sie musste ein Taxi genommen haben. Nachdem ich den beiden erklärt hatte, worum es ging, holte Akin zwei weitere Laptops und Kopfhörer. Zu dritt kümmerten wir uns um Heuers Tondateien und suchten nach etwas Verdächtigem. Es waren fast ausschließlich heimlich mitgeschnittene Telefonate. Wir teilten die Dateien und nahmen uns zuerst die neueren vor. Zu neunzig Prozent redete Heuer. Er erklärte seine wertvolle Arbeit, lobte sich selbst und betonte, über welchen Einfluss er verfüge.

Unter meinen Mitschnitten befanden sich Telefonate mit Kaspar Bunk. Der Hechinger Apotheker hatte einen eigenen Ordner. Er sprach so ausgeprägtes Schwäbisch, dass ich kurz davor war, ihn an Akin weiterzugeben. Im letzten Gespräch der beiden berichtete Bunk vom brennenden Kieser'schen BMW auf dem Hotelparkplatz in Konstanz. Er werde ein Bild mailen. Von ihm hatte Heuer es also! Bunk hielt sich kurz und lieferte immer wieder Informationen über Kieser, die Heuer bereitwillig veröffentlichte.

Viele der anderen Anrufer kamen kaum zu Wort, ganz gleich,

mit welchem Anliegen sie sich meldeten. In nahezu jedem Gespräch erklärte Heuer, wie er den letzten Gesundheitsminister gestürzt habe, weil der trotz mehrfacher Warnungen einfach weitergemacht habe mit seiner verfehlten Politik. Heuer blieb vage, schließlich operierte er streng vertraulich. Was er mir in der Kneipe gesagt hatte, wiederholte er am Telefon. Beim ungefähr zehnten Gespräch nahm ich die Kopfhörer entnervt von den Ohren. Akin warf seine ebenfalls auf den Tisch und stöhnte: »Es ist wie eine Endlosschleife. Müssen wir uns diesen Unsinn wirklich weiter anhören?«

»Dito«, sagte Marie. »Toller Urlaub hier in Tübingen.«

Akin brummte, Heuer sei ein »Grasdackel«. Marie stimmte zu: »Dieser Seggel.« Sie hatte schon ein wenig Schwäbisch gelernt.

Was blieb uns übrig? Wir setzten die Kopfhörer wieder auf. Nach und nach kamen die ersten Kunden in den Laden. Es verging fast eine Stunde, in der wir Heuers Selbstbeweihräucherung ertrugen, bis Akin den Zeigefinger hob und sich seine Pupillen weiteten. Er nahm die Stöpsel aus dem Laptop. Aus den Lautsprechern dröhnte: »Sie werden sterben.«

Erdal und die deutsche Aushilfe fuhren zusammen. Akin stellte die Lautsprecher leiser. »Sie werden sterben«, wiederholte der Anrufer mit dunkler Stimme. Er sprach vom Tod seiner geliebten Frau und darüber, wie die Kiesers nachgeholfen hatten. Lutz Maier! Heuer war bei diesem Telefonat noch aufgekratzter als gewöhnlich. Man müsse weitermachen, an den Kiesers dranbleiben.

»Ich möchte nicht mehr. Ich habe abgeschlossen. Wie oft denn noch? Können Sie das nicht endlich akzeptieren?«, fragte Maier.

»Nein«, schrie Heuer. »Wir hören jetzt nicht auf. Die Medien werden auf dieses Thema anspringen wie noch nie. Ich bin mit TV-Redakteuren in Kontakt.«

»Hören Sie, ich muss damit auf meine Art fertigwerden.«

»Was soll das heißen?«, fuhr ihn Heuer an.

»Was es heißt.«

»Und was ist mit meinen Kosten? Wer denkt an die?«

»Welche Kosten denn?«

»Wieder eines dieser Opfer, das selbst in einem schönen Einfamilienhäuschen mit Garten wohnt und sich teure Möbel leistet, während ich hier die Arbeit mache. Sie nutzen meine Recherchen und lassen sich dann von den Kiesers kaufen!«

»So ein Unsinn«, sagte Maier. »Echauffieren Sie sich nicht so.«

»Wie viel haben Sie gekriegt? Wie viel?«

»Nichts.«

»Ich will mein Honorar! Sie haben genug Geld!«

»Guntram Kieser hat mir meine Frau genommen. Jetzt ist er tot. Was soll das noch? Sie, Herr Heuer, lassen mich besser für immer in Ruhe.«

»Das kommt nicht in Frage. Wir machen weiter, und Sie werden für meine Kosten aufkommen …« *Tut, tut, tut.* Maier hatte aufgelegt.

Mittwoch, 12.23 Uhr

Die Kusterdinger Apothekerin legte ihrer Kundin die Manschette zum Blutdruckmessen an. Am Oberarm, verkündete die Kundin, sei es einfach genauer als mit ihrem Gerät zu Hause am Handgelenk.

»Herr Kieser braucht dringend noch die Stundenliste vom letzten Monat«, sagte ich. Den Jaguar gut sichtbar direkt vor der Apotheke zu parken genügte, um mich an der Apothekerin, der Kundenschlange und den drei Mitarbeiterinnen hinter dem Tresen vorbei unbehelligt ins Büro zu bewegen. Ich hatte Akin und Marie gebeten, sich weiter durch Heuers Welt zu hören. Wenn Maiers hier tatsächlich Kunden gewesen waren, musste es Daten geben.

Am hinteren Ausgang packte ein Fahrer mehrere Tüten in Kisten. Wenn Kunden nicht in die Apotheke kommen konnten oder wollten oder die Kiesers ein Medikament nicht vorrätig hatten, lieferten sie kostenlos. Ich nickte ihm zu, und er murrte etwas von »spät dran«.

Der Rechner im Büro lief, auf dem Tisch lag ein aufgeschlagener Ordner. Business as usual also. Ich setzte mich auf den Bürostuhl und klickte am Computer durch die offenen Fenster. Im Customer-Relationship-Management-Programm gab ich »Lutz Mayer« ein: keine Treffer. Vielleicht war er doch nicht im System angelegt, oder er wurde von Hechingen beliefert. Und ein paar unabhängige Apotheken gab es schließlich auch noch. Dann fiel mir ein, dass er sich mit ai schrieb. Lutz Maier galt den Apothekern als B-Kunde und wurde regelmäßig mit Psychopharmaka und Schlafmitteln beliefert. Auch bei Gudrun Maier wurde ich fündig. Als ich mit der Maus über den goldenen Stern neben ihrem Namen fuhr, leuchtete »A-Kunde« auf. Sie hatte starke Schmerzmittel erhalten. In einem Notizfeld stand: »Brustkrebs seit zwei Jahren bekannt. Schmerzmittel laut Hausarzt i. O.« Der Medikamenten-Cocktail hatte wohl in der Apotheke für Rückfragen gesorgt. In einem weiteren Hinweis für die Bediener hieß es: »Lässt keine Chemo machen, nicht darauf ansprechen. Will den Krebs ›aushungern‹. Reagiert leicht gereizt. Outfit/Kleidung dezent loben.«

Auch ich hatte schon von Leuten gehört, die versuchten, den Krebs in einem indischen Kloster auszuhungern. Oder auf ein Wunder hofften. Oder, oder, oder. Seufzend schwang ich mich aus dem Bürosessel. Bei Guntram Kieser hatte sogar das auf der Rückseite bedruckte Schmierpapier ein eigenes Fach. Ich nahm einen Zettel heraus. In der Offizin saß die Kundin noch immer auf dem Stuhl. Oder schon wieder?

»Hundertfünfzig zu siebenundneunzig, Puls achtundsiebzig«, sagte die Apothekerin.

»Ich wusste doch, dass er wieder gestiegen ist«, meinte die Kundin. Die Apothekerin nickte. Dann wandte sie sich zu mir und verdrehte leicht die Augen. Ob sie den niedrigeren Wert nehmen könne, fragte die Kundin. Oder ob man nicht besser noch einmal messen solle.

Ich wedelte mit dem Zettel und marschierte freudig aus der Apotheke. »Gefunden.«

Mittwoch, 12.57 Uhr

Das Einfamilienhaus der Maiers in der ruhigen Kusterdinger Nachbarschaft wirkte genauso verlassen wie tags zuvor. Ich hätte noch einmal pro forma klingeln können, doch wozu unnötig stören? Unauffällig drückte ich gegen das Garagentor – nichts. Ich drehte am Torgriff – er ließ sich bewegen. Die anständigen Schwaben waren um diese Uhrzeit bei der Arbeit. Was soll's, dachte ich, löste das Tor mit einem Ruck und schob es quietschend nach oben. Wenn ich bis eben noch nicht bemerkt worden bin, dann jetzt, dachte ich. Wie eine Katze schlüpfte ich unter dem Spalt hindurch und stieß mit dem Kopf direkt gegen Blech – ein großes Auto. Garagen waren einfach nicht für solche überdimensionalen Familienkutschen wie einen VW Touran gemacht. Ich zog am Knauf an der Torinnenseite und schob das Tor wieder herunter. Es wurde dunkel. Mit meinem Handy leuchtete ich notdürftig und fuhr mir über die schmerzende Stirn.

Wo war der Lichtschalter?

Ich tastete mich am Wagen entlang, leuchtete abwechselnd voraus und hinein. Zwei große Reisetaschen lagen im Kofferraum, auf dem Rücksitz zwei Wanderrucksäcke. Links stieß ich gegen einen Spannstock. Die Maiers hatten eine Werkbank in der Garage. Dahinter an der Wand Keile und Messer. Die Stichbeile waren an einer Halterung von groß nach klein sortiert aufgereiht. In der Mitte fehlte eins. Ich quetschte mich an der Werkbank vorbei. Am Übergang zum Haus fand ich schließlich den Lichtschalter und betätigte ihn. Nichts passierte. Ich drückte die Türklinke und lehnte mich dagegen: versperrt.

Mittwoch, 13.10 Uhr

Die Nachbarin Frau Schröder war nicht zu Hause. Dafür rief Marie an, als ich gerade den Wagen anließ und zurückfahren wollte. Der Anruf eines gewissen Antiquitätenhändlers Bilodeau habe sie aufhorchen lassen. Sie fand ihn »angsteinflößend«. Er habe extrem langsam gesprochen und, wenn Heuer sich verzettelte, sofort unterbrochen. Er habe sich weniger für die krummen Geschäfte der Familie Kieser interessiert, sondern wissen wollen, wer wie zu wem stand und wer das Sagen hatte.

Ich überlegte, ob mich Heuer im »Sparfuchs« mit dem Antiquitätenhändler verwechselt haben konnte. Jedenfalls, berichtete Marie, seien sie in heftigen Streit geraten. Bilodeau hielt wohl Guntram für den Strippenzieher, wenn es um große Deals ging. Heuer habe erklärt, er kenne die Familie schon seit Jahrzehnten und überhaupt den gesamten Apothekenmarkt. Seiner Auffassung nach sei niemand widerwärtiger als der Drahtzieher Konrad Kieser.

Mittwoch, 13.37 Uhr

Kurz vor dem Antiquitätenladen in Ofterdingen, zu dem ich nach Maries Information noch einmal fuhr, überkam mich der Hunger. Ich widerstand dem goldenen M, das sich gut sichtbar in einiger Entfernung in die Höhe streckte. Die kleine Bäckerei zwei Häuser vor dem Antiquitätengeschäft gehörte zu einer lokalen Kette und versprach kalorienärmer und für einen Plausch über die Nachbarschaft ergiebiger zu sein. Der Himmel hatte sich schon auf der Fahrt verdunkelt. Als ich aus dem Wagen stieg, vernahm ich das erste Donnern. Über der unweiten Schwäbischen Alb leuchteten Blitze auf.

Die Bäckerei war eine, die man nicht noch einmal betrat, wenn man nicht musste: dunkel, zwei Sperrholzregale an der Seite, die Brote lieblos ins Wandregal geworfen, der Kuchen hinter einer abgegriffenen Scheibe. Fast wäre ich über einen prall gefüllten Korb an der Tür – »von gestern – zum mitnehmen« (»mitnehmen« kleingeschrieben) – gestolpert.

»Zwei Brezen«, bestellte ich. Die Bäckersfrau zeigte auf ein handgeschriebenes Schild. In der »Laugen-Woche« gab es »4 zum Preis von 3«. Hör auf deinen Bauch, außer die schwäbische Bäckersfrau rät dir zu sparen. Von innen sah man auf die Bundesstraße, wo sich Lkws und Autos wie an einer Perlenschnur reihten.

»Aber das Angebot gilt nur für Laugenweckle«, ergänzte die Verkäuferin. Sie regierte allein hinter dem Tresen und guckte über ihre Brille mit Goldrand hinweg. Sie sah mich fest an. Ihr Haar war grau und kurz geschnitten. Eine Schürze spannte über Brust und Bauch der kleinen, pummeligen Frau.

»Trotzdem vier Brezen, mit Butter«, sagte ich vorsichtig.

Die Frau griff mit der Hand in die Auslage und hielt ihr Backwerk hoch. »›Brezel‹ heißt es. Außerdem?«

»Brezel«, bestätigte ich. Draußen donnerte es gefährlich. Ich deutete zum Schaufenster hinaus. »Das gibt ein Gewitter.«

»Ja, und ich bin mit dem Rad hier. Fünf Euro siebzig«, sagte die Verkäuferin und strich sich die fleckige Schürze glatt, bevor sie hinzufügte: »Wegen mit Butter.« Damit meinte sie die Brezel.

Etwas umständlicher als unbedingt notwendig suchte ich im Geldbeutel das Kleingeld zusammen und sagte beiläufig: »Wenig los im Antiquitätenhandel.«

»Ja, die Bilodeau hatte schon bessere Zeiten.«

»Bis jetzt hatte ich immer mit ihm zu tun.«

»Der Robert ist ja nur der Sohn.«

»Freilich«, sagte ich und blickte auf. Eben erst hatte ich bemerkt, dass die Schüsseln und Rührmaschinen nicht zur Dekoration, sondern zum Verkauf seitlich des Tresens standen. »Bei Ihnen ist demnächst Schluss?«

»Ha ja, wir sind verkauft.«

»An wen?«

»Irgendwelche Investoren.«

»Tut mir leid für Sie. – Der Robert ist schon so einer«, sagte ich, legte fünf Euro siebzig passend abgezählt auf den Tresen und wartete auf weitere Informationen.

Die Verkäuferin warf das Geld in ihre Kasse. »Den hätte ich schon lange rausgeworfen.«

»Ist er nicht verheiratet?«

»Der hat noch nie eine Frau gehabt. Ein komischer Vogel.«

Hinter mir klingelte die Tür. Eine Kundin betrat den Laden. Schnell schob ich nach: »Sie selbst hören auch auf?«

»Nach zweiundzwanzig Jahren muss ich nach Mössingen«, antwortete sie.

»Hier ist bald nichts mehr, wo man zu Fuß hinkann, und ich bin auf den Bus angewiesen«, stimmte die Kundin ein, die einen Einkaufstrolley hinter sich herzog. »Der Keimle drüben hört ja auch auf.«

Ich sah aus dem Fenster. Vor einer Lagerhalle gegenüber unterhielten sich eine groß gewachsene Frau und ein mindestens einen Kopf kleinerer Mann, beide in blauen Arbeitshosen. Vor dem Gebäude parkte ein Kastenwagen mit der Aufschrift »Sanitär Keimle«.

»Die gehen nur auf die andere Straßenseite«, klagte die Verkäuferin. »Nach zweiundzwanzig Jahren, da wirst du nicht gefragt. Du sollst noch dankbar sein, dass sie dich behalten und du nach Mössingen darfst.«

»So ist das heute«, bestätigte die Kundin.

»Was kommt hier rein?«, fragte ich.

Die Verkäuferin dachte angestrengt nach und murrte in breitestem Schwäbisch etwas wie »Des interessiert mi nemme« vor sich hin. Dafür fragte sie die Kundin umso lauter: »Was darf es sein, Frau Blickle?«

Das Gespräch war beendet. Mit der in die Luft gereckten Tüte und meinen Brezen, pardon: Brezeln, verabschiedete ich mich. Der Wind blies so heftig gegen die Tür, dass ich sie mit meiner ganzen Kraft aufschieben musste. Draußen tröpfelte es bereits.

Mittwoch, 13.42 Uhr

Wenn man so groß ist, kann man auch einen Haufen Installateure herumkommandieren. Die Frau auf der anderen Straßenseite überragte nicht nur ihren Kollegen, sondern sogar mich um einige Zentimeter. Obwohl sicher nicht viel älter als fünfundzwanzig, war sie respekteinflößend. Allein ihre Haltung machte klar, dass sie das Sagen hatte. Kurz: Sie faszinierte mich.

Demonstrativ stellte ich mich vor den Lieferwagen und schrieb eine Notiz. Mit einem leicht verschrobenen, nicht polizeimäßigen Verhalten ließ sich eben manchmal mehr erreichen, als wenn man mit seinem Dienstausweis herumwedelte.

»Können wir helfen?«, rief die Frau herüber. Ihre Stimme klang weich und hell und so, als wollte sie mir wirklich helfen.

»Frau Bilodeau hat Sie empfohlen«, antwortete ich und notierte weiter. Die beiden kamen ein Stück näher. Ansprechen lassen statt selbst ansprechen. »Die Heizung. Ich gebe Ihre Daten an meinen Vermieter weiter.«

»Gerne.«

»Nur die Adresse stimmt ja bald nicht mehr.«

»Wir ziehen ins ›Mirage‹«, sagte die Frau und zeigte mit dem Finger die Bundesstraße hinab. Der Verkehr war unglaublich. Ich ging auf die beiden zu. Sie musste den Eindruck haben, dass ich Bescheid wusste. Wie um das zu widerlegen, ergänzte sie: »Die frühere Disco. Fünfhundert Meter weiter unten, auf der anderen Straßenseite.«

»Wie lange seid ihr noch hier?«, fragte ich und klopfte gegen den Transporter.

»Drei Wochen.«

»Rechts vom Antiquitätenhandel haben die Investoren ja schon abreißen lassen«, bluffte ich. Die Frau sah den Installateur an, der runzelte die Stirn. »Die Neuen«, schob ich nach. »Sagt die Verkäuferin vom Bäcker.«

»So ein Unsinn«, sagte die Frau, und der Installateur fügte hinzu: »Die Eberle wieder.«

Ich zuckte nur unschuldig mit den Schultern.

»Sie meint vielleicht den Blumenladen, der schon abgerissen ist hinten, oder den alten Schuppen. Der ist ja auch schon weg.«

»Und der Antiquitätenhandel?«

»Den hat der Apotheker als Erstes gekauft. Das ist mit Abstand das größte Grundstück.«

»Diesen Guntram Kieser meinen Sie«, wagte ich einen weiteren Versuch.

»Genau.«

»Euer Grundstück auch?«, fragte ich nach.

»Ja.«

»Sie sind die Besitzerin?«

»Die Juniorchefin Julia Keimle«, sagte sie stolz. Sie öffnete den seitlichen Reißverschluss ihrer Arbeitshose und gab mir eine etwas abgegriffene Visitenkarte. »Ich übernehme das Geschäft von meinem Vater.«

Blitze zuckten am Himmel, es donnerte heftig, einen Moment später setzte Regen ein. »Schau, dass du loskommst«, sagte sie, während sie dem Mitarbeiter noch einen Zettel in die Hand drückte. »Und denk an das Waschbecken im Buttenwegle.«

»Der Apotheker«, gab ich ihr wieder das Stichwort. »War ja groß in der Presse. Schrecklich.«

»Wir wissen auch nicht genau, wie es jetzt weitergeht mit dem Logistikzentrum.«

»Mit dem Logistikzentrum?«

Viel mehr konnte oder wollte die Juniorchefin nicht sagen. Ein wenig hatte die Eberle doch mitbekommen. Aus dem Tröpfeln wurde ein Sturzregen. Keimles Mitarbeiter winkte aus dem Kastenwagen und brauste davon.

»Kommen Sie«, befahl Julia Keimle. Wir rannten durch den Regen unter das Vordach. Das Gewitter ließ sich mit voller Wucht herab. Ich schüttelte mich, holte zwei Brezeln aus der Tüte und gab ihr eine.

»Danke«, sagte Keimle überrascht. »Ich hatte heute noch kein Mittagessen.«

Ohne Essen lässt es sich nicht gut arbeiten. Und ohne uns anzusehen, kratzten wir beide Salz vom Laugengebäck.

»Ist irgendwie immer zu viel drauf«, kommentierte ich das spontane und in jeder Hinsicht schwäbische Geschäftsessen.

»Zu viel Butter auch«, sagte die Handwerkerin nach ihrem ersten Bissen. Die Wassermassen stürzten vor uns nieder. Ich liebte solche heftigen Regenschauer, wenn sich der Himmel ausschüttete. Sie wuschen alles ab, und für den Moment danach war alles sauber, die Luft so angenehm kalt und klar.

»Haben Sie keine Website?«, fragte ich. Auf dem Lieferwagen hatte ich keine entdeckt.

»Nein, wollen wir nicht. Das Internet macht noch alles kaputt«, sagte Keimle. »Die Leute schauen nur noch auf den Preis. Sagen, im Internet hat's einen anderen, der es billiger macht.«

»Eine Sauerei ist das«, bestätigte ich. Jetzt war sie die Handwerkertochter aus der Provinz, die wiederholte, was ihr Vater schon hundertmal beim Abendessen gesagt hatte. »Im Laden gucken, im Internet bestellen, den Handwerker einbauen lassen. Und zahlen erst ein halbes Jahr später oder am besten gar nicht.«

»Sind Sie auch selbstständig?«

»Ja, Vermessungsingenieur«, erklärte ich. Ich kratzte mich erwartungsfroh am Bart, als wollte ich gerne mehr darüber erzählen. Doch Keimle hatte keine Rückfragen.

Ein Lager für den Onlineversand ergab Sinn in Ofterdingen. Wie konnte ich von solch einem großen Projekt in fast drei Wochen als Kieser-Fahrer in Tübingen noch nie gehört haben?

Die Keimle-Juniorchefin hatte ihre Brezel gegessen, ich kaute am letzten Bissen. Als sie mehr über mein Bad und den Auftrag wissen wollte, holte ich die restlichen Brezeln aus der Tüte. »Eine große Frau kann auch essen.«

»Genau, danke«, sagte sie und kümmerte sich mit ihren langen, schlanken Fingern wieder um das Salz.

»Das Filetstück«, sagte ich und deutete auf den Antiquitätenhandel. Ich biss in die Brezel, Keimle hatte ihre bereits halb verschlungen.

»Na ja, direkt an der Bundesstraße, der Lärm, der Gestank und das alles. Für ein Versandzentrum geht es.«

»Warum will der Apotheker ausgerechnet hierher?«

»Das fragen wir uns alle.«

»Frau Bilodeau sagt, sie hätte schon viele Angebote bekommen, aber so eins noch nicht«, behauptete ich.

»Er hat nicht schlecht gezahlt.« Die Dollarzeichen blinkten in ihren Augen. »Nicht schlecht« war wohl Understatement. »Obwohl es alles komisch war mit dieser Immobilien-Zweckgesellschaft, oder wie die hieß, in Luxemburg.«

»Das Geld ist geflossen?«, fragte ich. Keimle nickte kauend.

Guntram Kieser hatte den Kauf über eine Briefkastenfirma abgewickelt. Wozu die Geheimniskrämerei? Briefkastenfirmen wurden üblicherweise benutzt, um Steuern zu sparen, um Schwarzgeld zu waschen oder die wahren Firmeninhaber zu verschleiern.

Nachdenklich sah ich auf die Straße. Die Autos hatten ihre Scheinwerfer eingeschaltet, wie an einer Lichterkette. Aus dem Antiquitätengeschäft kam eine massige dunkle Gestalt. Der Regen prasselte noch immer heftig. Ohne Schirm oder irgendeinen Schutz ging Robert Bilodeau nach draußen.

»Der Bilodeau«, kommentierte ich und nahm den letzten Bissen meiner Brezel.

»Sie wollte erst nicht, habe ich gehört. Ihr Herz hängt einfach an dem Laden. Er war ja gleich dafür, zu verkaufen«, sagte Keimle.

»Seltsam.«

»Das Geschäft lebt doch schon seit Jahren nur noch von der Substanz statt von den Erträgen, nicht erst, seit sie nicht mehr kann.«

»Sie kannte sich wenigstens aus mit Antiquitäten.«

Keimle winkte ab. »Der Laden hat ihn doch nie interessiert.«

Bilodeau rückte das abmontierte Schild ein Stück nach vorne, dann wieder zurück. Er ging einen Schritt zur Seite, besah es sich und verschob es ein paar Zentimeter weiter. Der strömende Regen schien ihn nicht im Geringsten zu kümmern.

»Er schmeißt den Laden trotzdem«, versuchte ich Keimle aus der Reserve zu locken.

»Weil er muss. Er hat mal Koch gelernt, soweit ich weiß, aber da ist er nirgends lange geblieben.«

Bilodeau war klatschnass. Er ging um das Schild herum und verrückte es wieder. Ein Stück nach links, dann nach rechts.

Verrückt.

»Was macht er da?«, fragte ich.

»Keine Ahnung.« Keimle schüttelte den Kopf. »Seit der Sache mit seinem Vater ist er etwas drüber.«

»Die Sache?«, wiederholte ich und raschelte mit der leeren Bäckertüte. Die Handwerkerin und ich sahen nach noch einer Brezel aus. Wir mussten hungern.

»Das ist ewig her. Sein Vater war Franzose, in Tübingen stationiert, glaube ich. Er hatte einen schweren Autounfall und ist dabei ums Leben gekommen.«

»Was ist passiert?«

»Viel mehr weiß ich auch nicht. Er ist von der Straße abgekommen. Robert saß hinten und hat überlebt. Das ist bestimmt dreißig, vierzig Jahre her, keine Ahnung. Hat mir mein Vater einmal erzählt.«

So heftig der karibische Regenschauer in Ofterdingen eingesetzt hatte, so schnell endete er. Bilodeau kümmerte das ebenso wenig. Er rückte noch immer sein Schild zurecht.

»Ich muss dann wieder. Sie melden sich«, sagte die Handwerkerin. »Wie war noch einmal Ihr Name?«

»Wenzel, Tom Wenzel«, antwortete ich.

Das ist er immer noch, dachte ich, für jetzt. Ich gab ihr die Hand und sah in wache blaue Augen. Als ich in den Wagen stieg, lockerten die Wolken auf. Die Sonne schickte ihre ersten Strahlen hindurch. Einige Puzzleteile in meinem Kopf fügten sich zusammen. Konturen zeichneten sich ab. Das Bild erkannte ich noch nicht. Bilodeau starrte auf das Schild. Die Wischblätter des Jaguars glitten über die Frontscheibe. Ich sah zum Himmel und freute mich auf den Regenbogen.

Mittwoch, 14.50 Uhr

»Ist ja gut«, rief Frau Schröder von innen. Vielleicht musste bei ihr einfach nur stark genug gegen die Tür gedonnert werden, damit sie einen von einem Staubsaugervertreter unterscheiden konnte. Ich tupfte mir mit den Fingern über die schmerzende Stirn und versuchte zu erfühlen, wie groß die Beule werden würde. Allzu schlimm konnte der kleine Unfall in Maiers Garage nicht gewesen sein, sonst hätten mich die Damen zuvor schon darauf angesprochen oder genauer hingesehen. Als Frau Schröder schließlich öffnete, stand sie im Bademantel vor mir, und ich hatte das Gefühl, dass sie eher über mich hinweg sah als in meine Augen.

»Sie waren aber auch schon unterwegs heute«, sagte sie dann und fasste mir an die Stirn. Ich zuckte zurück. Hatte sie mich beobachtet?

Während wir uns durch den vollgestellten Flur kämpften, sagte Frau Schröder, sie werde einen kalten Umschlag machen. Durch das Fenster waren Maiers Haus und der Garten einsehbar. »Kein Licht an bei Ihren Nachbarn«, sagte ich.

»Kann gut sein. Manchmal versuchen sie zu sparen, an allen Ecken und Enden, dann fahren sie wieder in den Urlaub. Besser gesagt, fuhren. Sie hat ja immer gebucht.«

»Waren die beiden häufig weg?«

»Sie sind oft spontan weggefahren, wenn er Ferien hatte.«

»Ich dachte gestern, die Klingel könnte defekt sein. Als Religionslehrer ist er ja womöglich handwerklich nicht so geschickt.«

»Im Gegenteil!«, rief Frau Schröder. »Sie müssten einmal die Masken sehen, die er schnitzt!«

Test bestanden, dachte ich. Frau Schröder schob Klamotten und Zeitschriften auf dem Sofa zur Seite und bot mir einen Platz an. Sie ging in die Küche und kehrte mit einem feuchten Geschirrtuch zurück. Ich hoffte, es war unbenutzt.

»Da ist er bestimmt glücklich, mit der Schnitzerei«, sagte ich und drückte das Tuch auf die schmerzende Stelle an meiner Stirn.

»Wenn er sich mit dem Holz beschäftigt, kann er stundenlang alles um sich ausblenden. Aber Lutz ist einer, den die Probleme nie loslassen.«

»Die Probleme?«

Sie zögerte. »Sie haben Schulden, das hat er mir einmal anvertraut.«

»Eine Hypothek auf dem Haus, das ist doch normal, wer hat das nicht«, wiegelte ich ab.

»Es war mehr. Gudrun hat nicht mehr gearbeitet seit der Geburt von Jana. Eingekauft hat sie trotzdem gerne.«

»Klamotten?«, riet ich und erinnerte mich an den Eintrag im System der Apotheker.

»Ja, aber vor allem neue Möbel. Das war ein regelrechter Wahn. Alle zwei, drei Jahre ein neues Sofa, neue Schränke. Letztes Jahr sogar eine neue Küche. Sie hat ständig etwas verändert.«

»Auf Kredit.«

»Das geht ja so leicht heute«, sagte Frau Schröder nachdenklich. Bei Maiers hatte es für Guntram Kieser nicht viel zu holen gegeben.

»Wie hat Herr Maier den Tod seiner Frau verkraftet?«, fragte ich.

»Er hat sich seither ziemlich abgeschottet.«

Ich hantierte mit dem kühlen Tuch, prüfte die Beule und gab Frau Schröder Zeit. Die Leute reden gerne, und Zuhörer sind Mangelware.

»Ich glaube, bei der Beerdigung hat er gehofft, dass Jana bleibt«, sagte sie schließlich. »Aber sie hat ihm Vorwürfe gemacht. Er hätte Gudrun zur Chemotherapie drängen sollen.«

»Hätte sie ihr doch auch raten können.«

»Das hat er auch gesagt. Lutz glaubt, er hat alles falsch gemacht in seinem Leben.«

Genügte das, um ihn durchdrehen zu lassen? Ich hörte geduldig und konzentriert zu, in guter Distanz, wie es sich für einen professionellen Ermittler ziemte.

»Was macht die Beule?«, fragte Frau Schröder und rückte

näher, um mir das Tuch abzunehmen. Als ihre Hand über meine Stirn glitt, sah ich durch den sich öffnenden Spalt im Bademantel, dass sie nichts darunter trug.

Mein Handy vibrierte.

»Gehen Sie ruhig ran«, sagte Frau Schröder und erhob sich abrupt. Ich griff in mein Jackett und fand eine Nachricht von Oma Herta vor. Wenn es einen Preis für schlechtes Timing gäbe, hätte sie ihn sich verdient. Sie hatte mir einen Smiley geschickt und dazugeschrieben: »Wollte nur mal wieder Hallo sagen.«

Mittwoch, 15.47 Uhr

Maier öffnete wieder nicht. Die Rollläden waren auch noch immer unten, hinter den Scheiben keine Bewegung. Dafür bewegte sich wieder Frau Schröders Vorhang. Als ich ihr Gesicht erspähte, winkte ich. Sie sah etwas ungläubig aus, aber sie hatte schon richtig verstanden: Sie sollte herkommen. Eine zugezogene Haustür wäre ein Kinderspiel, aber für dieses massive Schloss hätte ich Ausrüstung benötigt.

Immerhin zog sie sich etwas über.

Hinter dem Haus sah es genauso verlassen aus wie davor. Ich rüttelte am Rollladen der Terrassentür und drückte ihn mit aller Kraft nach oben. Es funktionierte. Frau Schröder wirkte etwas ängstlich und fragte, ob das in Ordnung sei. Sie solle festhalten, sagte ich und schlug die Scheibe ein. Scherben klirrten auf dem Boden. Frau Schröder fuhr zusammen und hätte fast den Rollladen losgelassen. Ich schlug die kleinen Splitter heraus, griff durch die Tür und zog den Griff nach oben.

»Es ging schon mal eleganter«, erklärte ich ihr, während ich mich duckte und in die Wohnung schob. Frau Schröder blieb draußen stehen und kramte in ihrer Hosentasche. Ich beugte mich hinunter. Sie hielt einen Schlüssel in der Hand.

»Den hätten wir auch nehmen können«, sagte die Lehrerin

und quetschte sich hinein. »Habe ich zum Blumengießen und für Notfälle.« Auf halber Höhe konnte sie den Rollladen nicht mehr halten. Er knallte auf den Boden. Schlagartig wurde es dunkel.

»Jetzt sind wir angemeldet«, sagte ich. »Sie hätten mir gleich sagen können, dass Sie einen Schlüssel haben.«

»Kann ich wissen, dass Sie einbrechen wollen?«, gab Frau Schröder zurück. Ganz unrecht hatte sie nicht. Ich zog mein Smartphone heraus, um notdürftig zu leuchten. Frau Schröder tastete sich an der Wand entlang. »Irgendwo muss doch ein Lichtschalter sein ... da!«

Sie drückte den Schalter. Nichts passierte. Wir arbeiteten uns weiter vor. In den Flur drang Licht von außen. Frau Schröder kannte sich aus: Sie spazierte einfach durch die Tür und inspizierte von dort routiniert die anderen Zimmer. Dann öffnete sie den Sicherungskasten im Flur.

»Da haben wir es also«, rief Frau Schröder. Sie schob den mit »RCD« beschrifteten Schalter nach oben. Im Wohnzimmer und in der Küche ging Licht an. Mir war, als stünde ich in einem Möbelhaus. Beide Räume waren topmodern und luxuriös eingerichtet, und beide wirkten kalt und leer. »Bestimmt wollte Lutz sparen und hat den RCD statt dem Hauptschalter rausgenommen«, erklärte Frau Schröder.

»Den RCD?«, fragte ich.

»Den FI-Schutz.« Sie klang tadelnd und erklärte, sie unterrichte nicht nur Sport, sondern auch Mathematik und Technik. »Misst die Differenz zwischen dem Strom, der zu elektrischen Geräten geht und von ihnen zurückkommt. Wenn Sie ein schlecht isoliertes Gerät berühren, fließt der Strom durch Ihren Körper zur Erde. So kommt weniger zurück. Der FI-Schutzschalter unterbricht dann blitzschnell den Stromkreis und verhindert so einen tödlichen Schlag.«

»Danke, Frau Dr. Schröder.«

»Fast.« Dazu lachte sie tatsächlich.

Im Mülleimer der Küche fanden wir ein zerrissenes Stück Papier. Es war eine Reisecheckliste. Während wir weitersuchten, vernahm ich im Gang leise Musik. Sie kam von unten. Frau Schröder bog um die Ecke und riss die Kellertür auf. Sie nahm die ersten Stufen, und ich blieb direkt hinter ihr. Ein moderiger Geruch schlug uns entgegen.

»Er sollte mal lüften«, sagte sie.

»Warten Sie«, setzte ich an. Dieser Verwesungsgeruch … Doch Frau Schröder preschte voran und stürmte die Treppen hinab. Dann stieß sie einen gellenden Schrei aus: »Lutz!«

Auf dem Boden lag ein Mann, umgeben von verstreuten Holzteilen und in Stücke gehackten Faschingsmasken. Zwei Ratten krochen unter dem Körper hervor und rannten quietschend hinter einen Verschlag. Zwischen der Leiche und einer Steckdose lag das Stechbeil auf dem Boden. Es sah aus, als hätte er sich selbst einen tödlichen Stromschlag versetzt. Ein handgeschriebener Brief lag neben dem Mann.

Frau Schröder brach in Tränen aus. Ich berührte sie sanft an der Schulter und sagte: »Nichts anfassen.« Aus einiger Entfernung konnte ich erkennen, dass Gott dem Religionslehrer eine schönere Handschrift mitgegeben hatte als mir. Geschrieben war der Abschiedsbrief an seine Tochter Jana. Er halte es nicht mehr aus. Sie werde ihr Leben meistern und ihren Weg gehen. Er bat sie und Gott um Verzeihung für seine Sünde, sich selbst das Leben zu nehmen. Der Brief war auf den vergangenen Donnerstag datiert, also vor Guntrams Tod.

Frau Schröder und ich gingen nach oben und setzten uns in die Möbelausstellung. Von dort aus verständigte ich Janetzky. Sie müsse mir etwas sagen, deutete Janetzky an. Sie klang regelrecht euphorisch. Die Hauptkommissarin traf mit ihrem Team rasch ein. Um Frau Schröder kümmerte sich ein Notfallseelsorger. Janetzky tadelte mich ein wenig. Unverantwortlich und illegal sei das gewesen. Dann gingen wir zusammen in die Küche und schlossen die Tür von innen. Die glänzende Herdplatte und die rötlichen Schränke ohne jeden Kratzer sahen aus, als seien sie nie benutzt worden.

Janetzky verkündete triumphierend: »Bunk hat es zugegeben.«

»Was?«

»Er kannte Guntram Kieser und hatte heftigen Streit mit ihm.«

»Hat er Ihnen das von sich aus verraten?«

»Wir mussten ihn etwas nachdrücklicher bitten. Zwei Polizisten haben ihn in der Apotheke abgeholt«, sagte Janetzky.

»Das gibt Ärger.«

»Sein Alibi ist geplatzt: Er war gar nicht bei seinem Musikverein. Das war dreist gelogen.«

»Sondern?«

»Er sagt, er war wohl doch zu Hause in Hechingen.«

»Was hatte er mit Guntram zu tun?«

»Nach einer Weile ist er zusammengebrochen in unserem schönen Verhörraum. Guntram Kieser hat ihn nach Geld für ein Projekt in Ofterdingen gefragt, sagt er. Er wollte fünf Millionen geliehen haben, Bunk sollte im Gegenzug eine kleine Beteiligung erhalten. Soll fast eine Erpressung gewesen sein.«

»Ein Lager für den Onlineversand?«

»Nein, ein ›Medizinisches Versorgungszentrum‹.«

»Was ist das?«

»Eine Art Ärztehaus. Wir hatten das früher im Osten, seit einiger Zeit werden sie im Westen wieder modern«, erzählte Janetzky stolz. »Bunk meint, das Medizinische Versorgungszentrum hätte wie ein Magnet gewirkt und viele Kunden aus den angrenzenden Orten angezogen. Guntram soll Verträge mit den besten Ärzten geschlossen und im Erdgeschoss eine riesige topmoderne Apotheke mit teuerster Einrichtung, Drive-in und allem Schnickschnack geplant haben.«

»Weiter.«

»Bunk hat ihm das Geld wohl gegeben. Das sogenannte Wollschläger-Center wär nicht mehr zu verhindern gewesen.«

»Das Wollschläger-Center«, wiederholte ich. Guntram hatte auf eigene Rechnung gehandelt. Sein eigenes Ding machen wollen. Den Grundstücksbesitzern hatte er etwas von einem Versandzentrum erzählt. Oder hatte er Bunk belogen?

»Weshalb in aller Welt dort?«, überlegte ich laut. »Will man in dieser Lage mit dem ganzen Verkehr wirklich ein medizinisches Zentrum?«

»Stimmt, das ergibt keinen Sinn«, sagte Janetzky. »Ebenso wenig wie das Gerücht, das Bunk wohl gehört hat: dass auf angrenzenden Grundstücken Neubauwohnungen geplant sind oder waren.«

Mittwoch, 19.00 Uhr

»Alles sauber«, vernahm ich über den Knopf in meinem Ohr. Alexander fuhr mit seinem klapperigen silbernen VW Polo zu unserem Treffpunkt auf einem Wanderparkplatz in der Nähe des Klosters Bebenhausen, zwischen Tübingen und Dettenhausen gelegen. Das BKA hatte den geschotterten Parkplatz ausgesucht, und er war ideal: im verregneten Frühjahr menschenleer, riesengroß und von allen Seiten gut einsehbar. Mehrere Wanderwege führten von dort aus in den Schönbuch hinein. Offenkundig wurde Alexander nicht verfolgt – außer von unseren Leuten. Die Kollegen waren schon den ganzen Tag an ihm dran. Er hatte sich bislang nur mit einem jungen Mann getroffen, den wir als seinen Bruder identifiziert hatten. Die Telefonüberwachung seiner beiden Handys von Wiesbaden aus hatte keine verdächtigen oder kritischen Gespräche festgestellt.

»Er biegt ab«, sagte der Kollege. Ich ließ den Knopf verschwinden und winkte ihm aus der Ecke. Alexander parkte seinen tiefergelegten Wagen mit röhrendem Auspuff neben mir. Er blickte sich nervös in alle Richtungen um, als er ausstieg. Er trug eine ausgewaschene Jeans und ein Hemd, wirkte aber übernächtigt. Dunkle Ringe zeichneten sich unter seinen Augen ab.

»Wenig geschlafen?«

»Ja, verdammt. Wenn ich Beweise beschaffe, will ich etwas davon haben.«

»Wir werden dir deine Auslagen erstatten«, sagte ich. Alexander wollte Geld, was sonst. Für solche Fälle gab es Möglichkeiten, allerdings begrenzte. Außerdem zog Geld nur kurzfristig als Motivationsmittel.

»Mit wem hast du gesprochen?«, fragte ich.

»Mit niemandem.«

»Kein Mensch mit einem halbwegs intakten Sozialleben kann so etwas allein verarbeiten«, erklärte ich. »Also, mit wem?«

»Mit meinem Bruder.«

»Nur mit ihm?«

»Ja.«

»Gut«, nickte ich.

»Es muss etwas herausspringen, sonst mache ich das nicht«, sagte Alexander und sah mich fest an. Seine Hand zitterte. Ich schlenderte betont ruhig ein paar Schritte in Richtung Wald, er rief mir nach: »Ich werde einiges liefern.«

»Viele überschätzen den Wert ihrer Informationen«, entgegnete ich und drehte mich um.

»Ich weiß eine ganze Menge und kann noch mehr Informationen besorgen.« Alexander legte eine bedeutungsschwere Pause ein. Er ging nervös auf und ab. »Fünfzigtausend Euro.«

»Wenn ich will, sitzt du in ein paar Minuten im Knast«, gab ich zurück.

»Die machen mich fertig.« Er ließ die Schultern sinken. »Weißt du, was das für ein Risiko ist?«

»Deshalb holen wir dich rechtzeitig glaubhaft aus dem Schussfeld.«

»Wie soll das gehen?«

»Wir haben Lösungen.«

»Welche?«

Auf diese Frage hatte ich gewartet. Ich schob Alexander einen Umschlag zu, den er umgehend öffnete. Darin waren Reisedokumente, ein Visum, ein Arbeitsvertrag in Kopenhagen als Fitnesstrainer und ein Mietvertrag für eine Wohnung. Er war beeindruckt.

»Wer steht über dir?«, fragte ich.

»Niemand«, antwortete Alexander, noch beschäftigt, das Angebot zu verarbeiten.

»Wer gibt dir die Aufträge? Von wem kriegst du den Stoff?«

»Fünfzigtausend will ich, cash«, wiederholte Alexander. »Ein paar Dinge muss ich ausgleichen, ein wenig brauche ich für den Neuanfang.«

»Das liegt im Rahmen«, beschied ich. Die Summe war nicht gering, aber machbar. Der Boss würde sie allerdings absegnen müssen.

Das BKA hatte mir eine Reihe von Bildern aus Tübinger Kliniken geschickt. Sie zeigten Menschen mit fahler Haut, ausgefallenen Zähnen, Pickeln und Wunden im Gesicht. Der Kriminaldauerdienst hatte Name, Alter, Wohnort, Einlieferdatum und -grund und die Dauer des Mint-Konsums klein dazugeschrieben. Ich zeigte Alexander die Aufnahmen. Die User blickten wirr und hilflos in die Kamera. Sie sahen völlig fertig aus. Alexander wollte nicht hinsehen. Er bat mich immer wieder aufzuhören. Er kenne solche Bilder. Die entstellten Gesichter, die fehlenden Zähne, die psychischen Wracks. Das seien Extremfälle, sagte er. Ich gab ihm recht und zwang ihn trotzdem hinzuschauen.

Die Vorführung nahm kein Ende, und Alexander wirkte immer mitgenommener. Selbst die härtesten Kriminellen konnte es aus der Bahn werfen, mit ihren Opfern konfrontiert zu werden. Das Elend zu sehen, das sie anrichteten. Auf einen jungen Mann reagierte Alexander besonders heftig. Er kenne ihn, sagte er. Ein früherer Tübinger BWL-Student, Mitglied in einer mit der Belmondia befreundeten Verbindung. Er hatte es direkt von einer der Big-Four-Kanzleien in die Nervenklinik geschafft.

Beim vorletzten Bild erschrak ich selbst. Das Mädchen hatte eine schlecht rasierte Glatze und tiefe Schnittwunden im Gesicht.

»Kennst du die?«, fragte Alexander. »Sieht ja übel aus.«

»Flüchtig«, gab ich zu. Es war Nadja. Eigentlich war es nicht Sinn der Übung, mehr über mich zu verraten. Alexander hatte feine Antennen. »Ich habe sie im Blauen Turm getroffen, da war sie ziemlich drauf.«

»Der Club ist eine einzige Mint-Hölle. Konstant umsatzstark, würden wir Wirtschaftsprüfer sagen.«

»Aus dir hätte doch etwas werden können.«

Inzwischen hatte ich selbst die Nase voll, wir hatten uns genügend Bilder angesehen. Wir spazierten über den Parkplatz. Es war kühl, und trotzdem öffnete ich meine Jacke. Ich gönnte ihm eine Pause.

Alexander schien erleichtert. Er fabulierte über Fitness und Kopenhagen und darüber, wie er es allen zeigen werde. Sein Alter werde glotzen. Nichts schaffte mehr Vertrauen, als Privates zu erzählen – wohldosiert, versteht sich. Alexander arbeitete in erster Linie für mich, nicht für das BKA. Ich war das Gesicht. Er musste mir vertrauen. Dafür hatte ich die gesamte Vorgeschichte inszeniert. Aber wenn uns etwas verband, dann die Erfahrung, vom eigenen Vater erdrückt zu werden.

Ich erzählte Alexander von meiner Schwester Marie und ihrem Unfall. Danach hatte mein Vater noch mehr getrunken. Nichts und niemand hatte ihn mehr interessiert außer dem Alkohol. Er fing morgens mit Bier an, machte tagsüber und abends mit Schnaps weiter. Er soff, bis er ins Bett fiel, wenn er es noch bis dorthin schaffte. Ich war in der Mittelstufe, Marie frisch auf dem Gymnasium, da wurde er vom Dienst suspendiert. Es hatte einen Vorfall gegeben. Erst ein oder zwei Jahre später fand er wieder einen Job bei einem privaten Wachdienst. Wenn mich auf Familienfeiern jemand fragte, was ich einmal werden wolle, antwortete ich: nur kein Polizist. Da lachten alle. Eigentlich hieß es: nur nicht wie mein Vater.

Ich hätte nicht sagen können, wie viele Runden wir um den Parkplatz gegangen waren, als es anfing zu regnen. Wir setzten uns in den Jaguar, und ich zeigte Alexander Fotos polizeibekannter Tübinger Dealer, die mir die Kollegen aus der Zentrale auf mein Smartphone übertragen hatten. Es war Zeit, die Zügel noch einmal anzuziehen.

»Benni, der Vollidiot, ist regelmäßig im Blauen Turm«,

seufzte Alexander beim Foto des Knochens. »Hat sich wieder einkassieren lassen.« Er hegte keinen Verdacht, wer ihn erwischt hatte. Und er hatte die Wahrheit gesagt. Auch den nächsten Kopf erkannte er. Laut Alexander ein kleines Licht, vielleicht siebzehn oder achtzehn, das ein paar gestresste Oberstufenschüler versorgte. Das Milchgesicht sah auch genau danach aus. Der Junge war vor dem Uhland-Gymnasium erwischt worden.

Den nächsten, düster dreinblickenden, arabisch anmutenden Mann konnte er partout nicht zuordnen, selbst auf mehrfache Nachfrage nicht. Er kenne den nicht, nie gesehen, versicherte Alexander. Wieder sagte er die Wahrheit: Wir hatten einen Berliner Autohändler untergemischt.

Alexander antwortete kühl und sachlich. Mit seinen Kollegen konnte er besser umgehen als mit den Opfern. Erst bei einem der letzten Fotos zuckte er zusammen: ein Mann Ende zwanzig, harte Gesichtszüge und extrem buschige Augenbrauen.

»Keine Ahnung«, sagte er und blickte auf das Armaturenbrett. Er log, und das schlecht. Vielleicht war er noch nicht so weit. Kcinesfalls wollte ich ihn bloßstellen.

»Zu Risiken und Nebenwirkungen ...«

»Hä?«

»Er hat mit Apothekern zu tun.«

»Kann sein, dass ich ihn schon mal gesehen habe. Wir haben noch keinen Deal«, sagte Alexander. Ich musste ihn nur ansehen und abwarten. »Okay, das ist Vitali.«

»Dafür sollen fünfzigtausend Euro und ein neues Leben gerechtfertigt sein?«

Alexander zog sein Smartphone heraus und zeigte mir ein Organigramm mit bestimmt vierzig Namen und Zahlen in Klammern dahinter. Vitali kam an der Spitze, darunter Alexander und einige andere, Benni war mit vielen anderen ganz unten. Daneben standen jeweils ein Minus und eine Prozentzahl, meistens zwischen fünfzig und achtzig Prozent. Alexander musste das Schaubild heimlich abfotografiert haben.

»Gut«, kommentierte ich. »Das ist ein Anfang. Aber was

hat das zu bedeuten? Die Mengen sind doch nicht etwa rückläufig?«

»Der Stoff wird rationiert«, erklärte Alexander. »Schon eine ganze Weile. Deshalb ist Mint so knapp. Es wird alles für einen gigantischen Deal gebraucht.«

»Über welche Ticketgröße sprechen wir?«

»Fünfzehn bis zwanzig Kilogramm.«

Das war schwer vorstellbar. Wo sollte die dafür benötigte Menge Ephedrin herkommen? In den vergangenen zwei Wochen war kaum noch etwas an die Kieser-Apotheken geliefert worden.

»Wer stellt das Zeug her und wo?«, fragte ich Alexander.

»Da gibt es viele Spekulationen. Ich hab mal was von der Uni gehört. Das vermuten einige, weil der Stoff so sauber ist. Vitali ist der einzige Kontaktmann nach ganz oben.«

»Was weißt du über ihn?«

»Er ist Russlanddeutscher und kommt aus Rottenburg, das ist gute zehn Kilometer von Tübingen weg. Er ist regelmäßig im TOP10 in Tübingen, überwacht seine Schäfchen. Er dealt selbst nicht. Manche meinen, dass er in Wirklichkeit gar nicht Vitali heißt.«

»Wer heißt schon, wie er heißt?«

Mittwoch, 21.38 Uhr

Nur das schwache Licht zweier Straßenlaternen und die Scheinwerfer der vorbeifahrenden Autos und Lastwagen erhellten den Parkplatz vor dem Antiquitätenladen. Das Geschäft an der Bundesstraße 27 war dunkel. Dort sollte also ein Medizinisches Versorgungszentrum entstehen.

Ich stellte den Jaguar auf der gegenüberliegenden Straßenseite ab. Der Verkehr hatte nachgelassen um diese Zeit, ich konnte die Straße gut zu Fuß überqueren. An die Wand des Ladens gedrückt schob ich mich vorwärts und umrundete das

Gebäude. Ich ging leicht geduckt an einem Holzfass und mehreren Schränken vorbei, die unter dem Vordach zumindest ein wenig vor Wind und Wetter geschützt lagerten. In dem kleinen Haus brannte Licht. Davor war es nahezu dunkel, da von den Straßenlaternen kaum etwas bis hierher gelangte.

Ich stieß mit dem Fuß gegen einen scheppernden Blecheimer und zuckte zurück. Über einen schmalen, ausgetrampelten Pfad näherte ich mich dem Haus. Das Gras auf beiden Seiten war hochgewachsen, die Sträucher wucherten. Gebückt schlich ich voran, bis mich ein heftiger Schmerz durchfuhr. Ein Stromschlag. Ich schüttelte meinen schmerzenden Arm aus, eine kreischende, penetrante Sirene setzte ein. Am Haus und am Antiquitätenladen gingen Scheinwerfer an. Jetzt sah ich den Draht vor mir – ein elektrischer Zaun. Adrenalin schoss durch meinen gesamten Körper. Grelles Licht blendete mich aus allen Richtungen. Ich kniff die Augen zusammen. Mein erster Reflex war, zurück zum Wagen zu rennen. Nach zwei oder drei Metern kehrte ich um, sprang mit Anlauf über den Zaun und sprintete auf das Haus zu.

Kaum hatte ich mich hinter einem Gebüsch nahe der Haustür versteckt, kam Bilodeau mit einem Baseballschläger in der Hand herausgestürmt. Er drehte sich nach links und nach rechts, den Blick auf den Antiquitätenladen und die Straße gerichtet.

»Wo bist du, du Schwein?«, schrie Bilodeau und wog den Schläger drohend in der Hand.

Ich schlüpfte ins Haus und sah mich im Erdgeschoss um. Die Einrichtung: Antiquitäten, natürlich. Sie wirkten edel und gepflegt. Vom Flur gelangte ich direkt in die Küche aus den siebziger Jahren. Nebenan befand sich ein Wohnzimmer: ein großer Fernseher in der Mitte, eine dunkle abgewetzte Ledercouch und Schränke voller Zinnfiguren. Ich schlich mich die Treppe nach oben in den ersten Stock, wo es nach Damenparfüm roch. Durch ein Fenster sah ich Bilodeau. Er suchte die Gegend ab. »Wo bist du?«, brüllte er immer wieder.

Ich öffnete weitere Türen. Ein Schlafzimmer, karg eingerichtet und nach Schweiß riechend. Ich lugte durch ein weiteres

Fenster: von Bilodeau nichts mehr zu sehen. Daneben war ein weiteres Schlafzimmer. Im Bett lag eine alte Frau. Bilodeau fluchte: »Verdammte Fehlalarme.« Die Stimme kam von unten. Er betrat das Haus und warf die Tür zu.

Es gab nur die eine Treppe. Wie konnte ich verschwinden? Mach dir ein Bier auf und setz dich vor den Fernseher, sagte ich im Stillen. Doch Bilodeau nahm die Treppe zu mir herauf. Ich hörte seine ersten,schwerfälligen Schritte. Die Frau im Bett schien fest zu schlafen. Erst jetzt fiel mir auf, was mich sofort verstört hatte: Sie lag geschminkt und in einer weißen Bluse im Bett.

Das Fenster war verriegelt. Ich rüttelte am Griff. Den mittleren konnte ich drehen. Der untere ließ sich nicht bewegen. Bilodeaus Schritte kamen näher. Ich hörte seinen schweren Atem. An der Wand ein Kleiderschrank, neben dem Bett eine Kommode. Schnell schaltete ich das Licht aus, warf mich auf den Boden und rutschte unter das Bett. Mit der Hand stieß ich gegen etwas, das metallisch klapperte. Ich robbte zur Seite, spürte sofort ein Kribbeln in der Nase. Dreck und Staub mussten sich hier schon monatelang sammeln. Ich hielt mir die Nase zu. Mein Herz raste. Ich spürte das Pochen in den Ohren. Bilodeau kam die letzten Stufen der Treppe heraufgestapft. Ich unterdrückte ein Niesen und spannte jeden Muskel an. Von unter dem Bett sah ich die silbernen Schnallen seiner Lederschuhe im Gang aufblitzen.

Bilodeau betrat das Zimmer. Bitte, schalte nicht das Licht ein, dachte ich. Meine Nase juckte noch heftiger.

Er drückte auf den Lichtschalter.

Breitbeinig stellte er sich vor das Bett.

»Mutter, wo warst du?«, flüsterte er. Über mir regte sich nichts. Der Antiquitätenhändler schritt bedächtig an die Seite des Bettes. »Du musst nicht nach mir sehen, es ist alles in Ordnung. Mach dir keine Sorgen.«

Er ging leicht in die Knie, vermutlich beugte er sich über die Frau. Ich stellte mir vor, wie er über ihre Wange strich. Vorsichtig, um sie nicht zu wecken.

Bilodeau drehte sich um und sagte: »Du wolltest wegfliegen!«

Er ging auf das halb geöffnete Fenster zu. Es krachte und knackte, und Bilodeau schob einen Riegel nach oben. Zuerst sah ich den einen, dann den zweiten Fuß nicht mehr. Bilodeau stieg auf den Stuhl am Fenster. Es klang, als schiebe er einen weiteren Riegel zur Seite. Kalte Luft zog herein – er hatte das Fenster geöffnet.

»Ich bin eine Taube. Ich bin eine Taube und fliege weit weg. Ja, Mutter, ich lasse dich nicht allein hier. Wir fliegen zusammen. Zusammen fliegen wir zu Papa.«

War Bilodeau jetzt vollkommen wahnsinnig geworden? Wollte er aus dem Fenster springen?

»Ich schwebe wie eine Feder, ich bin eine Taube«, rief er wieder.

Ich schob mich zur Seite und spähte unter dem Bett hervor. Bilodeau stand auf der Kommode und hatte die Arme ausgebreitet. Er bewegte sie auf und ab und rief: »Ich kann fliegen. Ich bin eine Taube.«

Plötzlich klirrte Geschirr oder gegen was auch immer ich da stieß. Bilodeau drehte sich um, und ich wälzte mich unter dem Bett hervor. Für einen Moment stand er regungslos auf dem Stuhl. Ich war bereits auf den Knien, da setzte die irre Taube zum Sturzflug an. Bilodeau riss mich wieder zu Boden. Er war nicht nur verrückt, sondern auch fett. Mit seinem Ellbogen traf er genau meine Schulter. Ein heftiger Schmerz durchfuhr mich. Ich drehte mich um und versetzte ihm, mehr aus Glück, einen Schlag aufs Kinn. Bilodeau fiel zur Seite. Hastig kletterte ich auf den Stuhl. Nach unten waren es gut zwei Meter. Ich sprang aus dem Fenster und rollte mich ab wie eine Katze. Etwas unsanfter vielleicht. Ohne mich umzudrehen, rannte ich los. Die Scheinwerfer waren aus, ich orientierte mich zur Bundesstraße hin. Auf welcher Höhe war der elektrische Zaun gewesen? Ich rannte weiter und hoffte, dass er die Anlage komplett abgeschaltet hatte. Dann durchschoss mich der zweite Stromschlag. Die Scheinwerfer gingen wieder an. Ich sprang erneut über den

Zaun und rannte auf die B 27 zu. Bilodeau brüllte im Haus, folgte mir aber nicht. Beim Überqueren der Bundesstraße hätte mich fast ein Lkw überfahren, auf der anderen Seite bremste ein Auto scharf ab. Ich sprang in den Jaguar und raste mit quietschenden Reifen davon.

An der Wassermühle blieb ich einen Moment im Wagen sitzen, um durchzuschnaufen. Erst dann ging ich hinein. Marie lag in meinem Bett und schlief ruhig und fest. Ich nahm eine heiße Dusche, begutachtete die Beule an der Stirn, den blauen Fleck an der Schulter und die Wunden an meinen Händen. Bei einer Cherry-Cola und einer Tiefkühlpizza schaffte ich es endlich, mich zu entspannen. Lädiert, wie ich war, schlief ich schon bald auf dem Sofa ein.

Donnerstag, 7.38 Uhr

»Todesfall: Assistenzärztin Melissa Walter (28) am Katharinenhospital Stuttgart«, überschrieb das BKA die Nachricht. In zwei lapidaren Klammern stand, was mich schlagartig weckte: »(Mint)«.

Die junge Ärztin war gestern Nachmittag nach einer Achtundvierzig-Stunden-Schicht zusammengebrochen. Eine Kollegin hatte sie im Umkleideraum gefunden, da schlug ihr Herz schon nicht mehr. Alle Versuche, sie wiederzubeleben, scheiterten. Sowohl in Melissa Walters Arztkittel als auch in ihrem Spind fand die Polizei kleine Päckchen mit grünlichen Kristallen.

Auf dem angehängten Bild trug die junge Frau einen weißen Arztkittel und lächelte. Große Nase, hohe Stirn, die schwarzen Haare zu einem Zopf zusammengebunden.

Verheiratet, keine Kinder, Studium in Osnabrück und Tübingen, Abitur in Esslingen und – fett markiert – Tochter eines CDU-Landtagsabgeordneten.

Bei der noch in der Nacht durchgeführten Untersuchung war

eine hohe Konzentration von Aufputschmitteln und Mint im Blut der Assistenzärztin festgestellt worden. Das Schlimmste hatten sich die Kollegen für den letzten Satz aufgespart: schwanger in der sechsten Woche.

Marie hatte offenbar Kaffeepulver gekauft. Ich bereitete eine Kanne zu. Mit einer dampfenden Tasse schritt ich durch das Wohnzimmer. Ich öffnete das große Fenster zur Ammer hin, Tübingens Bonsai-Version eines Flusses. Kalter Wind blies mir ins Gesicht.

Wieder ein junger Mensch, eine Frau von gerade einmal achtundzwanzig Jahren, das Leben noch vor sich. Ob sie selbst schon von ihrem Kind gewusst hatte? Oder ihr Mann und ihre Eltern? Wie mochten die sich fühlen? Und ihre Geschwister, deren jüngere Schwester plötzlich tot war. Was würden sie tun?

Mint fraß sich durch Partys, Büros, Produktionshallen und war nun sogar in Kliniken angekommen. Es war nur eine Frage der Zeit, bis es sich über Baden-Württemberg hinaus ausbreitete. Mein Job schien mir in diesem Moment aussichtsloser denn je. Was, wenn wir falschlagen, wenn das Mint-Zentrum doch nicht Tübingen war? Oder schon nicht mehr? Wenn ich mich verrannt hatte? Wenn ich mich auf Alexander doch nicht verlassen konnte oder er es vermasselte? Selbst wenn wir das Zentrum zerschlagen konnten, wo und wann würde Mint oder ein ähnlicher Stoff weiter produziert werden?

Nun eine schwangere Ärztin, Tochter eines Landtagsabgeordneten, die zu Aufputschmitteln und Drogen griff, um ihren Klinikalltag zu bewältigen! Spätestens morgen würden sich die regionalen Medien auf den Fall stürzen, wenn nicht sogar die bundesweiten. Die Kliniken und die katastrophalen Arbeitsbedingungen würden in den Fokus gerückt, genauso wie die Unfähigkeit der Ermittlungsbehörden, etwas gegen Mint zu tun. Wir würden als Trottel dargestellt werden, den Kriminellen hilflos unterlegen.

Ich sah die Fragen schon vor mir: *Was ist dieses Mint, wo kommt es her, wer verdient daran? Was unternehmen Polizei und BKA dagegen, welche Maßnahmen gibt es, warum stellt sich kein Erfolg ein?*

Draußen tröpfelte es. Ich schloss das Fenster, blies auf meinen Kaffee und nahm einen zu großen Schluck. Er war heiß und brannte in meiner Kehle.

Am liebsten hätte ich mich wieder hingelegt. Wo war meine Motivation der Anfangsjahre? Manchmal spürte ich, dass es dem Boss ähnlich erging, tief in seinem Innersten. Zum Beispiel, wenn er heimlich seine Tage bis zur Rente zählte. Ich hatte einmal in seinem Kalender die Zahl »1373« gesehen, am nächsten Tag »1372«. Das waren noch fast vier Jahre. Überhaupt wunderte ich mich, dass er noch nicht angerufen hatte. Genau genommen beunruhigte es mich. Der Boss war chronischer Frühaufsteher. Der ausgebliebene Anruf konnte nur bedeuten, dass die großen internen Köpfe bereits wegen der toten Ärztin in Stuttgart zusammensteckten. Der Fall würde Druck von oben erzeugen, auf schnelle Ergebnisse drängen und meinen Ermittlungen schaden.

Bevor andere Leute Ideen entwickelten, war es oft besser, selbst eine ins Spiel zu bringen. So mussten die Oberen nur ein wenig diskutieren und »Ja, aber« sagen. Denn ihre eigenen Pläne endeten für meine Ermittlungen selten besser. Ich entschied, in die Offensive zu gehen. Es wurde Zeit, dass Alexander sich bezahlt machte.

Er klang, als habe ich ihn geweckt, als ich ihn kurz nach acht Uhr anrief, und ich fühlte mich wie der Boss. Ich berichtete ihm von der Stuttgarter Ärztin und erklärte die Situation. Ein kleines Labor, das wir hochnehmen konnten, genügte.

Er habe einmal etwas von Hobbypanschern gehört, die versuchten, Mint nachzumachen, meinte Alexander. »In der Eisenbahnstraße.« Ich gab ihm auf, sich vorsichtig umzuhören und mir so schnell wie möglich die genaue Adresse zu besorgen.

Wie es mit seinem Geld aussehe, wollte Alexander seinerseits wissen. Ich sagte, ich sei da dran, und kam mir augenblicklich vor wie mein Vermieter. An dem undichten Dach sei er dran, hatte er seit meinem Einzug schon dreimal gesagt. Aber so einer war ich nicht. Wenn Alexander lieferte und wir schnell handelten, würde mir das ein wenig Luft verschaffen. Und ich würde mich erkenntlich zeigen.

Donnerstag, 8.20 Uhr

»Boss, ich habe einen Vorschlag bezüglich der Stuttgarter Ärztin.«

»Welche Ärztin?«

»Ähm ... die Prio-1-Mail ...«

»Moment ... ich überfliege die Mail ... bin ich noch nicht dazu gekommen heute ... Oh Gott, das ist eine Katastrophe. Ein Politikertöchterlein und auch noch Ärztin! Die Presse wird uns schlachten.«

»Deshalb schlage ich vor, wir nehmen ein Labor hoch.«

»Können wir das?«

»Nichts Bedeutendes, aber es bringt uns ein paar Bilder.«

»Klingt vernünftig.«

»Gut, dann ordnen Sie das an und geben den Oberen das Gefühl, sie wären selbst auf diese Idee gekommen.«

»Ich bin der Boss!«

»Apropos: Alexander will fünfzigtausend cash zu seinem neuen Leben.«

»Das ist nicht so wenig.«

»Es ist auch nicht zu viel. Ich werde darüber mit ihm nicht verhandeln.«

»Okay, ist genehmigt. Und sprechen Sie nicht so laut. Ich habe Kopfschmerzen und gestern einen Grand Hand verloren.«

»Sie waren wieder Skat spielen?«

»Nicht so laut! Um der alten Zeiten willen, mit zwei Schulfreunden.«

»Haben Sie etwas getrunken?«

»Nein.«

»Geraucht?«
»Nicht so laut!«

Donnerstag, 10.37 Uhr

Zuerst waren wir in Saphir 2 in Kusterdingen. Dort sei Guntrams Hauptbüro gewesen, sagte Kieser. Er sah kaum besser aus als vor zwei Tagen. Nicht einmal die schwarz nachgefärbten Haare waren gegelt. Immerhin trug er einen dunkelblauen Anzug.

Da müsse noch etwas sein, meinte Kieser. Er habe sich gestern noch einmal Gedanken gemacht. Guntram werde vertrauliche Unterlagen wohl kaum auf dem Küchentisch aufbewahrt haben.

Nach einer Stunde vergeblichen Suchens beschloss Kieser, sich in Guntrams und Frederikes Zuhause umzusehen. Da vier Augen mehr sähen als zwei, sollte ich mitkommen. In Wirklichkeit, glaubte ich, verlieh es seiner Suche einfach einen offizielleren Charakter, wenn ein Angestellter mithalf. Den Jaguar musste ich wieder ins Halteverbot stellen. Auf einem der regulären Parkplätze unweit von Frederikes Hauseingang entdeckte ich den Kastenwagen, der dort letztes Mal geparkt hatte. Schreiner Klaus Decker warb mit einem stilisierten Hammer für seine Dienstleistungen.

Kieser und ich schnauften die Treppen hinauf. Frederike trug ein dünnes rosafarbenes Nachthemd inmitten ihrer vielen Grünpflanzen. Aus dem Bad kam uns der Handwerker in Boxershorts entgegen. Er stellte sich mit freiem Oberkörper neben sie. Das schien ihm in keinster Weise unangenehm.

»Klausi, das ist ja eine Überraschung«, flötete Kieser. »Lange nicht mehr gesehen.« Er lachte Frederike mit amüsiert erhobenem Zeigefinger zu wie einem unartigen Kind, dem man doch nicht recht böse sein kann. »Fredi, Fredi.«

»Das geht niemanden etwas an«, blaffte Frederike zurück.

Niemanden. Kiesers Blick und, wie ich hoffte, vor allem meinen konnte sie nicht ertragen. Sie ging in die offene Küche und tat, als hätte sie etwas zu tun. Schockierend zu sehen, wie schnell Frederike ihren Mann vergaß. Kannte sie denn gar keinen Anstand?

»Eskapaden hin oder her, zur Sache«, erklärte Kieser. Er stützte sich mit den Händen auf dem Küchentisch ab. »Ich muss wissen, woran dein Ehemann zuletzt gearbeitet hat.«

»Das müsstest du doch besser wissen als ich.«

»Dein *Ehe*mann.«

»Jetzt tu mal nicht so moralisch, Herr Apothekerpräsident.«

»Wo sind seine Unterlagen?«

Moral war wohl kein Terrain, auf das sich Kieser allzu lange begeben wollte.

»Die Polizei hat alles mitgenommen«, erklärte Frederike ungehalten.

»Ich will sein Büro sehen.«

»Bitte, du weißt, wo es ist.« Frederike verschränkte die Arme und machte keine Anstalten, sich zu bewegen. Auch Kieser blieb unschlüssig stehen.

»Kommen Sie mit, Herr Wenzel«, sagte er entschieden und watschelte voraus.

Frederike und der Handwerker blieben im Wohnzimmer. Kieser sah sich ratlos in dem kleinen Büro um. Frederike hatte offenbar nichts verändert. Er verharrte bei der Bücherkiste.

»Fachliteratur und Tennis«, murrte der Apothekerpräsident. »Tennisbücher! Wer liest Tennisbücher?«

»Die beiden kennen sich?«, fragte ich leise und deutete mit dem Kopf zur Küche.

»Ihre Jugendliebe«, antwortete Kieser verächtlich. »Der Klausi.« Es klang, als erinnerte er sich an einige Geschichten.

»Alte Liebe rostet nicht«, warf ich in den Raum.

»Frederike hatte schon immer eine Vorliebe für solche Leute.«

»Solche Leute?«

»Leute, die nicht ihrem Status entsprechen«, sagte Kieser

und betrachtete den Umschlag einer Boris-Becker-Biografie. Leute wie mich, einen Fahrer, dachte ich. »Eine Kieser kann ja wohl keinen Heizungsmonteur oder Schreiner oder was auch immer er ist heiraten.«

»Natürlich nicht«, stimmte ich zu. Kieser suchte für meinen Geschmack etwas halbherzig. »Hatte Ihr Schwager denn keinen Tresor?«

Kieser zog seine Hose ganz nach oben. Darüber wölbte sich das weiße Hemd. Er warf das Buch zurück in die Kiste und brüllte: »Frederike! Frederike! Komm bitte hierher!«

Er fischte seine Zigaretten aus dem Jackett, besann sich aber. Stattdessen griff er in die andere Seite und nahm einen schnellen Schluck aus seinem Flachmann. Wenn Frederike auf etwas noch allergischer als auf ungesunde Ernährung reagierte, war das Zigarettenrauch.

Sie kam in Guntrams Büro. Klausi dackelte ihr hinterher. Er hatte sich ein Holzfällerhemd übergeworfen und es immerhin bis zur Mitte zugeknöpft. Es war zu eng, und er sah lächerlich aus.

»Es kann doch nicht sein, dass es hier nichts, aber auch gar nichts gibt«, sagte Kieser. »Hat dein Mann denn keinen Tresor?«

»Hatte«, korrigierte Frederike.

»Ja, ja, hatte! Also hatte er einen?«

»Ja.«

»Warum hast du das nicht gleich gesagt?«, regte sich Kieser auf. Ja, warum hatte sie das nicht gleich gesagt? Das konnte Frederike bei allen Eskapaden kaum vergessen haben!

Sie zuckte mit den Schultern. »Hat mich niemand danach gefragt.«

Als sie im offenen Wohnzimmer das Tigerkopfgemälde von der Wand nahm, kam ein massiver Tresor zum Vorschein, gesichert mit einem elektronischen Schloss. Wer so ein Ding zu Hause hat, hat etwas zu verstecken.

»Verdammte Axt«, sagte Kieser und fuhr sich mit der rechten Hand durch das Haar. Mit der linken wühlte er in seinem Jackett.

»Hier wird nicht geraucht«, sagte Frederike, bevor er die Schachtel herausgeholt hatte.

»Wie kriegen wir dieses verdammte Ding auf?«

»Mit dem Code«, antwortete Frederike und tippte eine Zahlenkombination ein. Sie schob den Hebel nach oben – klack – und zog den Tresor auf. »Mein Geburtstag.«

Kieser lachte auf. »Er hat dich geliebt.«

Klausis dümmliches Lächeln erlosch, als ich ihn streng ansah. Er hat sie geliebt.

Der füllige Apothekerpräsident schob sich vor und verdeckte die Öffnung, wie es die Sonne mit dem Mond macht: mal mehr, mal weniger. Er griff hinein, schlug wütend gegen die Wand und ging einen Schritt zurück. Kieser hielt eine durchsichtige Packung mit kleinen grünlichen Kristallen in der Hand. Ich wusste nicht, was ich mir im Tresor vorgestellt hatte. Glänzende Goldbarren, blinkenden Schmuck oder haufenweise vergilbte Akten. Nichts als ein Laptop und Bargeld lagen noch darin. Keine großen Bündel, höchstens zehntausend Euro, bei Kiesers die Portokasse.

Kieser wog die Kristalle in seiner Hand. »Was ist das, verdammt?«

»Mint«, antwortete Frederike ruhig. Ich schätzte die Packung auf mindestens fünf Gramm, ein ordentlicher Vorrat. »Er hat den Mist seit einiger Zeit konsumiert.«

»Dein Mann hat Drogen genommen?« Kieser konnte es kaum fassen.

»Deshalb habe ich der Polizei nichts gesagt. Überleg nur, welches Licht das auf uns geworfen hätte.«

»Um Himmels willen! Ein Kieser nimmt Drogen«, ereiferte sich das Clan-Oberhaupt. »Gut, er war nur angeheiratet, aber trotzdem. Das darf nicht wahr sein.«

»Was glaubst du, wie viel er gearbeitet hat? In letzter Zeit immer an diesem Laptop«, erklärte Frederike.

»Seit wann hat er diesen Tresor?«, fragte Kieser. »Das ist doch in eurer Ökobude nicht Standard.«

»Vor einem Jahr ungefähr hat er ihn einbauen lassen. Er meinte, wegen der vielen Einbrüche überall.«

»Wahrscheinlich hat er geheime Dokumente darauf abgespeichert«, sagte Klausi und zeigte auf den Laptop.

Kieser nahm das Gerät an sich und sagte mitleidig: »Ich bin beeindruckt, Sherlock Holmes. Du solltest dich bei der Kriminalpolizei bewerben.«

Frederike nahm Klausi am Arm. »Hör auf, Konrad!«

Sie hatte schon immer eine Vorliebe für solche Leute, dachte ich.

»Die Bullen sind so doof!«, regte sich Kieser auf. »Wofür zahlen wir eigentlich Steuern?«

»Wir zahlen fast keine Steuern«, korrigierte Frederike. Sie strich sich eine lange blonde Haarsträhne aus dem Gesicht. Klausi konnte gar nicht mehr wegsehen.

»Ja, ja«, murrte Kieser und drückte auf »On«. Das Gerät fuhr hoch. Er setzte sich damit auf das Sofa im Wohnzimmer und legte die Packung Mint vor sich. Frederike und Klausi stellten sich hinter ihn, auf die Lehne des Sofas gestützt. Ich beobachtete den Monitor von der Seite aus. Der Computer verlangte ein Passwort.

»Verdammte Axt«, schimpfte Kieser. »Dieser misstrauische Hund.«

»Die Kombination vom Tresor«, schlug der Handwerker vor.

»Brillant, Klausi«, kommentierte Kieser. »Du bist ein echter Fuchs.« Er hielt den Laptop in die Luft.

»Habe ich schon versucht«, sagte Frederike. Kieser drehte sich um und zog die Augenbrauen nach oben.

»Glaubst du, mich hat nie interessiert, was er da macht?«

»Wie lauten die Zahlen?«

Frederike seufzte, ging um das Sofa, setzte sich neben ihren Bruder und tippte ein paar Zahlen ein. Falsches Passwort.

»Versuch es weiter.«

Frederike probierte unzählige Varianten von »1506« in Kombination mit ihrem Namen. Sie wusste schon länger um den Laptop und hatte sich bereits daran zu schaffen gemacht. Ich traute ihr mittlerweile sogar zu, das Passwort zu kennen und es uns zu verheimlichen. Jedenfalls kamen wir nicht weiter. Half es wirklich, dass Klausi seinen Arm um sie legte? Die Glut ihrer Jugendliebe schien nie erloschen zu sein. Das Feuer loderte gerade wieder auf.

Ich tat gelangweilt und tippte in mein Smartphone. »Frau Janetzky, kommen Sie unter einem Vorwand zu Frederike Kiesers Wohnung und befragen Sie den gerade anwesenden Klaus Decker nach seinem Alibi«, schrieb ich. Nur Sekunden später kam die Antwort: »Fahre los.« Aus rein professionellem Interesse freute ich mich zum ersten Mal auf Janetzky. Der Feuerlöscher war unterwegs.

»Das Gerät muss zu einer Spezialfirma, die so was knacken kann«, sagte Kieser entmutigt.

»Ich glaube, es muss zur Polizei«, wagte Klausi einen zaghaften Vorstoß. »Das ist Beweismaterial.«

»Das ist Beweismaterial«, äffte Kieser ihn nach. Wenn man in Unterhose und zu engem Holzfällerhemd neben einer Witwe vor dem Apothekerpräsidenten stand, war dies ohnehin nicht die beste Position. »So ein Unsinn. Was geht das die Bullen an?«

»Was geht dich das an?«, schnappte Frederike zurück. Sie reagierte allergisch wie auf Zigarettenrauch, wenn Kieser ihren Klausi herablassend behandelte.

»Guntram hatte mit Drogen zu tun, jetzt ist er tot. Mein Auto brennt ab. Unsere Mutter wird bedroht, sie traut sich nicht einmal mehr aus dem Haus, wir alle werden bedroht! Wir sind in Gefahr, und bei mir stehen Wahlen an. Irgendein Irrer will uns fertigmachen, und ich habe keine Ahnung, warum«, rief Kieser erbost. Er griff in sein Jackett und nahm einen Schluck aus dem Flachmann. »Das geht mich das an, verdammte Axt!«

»Man könnte …«, warf ich von der Seite ein. Die Streithähne sahen mich skeptisch an. Ich ging einen Schritt auf sie zu und besah mir den Laptop näher. »Ich kenne einen Spezialisten in Tübingen. Er ist Doktorand der Informatik, vertrauenswürdig und knackt jedes Passwort.«

»Sehr gut, Herr Wenzel«, entschied Kieser. Er verstaute den

Flachmann und holte die Zigaretten hervor. »Wenigstens auf einen ist hier Verlass.«

Kieser klappte den Laptop zu. Er stand auf und zeigte mit dem Finger auf die Mint-Packung. »Frederike, spül diesen Mist die Toilette herunter.« Noch im Flur zündete er sich die Zigarette an und blies absichtlich ein wenig Rauch in die grüne Hölle. Das Gerät wie pures Gold unter den Arm geklemmt, hob er die Hand zum Gruß. »Los, Herr Wenzel, wir wollen die beiden Hübschen nicht weiter stören.«

Donnerstag, 12.10 Uhr

»Sind wir hier richtig?«, fragte der Apothekerpräsident, als ich ihn an der Warteschlange für Döner und Pizza vorbeiführte. Erdal hinter dem Tresen wirkte nicht minder verwundert über den mittelalten gebräunten Herrn im dunkelblauen Anzug. Akin belegte gerade eine Pizza. Wenn sich zwei Männer zuerst im Stripclub und danach beruflich begegnen, kann das eine heikle Sache sein.

»Wir brauchen deine Hilfe«, rief ich über den Tresen und deutete auf Kieser. »Das ist mein Chef.«

Kieser hielt den Laptop fest unter dem Arm. Er schob mich an den wartenden Kunden vorbei und flüsterte: »Diskretion, Herr Wenzel, Diskretion. Wir können kein Aufsehen gebrauchen.«

»Kommst du kurz zu uns?«, fragte ich Akin.

»Heilig's Blechle.« Akin warf noch etwas Käse auf die Pizza und schob sie in den Ofen. Er legte seine Schürze ab. »Als ob ich hier nichts anderes zu tun hätte.«

»Macht schnell allein weiter«, rief er seiner deutschen Aushilfe und Erdal zu und schob sich um den Tresen.

»Das geht doch nicht«, sagte eine junge Frau in der Warteschlange. Sie war barfuß.

»Soße hin oder her, wir gehen wieder«, kommentierte ihre

ebenso barfüßige Freundin, die sich aus ihrem Arm löste und zum Ausgang wandte.

»Sekunde, die Damen«, sagte Akin und legte die Schürze wieder an. Er nahm das Dönermesser zur Hand. Energisch schnitt er Fleisch vom Spieß.

Ich nahm mir eine Cherry-Cola aus dem Kühlregal. Kieser bevorzugte Bier. Wir setzten uns in die hintere Ecke des Ladens und warteten. Selbst die deutsche Aushilfe legte einen Zahn zu und packte die Salate schneller als gewöhnlich in das Fladenbrot. Im Fernseher liefen Bilder aus dem Stuttgarter Katharinenhospital. Das Südwestfernsehen war schnell. Es berichtete über die tote Assistenzärztin Melissa Walter. Akin war beschäftigt. Als Erdal zu den Nachrichten aufblickte und erkannte, dass es um Mint ging, griff er zur Fernbedienung und schaltete um.

Kieser versicherte sich derweil noch zweimal, ob wir wirklich richtig seien. Ich schloss den Laptop an das Stromnetz an und versuchte selbst, die Sicherung zu knacken. Kieser sollte ruhig sehen, wie ich mich für ihn einsetzte. Endlich kam Akin zu uns, und ich stellte die Männer einander vor.

»Sehr erfreut«, sagte Kieser, legte zwei Hundert-Euro-Scheine auf den Tisch und schob sie Akin zu. »Mir ist ... ich überlege schon die ganze Zeit ... haben wir uns schon einmal gesehen?«

Kieser war aufmerksamer als erwartet.

»Wir haben so viele Kunden«, sagte Akin. »Kann sein oder auch nicht.«

»Irgendwie meine ich ...« Kieser zuckte mit den Schultern und zeigte auf den Bildschirm. »Egal, können Sie die Sicherung dieses Laptops außer Kraft setzen?«

Akin steckte die Scheine in seine Hosentasche. Was man hat, hat man. So denkt der Schwabe. Dann besah er sich den Laptop und die Eingabemaske. Er öffnete Fenster, die ich noch nie gesehen hatte, und gab Befehle ein. Vollkommen ruhig und konzentriert. Falten legten sich auf seine Stirn, und er fuhr sich mit der Hand über die Glatze. Schließlich gelangte er zu einer

Seite voller Programmiertext. Er scrollte sich bis zum Ende durch. Allein das beeindruckte Kieser. »Heilig's Herrgottsblechle«, sagte Akin. Er trommelte mit den Fingern auf den Tisch. »Diese Wall hat es in sich.«

»Kriegen Sie es nicht hin?«, fragte Kieser besorgt.

Akin setzte zu einem knackigen Vortrag an, den er mit zahlreichen Fachbegriffen spickte. Er erklärte verschiedene Sicherheitssysteme. Der Besitzer, so Akin, verwende ein besonders modernes und schwierig zu umgehendes.

Kieser hob nach kurzer Zeit beschwörend die Hand. »Pardon, Herr Tosun, mich interessiert nur: Kriegen Sie es hin, und wie lange wird es dauern?«

»Mindestens drei, vier Tage, bis die ganzen Chiffren und Variationen ...«

»Verdammte Axt«, unterbrach Kieser die Erklärung. »Das ist zu lange. In vier Tagen kann sonst was passieren.«

»Man könnte natürlich auch Nachtschichten einlegen«, sagte Akin und raschelte mit den Geldscheinen. Wenn Kieser eine Sprache verstand, dann diese. Er warf noch einmal zwei Hunderter auf den Tisch und trank die halbe Flasche Bier in einem Zug.

»Man könnte die andere Aushilfe anrufen und sofort anfangen ...«

Kieser zückte noch einen Hunderter.

»Basst scho«, sagte Akin und schob die Scheine ein. »Morgen, spätestens übermorgen werde ich so weit sein. Mit Glück auch etwas früher.«

»Herr Wenzel, Sie überwachen die Aktion bitte«, wies Kieser mich an. »Ich nehme ein Taxi nach Hause. Geben Sie mir sofort Bescheid, sobald wir etwas haben.«

»Jawohl, Herr Kieser.« Dieses »wir« erfreute mich. »Ich werde ihm auf die Finger schauen.«

Akin raschelte wieder mit den Scheinen und nickte in meine Richtung. »Der Herr Wenzel muss essen und trinken, schauen Sie sich den mal an«, sagte er und fügte lachend hinzu: »Nur Haut und Knochen.«

Akin, dachte ich, du bewegst dich auf dünnem Eis.

Kieser zückte seine Geldbörse und gab mir, allmählich genervt, einen Fünfziger. »Jetzt aber.«

»Das Bier geht aufs Haus«, sagte Akin zufrieden lächelnd.

»Wie großzügig.«

»Im Kleinen schon.«

»Sie sind mein Mann.«

Kieser streckte ihm die Hand entgegen. Akin schlug ein. Dann stand der Apothekerpräsident auf. Nach drei Schritten drehte er sich kopfschüttelnd noch einmal um. »Und irgendwoher, mir fällt es schon noch ein, kenne ich Sie.«

Kieser stieg draußen in das nächste freie Taxi und rauschte ab. Akins Stirn legte sich in Falten.

»Was?«, fragte ich. Er sah sich um, als könnten wir belauscht werden.

»Bist du wahnsinnig? Ich bin im Stripclub direkt hinter ihm und diesem fetten Pharmazierat gesessen!«, sagte Akin.

»Er kann dich nicht zuordnen. Und selbst wenn ...«, zuckte ich mit den Schultern.

»Ist ihm das Haargel ausgegangen?«, fragte Akin. Er nahm den Laptop und gab ein paar Befehle ein. »Ging doch schneller. Voilà.«

Ein gewöhnlicher Desktop erschien. Er schob mir das Gerät wieder zu. »Jetzt bist du dran.«

»Sehr gut«, sagte ich und klopfte ihm auf die Schulter. Ich tippte »Mint« in die Schlagwortsuche. Nichts. Guntram nannte den Stoff vermutlich nicht wie die Szene, überlegte ich, sondern irgendwie chemisch. Mehrere Substanzen, nach denen ich suchte, ergaben ebenfalls keine oder nur Zufallstreffer. Wo war das Silbertablett mit den Beweisen? Ich klickte mich durch die Ordner. Tagesgeschäft der Apotheker, Kontrolllisten, Briefe und Bilanzen.

Mir fiel etwas ein. »Sieh bitte nach, wann das letzte Mal auf die Daten zugegriffen wurde.«

Mittlerweile traute ich Frederike alles zu. Akin nahm das Gerät wieder zu sich und gab einige Befehle ein.

»Am Freitagabend, um achtzehn Uhr vierundzwanzig«, sagte Akin.

»An welchen Dateien wurde zuletzt gearbeitet?«

»Am Ordner MVZ«, sagte Akin und klickte darauf. »Was heißt das?«

»Medizinisches Versorgungszentrum«, antwortete ich. Akin öffnete den Ordner. Er war voll mit Dokumenten, Plänen und Analysen. Guntram hatte also die Grundstückseigentümer angelogen, und Bunk hatte die Wahrheit gesagt. In einem weiteren Ordner befanden sich Pläne für zehn Achtfamilienhäuser gleichen Zuschnitts. Die Wohnflächen waren alle großzügig bemessen, und soweit ich es aus den Plänen ersehen konnte, sollte mit der Ausstattung eine gehobene Klientel angesprochen werden.

»Was ist mit E-Mails?«, fragte ich ungeduldig.

»Ich bin Informatiker und kein Zauberer.«

Der Duft von frischer Pizza zog durch den Dönerladen. Erdal holte gerade zwei aus dem Ofen. Eine leckere Pizza zur Mittagszeit, überlegte ich. Mein Hemd spannte leicht. Ich musste mich disziplinieren. Heute würde ich stark sein und das Mittagessen ausfallen lassen.

Akin bewegte sich mit völliger Sicherheit durch Programme, die gewiss kein Laie bedienen konnte. Verschiedene Eingabemasken und erfolglose Befehle kommentierte er mit deftigen Flüchen. Ich trank die Cherry-Cola, und mir gefiel nicht, was ich sah. Akin war nun wirklich ratlos.

»Ich muss eine Software installieren«, erklärte Akin schließlich. »Damit werden wir die Sicherung knacken, aber jetzt dauert es.«

Ich klickte mich durch die Dokumente zum Ärztehaus. Offenkundig zielte es vor allem auf Privatpatienten und wohlhabende Gesundheitstouristen aus dem arabischen Raum ab. Ein kleines Boutique-Hotel sollte angeschlossen sein. Guntram Kieser hätte daran ebenso wie an den Mieten der Ärzte und natürlich an der selbst betriebenen Apotheke verdient. Er hatte sein Wollschläger-Center bis ins Detail geplant. Aus einer umfangreichen Analyse eines Unternehmensberaters, der voraussagte, das MVZ werde wie ein Magnet wirken – hatte diese Formulierung nicht auch Bunk benutzt? –, riss mich Gruper. »Die Frau ist wieder da, ohne das Mädchen.« Mein Pulsschlag beschleunigte sich sprunghaft.

Er gab offenbar sofort sein Handy weiter, denn schon im nächsten Moment hörte ich: »Schön, dich erreicht zu haben.« Ich erkannte Lisas Stimme sofort wieder. »Wo bist du?«

»In einem Dönerladen.«

»Immer noch der Alte.«

»Ich arbeite hier«, erklärte ich. Das hatte man davon, wenn man die Wahrheit sagte. »Hast du einen Namen genannt?«

»Nein.«

»Gut«, antwortete ich und gab ihr meine Prepaid-Nummer durch. Ich wies sie an, die neue Prepaid-Karte von Gruper zu benutzen, und verließ den Dönerladen. Unterwegs wechselte ich die SIM-Karte meines Smartphones. An der Eberhardsbrücke nahm ich die Treppen hinunter zu einer Allee, die parallel zum Neckar verlief. Ich spazierte auf und ab und wartete ungeduldig auf Lisas Anruf. Endlich meldete sie sich. Lisa wollte sich mit mir treffen. Ich erklärte ihr, dass ich undercover in Tübingen sei.

»Sie müssen etwas herausgefunden haben.« Lisas Stimme zitterte. Sie hatte Angst.

»Dann war die Geschichte mit der Tochter nur ein Vorwand?«, fragte ich, erleichtert und enttäuscht zugleich. Und besorgt. »Wie heißt sie?«

»Leonie«, sagte Lisa zögerlich.

»Bin ich der Vater?«

»Sie ist meine Tochter, und ich liebe sie, so oder so. Sie hat keinen Vater.«

»Unsinn«, entfuhr es mir, ins Herz gestochen. »Treffen wir uns nächste Woche an der üblichen Stelle.«

»Wie damals?«

»Falls zwischenzeitlich etwas passiert, hast du diese Nummer. Ich werde sie in ein Ersatzhandy legen und immer erreichbar sein. Kauf dir eine neue Prepaid-Karte und wirf die von Gruper nach unserem Gespräch weg.«

»Wie siehst du gerade aus?«

»Die Haare sind ganz kurz, ein kratziger Dreitagebart, und Marie behauptet, ich hätte ganz leicht zugenommen.«

»Oh.«

»Du siehst immer noch aus wie früher«, sagte ich. »Die kurzen Haare stehen dir gut.«

Donnerstag, 20.55 Uhr

Marie war in den neuen John Grisham vertieft und sah kurz auf. Ich kannte meine Schwester lange und gut genug, um zu wissen, dass etwas nicht stimmte. Sie hatte den Tag in der Wassermühle verbringen und sich entspannen wollen. Nun war sie traurig. Akin habe sich nicht ein einziges Mal gemeldet, sagte sie. Aus den Augen, aus dem Sinn. Ich erklärte ihr, dass er damit beschäftigt sei, E-Mails zu knacken. Marie entgegnete, gestern im Dönerladen sei eine hübsche junge Frau hereingekommen. Sie habe sehr vertraut mit Erdal gewirkt und sich nach Akin erkundigt. Dann sei sie nach oben in die Wohnung gegangen und dort längere Zeit geblieben. Darüber wusste ich nichts.

»Wir gehen heute Abend aus und feiern in deinen Geburtstag rein«, schlug ich vor, um sie aufzuheitern.

»Keine Lust.«

»Heute ist Donnerstag, und da steigen im TOP10 die besten Partys«, versuchte ich, ihr meinen Plan schmackhaft zu machen.

»Da kannst du allein hin.«

»Ich kann Akin fragen, ob er mitkommt.«

»Nein danke«, sagte Marie.

Sie gab vor, weiterzulesen, und ich dachte nach. Akin schien ihr zu gefallen. Marie war eifersüchtig auf die junge Frau, die sie gesehen hatte und die ich nicht kannte. Marie war unabhängig und stark, stärker als ich. Sie meisterte ihr Leben ohne fremde Hilfe. Und doch saß sie nun einmal im Rollstuhl. Manchmal wusste ich nicht, was ich richtig und was ich falsch machte.

Marie dürfte nicht hier sein. Erst recht dürfte sie nicht mit mir gesehen werden. Während eines laufenden Undercover-Einsatzes brachte ich sie damit in Gefahr. Nur wollte ich sie unter Menschen bringen. Ich wünschte mir für sie, dass sie den Partner fand, nach dem sie sich sehnte. Einen, der sie liebte, wie sie war.

Donnerstag, 22.50 Uhr

Maries Stimmung schien sich ein wenig gebessert zu haben. Sie hatte ein Nickerchen gemacht. Akin habe sie angerufen. Er sei nett gewesen. Auf die Frau habe sie ihn allerdings nicht angesprochen. Mein zweiter Anlauf, sie zum Reinfeiern zu überreden, war von Erfolg gekrönt. Sie müsse nur noch kurz ins Bad.

Marie brauchte nie lange. Nur wenn sie die langen, lockigen Haare besonders frisierte, konnte es dauern. Wenn sie sich überhaupt schminkte, dann nur sehr dezent. Ich nahm mir derweil eine Cherry-Cola aus dem Kühlschrank, mischte sie mit Wodka und gab Eis hinzu.

Im Radio lief die »SWR3 Dance Night«. Ich drehte lauter. Der Fall ist der Fall, sagte ich mir. Deine Schwester hat Geburtstag. Beim zweiten Glas Wodka Kirsch rief ich aus der Küche: »Marie?«

»Bin gleich fertig«, hallte es aus dem Bad zurück.

Zehn Minuten später, nach einem weiteren »Komme gleich«, stand Akin vor der Wassermühle. Ich hatte die Klingel wegen der Musik zuerst nicht gehört. Er machte sich mit einem Anruf bemerkbar. Ich ließ ihn herauf und bot ihm einen kleinen Drink an. Er lehnte ab. »Ich fahre.«

Das versprach ein amüsanter Abend für mich zu werden. Er hatte sich regelrecht herausgeputzt mit seinen dunkelbraunen Schnürschuhen, der schwarzen Stoffhose und dem blau gestreiften Hemd. Man hätte ihn direkt in ein Büro zum Arbeiten schicken können. An die E-Mails von Guntram Kieser war er noch nicht gekommen. Der Rechner laufe, sagte Akin. Eine Cherry-Cola konnte ich meinem fleißigen Helfer wenigstens eingießen. Akin studierte auf der Dosenrückseite die Kalorien und sagte, er werde das »Gsöff« einmal probieren.

»Welches ist besser?«, rief Marie. Sie rollte in die Küche und hielt zwei Tops in die Luft: eins lila, eins pink. Sie trug eine dunkelblaue Hose, am Oberkörper nur ihren BH. Als sie Akin sah, riss sie die Arme herunter und bedeckte ihre Brust. »Du hättest mir etwas sagen können!«

Ihre Lippen waren rot bemalt, die Wimpern getuscht. Für mich, der sie so gar nicht kannte, zu viel des Guten.

»Nimm das lilane und beeile dich«, sagte ich.

»Es ist türkis, du Topflappen«, gab Marie erbost zurück und wendete. Minuspunkt für mich. Sie drehte sich noch einmal um und deutete auf die Gläser. »Wer fährt eigentlich?«

Akin reichte ihr seines. Marie nippte. »Fürchterlich. Wenigstens kein Alkohol.«

Pluspunkt für Akin.

»Mach hinne«, sagte ich.

Sie rollte zurück ins Bad und rief von dort: »Zwei Minuten.«

Solche zwei Minuten bieten Gelegenheit für ein drittes gut gemischtes Glas. Die zwei bisherigen guten Mischungen, beschloss ich, genügten dennoch.

»Vorhin war ein Tagblatt-Reporter bei uns zum Essen. Ich habe erfahren, dass es morgen einen Hammer gibt«, berichtete Akin.

»Ja?«, fragte ich und hob die Augenbrauen.

»Die Bullen haben ein Labor hochgenommen und das ganze Equipment und alles beschlagnahmt.«

»In der Eisenbahnstraße«, ergänzte ich mit unschuldiger Miene. Akin war etwas enttäuscht, mir nicht die erwartete Sensation präsentieren zu können. Der Boss hatte mich über die ersten Ergebnisse informiert. In dem Labor, das uns Alexander geliefert hatte, waren verschiedene Drogen produziert worden, darunter wahrscheinlich auch eine Imitation von Mint. Für die Zeitungen und das Fernsehen genügte dies.

»Du, sag mal, Marie meinte vorhin, da wär gestern eine Frau bei euch in die Wohnung gegangen«, sagte ich beiläufig.

Akin setzte einen fragenden Blick auf. »Eine Frau?«

»Ja.«

»Ach, meine Cousine! Sie hilft mir und meinem Vater ein wenig im Haushalt und bei der Wäsche.«

Er berührte meinen Arm und flüsterte: »Ich habe eine Torte im TOP10 bestellt.«

Ich fasste mir an den Kopf, wenn auch nur innerlich. Akin hatte sich etwas für Marie überlegt, und ich stand ohne Geschenk da! Marie hatte angedeutet, mit mir zusammen zu unseren Eltern fahren zu wollen. Ein Essen zu viert, das wäre eine Möglichkeit. Ein Gutschein ging immer – wenn nur Vater nicht wäre. Das ewige Selbstmitleid, die Sauferei und sein Hass auf die Polizei.

Marie hatte sich für eine hellblaue Bluse entschieden, darüber trug sie einen Blazer. Overdressed für das TOP10, doch ich hütete mich, das zu sagen. Mehr als die Hälfte von Akins Cherry-Cola war noch übrig. Mein Blick wanderte vom Glas zu Akin. Seufzend trank ich den Rest.

»Du wirst noch ein guter Schwabe«, meinte Akin. Ich nahm an, dass ich das als Kompliment verstehen durfte.

Akin fuhr uns in seiner neuen E-Klasse stadtauswärts Richtung Reutlingen. Das TOP10 war Tübingens größter Club und befand sich im Depot-Areal. Im Erdgeschoss hatten sich zahlreiche Ladengeschäfte eingemietet, im ersten Stock wurde auf mehreren Floors gefeiert. Marie saß neben Akin, während ich auf den Chefplatz hinten rechts bestanden hatte. Mein Bart kratzte. Ich bat Marie, mir eine Creme nach hinten zu geben, die ich genussvoll einrieb. Nicht ganz Kaviar-Serum, eher Eigenmarke Drogeriemarkt. Ich hatte zu viel aus der Tube gedrückt und überlegte, mir den Rest in die Haare zu schmieren, aber sie waren zu kurz, um sie im Kieser-Style nach hinten zu gelen. Ein T-Shirt, eine modisch zerrissene Hose und weiße Sneakers sollten mich in dem Club, in dem fast nur junge Leute feierten, nicht zu sehr auffallen lassen.

Akin fand einen Parkplatz nahe dem Eingang. Am Fuß der steinernen Treppe packte er den Rollstuhl links, ich rechts. Wir trugen Marie ein Stockwerk nach oben, zum Eingang und zu den Tanzflächen. Marie saß wie die Königin auf ihrer Sänfte und dankte ihren Dienern mit einer royalen Handbewegung. Sie war glücklich und freute sich auf den Abend. Ich versuchte mich zu entspannen. Was sollte schon passieren? Die Bässe wummerten, die große Tanzfläche war noch fast leer. Bunte Lichtkegel durchkreuzten den Raum.

»Lasst uns etwas trinken«, rief Akin und steuerte die große, runde Bar an. An allen Seiten drängten sich junge Leute. »Ich lade euch ein.«

Was war mit ihm los? Und was mit meiner Schwester? Kaum hier gelandet, bewegte Marie sich schon zaghaft im Takt. Der Club war noch nicht einmal halb voll. Auf der Tanzfläche entdeckte ich einen jungen Mann im Rollstuhl. Bei solch großen Menschenansammlungen kam es immer wieder vor, dass ein paar Halbstarke Marie schief ansprachen. Deshalb hielt sie sich für gewöhnlich zurück, gerade anfangs. Doch jetzt bewegte Marie ihre Arme in der Luft und drehte sich vor Freude im Rollstuhl. So ausgelassen hatte ich sie lange nicht mehr erlebt. Akin tanzte daneben wie ein Grizzlybär mit Hüftproblemen. Die beiden amüsierten sich. Und ich war glücklich, überflüssig zu sein.

Mit einem Gin Tonic in der Hand schlenderte ich auf die Terrasse. Im überdachten Raucherbereich stellte ich mich zu drei Jungs und schnorrte eine Zigarette. Rauchen hatte mich nie gereizt. Nur manchmal war mir plötzlich danach, eine zu paffen. Neben mir wechselte auffällig unauffällig, wie sich Achtzehn- oder Neunzehnjährige dabei anstellten, ein kleines grünlich schimmerndes Päckchen den Besitzer.

Du bist privat hier, sagte ich mir. Andererseits … – Ich ging noch einmal auf die Jungs zu. Die beiden Blonden sahen sich so ähnlich, dass sie Zwillinge sein konnten. Der Schwarze mit den Rastalocken eher nicht.

Sie erschraken.

Aus dem Augenwinkel sah ich, weshalb. Wenn ich Vitali nicht an den buschigen Augenbrauen erkannt hätte, dann daran, wie er sich im Club bewegte: Das TOP10 gehörte ihm.

»Salut, Vitali«, rief ich und prostete ihm zu.

Er hielt an, stellte sich dann direkt vor mich und hob den Zeigefinger. »Wer bist du?«

»Es geht ums Geschäft«, sagte ich und zog an meiner Zigarette.

Die drei Jungs riefen »Party« und verschwanden im Club.

Vitali roch nach Wodka. Immerhin blieb der Russe meinen Vorurteilen treu. Er zündete sich eine Zigarette an und sah über das Geländer auf die Wartenden vor dem Eingang.

»Was willst du?«, fragte Vitali.

»Hundert Gramm«, sagte ich mit ausdrucksloser Miene und nippte am Gin Tonic.

»Wer schickt dich?«

»Musst du nicht wissen.«

»Komm mit«, sagte er und ging nach draußen zum Raucherpilz. Anscheinend kaufte er mir meinen Auftritt ab.

»Kannst du liefern?«, fragte ich.

»Ja, aber es dauert.«

Ich sah ihn verärgert an und schnippte die Zigarette weg.

»Sagen wir …«, säuselte Vitali, »… andere sind größer und wichtiger.«

Vitali kippte sich das halb volle Glas Wodka in den Rachen. Ich entschloss mich, ihn ein wenig zu provozieren: »Es gibt Leute, die sagen, du bist gar nicht mehr im Geschäft.«

»Fick dich«, gab Vitali zurück und stieß mich gegen die Brust. Dann zündete er sich eine neue Zigarette an.

Einer der Blonden von vorhin kam auf uns zu. Er hatte den Glimmstängel bereits im Mund und bewegte den Daumen auf und ab. »Kann ich Feuer …?«

»Verpiss dich«, fuhr ich ihn an.

»Ich wollte nur …«

»Laber uns nicht an«, schrie ich und scheuerte ihm eine. Der Junge taumelte zur Seite. Er hielt sich die Wange und sah mich völlig entgeistert an. Dann drehte er sich um, als ob da jemand wäre, seine helfenden Kumpels, doch da standen nur Leute, denen er egal war.

»Verpiss dich«, wiederholte ich ungehalten.

Der Junge stolperte schluchzend davon, Vitali nickte. Ich war einer von seiner Sorte. Lässig an das Geländer gelehnt, sagte ich: »Die Apotheker sollen sich beeilen.«

Vitali zuckte. Er musste sich beherrschen.

»Das, das …«, stammelte er, »… sind alles nur Gerüchte.«

»Ja?«, fragte ich und lachte auf. Ich durfte Vitali keinesfalls zu sehr unter Druck setzen. Sollte Alexander wider Erwarten ausfallen, wäre ein inszenierter Deal eine Option. Es waren wenige Minuten bis Mitternacht. Unten vor dem Club hatte sich eine Warteschlange gebildet.

»Der Bulle«, rief jemand. Ich drehte mich um.

Eine große, hagere Gestalt hüpfte auf und ab. Es war der Knochen, er war wieder drauf, und er zeigte mit dem Finger auf mich. Ich tat erst, als wär ich nicht gemeint, und ignorierte ihn. Doch der Knochen sprang auf mich zu, schubste mich zurück und brüllte noch lauter: »Dreckiger Bulle, ein dreckiger Bulle!«

»Was?«, lachte ich. »Wer bist du denn?«

Ich kippte ihm den restlichen Gin Tonic ins Gesicht. Ein Tumult entstand, mehrere Leute umringten uns. Unauffällige Ermittlungen undercover, großartig, Tom Wenzel! Wo waren die Securitys, wenn man sie einmal brauchte?

Marie kam aus dem Club. Nicht auch das noch! Sie schob sich mit den Händen voraus durch eine Gruppe von Mädels.

»Was ist da los?«, rief sie und rollte näher.

»Alles okay, kein Problem, geh wieder rein.«

Vitali und der Knochen sahen abwechselnd zu Marie und zu mir. »Wo ist Akin?«

»Er wollte kurz was organisieren.«

»Das ist meine Schwester«, erklärte ich Vitali. »Sie hat gleich Geburtstag. Sie wird dreiunddreißig.«

»Der lügt, der dreckige Bulle«, rief der Knochen dazwischen und zog ein Messer. »Das ist nicht seine Schwester.«

»Ein Bullenschwein«, fauchte Vitali. »Will mich verarschen.«

»Lass uns reingehen, es ist nur noch eine Minute«, sagte ich zu Marie. Vitali und der Knochen stellten sich uns in den Weg.

Akin kam heraus und balancierte eine Torte auf seinen Händen. Sie war mit einer großen Dreiunddreißig verziert. Die Musik setzte aus. Der DJ zählte die letzten zehn Sekunden bis Mitternacht herunter: »Zehn … neun …«

Akin sah den Knochen schockiert an. »… sieben … sechs …«

»Das ist der andere Bulle«, schrie der Knochen. Er stürmte mit seinem Messer auf mich zu. »… drei … zwei … eins …«

Akin donnerte ihm die Torte von der Seite ins Gesicht. Aus den Lautsprechern schallte »Happy Birthday« von Stevie Wonder in der House-Version.

Marie zog Akin zu sich und küsste ihn. Der Knochen lag tortenverschmiert und wimmernd auf dem Boden.

»Schatz, wer ist dieser Mann?«, fragte Marie vorwurfsvoll.

»Der … keine Ahnung«, stammelte Akin. »Tut mir leid.«

Die beiden küssten sich wieder. Ist gut jetzt, er hat es gekauft, dachte ich.

»Das ist der andere Bulle«, sagte ich verächtlich.

»Diese Idioten, wenn sie selbst zu viel von dem Scheiß nehmen«, schimpfte Vitali.

Endlich kamen die Securitys.

»Werft ihn raus, diesen Penner«, befahl Vitali und zeigte auf den Knochen.

Die beiden muskelbepackten Männer schleiften ihn weg. »Das sind beides Bullenschweine«, rief er wieder. »Bitte, nein, glaub mir.« Zurück blieben die Tortenreste.

»Ich muss mich entschuldigen für meinen ehemaligen Bekannten«, sagte Vitali. »Deine Schwester bekommt eine neue Torte, ich spreche mit dem Chef.«

Wir gingen an die Bar. Vitali entschuldigte sich noch mehrmals. Marie und Akin bewegten sich auf dem mittlerweile vollen Dancefloor.

»Wodka, Wodka. Zwei«, schrie Vitali den Barkeeper an.

»Orange?«, fragte er zurück, schnappte sich mit jeder Hand eine Flasche und goss den Alkohol aus beiden gleichzeitig in die Gläser.

»Wodka«, feuerte Vitali ihn an. »Voll, voll, voll.«

Freitag, 9.30 Uhr

Vorsichtig lugte ich ins Schlafzimmer. Marie lag im Bett und schlief fest. Sie atmete gleichmäßig und schnarchte leise. An das Sofa gewöhnte ich mich auch besoffen nicht. Während die Beats noch lange in meinen Ohren nachgewummert hatten, hatte ich über Mint und Guntrams Tod nachgedacht. Nach Clubbesuchen konnte ich nie schlafen. Die laute Musik und das Gedränge wühlten mich immer auf. Akin hatte uns nach dem TOP10 an der Wassermühle abgesetzt. Seit Langem hatte ich Marie nicht mehr so fröhlich erlebt wie gestern.

Nach einer eiskalten Dusche, die mich halbwegs weckte und den Alkohol aus meinem Kopf vertrieb, kochte ich Kaffee. Zwei Tassen für mich, den Rest füllte ich in eine Kanne, die ich anschließend auf den Küchentisch stellte. Daneben legte ich einen Stadtplan von Tübingen und einen Zettel für Marie: »Heute Beerdigung des toten Apothekers. Kann später werden.«

Da mein einziger Fahreranzug ohnehin schwarz war, konnte ich mich kleiden wie immer in meiner Tübinger Rolle. Mit dem silbernen Jaguar holte ich Oma Herta und Kieser an der Kieser'schen Villa ab. Sie waren beide festlich schwarz gekleidet und sahen ernst aus. Oma Herta setzte sich neben mich, Kieser nahm hinten rechts Platz. Er hatte die Haare wieder nach hinten gegelt und kräftig Irisch Moos aufgetragen.

»Haben wir den Laptop geknackt?«, fragte Kieser, während er seine Frisur im Spiegel besah.

»Noch nicht.«

»Wie lange wird es dauern?«

»Der Fachmann ist mit Hochdruck dabei«, versicherte ich. Oma Herta wusste offenbar bereits Bescheid. Im Wagen sprachen sie und ihr Sohn nur das Nötigste. Wir waren bereits kurz vor der Kirche, als Kieser siedend heiß einfiel, er müsse vor dem Wochenende noch dringend etwas erledigen.

Links, rechts, geradeaus, über die Brücke. Früher, sagte Kieser, habe man sich wenigstens noch an dem Turm und den Lettern »LTT« hoch in der Luft orientieren können. Wieder links, nein, doch rechts, geradeaus. Noch ein Stück weiter, halt. Wir stoppten vor einem imposanten Backsteingebäude: dem Landestheater Tübingen.

»Fragen Sie im Foyer nach Peter, er weiß Bescheid«, befahl Kieser.

»Im Theater?«, vergewisserte ich mich ungläubig.

Oma Herta zuckte mit den Schultern. Bislang hatte der Apothekerpräsident sein kulturelles Interesse wohl auch vor ihr gekonnt verborgen. Ich stieg aus dem Wagen und schritt durch eine Allee auf den Haupteingang zu. Ein Windstoß bewegte die Baumkronen und ließ das Wasser des vorangegangenen Regens auf mich herab. Ich duckte mich leicht und erhöhte das Schritttempo. Unter dem gläsernen Vordach richtete ich mich wieder auf und betrat das weitläufige Foyer.

Es war verlassen, die Kasse auf der linken Seite unbesetzt. Draußen war Kieser aus dem Jaguar gestiegen. Er rauchte eine Zigarette und beobachtete mich. An Plakatwänden rechts wurden die nächsten Vorstellungen angekündigt. Zeitgenössische Roman-Inszenierungen und Erzähltheater lagen im Trend. Mit den Titeln konnte ich nichts anfangen. Wie sehr ich doch den Bezug zu dieser Welt verloren hatte! Immerhin einen bekannten Klassiker bot das Tübinger Theater auf: »Die Räuber« von Friedrich Schiller. Die Interpretation klang nach hoher Kunst. Die sogenannte Feel-bad-Komödie auf dem Plakat daneben klang sehr nach meinem Leben.

Eine Dame mit unzähligen Papieren in der Hand raschelte

durch das Foyer. Sie nickte erst, als ich zum zweiten Mal nach einem gewissen Peter fragte. Sie nahm die Treppe zu einer Empore und verschwand.

Theatermenschen sind oft seltsam. Selbst in der bayerischen Provinz nahe München, in der ich aufgewachsen war, hatten sich im Scheunentheater eigenwillige Leute versammelt. Wenn ich an meine Mutter in ihren glücklichen Stunden dachte, sah ich sie auf einer improvisierten Bretterbühne, hoch konzentriert, verkleidet und geschminkt im gleißenden Licht aufleben. Vormittags arbeitete sie bei einem Zahnarzt zwei Ortschaften weiter. Nachmittags kümmerte sie sich um den Haushalt und sah uns bei den Hausaufgaben auf die Finger, mir mehr als Marie. Spätabends kam ihre Zeit. Sie lernte Texte auswendig und übte zu Hause und war in einer anderen Welt.

Kieser ging nervös vor dem Wagen auf und ab, beobachtete das Theater und zündete sich eine weitere Zigarette an.

Neben der Kasse wurde ein Kindertheater angekündigt. Die Bilder meiner eigenen ersten Auftritte in der Scheune kehrten zurück. Mutter hatte mich mitgenommen. Ich dachte an eine seltsame Maus und eine dicke Katze, die ich spielen musste.

Ein älterer Herr mit langen grauen Haaren, halbherzig zu einem Pferdeschwanz zusammengebunden, riss mich aus meinen Gedanken. Er streckte mir ein großes Paket entgegen. »Hier.«

»Danke«, antwortete ich. Es war leicht und gut verschlossen. Fragen standen im faltigen Gesicht des Mannes.

»Bin der neue Fahrer«, sagte ich und kratzte mich am Bart. »Sie müssen Peter sein. Peter …«

»Ich muss zur Probe. Viel Spaß«, antwortete er und blieb stehen. Am liebsten hätte er mich hinausgeschoben. Auf dem Weg zum Wagen schüttelte ich das Paket. Kieser strahlte, als ich es ihm übergab. Er riss es auf der Rückbank sofort auf, wie es ein kleines Kind mit seinen Weihnachtsgeschenken macht. Ich stieg vorne ein, Kieser hielt das Paket fest, als enthielte es pures Gold.

Als wir davonbrausten, stand Peter noch immer an der Glasscheibe und schüttelte den Kopf. Bis wir den Seiteneingang der Kirche erreichten, hatte Kieser das Paket wieder sorgsam verschlossen. Er blockte sämtliche Fragen Oma Hertas nach dem Inhalt ab. Einen Parkplatz für den vom Hotel geliehenen Jaguar, sagte Oma Herta, habe sie noch ausgehandelt, während sie dem Pfarrer letzte Instruktionen für die Grabrede gegeben habe. Kieser sagte, das Steigenberger Konstanz habe übrigens angerufen. Es wolle den Jaguar zurück. Ich solle morgen an den Bodensee fahren.

In der Kirche angekommen, setzten sich Oma Herta und Kieser in die erste Sitzreihe neben Frederike. Sie hatte dort bereits am linken Gang Platz genommen. Neben ihr eine Cousine aus Rubin 2 oder 3. Hauptsache, nicht der Handwerker Klausi. Die ersten zwei, drei Reihen waren von engen Familienangehörigen belegt. Ich kannte Elsbeth und Walter und viele andere vom Sehen. Nahe dem Eingang stehend beobachtete ich, wie sich die Kirche füllte, und rechnete mit dem Schlimmsten: einer großen, unüberschaubaren und langwierigen Beerdigung. Schon bald fanden die Trauergäste keinen Sitzplatz mehr und mussten in den Gängen stehen. Dunkle Anzüge und Kostüme überall. Schwarz in Grau in Dunkelblau. Frederike beugte sich immer wieder nach vorne und schnäuzte in ihr Taschentuch. Die Cousine und Oma Herta legten tröstend ihre Arme um sie.

Nach einer Stunde endete der Gottesdienst, und die Trauernden marschierten geschlossen zum Friedhof. Fast tausend Leute blockierten die gesamte Straßenbreite. Dahinter bildete sich ein Stau, dennoch regte sich niemand auf. Tübinger Autofahrer waren Schlimmeres gewohnt. Der gesamte Straßenrand auf den vierhundert Metern zum Friedhof war zugeparkt. Ich versuchte, in der Nähe von Oma Herta und Frederike zu gehen. Unterwegs wurde mit anerkennendem Nicken über die »Jahrhundertbeerdigung« gesprochen, einschließlich der vielen, teils von weit her angereisten Besucher, und resigniert über zu wenige Parkplätze.

Auf dem Friedhof verteilten sich die Trauergäste auf das gesamte Gelände. Eine Blaskapelle, der Kirchenchor sowie dem

Abzeichen nach die Freiwilligen Vogelschützer und der Schützenverein standen in Reih und Glied. Die Familienangehörigen stellten sich direkt ans Grab. Nach den üblichen Riten, Gebeten und etlichen Liedern, bei denen das Gezwitscher der Vogelschützer deutlich herauszuhören war, senkte man Guntrams Sarg in die Tiefe. Mittlerweile hatte ich Janetzky ausgemacht, die bei der Leichenhalle stand. Von dort aus konnte sie beobachten, wer kam und wer ging.

Schräg vor mir tippelte ein kleiner, dicklicher Mann von einem Bein auf das andere. Er trug ein seltsames Wappen am Revers und einen Anstecker: »Deutscher Blasmusik- und Harmonikaverband«. Er lugte immer wieder auf den Zettel in seiner Jackentasche. »Standard-Trauerfall Kategorie 1« konnte ich darauf lesen. Der Text war kurz und prägnant. Handschriftlich waren nur Name, Ort, Sterbedatum und die Dauer der Mitgliedschaft eingetragen. Die besonderen Verdienste um die Blasmusik waren immer die gleichen.

Kieser eröffnete die Grabreden. Er überzog seine Ansprache gnadenlos. Mit belegter Stimme und rhetorisch gekonnt stellte er seinen Schwager als leuchtenden Engel dar. Ihm folgten mehrere Vertreter von Vereinen, denen Guntram angehört hatte. Vielen war er offenbar erst kürzlich beigetreten. Die ersten beiden hielten sich knapp. Sie lobten Guntrams Einsatz und betonten, welch schrecklichen Verlust sie mit seinem Tod erlitten. Je mehr Vereinsvorstände redeten, desto mehr bezweifelte ich das. Er konnte unmöglich in fünf oder sechs Vereinen die »tragende Säule« gewesen sein. Immerhin hatte er von früh bis spät und auch an den Wochenenden in den Kieser-Apotheken gearbeitet. Selbst mit Mint gab es Grenzen.

»Hoher Besuch«, murmelte Oma Herta und nickte einem groß gewachsenen dunkelhaarigen Herrn mit dicker roter Krawatte zu, der gerade erst ankam. Einige andere Trauergäste sahen einen Moment zu lange hin.

»Wer ist das?«, fragte ich leise.

»Ein Bundestagsabgeordneter aus unserem Wahlkreis.« Sie fügte verschmitzt hinzu: »Wer trägt sonst solche Krawatten?«

»Ein Freund von Guntram?«, vermutete ich.

»Sie kannten sich vom Laufen. Das hat Guntram bei Elsbeths Geburtstag erzählt.«

Hatte Frederike nicht gesagt, er sei kein Typ für Seilschaften? Vielleicht hatten sie sich doch ein wenig auseinandergelebt.

»Wie heißt er?«, flüsterte ich Oma Herta zu.

»Puh«, seufzte sie und schien angestrengt nachzudenken. »Politiker kommen und gehen. Guntram meinte, sie kennen sich nur flüchtig. Der ist noch nicht so lange …«

Der Musikverein stimmt ein Lied an. Beim Sport waren schon manche Männerfreundschaften entstanden. Um mich herum wurde in Taschentücher geschnäuzt. Eine Rednerin vom Laufverein Post SV hatte Guntrams Ableben besonders emotional beschrieben.

Als jemand, der die Presse regelmäßig verfolgte, überlegte ich, ob mir der Politiker schon einmal untergekommen war. Ich konnte mich beim besten Willen nicht an ihn erinnern. Ein Hinterbänkler, wahrscheinlich im Gesundheitswesen, dachte ich und fixierte die rote Krawatte. Der Politiker wirkte betroffen. Mehr, als er es bei einem flüchtigen Bekannten hätte sein müssen. Gab es in Berlin nichts zu tun? Mit meinem Smartphone zoomte ich ihn so nahe es ging heran, schoss ein Foto und schickte es mit einem kurzen Hinweis ans BKA.

Eine ältere Dame neben mir, eine frühere Opal-3-Mitarbeiterin, wie sie sagte, schluchzte immer wieder: »Eine schöne Leich.« Frederike sah gedankenverloren auf das von Blumen und Kränzen umringte Grab. Die zahlreichen Arme, die noch in der Kirche um sie gelegt worden waren, benötigte sie nicht mehr. Der Bürgermeister als vorletzter Redner war offensichtlich der Auffassung, er müsse Guntrams Leben und dessen Aufstieg vom Arbeiterkind zum renommierten Apotheker noch einmal in einem einheitlichen Singsang ohne jede Betonung vortragen. Sogar der Pfarrer sah auf die Uhr.

Meine eigene Beerdigung, überlegte ich mir, wäre sicher um einiges kleiner. Nicht dass es mich dann noch kümmern würde. Ich stellte mir meine Eltern und Marie am Grab vor. Lisa und meine Tochter. Nein. Einige Freunde würden kommen, die von früher. Mein Nachbar Gruper aus Wiesbaden. Vielleicht auch Akin. Der Boss und ein paar Kollegen natürlich. Sie würden sagen: Tom Wenzel, unser Undercover-Agent. Gekämpft hat er für Gerechtigkeit. Erreicht hat er nichts.

Nein, das würden sie nicht sagen.

Die Wahrheit hatte schon im Leben so wenig Platz, da konnte man auch am Ende auf sie verzichten.

Nur der Tübinger Pfarrer, Gott hab ihn selig, hielt eine überraschend spritzige Trauerrede. Er lobte Guntram in wenigen Worten als fleißigen und verdienten Christenmenschen. Und kurz vor dem Ende flocht er ein: »Auch wenn er schon immer ein wenig tot war.« Es klang so ernst. Oma Herta zwinkerte mir zu. Was tut ein ergebener Kirchendiener nicht alles für seine Turmsanierung.

Gegenüber der Leichenhalle, neben einer großen Weide, entdeckte ich Janetzky wieder. Sie behielt eine Gruppe vor ihr im Auge. Leicht versetzt hinter einem Familiengrab, eingemummelt in einen dunklen Mantel, lehnte ein klein gewachsener Mann mit Schal und Mütze an einem Baum: Heuer.

Der Pfarrer gab Guntram den letzten Segen. Die unzähligen Trauergäste gingen einer nach dem anderen am Grab vorbei und spritzten Weihwasser auf den Sarg. Sie blieben einen andächtigen Moment stehen, bevor sie zu den Hinterbliebenen schritten. Sie schüttelten Hände, überreichten zaghaft Kuverts und säuselten ihr herzliches Beileid. Tränen flossen nur noch wenige. Die Zeremonie dauerte einfach schon zu lange.

Freitag, 12.10 Uhr

Zum Leichenschmaus im Gasthaus Krone in der Tübinger Stadtmitte, nur einen Steinwurf von »Bei Tosun« entfernt und um einiges nobler, verkleinerte sich die Runde auf Angehörige, Freunde, engere Bekannte Guntram Kiesers und mich.

Sie müsse nach dem Leichenschmaus noch zur Physiotherapie gefahren werden, hatte Oma Herta gesagt. Kieser, dessen Ex-Frau, Frederike und Oma Herta saßen an der Tafel im Großen Saal. An einem der kleineren Tische fand ich zwischen zwei Studienfreunden des toten Apothekers Platz. Einer war jetzt Pharma-Manager in Biberach, der andere Apotheker in Stuttgart-West. Sie kannten ihn noch als »den Wollschläger«. Schräg gegenüber saß Anne Kieser mit ihrem Freund. Er hatte ebenmäßige Gesichtszüge, ein kräftiges Kinn und zurechtgezupfte Augenbrauen. Sein durchtrainierter Oberkörper zeichnete sich deutlich unter dem weißen Hemd ab. Er fiel vor allem neben der fülligen Anne Kieser auf, die zwar ein freundliches, geradezu kindliches Gesicht hatte, aber so gar nichts Modelhaftes. Sie nannte ihn »Schatzi« und sah ihn mit großen Augen an. Die trauernde Runde hielt sich bedeckt – vorsichtige Gespräche über unverfängliche Themen bei Wasser und Kaffee.

Gulasch wurde gereicht.

Danach rief Oma Herta: »Eine Runde Williams für alle!« Das lockerte die Beerdigungsgesellschaft ungemein auf. Endlich konnte man sich betrinken.

Freitag, 13.05 Uhr

»Das ging schnell, Boss.«

»Der Mann sitzt seit zwei Jahren im Bundestag, Verkehrsausschuss.«

»Verkehr?«

»Ja, sie waren beide im Post SV, einem Tübinger Laufverein. Der Abgeordnete ist gewissermaßen deren prominenter Läufer, Guntram Kieser war Kassenwart in dem Verein.«

»Der Politiker wirkte, als würde er einen Freund verlieren.«

»Freundschaft zwischen Männern, das soll es doch geben, Wenzel.«

»Hmm.«

»Der Politiker hasst Abgase und liebt Fahrräder. Am liebsten würde er Autos ganz abschaffen, und das im Ländle von Daimler und Bosch, Wenzel.«

»Was verbindet die beiden?«

»Der Bundestagsabgeordnete kommt gebürtig aus einer Ofterdinger Arbeiterfamilie. Sein Vater ist Schweißer, die Mutter Kassiererin. Er hat sich nach oben gekämpft.«

»Wie Guntram Wollschläger, Boss.«

»Der Politiker hat eine weiße Weste, für einen Politiker fast zu sauber. Damit sein Heimatort weniger vom Verkehrslärm belästigt wird, setzt er sich für eine Verlegung der Bundesstraße ein. Da macht er wohl im Hintergrund massive Lobbyarbeit.«

»Ein paar Kilometer weiter in Dußlingen gibt es einen Tunnel, der den Verkehr aus dem Dorf hält.«

»Das ist eines seiner Argumente: ›Damals in Dußlingen hat die frühere Bundesjustizministerin Herta Däubler-Gmelin in ihrer Heimat für Verkehrsberuhigung gesorgt.‹«

»Wie stehen die Chancen?«

»Es sind gerade Mittel frei, und der Abgeordnete gibt wohl bei Emissionsgrenzen und in ein paar anderen Fragen nach. Es könnte dadurch mit einer Ortsumfahrung für Ofterdingen, die in langfristigen Plänen offenbar schon einmal angedacht war, viel schneller gehen als ursprünglich vermutet. So läuft es nun mal in Berlin.«

»Eine Hand wäscht die andere.«

Freitag, 13.15 Uhr

Jeder will Auto fahren, niemand will den Lärm und die Abgase. Eine zügig gebaute Ortsumfahrung würde den Politiker in seinem Heimatort unsterblich machen. Und die nächste Wahl kam bestimmt. Nun ergaben auch das Ärztehaus und die Wohngebäude Sinn. Es würde bedeutend ruhiger werden in Ofterdingen, ohne dass die gute Verkehrsanbindung wegfiel. Vor allem die Grundstücke an der bisherigen Schnellstraße, und erst recht mehrere Areale zusammen, würden durch die Ortsumfahrung ungemein im Wert steigen.

Nach zwei Verdauungsschnäpsen waren der Pharma-Manager und der Stuttgarter Apotheker beim Du angekommen. Die Krawatten wurden gelockert. Kieser trank Rotwein und war in aufgeräumter Stimmung. Er berichtete lautstark von seinem Job als Apothekerpräsident und seinen Expansionsplänen mit den Kieser-Apotheken. Die Rosen-Apotheke und der Holzapfel seien fällig.

Der Mann im dunkelblauen Anzug, der ihm auf die Schulter tippte, mochte Anfang vierzig sein. Er fragte ihn etwas wie: »Können wir uns unter vier Augen unterhalten?« Missmutig erhob sich Konrad Kieser. Die beiden stellten sich ans Fenster, vor dem Frederike saß. Ich gab vor, mich für das daneben aufgebaute Kuchenbüfett zu interessieren. Diese Rolle konnte ich glaubhaft spielen. Einige Wortfetzen schnappte ich auf. Wie es mit dem MVZ weitergehe. Er sei der Geschäftsführer, sagte der Mann, er sei Dr. Braun. Kieser antwortete, er wisse von nichts.

Auf der anderen Seite des Tisches brach Gelächter aus. Was hatte das auf einer Beerdigung zu suchen? Frederike drehte sich immer wieder um und sah die beiden an.

Aus den Lippenbewegungen des Apothekerpräsidenten und seinen ausladenden Handbewegungen konnte ich mir den Riesenberg Arbeit vorstellen, den er beschrieb. Seine Körperhaltung drückte Unentschiedenheit aus und deutliche Ablehnung. Brauns Gesichtsausdruck verdüsterte sich. Kieser fabulierte unbeeindruckt weiter. Er wollte sich, so sah es aus, Braun rasch vom Hals schaffen und schob ihm eine Visitenkarte zu. Ich hörte etwas wie: »Also dann, die Tage.«

»So geht das nicht, Konrad«, sagte Frederike und stand auf. Kieser hob die Augenbrauen. Diesen Ton kannte er nicht von ihr. Die drei gingen an einen Stehtisch vor dem Saal und steckten die Köpfe zusammen. Mit einem Stück Mandarinenkuchen setzte ich mich wieder. Von meinem Platz aus sah ich Frederike die Fragen stellen. Kieser und Braun antworteten, ihre Körperhaltungen waren angespannt. Der Apothekerpräsident hielt den Stehtisch mit ausgestreckten Armen auf Distanz, Braun trat einen Schritt zurück. Frederike beugte sich auf die Hände gestützt nach vorne. Die Lautstärke des Trios nahm zu. Gleichzeitig sank der Geräuschpegel der anderen Trauergäste, die sich ebenfalls für das Gespräch interessierten. Ich aß Mandarinenkuchen, der saftig und fruchtig schmeckte und gut zum Kaffee passte.

»Ich übernehme das«, sagte Frederike.

»Langsam geht es los«, gab Konrad Kieser zurück. »Der Chef bin ich.«

»Du kannst da nicht nur ein paar Reden schwingen. Das muss geplant und organisiert werden. Marketing ist mein Bereich.«

»Die Expansion mache ich. Außerdem, seit wann interessiert dich denn, was dein Mann gemacht hat?«

»Mehr, als du dich für deine Frau interessierst!«

»Fredi, Fredi, jetzt beruhige dich, die werten Trauergäste ...«, versuchte Kieser seine Schwester zu beschwichtigen. Ihm war die Situation sichtlich unangenehm.

»Nein, Konrad«, fuhr ihm Frederike dazwischen. »Mach du den Holzapfel. Dieses Projekt werde ich weiterverfolgen.«

»Bitte, bitte«, rief Kieser und hob die Hände in die Luft. Seine Autorität wurde öffentlich angegriffen. »Wenn du meinst. Ich bin froh, wenn ich mich nicht mehr um jeden Mist selbst kümmern muss.«

»Ja, allerdings meine ich das«, antwortete Frederike. In normaler Lautstärke fügte sie etwas von »morgen« hinzu. Das Interesse der Trauergäste erlosch, als sich der Streit legte. Sie sprachen wieder über Pharmazie, Fußball, Autos und Pharmazie.

Frederike setzte sich, ihr Bruder studierte das Kuchenbüfett. Braun verließ den Saal. Obwohl ich noch nicht einmal bei der Hälfte des vorzüglichen Mandarinenkuchens angekommen war, stand ich auf und folgte ihm zur Toilette. Er stellte sich an eines der Pissoirs und atmete tief aus. Ich hielt eine Trennwand Abstand. Ohne aufzusehen, sagte ich: »Ganz schön dicke Luft.«

»Alles Mist.«

»Auch Apotheker?«

»Nein, Kardiologe.« Ein Arzt sollte also nach Guntram Kiesers Willen das Medizinische Versorgungszentrum leiten.

»Ich glaube, wir haben uns schon mal irgendwo gesehen«, wagte ich einen Versuch. Bestimmt war es dieser Braun, mit dem Guntram Kieser kurz vor seinem Tod verabredet gewesen war.

»Ja?«

Braun lugte über die weiße Trennwand.

»Bei der Antiquitätenhandlung in Ofterdingen«, bluffte ich. »Das muss am Donnerstag oder am Freitag gewesen sein.«

Das Klogespräch nahm eine Wendung, die dem Arzt offensichtlich nicht gefiel. »Das kann nicht sein.«

»Doch, ganz sicher«, erklärte ich, als fiel es mir jetzt wieder ein. »Zusammen mit Guntram Kieser.«

»Nein«, gab der Arzt barsch zurück. »Unsinn.«

»Ich könnte schwören ...«, schüttelte ich den Kopf und lachte.

Braun zog seine Hose nach oben und hantierte am Reißverschluss. Mein Smartphone vibrierte. Marie hatte in WhatsApp geschrieben, sie fahre mit Akin nachher ins Outlet-Center nach Metzingen. Sie werde sich selbst beschenken. Nur dass ich Bescheid wisse.

Ein Geschenk für Marie.

Ich stellte mich neben Braun ans Waschbecken.

»Wer sind Sie überhaupt?«, fragte er mich und sah mir über den Spiegel in die Augen.

»Konrad Kiesers Fahrer. Ich habe seinen Schwager gefunden.«

»Ach, Sie sind das!«, entfuhr es dem Herzspezialisten.

»Ja, richtig. Vielleicht habe ich Sie auch verwechselt. Ich werde Herrn Kieser später fragen. Er hatte eine solche Ähnlichkeit mit Ihnen.«

Braun zögerte. Er vergewisserte sich, dass sich niemand in den Kabinen aufhielt. Wir waren allein.

»Richtig«, sagte er und schlug sich mit der flachen Hand gegen die Stirn. »Freitag waren wir dort. Guntram wollte sich ein paar Möbel ansehen und mich dabeihaben. Eine große Schreibgeräteabteilung, Schreibmaschinen aus den Sechzigern, Top-Zustand, sage ich Ihnen.«

»Antiquitäten-Kenner?«

»Das wäre zu viel gesagt«, antwortete der Arzt. Er wirkte erleichtert. Ich schien seine Lüge gekauft zu haben.

»Guntram Kieser hat mir oft von seinem großen Projekt erzählt«, sagte ich lächelnd. Der Arzt blickte mich skeptisch an. Ich tat so, als bemerkte ich das nicht, und sah auf das Waschbecken.

»Guntram Kieser hatte noch Großes vor in seinem Leben.«

Mein Handy klingelte, und auf dem Display erschien Akins Name.

»Er war in letzter Zeit schwer damit beschäftigt«, sagte ich noch.

»Wie Sie«, sagte Braun und nutzte die Gelegenheit, sich zu verabschieden. Ich blieb vor dem Spiegel stehen.

»Tom Wenzel«, meldete ich mich. »Ja bitte?«

»Akin hier, hast du meine Nummer nicht gespeichert?«, fragte er vorwurfsvoll.

»Doch.« Ich wartete, bis die Tür ins Schloss fiel. »Ich bin beim Leichenschmaus. Mach schnell, was gibt es?«

»Wir haben jetzt Guntram Kiesers E-Mails.«

»Und?«

»Es sind mehr als fünftausend.«

»Die letzten, überfliege die letzten E-Mails und such nach einem Dr. Braun.«

»Die letzten sind fast alle von ihm. Es gab Stress.«

»Weshalb?«

»Wenn ich es richtig verstehe, sollte er das Medizinische Versorgungszentrum formal leiten, aber Guntram Kiesers Weisungen folgen.«

»Ein Strohmann.«

»Dieser Braun schreibt, dass er wirklich etwas zu sagen haben will. Dass es so abgemacht war, dass die Leitungskompetenz bei ihm, Braun, liegt.«

»Und Guntram Kieser?«

»Er widerspricht, behauptet, das wäre nie abgesprochen gewesen. Droht, Braun auszuwechseln. Die Verträge wären unterschrieben. Braun hat zurückgeschrieben: ›Wenn ich auspacke, was ich weiß, bist du erledigt. Überlege dir lieber genau, was du tust.‹ Er hätte auch seine Praxis und seinen Kassensitz bereits verkauft.«

»Lass mich raten: Sie wollten sich am Freitagabend treffen, um das in einem persönlichen Gespräch zu klären.«

»Richtig«, bestätigte Akin. »In einer anderen Nachricht schreibt dieser Braun, er will an der Gesellschaft in Luxemburg beteiligt werden. Das hat Guntram kategorisch abgelehnt.«

»Hast du sonst noch was entdeckt?«

»Nein, nichts, alles geschäftliche Korrespondenz, hauptsächlich wegen diesem Medizinischen Versorgungszentrum. Keine einzige private E-Mail bisher. Ach so, eins noch: Marie und ich fahren später ins Outlet-Center nach Metzingen. Nur dass du Bescheid …«

»Ja, ich danke Ihnen auch vielmals. Auf Wiederhören«, unterbrach ich Akin und legte auf. Der Biberacher Pharma-Manager und der Stuttgarter Apotheker torkelten zusammen herein und kicherten wie pubertierende Jungs.

Freitag, 14.17 Uhr

»Ich hab gesehen, dass Sie online waren.« – »Wo waren Sie so lange???«

Kaum saß ich wieder auf meinem Platz, erreichten mich diese Nachrichten von Oma Herta. Die ersten Trauergäste verabschiedeten sich vom Leichenschmaus. Gulasch und Alkohol wirkten nicht nur bei Guntrams Studienfreunden. Oma Herta tippte eifrig in ihr Smartphone. Ich fragte mich, wem sie schrieb, da summte mein Handy, und ich wusste: mir.

»Wenzel, jetzt ist die Gelegenheit, kommen Sie unauffällig zu mir und setzen Sie sich neben mich.«

Nächste Nachricht: »unauffällig!!!!«

Ich nahm den Umweg über das ausgedünnte Büfett und bugsierte zwei Stücke Käsekuchen zu Oma Herta, die sich Kaffee nachschenkte. »Na endlich«, sagte sie hörbar und zeigte auf den freien Stuhl neben sich. »Setzen Sie sich kurz, wir müssen meine Physiotherapie-Termine besprechen.« Sie ergänzte leise: »Ich mag keinen Käsekuchen, Wenzel.« Oma Herta bewegte den Kopf leicht zur gegenüberliegenden Tischseite. »Sehen Sie das? Diesen Eugen Schindler?«

»Annes Freund.«

Schindler telefonierte etwas abseits, Anne Kieser sah ihm zu. Sie himmelte ihn regelrecht an. Als er sich wieder neben sie setzte, legte sie ihre Hand auf sein Bein und sagte ihm etwas ins Ohr.

»Die beiden wollen heiraten«, sagte Oma Herta. »Aber er ist kein Apotheker.«

Meine Empörung hielt sich in Grenzen. Nach einer Pause fügte sie hinzu: »Er hat nicht einmal studiert.«

»Müsste er denn?«, fragte ich zurück.

»Ich bitte Sie!«, sagte Oma Herta und flüsterte: »Finden Sie, dass die beiden gut zusammenpassen?«

»Kann ich schwer sagen«, antwortete ich zurückhaltend. Tatsächlich wirkten sie einander fremd. Nicht wie ein verliebtes Paar, das bald heiratete. Eher, als wäre er wütend auf sie und sie versuchte, ihn aufzuheitern.

Mehrere Trauergäste am Ende des langen Tisches standen auf. Die Beerdigungsgesellschaft begann sich aufzulösen. Auch Braun erhob sich. Nur der enge Familienkreis blieb.

»Ich habe da ein ungutes Gefühl. Er hat es nur auf Geld abgesehen«, fuhr Oma Herta fort.

»Dann passt er an sich gut in die Familie.«

Oma Herta ging darauf nicht ein. »Sie ist so stolz auf ihn. Annes Freundinnen beneiden sie. Er ist ihr erster Freund.«

Was wollte die Grande Dame mir sagen? Ohne Anne Kieser weiter zu beachten, nutzte Eugen Schindler die allgemeine Aufbruchsstimmung, um ebenfalls zu gehen.

»Was macht er beruflich?«, fragte ich.

»Irgendwas an der Uni.«

»Was genau?«

»Was weiß ich, Wenzel? Nichts Bedeutendes. So eine Art Hausmeister im Labor.«

Wenn das stimmte, hatte er Zugang zu Chemikalien in Hülle und Fülle. Aber wieso verdächtigte ich ihn? Weil er als Model-Typ nicht aussah, als würde er auf eher unscheinbare, stämmige Frauen wie Anne Kieser stehen?

»Wo kommt er her?«, fragte ich.

»Aus einem Russenviertel in Rottenburg.«

Braun verließ den Saal. Ich musste an ihm dranbleiben. Unvermittelt stand ich auf und verabschiedete mich von Oma Herta.

»Wenzel, das geht nicht.«

»Es ist dringend. Tut mir leid.«

»Ich habe Ihnen doch gesagt, dass Sie mich fahren müssen. Die viele Steherei heute; und denken Sie an das Debakel neulich. Ich muss zur Physiotherapie!«

»Morgen, okay?«

Ich schnappte meinen Mantel und stürzte die Treppen hinunter. Gute hundert Meter entfernt bog Braun in eine Querstraße. Ich rannte bis zur Ecke, danach folgte ich ihm in einigem Abstand. Unterwegs vibrierte mein Handy.

Oma Hertas wütende WhatsApp-Nachrichten trudelten in kurzen Abständen ein: »Wenzel!!!« – »Sind Sie wahnsinnig geworden???« – »Mir reicht es jetzt.« – »Sie sind gefeuert!!!«

Braun schlurfte mit hängenden Schultern auf den Park am Anlagensee zu. Halb auf die Nachrichten, halb auf den Arzt fixiert ging ich hinterher.

»Suchen Sie sich eine neue Stelle.« – »Dieses Mal gibt es kein Pardon.«

Ein paar Schritte hinter Braun ging Schindler. Er hat weiter entfernt geparkt und holt Anne Kieser ab, überlegte ich. Schindler marschierte zügig und überholte Braun. Ich wechselte auf die gegenüberliegende Straßenseite und tippte »Sorry!« in mein Smartphone. Die Nachricht konnte nicht mehr zugestellt werden. Oma Hertas Profilbild verschwand. Sie hatte mich wieder blockiert.

Auf dem Parkplatz blinkten die Lichter eines neuen Porsche 911 auf. Hättest du mal auf Mutti gehört, dachte ich, und wärst Arzt geworden. Nur stieg Schindler, der vermeintliche Hausmeister, in den Porsche. Ich folgte meinem Instinkt und hängte mich an ihn.

Freitag, 14.51 Uhr

Schindler raste mit sechzig Stundenkilometern durch die Dreißigerzone in der Stadtmitte. Ich hielt zwei, drei Autos Abstand und musste mich konzentrieren. Immer wieder überquerten Fußgänger die Straße, ohne sich großartig umzusehen. Mit dem Konstanzer Jaguar konnte ich es wagen, Schindler zu folgen. Der abgebrannte, mit KK nach dem TÜ gekennzeichnete BMW wäre dafür weniger geeignet gewesen.

Schindler fuhr stadtauswärts. Und wie auf der Flucht. Ohne rote Ampeln hätte ich ihn bereits in Tübingen verloren. Schindler nahm die B 27 in Richtung Balingen. Er räumte sich die Überholspur mit Lichthupe frei. Nach wenigen hundert Metern verlangsamte Schindler, schob sich nach rechts zwischen zwei Lastwagen und von dort praktisch direkt in die Ausfahrt. Ich zog hinüber und hätte die Rechtskurve fast nicht mehr geschafft. Der Wagen rutschte leicht nach links, das Heck streifte die Leitplanke. Ich lenkte dagegen, bremste und schoss fast auf den Audi 100 vor mir. Er zuckelte in aller Ruhe in einen Kreisverkehr. Wütend schlug ich auf das Lenkrad. Der Porsche war weg.

Die Straße mündete nach hundert Metern und nach einer Brücke in einen weiteren Kreisverkehr. Auf gut Glück entschied ich mich für eine Ausfahrt. Ich raste und überholte einen Transporter vor mir. Die Straße verlief durch eine ebene, weitläufige Landschaft voller Bäume und Felder. Mit voller Wucht stieg ich in die Bremseisen und wendete mitten auf der Fahrbahn. Der Transporter hinter mir hätte fast nicht mehr anhalten können und hupte wütend. Ich gab Vollgas. Zurück im Kreisverkehr nahm ich die nächste Ausfahrt. Mehrere Wagen waren vor mir. Ich überholte und glaubte, den roten Porsche hinter einem Lkw zu sehen. Als ich in das Wohngebiet am Dußlinger Ortsrand fuhr, war der Porsche wieder verschwunden.

Nach langer Suche entdeckte ich ihn in einer Haltebucht vor einem Mehrfamilienhaus. Auf den Klingelschildern standen viele ausländische Namen. In den Wohnungen auf der Vorderseite schien niemand zu Hause zu sein. Ich duckte mich unter den Fenstern weg und schlich an der Wand entlang zur Gebäuderückseite. Ein Gestrüpp, das vielleicht eine Hecke hätte sein sollen, versperrte mir den Weg. Dahinter verwahrloste der Garten. Eine vergilbte Plastikschaukel, befestigt an Metallstangen, baumelte im Wind. Auch die Farbe der Terrassenmöbel ging vom ursprünglichen Grün in ein mattes Grau über.

Ein Hund schoss aus dem Gebüsch. Er bellte und rannte auf mich zu. »Schhh, schhh«, flüsterte ich und versuchte, ihn zu beschwichtigen. Der Kläffer dachte nicht daran. Er wurde immer lauter und wilder.

»Halt's Maul, hierher, Bronko!«, dröhnte eine Stimme von innen, gedämpft durch eine Scheibe oder eine Wand. »Bei Fuß, Bronko!« Es war Schindler. Der Hund rannte zurück. Er schlüpfte unter dem Gartenzaun hindurch. Mit etwas Anlauf sprang ich darüber. Die Rollläden auf der anderen Seite waren komplett heruntergelassen. Auch die gläserne Tür war verdunkelt bis auf einen kleinen Spalt über dem Fußboden. Durch den musste der Hund gekrochen sein.

»Verdammter Köter«, schimpfte Schindler. »Der bleibt hier.«

»*No*«, antwortete eine Frauenstimme. Es war nicht zu verstehen, was sie danach sagte. Ich stellte mich an die Wand, nahe der Terrassentür, und lauschte.

»Ohne Bronko gehe ich nirgendwohin«, sagte sie mit spanischem Akzent.

»Er macht nur Ärger«, sagte Schindler. »Du holst dir einen Neuen. Da rennen tausend auf der Straße herum.«

»No, Bronko es mio!«, protestierte die Frau – Bronko gehört mir. So weit reichten meine Spanischkenntnisse. »Er kommt mit.«

»Wir finden schon einen Weg«, beschwichtigte Schindler. »Hast du die Tickets besorgt?«

»Si, Amor«, säuselte sie.

»Bald fängt ein neues Leben an.«

»Reicht es wirklich? *Seguro?*«

»Ja, Baby.«

Den Vornamen von Baby bekam ich nicht mehr zu hören. Ich griff in die Innentasche meines Anzugs und schob mein Smartphone ein Stück unter dem Rollladen hindurch. Mit auf den Boden gelegtem Kopf versuchte ich, etwas zu erkennen. Es war fast unmöglich, den richtigen Winkel zu finden. Und nur eine kleine Lampe in der Ecke sorgte für indirektes Licht im Raum. Mit einer Daumenbewegung unter dem Rollladen drückte ich auf »Aufzeichnen«. Nach ein paar Sekunden zog ich das Smartphone wieder heraus und ließ das kurze Video abspielen. Zwar undeutlich und nur noch am Bildrand, aber immerhin erkennbar streifte Schindler der Frau das Top ab. Ein Hoch auf die Technik, dachte ich und schob das Smartphone noch einmal unter dem Rollladen hindurch. Diesmal erwischte ich einen besseren Winkel für meine Aufnahme, ich konnte sogar live mitgucken: Schindler umfasste die üppigen Brüste der jungen Frau und zog sie an sich. Baby beugte sich zu Schindlers Schritt. Von der Seite sah sie aus wie zwanzig, höchstens. Das war genug, oder? Man kommt sich leicht wie ein Spanner vor, wenn man auf einer fremden Terrasse kniet und eine solche Szene filmt. Schindler stöhnte drinnen auf. Ich schob das Smartphone noch einmal durch den Spalt. Bronko bellte wieder. »Baby, mach weiter«, sagte Schindler und meinte nicht den Hund. »Dieser verdammte Köter.«

»Was hast du denn, Bronko?«, fragte die Frau.

Schneller, als ich das Smartphone wieder herausziehen konnte, spürte ich ein Rütteln und vernahm den Hund direkt hinter dem Rollladen. Ich rüttelte mit und versuchte, das Smartphone zurückzuziehen. Bronko hatte zugebissen. Und er ließ nicht locker.

»Dieser Mistköter«, fluchte Schindler.

»Amor, er will raus«, sagte die Frau noch. *»Dios mio.«*

»Bronko!«, schrie Schindler so laut, dass selbst ich erschrak. In diesem Moment zog ich noch einmal kräftig, und der Hund gab das Gerät frei. Gerade noch rechtzeitig huschte ich um die Ecke, denn Schindler zog den Rollladen nach oben. Dem Jaulen nach zu urteilen, beförderte er Bronko mit einem Tritt nach draußen. Bronko krümmte sich und winselte im Gras. Die Frau in der Wohnung schrie Schindler an. Was er für ein Schwein sei, das könne er doch nicht machen mit ihrem Hund. Schindler schrie zurück, und auch das nächste Geräusch war eindeutig: Er hatte sie geschlagen, so fest, dass es sie umwarf.

Kurz darauf wurde der Rollladen ganz nach oben gezogen. Schindler trat in den Garten, noch in seiner schwarzen Anzughose von der Beerdigung und mit freiem Oberkörper. Über seine rechte Hand und den Arm hatte er ein T-Shirt gehängt. Schindler stellte sich vor den jaulenden Hund, hob den Stoff und drückte mit seiner schallgedämpften Pistole dreimal ab.

Freitag, 18.38 Uhr

Schlagzeug und eine tiefe, soulige Stimme dröhnten durch die Wassermühle. Dazu duftete es nach Majoran und Ingwer. Schindler hatte den Hund eiskalt erschossen und war wieder in die Wohnung gegangen. Worauf ich mich davongemacht hatte. Ich musste dringend mit Janetzky sprechen.

In der Küche mischte sich die Musik mit klappernden Töpfen und einer hohen Stimme. Meine Schwester kochte und sang »I'm Outta Love«. Ich lehnte mich an den Türrahmen und rief: »Hallo.«

Marie drehte sich erschrocken um. »Hey, Großer.« Sie rollte zum Radio und drehte die Musik leiser. Marie briet Hähnchenfleisch in der Pfanne, kochte Reis und rührte in einer rötlichen Soße. Auf dem Küchentisch standen mehrere geöffnete Gewürzdosen.

»Warst du einkaufen?«

»Ja, wir sind noch in den Bioladen gleich da vorne«, freute sie sich. »Du hast ja nichts im Haus.«

»Bioladen da vorne?«

»Na, gleich wenn du über die Brücke gehst, links, in der Querstraße, nach hundert Metern.«

»Aha«, antwortete ich.

»Akin hat ihn mir gezeigt. Du kennst wieder nichts.«

»Ich arbeite in Tübingen nicht als Koch.«

»In Apotheken und in Clubs treibst du dich herum.«

»Das ist meine Arbeit«, sagte ich. »Apropos meine Arbeit: Nachher kommt Hauptkommissarin Navina Janetzky vorbei.«

»Ahaaa«, sagte Marie gedehnt.

»Zwei Kinder, verheiratet mit einer Frau. Wie war es in Metzingen?«

»Das ist ja riesig, die Stadt ist ein einziges Outlet. Die ganzen Läden! Ich muss dir gleich mal meine neuen Sachen zeigen.«

»Du verstehst dich gut mit Akin.« Das war tatsächlich keine Frage.

»Er ist okay«, antwortete Marie und rührte in ihrer Soße.

»Okay?« Das war eine.

»Ja, ist er wirklich. Wenn er sich nur nicht solche Vorwürfe machen würde wegen seines Bruders.« Marie wendete das Fleisch. Sie schmeckte die Soße ab und gab noch ein wenig Pfeffer hinzu.

»Ich weiß. Er lässt sich nicht von diesem Gedanken abbringen«, sagte ich, während ich meiner Schwester konzentriert zuschaute. Von Marie konnte ich mir immer den einen oder anderen Trick am Herd abschauen.

»Akin, der große, erfolgreiche Bruder, bestens integriert, Gymnasium, Studium. Erol tat sich wohl mit dem Lernen schwer«, sagte Marie, während sie weiterrührte. Um noch Pfeffer über das Fleisch auf der hinteren Herdplatte zu geben, musste sie sich strecken. Ich hütete mich, ihr zu helfen.

»Das hat er dir erzählt?«

»Die Mutter muss die Familie schon vor längerer Zeit verlassen haben. Erol hat sehr an ihr gehangen, sagt Akin. Ist aber in Kontakt mit den falschen Leuten gekommen. Akin denkt, er hätte ihn mehr unterstützen müssen.«

»Lässt sich schwer sagen«, kommentierte ich.

»Unsinn! Er macht sich solche Vorwürfe!«

Marie kippte die Soße schwungvoll über den Reis und wendete das Fleisch. »Sein Vater zieht sich immer mehr zurück. Ich glaube, Akin fühlt sich allein.«

»Gerade ja weniger.«

»Pass auf!« Marie hob drohend den Kochlöffel. »Ich habe vorhin übrigens mit Vater und Mutter telefoniert. Sie haben gratuliert, und ich soll dich grüßen.«

»Danke, ich sollte mich wohl mal wieder bei ihnen melden.«

»Wäre an der Zeit«, sagte Marie ernst. Sie drehte sich um. »Mutter fragt ständig nach dir.«

»Schon gut, ich rufe demnächst an. Du hast ja hoffentlich nichts von Leonie gesagt.«

»Natürlich nicht. Sie sollten von dir erfahren, dass Sie auf einmal Großeltern sind.«

»Nächste Woche wissen wir mehr. Es ist nicht sicher.«

»Das glaubst du doch selbst nicht! Ich will deine Tochter so bald wie möglich sehen.«

»Hmm.«

»Wo ist eigentlich mein Geburtstagsgeschenk?«

»Ach ja«, antwortete ich. »Also … Du hast doch neulich gesagt, diese IKEA-Möbel wären Mist und dass jede Wohnung gleich aussieht. Ich habe dir eine echte Rarität besorgt.«

Aus dem Untergeschoss, wo sie einen vorübergehenden Platz gefunden hatte, holte ich die im Antiquitätenladen Bilodeau erstandene Kommode. Kurz abgestaubt und schon präsentierte ich sie stolz.

»Danke«, sagte Marie und begutachtete ihr Geschenk. »Ein tolles Stück. Und ich dachte, du kommst wieder mit einem Essensgutschein daher.«

»Ich bitte dich«, sagte ich übertrieben entrüstet. Essen war ein gutes Stichwort. »Wie lange brauchst du noch?«

»Ja«, stockte Marie. »Ich wusste nicht … du kannst gerne mitessen.«

»Wer kommt denn noch alles?«

Freitag, 19.30 Uhr

»Hmm, das riecht lecker«, sagte Janetzky. »Sie haben gekocht?«

»Meine Schwester.«

»Hätte ich Ihnen auch nicht zugetraut.«

Im Flur half ich Janetzky aus dem Mantel. Sie wirkte peinlich berührt, wie eine Frau, die es nicht gewohnt ist, hofiert zu werden. »Sie hat Geburtstag«, sagte ich leise. »Dreiunddreißig.« Janetzky nickte. Auf dem Etikett las ich einen italienischen Markennamen, und als Janetzky das bemerkte, sagte sie: »Secondhand.« Ihr weiter grauer Pullover sah aus, als hätte ihn ihre Oma mit letzter Wolle gestrickt.

Aus dem Bad kam uns Marie entgegen. Janetzky ging leicht in die Hocke und streckte ihr die Hand hin, um zu gratulieren. Marie sah frisch aus wie eh und je.

»Möchten Sie etwas essen? Wir haben noch so viel übrig.«

»Danke vielmals. Meine beiden Jungs warten zu Hause«, erwiderte Janetzky mit herzlichem Lächeln. »Eigentlich drei, meine Frau mitgerechnet.«

»Wie alt sind sie?«, fragte Marie. »Die Kinder, meine ich.«

»Drei und fünf«, antwortete Janetzky. »Der Große kommt bald in die Schule.«

»Sie wollen wirklich nichts essen?«

»Nein, danke.«

»Na gut, dann haben wir morgen noch etwas«, sagte Marie mit matter Stimme. »Ich lege mich noch eine Weile hin.«

Akin hatte kurzfristig abgesagt. Per SMS, darüber hatte sich Marie am meisten geärgert. Dieser Feigling! Und das an ihrem Geburtstag! Seinem Vater gehe es nicht gut, er müsse im Dönerladen aushelfen und an irgendeinem PC-Problem arbeiten. Zu viele Ausreden auf einmal.

In Metzingen hätten sie sich so gut verstanden, aber er habe wahrscheinlich bemerkt, wie kompliziert vieles mit dem Rollstuhl sei. Deshalb habe er sie versetzt, lautete Maries Theorie. »Was will er mit einem Krüppel wie mir?« Nach diesem Satz hatte sie aufgeschluchzt und so ausgiebig geweint wie lange nicht mehr. Meine Versuche, sie zu trösten, hatten sie nur noch trauriger gemacht. Nicht einmal die Geschichte von Bronko, der mein Smartphone fressen wollte, hatte sie aufheitern können. Na ja, die Geschichte hatte ja auch traurig geendet.

Die Tübinger Hauptkommissarin nahm den Sessel im Wohnzimmer, ich das Sofa schräg gegenüber.

»Was?«, fragte ich.

»Nichts«, antwortete sie vor sich hin glucksend.

Sie packte einen dicken Stapel Papiere aus ihrer Aktentasche.

»Geht es Ihrer Schwester gut?«, fragte Janetzky.

»Ja, natürlich«, antwortete ich. »Warum?«

»Weiß auch nicht«, gab Janetzky zurück und raschelte in ihren Unterlagen. »Dieser Klaus Decker hat ein Alibi für Freitagabend. Er war im B12.«

»Ich kenne nur B52«, antwortete ich. »Aber das flambierte Gesöff hat mir bis jetzt nur die Wimpern verbrannt.«

»B12 ist ein Boulderzentrum in Tübingen. Der gute Mann war klettern.«

»Klettern«, wiederholte ich und dachte an Konrad Kieser: *Gesunde Leute widern mich an.*

»Haben Sie früher eigentlich auch Sport getrieben?«

»Früher?«, rief ich empört. »Geben Sie mir die Akte.«

Sie reichte mir die Papiere. Ich blätterte durch Schindlers juristisch dokumentierte Vergangenheit, während die Hauptkommissarin erklärte: »Dieser Eugen Schindler ist ein Stammkunde. Etliche Verurteilungen wegen Körperverletzung, zweimal Führerscheinentzug, illegaler Waffenbesitz, beteiligt an einem kleinen Raub. Dazu etliche Anzeigen, die im Sande verlaufen sind oder wieder zurückgezogen wurden. Er kommt aus Rottenburg, das ist gute zehn Kilometer von Tübingen entfernt. Er lebt im Dätzweg, schwierige Gegend.«

»Drogendelikte?«

»Einmal hat man eine kleine Menge Haschisch bei ihm gefunden, sonst nichts.«

»Er arbeitet an der Uni. Da gibt es Chemikalien in Hülle und Fülle.«

»Halb Tübingen und Umgebung arbeiten an der Uni oder in einer der Kliniken.«

»Verkraften Sie ein erotisches Video?«, wollte ich wissen und holte mein Smartphone aus der Tasche.

Nach wenigen Sekunden, die sie auf das Display sah, schob sie das Gerät angeekelt zur Seite. »Sie sind ein Spanner.«

»Kameramann.«

»Schön, eine Latina verpasst diesem Schindler einen Blowjob, okay«, sagte Janetzky. »Wozu brauchen wir das?«

»Er will demnächst Anne Kieser heiraten.«

»Ja und? Fremdgehen ist nicht strafbar.«

Das ließ ich unkommentiert.

»Kurz vor der Hochzeit«, sagte ich nachdenklich. Ich lehnte mich zurück und streckte die Beine aus.

Janetzky prustete los. »Schöne Unterhose.«

Ich sah verwirrt an mir hinab, brummte »Sehr lustig« und setzte mich aufrecht. Die Naht meiner Anzughose war aufgeplatzt. Der Zaun!

»Was ist mit Bilodeau?«, hakte ich nach. »Ich habe Ihnen ja von dem seltsamen Haus und der alten Frau erzählt.«

»Ich wollte ihn sprechen, aber es hat niemand aufgemacht.«

Die Hauptkommissarin schien trotz ihres Wollpullovers zu frösteln.

»Ist Ihnen kalt?«

»Etwas«, gab sie zu. Ich stand auf und holte ihr eine Decke.

»Ich wollte hier nicht übernachten«, sagte Janetzky.

Ich legte ihr die Decke über die Schultern. Sie wich zurück. »Haben Sie das schon öfter ausprobiert?«

»Was?«, fragte ich und setzte mich zu ihr, etwas näher als zuvor. »Wie ist das eigentlich für Sie mit den Kindern? Ich meine, von Ihnen werden sie ja nicht sein.«

»Unmöglich wäre das nicht«, gab Janetzky zurück und schien es im nächsten Moment zu bereuen.

Ich wartete ab. Janetzky schwieg ebenfalls. Das ist der Nachteil, wenn einem eine professionelle Ermittlerin gegenübersitzt, dachte ich.

»Sind Sie ...«, stockte ich. »Bi?«

»Ja. Deshalb ist meine Frau dauernd eifersüchtig, auf Frauen und auf Männer.«

»Die Kinder haben Sie adoptiert?«

»Aus dem Waisenhaus. Sie sind Geschwister. Sie wurden den leiblichen Eltern vom Jugendamt weggenommen. Wir haben immer Angst, dass wir sie wieder verlieren könnten.«

»Wie ist das, wenn gewissermaßen fremde Kinder zu eigenen werden?«

»Bei uns ist es unwahrscheinlich schnell gegangen. Wir lieben die Jungs, als wären sie unsere eigenen. Sie *sind* unsere eigenen. Wieso fragen Sie?«

»Nur so, aus Neugier.«

Samstag, 7.34 Uhr

Als Konrad Kieser mich mit seinem Anruf weckte, ließ ich das Handy klingeln. Ich konnte keine Zeit mehr verschwenden und ihn zu seiner Tagung nach Darmstadt fahren. Ohnehin plante ich, meinen Undercover-Job als Fahrer heute, spätestens morgen zu beenden. Janetzky wollte sich zuerst Schindler vornehmen und danach noch einmal zu Bilodeau fahren. Auf meinem Smartphone fand ich eine seltsame Nachricht von Oma Herta vor: Sie hatte mir nur den Buchstaben »E« geschrieben, mehr nicht. Abgeschickt vor über einer Stunde. Bevor ich weiter darüber nachdenken konnte, rief Kieser wieder an. Mit betont belegter Krankmelderstimme sagte ich: »Ja bitte?«

»Meine Mutter. Sie ist schwer verletzt.« Kieser klang gehetzt. Im Hintergrund vernahm ich die Stimme seiner Sekretärin. »Jetzt halt die Klappe«, schrie Kieser sie an. In den frühen Morgenstunden, sagte er, sei etwas Furchtbares passiert. Ich müsse ihn sofort abholen, ein Notfall.

In Rekordzeit streifte ich mir meine Jeans über. Das Hemd knöpfte ich mir auf dem Weg zu. Fast wäre ich zum ersten Mal die steilen Treppen der Wassermühle hinuntergefallen. Verkehrsregeln galten nicht mehr, als ich zur Villa raste. Unrasiert, die Haare durcheinander und ohne jegliche Farbe im Gesicht warf sich der Apothekerpräsident auf den Rücksitz: »Smaragd 3.«

Kieser nahm eine ganze Handvoll Tabletten ein, schloss die Augen und lehnte den Kopf nach hinten. Aus der Apotheke erfuhr Kieser unterwegs telefonisch, ein Rettungswagen habe seine Mutter gerade abgeholt. Ihr Zustand sei kritisch. Er legte auf und bellte panisch nach vorne: »Herr Wenzel, was machen Sie da?«

»Fahren«, antwortete ich und drückte das Gaspedal durch.

Kieser krallte sich am Sitz fest. »Die Ampel war rot.«

Ich holte aus dem Jaguar, was die dreihundertfünfzig Pferdestärken hergaben, und legte das Verkehrsrecht etwas großzügiger aus. Elsbeth Kieser war offenbar bereits in der Apotheke. Sie berichtete telefonisch von einer Kopfverletzung, die Oma Herta erlitten haben musste. Die Apothekenleiterin habe sie bewusstlos aufgefunden.

Was hatte Oma Herta in aller Frühe in einer Apotheke zu suchen?

Kieser versuchte, Frederike zu erreichen, sprach ihr dann auf die Mailbox. Eine Baustelle kurz vor der Apotheke brachte Kieser an den Rand des Nervenzusammenbruchs.

»Wo steckt Frederike schon wieder, verdammte Axt?«, schimpfte er. »Sie muss auch alles an sich reißen.«

»Weshalb?«, fragte ich den Ober-an-sich-Reißer.

»Sie wollte gestern Abend noch nach Ofterdingen fahren, sich die Grundstücke ansehen.«

»Allein?«

Samstag, 7.58 Uhr

Hinter dem rot-weißen Absperrband im Lager der Apotheke arbeitete die Spurensicherung. Janetzky war bereits eingetroffen und sprach mit ihren Kollegen in Schutzanzügen. Sie wirkten in dem Raum mit seinen weiß gestrichenen Wänden und den hellbraunen, bis zur Decke reichenden Regalen gar nicht so fremdkörperhaft wie sonst.

Konrad Kieser hob das Band an und schob sich darunter hindurch. »Wie geht es meiner Mutter? Wie geht es ihr?«, rief er aufgeregt. Ein Polizist hielt ihn auf. Kieser schlug um sich. »Wer leitet hier die Ermittlungen?«

»Meine Wenigkeit«, antwortete meine Kollegin kühl. »Hauptkommissarin Navina Janetzky. Sie haben hier keinen Zutritt.«

Zwei uniformierte Polizisten schoben Kieser hinter das Absperrband zurück.

»Das ist meine Apotheke«, protestierte Kieser. »Hören Sie, Frau Janinski, ich bin Konrad Kieser; falls Sie mich nicht kennen, Präsident des Apothekerverbandes.«

»Landes-Apothekerverbandes«, präzisierte Janetzky.

Kieser funkelte die Hauptkommissarin böse an. Aus dem Verkaufsraum kamen Elsbeth, ein Cousin und andere Verwandte ins Lager.

»Meine Mutter wurde verletzt. Ich will sofort wissen, was hier los ist«, forderte Kieser.

»Es gab einen Kampf«, erklärte Janetzky.

Ich drängte mich an einem der Polizisten vorbei. Der Boden war voller Blut und Scherben. Etliche Glaskolben mussten zerbrochen sein. In der Ecke, hinter den Kisten einer Lieferung, lag Oma Hertas kleiner Revolver. Ich mochte mir nicht vorstellen, wie sie verletzt dagelegen hatte. Den Blutspuren nach war sie noch etwas vorgekrochen, hatte es aber nicht mehr zu einem Notrufknopf geschafft.

»Sie hat geschossen«, sagte ich und zeigte auf zwei Löcher in der Wand.

»Die Waffe gehört der alten Dame?«, fragte Janetzky.

»Ja.«

»Sogar ein paarmal.« Die Hauptkommissarin zeigte auf vier oder fünf Einschüsse am Regal und in der Decke. »Und wer sind Sie?«, fragte sie in meine Richtung und zuckte dabei nicht einmal mit der Wimper.

»Fahrer der Familie«, antwortete ich.

»Oh, wir bekommen wertvolle Unterstützung vom Chauffeur«, rief Janetzky, und die uniformierten Beamten grinsten. Die Spurensicherer drehten sich amüsiert um.

Das würde ich ihr heimzahlen.

Mein Smartphone vibrierte, und ich nutzte die Gelegenheit, um hinauszugehen.

Siegfried Kieser brachte an der automatischen Eingangstür gerade das Schild »Vorübergehend geschlossen« an. Ordnung musste sein.

Samstag, 8.10 Uhr

»Wenzel, wir haben ein Problem.«

»Nicht nur eins.«

»Ich lasse Ihnen den Vortritt.«

»Oma Herta wurde heute in aller Frühe in Smaragd 3 schwer verletzt aufgefunden. Sie liegt auf der Intensivstation.«

»Genau diese Apotheke hat gestern, so wie einige andere von den Kieser-Apotheken, eine Riesenmenge Ephedrin bestellt, das heute Morgen ausgeliefert wurde.«

»Und wir erfahren erst jetzt davon, Boss? Jeden Scheißtag prüfen wir die Bestellungen aus ebendiesem Grund.«

»Der Großhändler hat die Daten eben erst geliefert. Ihr Apothekerpräsident sitzt dort im Aufsichtsrat.«

»Verdammt, wie konnten wir das übersehen?«

»Er sitzt in allen möglichen Gremien.«

»Das hätte nicht passieren dürfen.«

»Ist es aber, Wenzel.«

»Wer hat die Bestellungen ausgelöst?«

»Herta Kieser.«

»Welche Menge Ephedrin insgesamt, Boss?«

»Zehn Kilogramm. Ja, Sie haben richtig gehört, zehn Kilogramm. Jetzt wissen wir, wie der Deal zustande kommen soll. Es ist Zeit, die Katze aus dem Sack zu lassen, Wenzel.«

»Einverstanden.«

Samstag, 8.22 Uhr

Konrad Kieser stand mit seinen Verwandten im Kreis. Sie spekulierten lautstark, was Oma Herta passiert und wie es dazu gekommen sein konnte. Ich trat vor die Apotheker und hielt ihnen meinen Dienstausweis unter die Nasen. Sie unterbrachen sich augenblicklich. Aufgeschreckt von der Stille sahen auch die Polizisten und Spurensicherer auf.

»Mein Name ist Wenzel, Tom Wenzel, und ich bin kein Fahrer. Ich ermittle für das BKA, Abteilung Drogen und Organisierte Kriminalität, undercover. Hauptkommissarin Janetzky wird Ihnen das gerne bestätigen«, erklärte ich ruhig.

Die Apotheker standen regungslos da. Ich ließ die Nachricht wirken, bevor ich erklärte: »Wir haben seit Längerem den Verdacht, dass eine oder mehrere Personen aus Ihrer Familie in Drogengeschäfte verwickelt ist beziehungsweise sind. Es geht um Mint.«

Konrad Kieser sah mich mit offenem Mund an. Sein Cousin flüsterte etwas. Elsbeth rückte ihre Brille zurecht, einige Mitarbeiter raunten »BKA«, »Das ist doch der Fahrer«, »Was hat das jetzt zu bedeuten?«.

Das Clan-Oberhaupt fing sich zuerst und polterte: »Herr Wenzel, das ist doch jetzt ein schlechter Scherz!«

»Sieht das hier für Sie nach einem Scherz aus?«, fragte ich scharf und deutete auf das Lager. »Heute Morgen wurden zehn Kilogramm Ephedrin an verschiedene Kieser-Apotheken geliefert. Niemand von Ihnen verlässt das Gebäude. Der Fahrer hat jetzt das Kommando.«

Samstag, 9.08 Uhr

Von der Beschilderung, die laut Rezeption in der Universität »überall« vorhanden war, bemerkten wir nichts. Janetzky und ich irrten durch die neonbeleuchteten, schmalen Gänge mit niedrigen Decken. Die Hauptkommissarin hatte mittlerweile erfahren, dass Eugen Schindler nicht wie zuerst angenommen im Pharmazeutischen Institut, sondern in der zentralen Ausgabestelle für Chemikalien arbeitete. Dort nach vielen Fragen endlich angekommen, empfing uns der freundliche Hinweis, man sei gerade in der Pause. Ich hämmerte gegen die Glasscheibe, hinter der ein Rollo heruntergelassen war.

»Was soll das?«, rief jemand von innen. Ein Mann um die fünfzig zog den Sichtschutz nach oben. Seine Augen waren klein, die Haare zerzaust. »Was fällt Ihnen ein?«

Janetzky drückte ihren Dienstausweis gegen die Scheibe. Der Mann wich zurück.

»Wir möchten mit Eugen Schindler sprechen.«

»Krank«, murrte er.

»Seit wann?«

»Heute.«

»Können wir uns ein wenig bei Ihnen umsehen?«, fragte Janetzky.

Unter größten Mühen legte er fünf Meter zurück und ließ uns in sein Reich.

Hinter der unscheinbaren Glasscheibe verbarg sich ein riesiger Lagerraum. Ein Sammelsurium von Chemikalien, gelagert in rauen Mengen. Gleich neben dem Eingang lag ein Stapel Kommissionierscheine. Um die Chemikalien zu transportieren, standen fünf Rollwagen bereit.

Hier kann Schindler problemlos alles für Mint abzweigen, ohne dass es jemals auffällt, dachte ich. Außer Ephedrin, aber das bekam er über die Apotheken.

»Wie oft werden die Bestände geprüft?«, wollte Janetzky wissen, die etwas Ähnliches gedacht haben musste.

»Einmal im Jahr«, antwortete der Uni-Mitarbeiter. »Da wird alles genau kontrolliert.«

Die Hauptkommissarin und ich sahen uns nur an.

»Zeigen Sie uns die Labore«, sagte sie.

Da lachte der Lagerist herzhaft auf: »Die Labore?«

»Das war keine Frage.«

»Es gibt hier oben Hunderte Labore.«

Damit hatte er wohl recht. Das gesamte Uni-Gelände abzusuchen war aussichtslos und würde Tage dauern. Es gab tausend Möglichkeiten. Wenn Schindler mit Chemikalien aus der Uni außerhalb produzierte, musste er sie irgendwie herausschaffen. Das würde bei diesen Mengen auffallen. Es wäre einfacher, das Ephedrin-Pulver hereinzubringen. Wo konnte er an der Uni produzieren? Wohl kaum tagsüber in einem der regelmäßig genutzten Labore.

»Wie lange arbeitet Schindler schon hier?«, fragte ich den Lageristen.

»Ist vor etwa zwei Jahren zu uns gekommen. Soweit ich weiß, ist er aber schon viel länger bei der Uni.«

»So lange schon«, dachte ich laut und wunderte mich, wie es sein konnte, dass sein Arbeitgeber nie von den Schwierigkeiten mit der Justiz erfahren hatte.

»Er ist zu Ihnen versetzt worden?«

»Ja, er war davor in einer Werkstatt als Mechaniker. Das hat niemand so genau verstanden, normalerweise ist unsere Ausgabestelle nicht so beliebt.«

Bei einem mit kriminellen Interessen schon, dachte ich. Vielleicht hatte Schindler zuerst mit anderen Drogen experimentiert.

»Hat er sich verändert in letzter Zeit?«, fragte ich.

Der Lagerist dachte nach. »Nein.«

»Gar nicht?«

»Nein.«

»Er fuhr einen Porsche«, half ich ihm.

»Das ja«, gab er zu. »Seit einem Jahr oder so.«

»Er hatte also auf einen Schlag sehr viel Geld.«

»Kann man so sagen.«

Das fiel recht genau mit der Zeit zusammen, in der Mint aufkam, auch wenn der Lagerist eine andere Erklärung parat hielt: »Er hat geerbt.«

»Natürlich, das hat er gesagt«, seufzte ich. »Wissen Sie von Laboren, die nicht genutzt werden?«

»Da fallen mir nur der Umbau in der Bio und das alte Labor der Pharmazeuten ein.«

»Dann los!«, entschied Janetzky. »Zu den Apothekern.«

Der Lagerist atmete laut aus. Seine Pause, wie lange sie auch immer schon dauerte oder noch dauern mochte, hatte er sich geruhsamer vorgestellt. Er zog seine Hose nach oben und ging voraus.

Janetzky trieb ihn an: »Schneller, schneller, machen Sie hinne jetzt.« Sie forderte telefonisch Verstärkung an. Jeder verfügbare Polizist sollte uns helfen. Wir folgten ihm zum verlassenen und leer geräumten Labor in der Pharmazie – nichts. Bei den Biologen wuselten Handwerker und Leute in weißen Kitteln – vermutlich die Biologen – durcheinander.

»Scheiße!«, fluchte Janetzky.

Der Lagerist zuckte mit den Schultern. »Wonach suchen Sie überhaupt?«

»Das müssen Sie nicht wissen«, beschied die Hauptkommissarin. Ich hielt sie am Arm und ging einen Schritt auf den Mann zu.

»Wenn Sie etwas heimlich herstellen wollten, sagen wir, in einem relativ einfachen Produktionsvorgang, wo würden Sie es tun?«, fragte ich.

»Im Keller natürlich«, kam es wie aus der Pistole geschossen. In der nächsten Sekunde bereute er es.

»In welchem Keller?«, fragte ich nach.

»In irgendeinem«, nuschelte er.

»In welchem?«, brüllte ich ihn an.

»Von unserer Ausgabestelle.«

»Warum haben Sie das nicht gleich gesagt?«, fuhr ihn Janetzky an.

»Warum haben Sie nicht gleich danach gefragt?«

Ich unterdrückte ein Grinsen. »Los, zeigen Sie uns diesen Keller.«

Er führte uns zu einer Tür im Flur, die nicht einmal abgeschlossen war. Der Raum im Untergeschoss hatte die Ausmaße einer kleinen Wohnung, nicht vergleichbar mit dem Lager oben. Dicke Staubschichten lagen auf ausrangierten Möbeln und Laboreinrichtungen, die Arbeitsplatten waren zugestellt mit Gerümpel, als sei hier unten seit Jahren niemand mehr gewesen.

Wir schritten den Raum ab, der Lagerist folgte uns im Schneckentempo. Bei Schindlers langer Vorstrafenliste und dem, was er womöglich jetzt unternahm, schien es mir fast unmöglich, dass er als Arbeitskollege nie etwas mitbekommen haben sollte.

»Ist Ihnen an Ihrem Kollegen nichts seltsam vorgekommen?«, fragte ich ihn.

»Nein.«

»Haben Sie Kinder?«

»Ja, warum …?«

»Verheiratet«, sagte ich und deutete auf seinen Ehering.

»Auch.«

Ich legte eine Kunstpause ein. Der Mann atmete schnell. Seine Augenlider zuckten. Er hatte Angst vor Schindler.

»Wir können Sie schützen«, erklärte ich.

Der Lagerist sah schweigend zu Boden.

»Wir werden es so oder so herausfinden«, sagte ich. »Außerdem wird nie jemand erfahren, wer uns einen Tipp gegeben hat, nicht wahr?«

Janetzky nickte.

»Wenn Sie da nicht mit drinstecken, wäre jetzt der Zeitpunkt, uns einen Wink zu geben.«

Samstag, 9.55 Uhr

Anne Kieser trug einen straff spannenden weißen Laborkittel und hielt ein Reagenzglas gegen die Neonleuchte an der Decke. Sie quiekte vor Schreck, als sie Janetzky, den Lageristen und mich sah. Das Reagenzglas fiel ihr aus der Hand und ging klirrend auf dem Betonboden zu Bruch. Der kleine, an den Keller der Chemikalienausgabe angrenzende Raum konnte nur über eine Seitentür betreten werden und war entsprechend schummerig beleuchtet. Die Chemikalien dagegen waren sortiert, die Messkolben sauber und die Gerätschaften ordentlich aufgestellt. Wie in einer – Apotheke.

»Tom Wenzel, BKA. Ich habe undercover als Fahrer ermittelt«, erklärte ich und zeigte meinen Ausweis. »Ihre Großmutter, Herta Kieser, wurde heute Morgen vermutlich von Ihrem Freund niedergeschlagen und schwer verletzt.«

Anne Kieser murmelte nur: »Das kann nicht sein.«

»In Smaragd 3, sagt Ihnen das etwas? Unter anderem wurde dorthin immens viel Ephedrin geliefert.«

Die Beine der stämmigen jungen Frau gaben nach. Sie stützte sich auf dem Labortisch ab.

»Ihre Großmutter kämpft um ihr Leben«, ergänzte Janetzky. Dass es so dramatisch war, hatte ich bislang nicht gewusst.

»Wo ist Eugen Schindler?«, herrschte ich sie an. »Wo ist der Stoff?«

»Weiß ich nicht.«

»Wo?«, brüllte ich. »Wenn Sie uns jetzt sagen, was Sie wissen, wird sich das strafmildernd auswirken.«

»Strafmildernd? Wie?«, stammelte Anne. Sie zog die Augenbrauen hoch. »Wovon reden Sie?«

Sie fasste erstaunlich schnell wieder Selbstvertrauen mitten in ihrem Drogenlabor.

»Sagen Sie uns, wo Ihr Freund ist«, versuchte ich es noch einmal ruhiger.

»Das geht Sie gar nichts an.«

»Was hat er Ihnen denn versprochen? Die ewige Liebe und Treue und so?«

»Ich sage jetzt nichts mehr«, sagte Anne Kieser und verschränkte die Arme. Sie sah Janetzky und mich wütend an.

»Sie haben keine Ahnung, wen Sie da schützen«, erklärte ich. Nach einer kunstvollen Pause fügte ich hinzu: »Er ist nicht einmal Apotheker.«

Das saß. Sie ging auf mich los und schlug mit den Fäusten um sich. Janetzky riss sie an ihrem Laborkittel zurück und verdrehte ihr den Arm.

»Eugen und ich lieben uns«, brüllte die junge Frau. »Wir sind ja wohl nicht mehr im Mittelalter. Uns ist egal, was die anderen sagen. Wir lieben uns!«

»Sicher?«, fragte ich und holte mein Smartphone aus der Tasche.

Das Video von ihrem Fast-Zukünftigen und der feurigen Latina verschlug Anne Kieser die Sprache. Sie schlug wutentbrannt nach dem Smartphone, aber ich konnte es noch rechtzeitig wegziehen. Dann rang sie nach Luft und heulte los.

»Erst war es nur ein Versuch, für eine Party«, sagte sie unter Tränen. »Dann wollten alle immer mehr.«

»Danach haben Sie ihn kennengelernt«, vermutete ich. Es blieb keine Zeit für Sentimentalitäten.

»Wenn ich ihm nicht helfe, hat er gesagt, verlässt er mich. Ich dachte, das gehört in Beziehungen dazu. Ich wollte ihn doch nicht verlieren.«

»Er war ihr erster Freund«, kommentierte ich in Janetzkys Richtung.

»Na und?«, bäumte sich Anne Kieser schluchzend auf.

»Haben Sie denn nicht gewusst, dass es ihm ums Geld ging? Dass der Schwaben-Stoff im großen Stil verkauft wird?«

»Das Geld war ja für uns.«

»Für uns«, äffte ich sie nach. Wie naiv konnte sie nur sein! »Als Apothekerin wissen Sie genau, was Mint anrichtet!«

»Ich wollte aufhören. Als der türkische Junge starb, habe ich es ihm gesagt.«

»Soso.«

»Es war die letzte große Menge. Eugen hat gesagt, das Geschäft ist schon eingefädelt. Und dass wir nicht mehr zurückkönnen.«

»Wir?«

»Ja, wir!«

»Das hat er Ihnen ja schön eingetrichtert«, sagte Janetzky. »Er hat Sie nach Strich und Faden ausgenutzt.«

»Wo soll dieser Deal laufen?«, fragte ich.

»Weiß ich nicht«, schluchzte Anne.

»So sehr hat er Ihnen vertraut.«

»Mit dem Geld wollten wir ein neues Leben anfangen. Wir hatten doch unseren Traum.«

»Der ist zumindest für Sie zerplatzt«, erklärte die Hauptkommissarin. Hieß es nicht, Frauen seien einfühlsamer als Männer? Anne Kieser sackte nach dieser Bemerkung völlig in sich zusammen. Sie ließ sich auf den Boden fallen, trotz der Scherben. Kein Wunder: Von einer Sekunde auf die andere war ihre Welt eingestürzt. Eine Welt, die ihr Schindler wie eine Schablone hingelegt und die sie sich ausgemalt hatte. Die große, ewige Liebe. Das unbeschwerte Leben. Frei von Sorgen, frei vom Druck der Familie. Zusammen im Ausland. Nur noch ein letzter großer Deal. Dann gäbe es nur noch sie und ihn.

Endlich traf unsere Verstärkung ein. Zwei uniformierte Kollegen rannten auf uns zu. Janetzky hob die Hand. Alles unter Kontrolle, macht langsam, Jungs, sollte das heißen.

Janetzky fuhr fort: »Sie haben in Kauf genommen, das Leben von Hunderten und Tausenden Leuten zu zerstören. Für Ihre dumme Illusion.«

»Ich habe nur saubere Substanzen verwendet.« Anne Kieser fing sich.

»Aber ziemlich unprofessionell produziert«, sagte ich, um sie zu reizen.

In ihrer Ehre gekränkt setzte Anne Kieser zu einem Vortrag an. Es war, als hätte jemand einen Schalter umgelegt, sogar ihre Stimme klang jetzt anders, fester. Sie habe Ephedrin aus den Apotheken mit dem Reduktionsmittel Lithium-Aluminium-Hydrid, das es an der Uni massenweise gebe, gemischt, erklärte sie. Das habe sie in flüssigem Ammoniak gelöst. Anne Kieser zeigte auf einen Erlenmeyerkolben. Den habe sie im Wasserbad erhitzt. Wichtig sei es, erklärte sie mit erhobenem Zeigefinger, die Lösung mit einem Rührfisch ständig zu bewegen. Danach habe sie die Lösung abkühlen lassen und filtriert, um das metallische Lithium herauszubekommen. Rechts neben ihr stand eine größere Anlage. In diesem Vakuum-Rotationsverdampfer habe sie den Ammoniak abgedampft. Übrig geblieben seien feste, kleine Kristalle. Die habe sie mit Minzöl beträufelt, um den bitteren Nachgeschmack zu beseitigen.

»Wo ist die Ware jetzt?«, fragte ich Anne Kieser, die sich nun gebärdete wie eine Künstlerin.

»Eugen hat sie mitgenommen.«

»Wohin?«

»Weiß ich nicht.«

»Nach Brasilien?«, fragte Janetzky. »Verhaften.«

Das war offenbar auch ein Schalter. Anne Kieser fing wieder an zu weinen. Die Anwälte ihres Vaters würden einiges zu tun bekommen.

Samstag, 10.23 Uhr

Unsere Handys meldeten sich fast gleichzeitig, während wir durch das Labyrinth der schmalen Unigänge eilten. Alexander rief mich an. Der Deal sollte heute um vierzehn Uhr im Rottenburger Schänzle steigen. Janetzky hatte die Nachricht erhalten, dass Bilodeaus Antiquitätenhandel brannte.

Frederike!

Wir rannten zum Jaguar. Janetzky sprang auf den Beifahrersitz. Schon weit vor Ofterdingen sahen wir die dunklen Schwaden am Himmel. Beißender Rauchgeruch drang in den Wagen, Ruß schwirrte über die Bundesstraße. Als wir ankamen, stand der scheunenartige Antiquitätenhandel komplett in Flammen.

Frederike.

Ich musste sie finden.

Von allen Seiten löschten Feuerwehrleute. Vier große und mindestens drei kleine Fahrzeuge zählte ich, zwei weitere rasten gerade mit Blaulicht und Sirene heran.

Du bist zu spät.

Der Feuerwehrkommandant brüllte neben einem großen Löschfahrzeug in sein Funkgerät: »Wir brauchen noch mindestens zehn Mann an der Ostseite.«

»Verstanden. Kommen.«

Schweiß stand ihm auf der Stirn. Er hatte einen Lageplan vor sich und tippte nervös darauf.

»Noch ein Löschfahrzeug auf die Nordseite, der Wind hat gedreht. Zwei zur Lagerhalle.«

»Verstanden. Kommen.«

»Ist noch jemand in dem Gebäude?«, fragte ich und tippte dem Feuerwehrkommandanten auf die Schulter.

Er sah mich böse an. »Wissen wir nicht.«

»Haben Sie jemanden herausgeholt?«

»Ich hab jetzt keine Zeit.«

»Ja oder nein?«, fuhr ich ihn an.

»Nein, keine Personenschäden bis jetzt.«

Bis jetzt.

»Brand auf der Westseite unter Kontrolle«, knackte es aus seinem Funkgerät. »Kommen.«

»Vier Mann nach vorne«, befahl der Kommandant.

»Verstärkung aus Nehren unterwegs«, meldete die Leitstelle.

»Personen im Nebengebäude. Schreie. Rauchentwicklung im Erdgeschoss. Kommen.«

»Löschtrupp 4 sofort zum kleinen Haus«, rief der Kommandant in sein Funkgerät.

Ich sprang ins Auto und legte den Rückwärtsgang ein. Mit durchgedrückter Hupe raste ich hinüber zum Haus. Mit Janetzkys dickem Wollschal, den sie auf dem Beifahrersitz hatte liegen lassen, rannte ich auf das Gebäude zu. Rauch quoll aus den unteren Fenstern. Ich rüttelte an der Tür: verschlossen. Mit drei Schritten Anlauf trat ich dagegen und wurde zurückgeworfen. Wieder warf ich mich mit der Schulter dagegen. Die Tür gab ein wenig nach, sprang aber nicht auf.

Ein Feuerwehrmann mit einer Axt in der Hand schob mich beiseite. »Weg da.« Er drosch mit voller Wucht auf das Schloss ein, bis die Tür aufsprang. Eine Rauchwolke schoss uns entgegen. Die heiße Luft brannte in meiner Lunge. Ich hielt mir den Schal über Mund und Nase und stürmte ins Haus. Im Wohnzimmer brannten bereits Teile des Teppichs und das Sofa, auch die Küche hatte Feuer gefangen. Ich suchte das Erdgeschoss ab. Keine Spur von Frederike. Über die Holztreppe rannte ich nach oben. Im ersten Stockwerk hielt sich die Hitze noch in Grenzen. Doch das Feuer konnte jeden Moment nach oben vordringen.

Robert Bilodeau lag neben der alten Frau im Bett. Seine Schuhe ragten unter der Decke hervor, die Frau sah unverändert aus. Bilodeau war in einem schwarzen Anzug regelrecht herausgeputzt. Die Hitze wurde von unten her stärker.

Im Nebenzimmer fand ich Frederike. Sie war an einen Stuhl gefesselt. Um sie lagen Pläne und Aktenordner verteilt. Die Papiere brannten. Das Feuer hatte sich schon bis zu Frederikes Füßen ausgebreitet. Ich drückte mir den Schal direkt auf den

Mund und kickte die brennenden Aktenordner weg. Frederike war bewusstlos. Ich fühlte ihren Puls: Sie lebte! Der Rauch brannte sich in meine Lunge, während ich versuchte, die Fesseln zu lösen. Die Knoten waren zu fest. Es ging nicht. Mitsamt dem Stuhl hob ich sie hoch und zog sie zur Seite.

»Verschwinde«, schrie Bilodeau, gleichzeitig spürte ich einen stechenden Schmerz im Arm. Er hatte mich mit einem Messer erwischt. Ich verpasste ihm einen Tritt in die Seite. Er landete auf dem Bauch wie ein gestrandeter Wal. Blut schoss aus meinem Arm.

»Wenn wir untergehen, dann alle zusammen«, schrie Bilodeau. Er hielt das Messer fest umklammert. Ich trat es ihm aus der Hand und wickelte den Schal um seine Handgelenke. »Das Schwein hat meine Mutter umgebracht, er hat ihr eine Spritze gesetzt«, presste Bilodeau hervor. »Er wollte uns alle auslöschen in seinem Größenwahn.«

Ich zerrte an Frederikes Fesseln und an dem Stuhl. Mir schwirrte der Kopf, meine Füße fanden schwer Halt, mein verletzter Arm war völlig kraftlos. Der Rauch wurde immer stärker und ließ mich immer mehr verzweifeln. Doch dann kamen vier Feuerwehrleute mit Atemschutzgeräten und in schwerer Montur hereingerannt. Zwei stützten mich, während die beiden anderen Frederike samt Stuhl hinaustrugen.

Gierig schnappte ich draußen nach Luft.

»Lasst mich«, sagte ich und schob die Männer zur Seite. Ich ließ mich ins Gras fallen und atmete tief ein und aus. Mein Herz raste.

»Geht es?«, fragte einer der Feuerwehrmänner.

»Ja«, antwortete ich. Um mich drehte sich alles, aber ich sah, wie sie Frederike in einen Rettungswagen verfrachteten. Sie war in Sicherheit. »Nur einen kleinen Moment.«

In meinem Ohr piepte es, vor meinen Augen stand Nebel, die Feuerwehrmänner wurden immer unschärfer. Ich erkannte, wie zwei Menschen in Weiß und Rot auf mich zurannten. Überall um mich herum helle Aufregung. Meine Halsschlagader pulsierte heftig. Irgendjemand redete auf mich ein, kurz darauf beugte sich ein ernstes Gesicht zu mir und presste mir eine Sauerstoffmaske auf den Mund.

»Tief einatmen«, sagte es und stellte sicher, dass ich es wirklich tat.

Ich schob die Maske weg und fragte: »Frederike?«

Der Sanitäter sah mich ratlos an.

»Die Frau«, presste ich hervor. »Aus dem Haus.«

»Meine Kollegin kümmert sich um sie. Sie müssen ins Krankenhaus.«

»Nein«, protestierte ich und wollte aufstehen, doch mein Oberkörper fiel zur Seite. Ich stützte mich auf dem Boden ab. Mein Herz war laut und alles hell.

Dann war alles dunkel.

Samstag, 13.45 Uhr

Die seltsame Plastikmaske drückte auf mein Gesicht, und mich umringten rot-weiße Wände. Ich lag auf einer Pritsche und konnte meine Beine nicht bewegen. Kurz musste ich die Besinnung verloren haben. Akin blickte besorgt auf den Monitor eines medizinischen Geräts. Als ob er davon etwas verstünde! Wo kam der eigentlich her? Und wie kam ich in diesen Krankenwagen?

Ich setzte mich aufrecht hin und spürte, wie mir schwindelig wurde. Mein Oberkörper fiel wieder zurück. Ich sagte Akin, er solle die komischen Schnallen an meinen Beinen lösen, und als er zögerte, fuhr ich ihn an: »An den Füßen!«

Ich rappelte mich auf und schleppte mich zum Wagen. Ein Sanitäter verfolgte mich, rief halbherzig: »Bleiben Sie hier!«, gab dann aber auf.

Auf dem Weg zum Jaguar hielt ich einen Polizisten an und ließ mir per BKA-Ausweis seine Waffe aushändigen. Dann warf ich Akin den Autoschlüssel zu. Er setzte sich unsicher auf die Fahrerseite, schaffte es aber, einen Wagen, der kein Mercedes war, anzulassen, und raste los. Durch Ofterdingen und an der Ausfahrt zur Bundesstraße vorbei.

»Zurück!«, rief ich, halb im Dämmerzustand.

»Durchs Dettinger Täle geht es schneller«, erklärte Akin. »Schnappen wir uns die Schweine, die meinen Bruder auf dem Gewissen haben!«

Er nahm Nebenstraßen und fuhr durch ein Wohngebiet und viel zu schnell durch einen Kreisverkehr, und auf einmal verließen wir Ofterdingen.

Die schmale, kurvenreiche Straße führte durch einen Wald. Wäre mir nicht schon schlecht gewesen, wäre mir schlecht geworden. Nahezu ungebremst nahm Akin die Kurven. Er riss das Lenkrad von links nach rechts und sagte, er kenne die Strecke.

In einer Neunzig-Grad-Kurve rebellierte mein Magen. Ich wühlte noch im Handschuhfach und in meiner Jacke, dann musste ich papsten. Nur dass es in diesem Wagen im Gegensatz zum Verbindungshaus keine Vorrichtung dafür gab. Das Steigenberger Konstanz würde seine Freude an der Fußbodenreinigung haben. Mein türkischer Schwabe rümpfte nur kurz die Nase.

Achtzig Stundenkilometer waren erlaubt, Akin beschleunigte auf der geraden Strecke auf über hundertfünfzig. Im nächsten Dorf bremste er reflexartig, weil er geblitzt wurde. Er hatte immer noch hundert auf dem Tacho. Direkt nach einer Kirche bretterte Akin durch eine weitere Neunzig-Grad-Kurve. Mich überkam der nächste Brechreiz. Wieder kotzte ich auf den Fußboden. Akin öffnete die Fenster.

Er raste durch Weiler, wo er erneut geblitzt wurde, und den Berg hinunter nach Rottenburg. Dort fuhr er über eine rote Ampel, an der wir fast von einem entgegenkommenden Wagen gerammt wurden. Er schlitterte durch die Linkskurve, blieb für einen Moment an einem Schild hängen. Statt zu bremsen und zurückzusetzen, beschleunigte Akin. Nach wenigen Metern stoppte er mit einer Vollbremsung an einem Stauwehr. Schindlers Porsche parkte dort in Fluchtposition vor einer Fußgängerbrücke, die über den Neckar führte. Links von uns war das Bürgerwachheim, rechts ein VW-Autohaus. Schüsse waren bereits zu hören.

»Drüben ist das Schänzle«, sagte Akin und zeigte auf das andere Neckarufer. Ich erkannte dort nur Wiesen und große Bäume. »Wir müssen über die Brücke.«

»Du bleibst im Wagen«, rief ich und stieg aus. »Wenn es gefährlich wird, haust du ab.«

Akin blieb sitzen. Ich warf die Beifahrertür zu und entsicherte die Waffe. Meine wackeligen Beine trugen mich vorwärts, und ich schoss auf Schindlers Vorderreifen. Die Luft entwich mit einem gedehnten Pfeifen. Weit würde dieser Porsche nicht mehr kommen. Mir wurde wieder schwindelig. Du selbst kommst auch nicht mehr weit, dachte ich. Geduckt hastete ich über die Brücke. Janetzky und einige Männer hatten sich hinter Polizeiwagen verschanzt. Sie schossen in Richtung einer gegenüberliegenden Mauer. Ich kniete mich neben Janetzky.

»Konnten Sie es einrichten?«, fragte Janetzky und grinste dazu. »Die Dealer haben uns bemerkt.«

»Tatsächlich?«, fragte ich zwischen den Schüssen und deutete mit dem Kopf auf die vier uniformierten Polizisten. »Ist das alles, was die Tübinger Polizei aufbieten kann?«

»Verstärkung ist unterwegs.«

Gegenüber lugte Vitali mit seinen buschigen Augenbrauen hinter der Mauer hervor und beschoss uns. Janetzky und ich verständigten uns per Augenkontakt und feuerten gleichzeitig zurück. Mindestens eine Kugel musste ihn getroffen haben, denn er kippte zur Seite.

»Die Schweine, sie haben Vitali erwischt«, schrie einer. Die Dealer stellten sich auf und schossen alle zusammen. Der Kugelhagel durchlöcherte die Polizeiwagen, und einer der Polizeibeamten wurde zu Boden geschleudert. Ich versuchte noch, ihn zurückzuziehen, aber da zerfetzte schon eine Kugel seinen Kopf.

Drei Dealer flüchteten nach links, einer trug eine Sporttasche. Schindler rannte derweil mit einem Rucksack nach rechts zur Brücke. Unsere Verstärkung traf ein: drei Streifenwagen.

Sie keilten die Dealer ein. Schindler wollte zu seinem Porsche, doch auf der Brücke erwartete ihn Akin. Er stand mitten im Weg und breitete die Arme aus. »Bleib stehen!«

Schindler rammte ihn aus vollem Lauf und holte ihn so von den Füßen, doch Akin hielt sich im Fallen an Schindlers Arm fest und riss ihn mit über das niedrige Geländer. Zusammen fielen sie in den Neckar. Ich stand inzwischen direkt am Ufer und sprang sofort hinterher. Nachdem die beiden wieder aufgetaucht waren, rangen sie im Wasser. Schindler bekam Akin zu fassen und drückte seinen Kopf unter Wasser. Akin tauchte ab, und während sich Schindler suchend umsah, tauchte er hinter ihm auf und zog ihn seinerseits nach unten. Ich schwamm so schnell, wie ich es in dem kalten Wasser und mit Klamotten vermochte. Mein Arm schmerzte höllisch.

Schindler verschwand für einen Augenblick im Neckar, und kurz darauf drehte er den Spieß um und drückte Akin erneut unter Wasser. Als der wieder auftauchte, umfasste er Schindlers Hals, im nächsten Moment würgten sie sich gegenseitig.

Das Wasser war eiskalt! Ich kam in Reichweite und versetzte Schindler mit meinem gesunden Arm einen Schlag gegen die Schulter. Er tauchte kurz ab, nur um Sekunden später umso heftiger, gebremst von seiner nassen Kleidung, um sich zu schlagen. Ich bekam seinen Hals zu fassen, legte meinen Arm darum und würgte ihn.

Schindler schnappte nach Luft, dabei boxte er mich in den Magen. Der Widerstand des Wassers dämpfte jedoch den Schlag. So hielt ich ihn trotz schwindender Kräfte im Griff. Dann bemerkte ich, dass Akin nicht wieder aufgetaucht war, und ließ von Schindler ab.

Völlig außer Atem und kurz vor der Ohnmacht tauchte ich nach Akin. Der Neckar war trüb und dreckig. Ich schwamm um unsere Stelle, tauchte tiefer. Er konnte nicht weit sein. Nur wenige Meter entfernt kam das Wasserwerk. Die Strömung würde Akin auf die Turbine zutreiben. Ich tauchte und schwamm zickzack. Mit aller Kraft versuchte ich, die Augen offen zu halten. Endlich, weit hinten, sah ich etwas Dunkles.

Es wirkte leblos.

Mir ging allmählich der Sauerstoff aus. Ich spürte Druck auf meinen Ohren, der immer heftiger wurde. Die Strömung trieb mich voran. Meine Beine und Arme waren endlos schwer, ich musste Luft holen. Ich schloss die Augen, öffnete sie wieder. Und sah: Es war Akin. Ich tauchte weiter, obwohl mein Kopf zu platzen drohte. Weiter, tiefer. Noch ein Stück. Und noch ein Stück. Bis zu Akin. Er trieb im Wasser wie ein Baumstamm.

Entkräftet zog ich an seinem leblosen Körper. Es schien aussichtslos. Ein ums andere Mal entglitt er mir, und meine Kräfte schwanden weiter.

Endlich bekam ich ihn unter den Achseln zu fassen. Zur Oberfläche blieben nur drei Meter, trotzdem erschien sie mir wie in endloser Ferne. Meine Ohren wollten explodieren. Mein Körper rebellierte – keine Kraft mehr.

Du schaffst es. Du schaffst es.

Über mir war es hell. Nur noch wenige Zentimeter ... ich zog Akin nach oben und hechelte nach Luft. Sauerstoff!

Ich konnte Akins Puls spüren, ganz schwach. Aber er atmete nicht.

Ich schwamm die wenigen Meter mit letzter Kraft rücklings ans Ufer und zog ihn mit mir. Schindler trieb den Neckar hinab, auf die Turbinen zu.

Du schaffst es. Du schaffst es.

Diesmal war es Akin, den ich beschwor. Ich erreichte das Ufer und zog ihn mit den allerletzten Kraftreserven an Land. Ich fühlte wieder seinen Puls und brach neben ihm zusammen.

Sonntag, 14.10 Uhr

»Sie ist nur völlig verwirrt«, beendete der Oberarzt seinen kurzen Bericht über Oma Hertas Gesundheitszustand. Physisch gehe es ihr wieder besser. Überhaupt sei sie mit einer robusten

Natur gesegnet. »Im Halbschlaf und nachts fabuliert sie seltsame Sachen. Sie muss gerne im Garten sein«, erklärte der Arzt. »Sie sagt ständig etwas, das wie ›angrünen‹ klingt.« Da lächelte ich und wusste, sie würde wieder gesund werden.

Nach einer Nacht im Krankenaus und einem Tag Intensivpflege von Marie und Akin in der Wassermühle fühlte ich mich wieder halbwegs fit. Die Unterkühlung aus dem Neckar hatte ich abgeschüttelt. Die Rauchvergiftung, prophezeiten die Ärzte, würde ich noch einige Tage beim Atmen spüren. Auch Akin hatte sich erstaunlich schnell erholt. Sein regelmäßiger Sport zahlte sich wohl aus.

Der Arzt drückte die Klinke nach unten und hielt mir die Tür auf. Dabei ermahnte er mich, die Patientin nicht zu sehr zu belasten.

»Sie versteht alles«, rief Oma Herta aus dem Bett und hob ihr Buch drohend in die Luft. Sie trug ein weißes Nachthemd und war perfekt frisiert. Auf dem rötlichen Buchdeckel waren zwei ineinander verschlungene Menschen unter dem fett gedruckten Wort »Lust« abgebildet. »Halten Sie mir diesen Betrüger vom Hals!«

»Alles gut, Frau Kieser.«

»Das ist kein Fahrer, sondern ein BKA-Agent. Er hat sich nur seinen Bart abrasiert und läuft jetzt nicht mehr in seinem billigen Anzug, sondern in Jeans herum.«

»Ich habe es Ihnen ja gesagt«, flüsterte der Arzt mit gesenktem Haupt an der Türschwelle. »Sie ist verwirrt.«

»Sie ist immer noch nicht taub«, rief Oma Herta und schleuderte ihr Buch in seine Richtung. Es verfehlte das Ziel nur knapp und landete auf dem Boden. Ich hob es auf, dann näherte ich mich vorsichtig und in geduckter Haltung dem Krankenbett, falls Oma Herta ein weiteres Geschoss finden würde. Ich massierte mein Kinn. Endlich war ich den kratzenden Bart losgeworden!

»Tut mir leid, dass ich Sie anlügen musste«, erklärte ich. »Ich habe undercover ermittelt.«

»Sie hätten mich einweihen müssen.«

»*Sie* waren es, die die ganzen Ephedrin-Bestellungen unterschrieben haben«, hielt ich ihr entgegen.

»Kommen Sie mir nicht so, Wenzel! Ich habe Ihnen vertraut.«

»Nur nicht so ganz als Fahrer.«

»Sie haben mich zum Narren gehalten! Ein Schauspieler, jawohl, das sind Sie! In Konstanz wären Sie beinahe aufgeflogen.«

»Beinahe.«

»Und Ihre ständige Fragerei …«, überlegte Oma Herta laut. »Wir hätten es schon früher bemerken müssen.«

»Als wir Kaffee getrunken haben in Ihrer Villa, haben Sie da schon vermutet, dass ich ein Bulle bin?«

»So etwas in der Art«, antwortete sie, und ihre strahlend weißen Zähne blitzten auf. »Jedenfalls habe ich die Bestellungen seither genau geprüft.«

»Sie hätten die Polizei verständigen müssen.«

»Ich wollte Anne zur Rede stellen. Ich dachte, wir könnten das in der Familie regeln.«

»Jetzt sind Sie hier.«

»Das Hemd steht Ihnen, Wenzel.«

Ein überraschender Themenwechsel. »Danke«, antwortete ich überrascht.

»Schwarz macht schlank.« Oma Herta sah traurig zur Decke. Ihre Wut war verflogen. »Was für eine Schande für die Familie. Ich konnte doch nicht wissen, wo meine Enkeltochter da hineingeraten ist. Muss sie ins Gefängnis?«

»Wahrscheinlich ja«, antwortete ich. »Ihre Approbation ist sie los. Als Apothekerin wird sie nicht mehr arbeiten können.«

»Sie wäre so eine gute Apothekerin geworden, ohne diesen Typen. Die Männer, ich sage es Ihnen, Wenzel, die Männer.«

»Fast hätten Sie die Fünfzig-Jahr-Feier Ihrer ersten Apotheke deshalb nicht erlebt.«

»Immerhin fällt die dadurch aus. Dieser Schindler! Er wollte sich die Frühlieferung schnappen, wie schon in den anderen Apotheken. Von Anne hatte er die Schlüssel. Ich habe mich im

Lager auf die Lauer gelegt und ihn gestellt. Er hat nur gelacht. Da habe ich ihm gedroht, die Polizei zu rufen.«

»Dem haben Sie mit gezogener Waffe Nachdruck verliehen.«

»Erst als er flüchten wollte«, erklärte Oma Herta. »Es ging alles so schnell. Er hat mich zurückgestoßen und mir die Pistole aus der Hand geschlagen.«

»Das hätte ganz übel …«, setzte ich an, bevor es wirklich übel endete.

»Love Me Tender« dröhnte in das Krankenzimmer. Konrad Kieser stürmte im Elvis-Kostüm herein, Frederike trug eine kleine Musikanlage hinterher. Und Oma Herta stöhnte auf.

Aber der Apothekerpräsident wäre nicht er selbst, hätte er das oder gar mich beachtet und auf Verluste Rücksicht genommen. Er sang das gesamte Lied von der ersten bis zur letzten Zeile durch. Elvis lebte. Am Ende applaudierten Oma Herta, Frederike und ich, wenn auch etwas zaghaft.

»Das Kostüm gibt es wohl nicht in allen Größen«, sagte Oma Herta und zeigte auf den bläulich glänzenden Stoff, der gefährlich um Kiesers Bauch spannte.

»Es ist dasselbe wie bei der letzten großen Feier vor zehn Jahren«, sagte der Apothekerpräsident und klang beleidigt. »Ich habe es extra wieder vom Landestheater ausgeliehen.«

»Damals hat es Guntram getragen«, erklärte Frederike an mich gewandt. Sie hatte sich gestern bei mir mit einer riesigen Palme bedankt. »Er hat früher im Studium als Elvis-Imitator gejobbt und sich dann noch einmal breitschlagen lassen.«

»Er war sich zu fein dafür«, empörte sich Kieser. »Guntram Wollschläger wollte höher hinaus.«

»Er ist in diesem Aufzug fast ersoffen damals«, sagte Oma Herta. »Singen konnte er. Und jedes Lied auswendig.«

»So haben wir uns kennengelernt«, sinnierte Frederike. »Mein Gott, ist das lange her. Ich gerate immer an Leute, die anderen etwas vormachen.«

Sonntag, 16.20 Uhr

»Wollen wir nicht endlich Du sagen?«, fragte Janetzky.

»Ein vorsichtiger Annäherungsversuch?«

»Also ja.«

»Du bestimmst, du bist schließlich die Ältere von uns, Navina.«

»Danke für den Hinweis.«

Die Tübinger Hauptkommissarin und ich spazierten in Richtung Anlagensee. Wir waren mit Marie und Akin verabredet. Bilodeaus Hausarzt hatte ihr mittlerweile ausführlich über dessen Verfolgungswahn berichtet. Bilodeau selbst saß nach einem Krankenhausaufenthalt im Knast und schwieg.

Luise Bilodeau hatte immer darauf geachtet, dass ihr Sohn seine Medikamente regelmäßig einnahm. Nach ihrem Tod musste er auf die verordneten Psychopharmaka komplett verzichtet haben und sein Verfolgungswahn voll ausgebrochen sein. Zumal er beobachtet hatte, wie Guntram seiner Mutter die tödliche Spritze setzte, und er so in seinen Verfolgungsängsten bestätigt wurde. Er wollte sich rächen und seine Verfolger ausschalten. Als er bemerkte, dass immer neue und mehr Leute kamen und sich für sein Grundstück interessierten, drehte er völlig durch. Am abgebrannten BMW in Konstanz konnten eindeutige DNA-Spuren von Bilodeau festgestellt werden.

»Warum hat er Guntrams Leiche in die Steinvagina gelegt? Und warum die Brände?«, dachte ich laut.

»Vielleicht hat er so was Ähnliches mal im Fernsehen gesehen. Also ich meine, dass eine Leiche so öffentlich präsentiert wird. Mafia oder so. Und ganz sicher wollte er Aufmerksamkeit«, sagte Janetzky. »Es ging darum, seine Verfolger endgültig auszuschalten und alles um sie herum zu vernichten.«

»Und Heuer, was hat der ihm getan?«

»Gar nichts! Er wollte Geld für seine Beratung, aber Bilodeau hat nicht gezahlt. Die Spurensicherung hat in seiner Wohnung ganz andere Hinweise gefunden: Heuer hat den Brand selbst gelegt. Und dann diese Tondateien, unglaublich.«

»Er hat jedes Gespräch aufgezeichnet.«

»Sogar nachdem Sie ihm sein Equipment abgenommen haben«, sagte Janetzky. »Er hatte ein zweites Diktiergerät und hat sogar ein Telefonat mit seiner Ex-Frau mitgeschnitten. Er hat sich heftig über Sie beschwert. Sie hätten ihn ›rumgeschubst‹, und das wäre ›üble Polizeigewalt‹. Und dann hat er ihr doch tatsächlich erzählt, wie er Geld aus der Brandschutzversicherung holt und damit gegen die Kiesers weiter prozessiert.«

Wir erreichten den Anlagensee. Neben einer Linde entdeckte ich Maries verlassenen Rollstuhl. Er stand dem See zugewandt. Zusammen mit Janetzky stand ich am Ufer.

»Hallo«, vernahm ich Maries Stimme hinter mir. Ich drehte mich um. Sie saß mit Akin auf einer Parkbank, umgeben von Sträuchern und Büschen. Janetzky lehnte sich an einen großen Baum neben den beiden, ich setzte mich auf den Rand der Bank.

Schwäne glitten über den See. So ruhig und anmutig, als sei in Tübingen nie etwas passiert. An einer der Schulen hinter uns stritten sich zwei Jungs lautstark. Eine Laufgruppe umrundete das Gewässer. Auf dem geschotterten Weg ging ein Paar mit seiner Tochter spazieren.

Da war etwas, um das ich mich kümmern musste.

Epilog

Zwanzig Kilogramm Mint und siebeneinhalb Millionen Euro wurden in Rottenburg sichergestellt. Der Schwaben-Stoff war für mehrere Großstädte in Nordrhein-Westfalen vorgesehen gewesen. Nach den massenhaften Festnahmen verschwand Mint für einige Zeit vom Markt. Die Rohstoffe, die Labore und die Organisation fehlten. Gleichzeitig entstanden andere, ähnliche Drogen. Und das viel billigere, mindestens genauso gefährliche Crystal Meth, im Osten Deutschlands bereits verbreitet, schwappte weiter in den Westen.

Das konnte ich berichten, als Oma Herta zufällig nach Wiesbaden zur Physiotherapie kam.

Nicht berichten konnte ich ihr von Alexander, den wir unbeschadet aus der Organisation gezogen hatten. Er arbeitete nun als Fitnesstrainer in der dänischen Hauptstadt Kopenhagen. Auch meine Tochter Leonie musste ich ihr verschweigen. Sie war bezaubernd, aber Lisas Problem war eine größere Geschichte.

Das Vorhaben, die Bundesstraße bei Ofterdingen unter die Erde zu verlegen, scheiterte. Es wurde publik, dass der Bundestagsabgeordnete über eine Briefkastenfirma neben Guntram Kieser und Kaspar Bunk dritter Gesellschafter des Medizinischen Versorgungszentrums war. Er trat als verkehrspolitischer Sprecher zurück und legte sein politisches Mandat nieder. Wo der Antiquitätenladen gestanden hatte, blieb nur noch verkohlte Erde.

Frederike erholte sich rasch und heiratete wenige Wochen später ihre Jugendliebe, den Nicht-Apotheker Klausi, heimlich in Las Vegas. Die Familie schüttelt noch heute den Kopf.

Bei einer fingierten Pizzalieferung, wie immer er auf diese schlechte Nummer gekommen war, stellte ein Detektiv fest, dass die vorgeblichen Opfer einer Medikamentenverwechslung Konrad Kieser über Jahre betrogen hatten. Das ebnete ihm den Weg zu seinem Bestimmungsort: nach oben. Er war optimistisch, bald alle bundesdeutschen Apotheker zu vertreten.

Privatermittler Rainer Heuer musste für einige Zeit ins Gefängnis. Danach, hatte er angekündigt, werde er zu alter Größe zurückfinden und Konrad Kieser genauso wie dem Gesundheitsminister den Stuhl absägen.

Die Rosen-Apotheke ging in den Besitz der Familie Kieser über. Es stellte sich heraus, dass der Inhaber Holzapfel ohnehin in Rente gehen wollte und die Apothekerei satthatte. Die Finanzchefin des Clans, Elsbeth Kieser, brachte das dennoch dem Herzinfarkt nahe. Denn ein Überwachungsvideo, das den aufstrebenden Landes-Apothekerpräsidenten in einem Leopardenfellbademantel und mit einem gestohlenen Schild aus einem Bordell zeigte, soll bei den Preisverhandlungen eine erhebliche Rolle gespielt haben.

So jedenfalls berichtete es Oma Herta in bester Laune und Gesundheit und grünte an.

Danksagung

Für meinen ersten Kriminalroman »Schwaben-Stoff« habe ich ziemlich lange gebraucht. Geholfen haben mir Insider aus dem Apothekerwesen und von Ermittlungsbehörden sowie die Krimi-Experten Zoë Beck und Thomas Wörtche, wenn es darum ging, daraus eine spannende Geschichte zu machen. Katrin Lange vom Literaturhaus München hat mich auch in schwierigen Phasen ermutigt, weiterzumachen. Ines Stöhr, Cori Decker, Frank Rumpel und meine Schwester Daniela Straub haben den Text gelesen und mir gute Verbesserungsvorschläge unterbreitet. Ihnen möchte ich ebenso wie meinen Agentinnen Suzanne de Roche und Hannah Fosh sowie allen von der literarischen Agentur Liepman AG, meinem aufmerksamen Lektor Lothar Strüh und dem gesamten Team des Emons Verlags für die Unterstützung und das Engagement danken.

Andreas Straub, im Januar 2018